二見文庫

誠実な嘘

マイケル・ロボサム／田辺千幸＝訳

The Secrets She Keeps
by
Michael Robotham

Japanese translation rights arranged with
Bookwrite Pty Ltd c/o The Soho Agency, London,
acting in conjunction with
Intercontinental Literary Agency Ltd, London
through Tuttle-Mori Agency, Inc., Tokyo

サラとマークに

実をつける小麦を、ひたすら水を噴き出す噴水を、何百頭もの子を産む羊や犬を見ると、わたしは傷つき、傷つくだけでなく屈辱を感じる。あたりにあるものすべてが立ちあがって、眠っている、か弱く幼いものをわたしに見せつけているあいだ、わたしは自分の子供の唇ではなく、ふたつの金づちで殴られているように感じている。

フェデリコ・ガルシア・ロルカ『イェルマ』より

誠実な嘘

登　場　人　物　紹　介

アガサ	スーパーマーケットの店員
メガン（メグ）・ショーネシー	主婦。ブロガー
ヘイデン・コール	アガサの恋人。海軍の通信下士官
ジャック・ショーネシー	メグの夫。スポーツ・キャスター
ルーシー・ショーネシー	メグの娘
ラクラン・ショーネシー	メグの息子
ベン・ショーネシー	メグの息子
ニッキー	アガサの元夫
サイモン・キッド	ジャックの親友。メグの元恋人
ジュールズ	アガサの親友
サイラス・ヘイヴン	心理学者

第一部

アガサ

この物語でもっとも重要なのはあたしではない。その栄誉はジャックと結婚したメグのもので、ふたりは完璧なふたりの子供――金髪で青い目をした、ハニーケーキよりももっと愛らしい男の子と女の子――の完璧な両親だ。メグはまた妊娠していて、あたしもお腹に赤ちゃんがいるから、これ以上ないほどわくわくしている。

窓ガラスに額を押し当てて左右両方に視線を向け、歩道沿いの青果物店と美容院とブティックの向こうを眺める。メグは遅れている。いつもなら小学校にルーシーを送っていき、保育所にラクランを預けたあと、角のカフェで友人たちと会っている時間だ。メグのママ友グループは毎週金曜日の午前中、屋外のテーブルに座り、フェリーの車両甲板に並ぶトラックのように、押し合いへし合いしながらベビーカーをあるべき場所に置いていく。低脂肪のカプチーノがひとつ、チャイ・ラテがひとつ、ハーブティーのポットがひとつ……。

赤いバスがやってきて、通りの反対側にあるバーンズ・グリーンをあたしの視界から遮る。バスが通り過ぎると、メグの姿が遠くのほうに見えてきた。ストレッチ・ジーンズにだぼっとしたセーターを着て、カラフルな三輪のキックスケーターを持っている。きっとラクランが保育所まで乗っていくと言い張って、そのせいで遅くなったのだろう。途中で立ち止まって、アヒルや、体操教室や、コマ撮りの人形かと思えるほどゆっくりした動きで太極拳をしている老人たちを眺めていたかもしれない。

この角度からだとメグは妊娠しているようには見えない。横から見たときだけわかるバスケットボールのようなきれいな丸い膨らみは、日ごとにさがっているようだ。先週、彼女は足首のむくみと背中の痛みを訴えていた。その辛さはよくわかる。あたしも体重が増えたせいで階段をあがるのはまるでトレーニングのようだし、膀胱《ぼうこう》はクルミほどの大きさになっている。

メグは左右を確かめてからチャーチ・ロードを渡り、〝ごめんね〟と友人たちに声をかけ、それぞれの両頰にキスをし、赤ちゃんたちをあやす。どんな赤ちゃんもかわいいと人は言うけれど、きっとそのとおりなのだろうと思う。突き出た目とふた束の髪を垂らしたゴラムのような生き物をベビーカーの中に見たことは何度もあるけれど、それでもそこには必ず愛すべきなにかがある。赤ちゃんはまだ作られたばかりで無垢《むく》だから。

あたしは三番通路の棚の商品を並べることになっている。店長のミスター・パテルは女性の衛生用品が苦手なので、スーパーマーケットのこの通路は仕事をさぼるにはうってつけの場所だ。彼は〝タンポン〟や〝生理用ナプキン〟という言葉を使わない。〝女性が使うもの〟と呼んだり、梱包《こんぽう》を解いてほしい箱をただ指さしたりするだけだ。

ほかのパートタイマーが病気で休まないかぎり、あたしは早朝から午後三時まで週に四日働いている。たいていは棚に商品を並べたり、値札をつけたりしている。物を壊すからと言って、ミスター・パテルはあたしをレジには立たせない。そんなことがあったのは一度きりだし、そもそもあれはあたしのせいじゃなかった。

ミスター・パテルという名前から、パキスタン人かインド人だろうと思っていたけれど、彼は生粋のウェールズ人だった。もじゃもじゃの赤い髪とまっすぐに揃えた口ひげのせいで、アドルフ・ヒトラーの赤毛の私生児のように見える。

ミスター・パテルはあたしのことが好きではなく、妊娠を告げてからというもの、あたしをくびにしたくてうずうずしている。

「産休は期待しないように——あんたはフルタイムじゃないからね」

「わかっています」

「医者の健診は勤務時間外に行ってくれ」

「もちろんです」

「箱が持てないようなら、仕事は辞めてもらう」

「持てます」

ミスター・パテルは結婚していて子供が四人いるけれど、だからといってあたしの妊娠に配慮することはまったくない。そもそも女性があまり好きじゃないのだと思う。彼がゲイだという意味ではない。あたしがここで働き始めたときには、彼には発疹《はっしん》のようにつきまとわれた。倉庫にいるときや、床にモップをかけているときに、なんだかんだと理由をつけて体をこすりつけてきたものだ。

「おっと」硬くなった股間をあたしのお尻に押しつけながら、彼は言った。「自転車を止めに来ただけだ」

変態！

あたしはカートに戻り、値札をつける器具を手に取ると入念にその数字を確かめる。先週、桃の缶詰に間違った価格をつけてしまい、給料から八ポンド差し引かれたのだ。

「なにをやっているんだ？」大きな声がした。ミスター・パテルが背後から近づいてきていた。

るぞ」
「タンポンを並べ直しています」わたしは言葉に詰まりながら答える。
「窓から外を眺めていただろう。額を押しつけていたガラスに脂っぽい跡がついてい
るぞ」
「いいえ、ミスター・パテル」
「空想にふけらせるために給料を払っているわけじゃないんだ」
「わかっています」あたしは棚を示す。「タンパックス・スーパー・プラスがなく
なっています。アプリケーターつきのものです」
ミスター・パテルは落ち着かない様子だ。「倉庫を見てくるといい」その場を離れ
ながら言う。「二番通路になにかがこぼれている。モップで拭いておいてくれ」
「わかりました、ミスター・パテル」
「そうしたらもう帰っていい」
「でも三時までのはずです」
「デヴヤニが代わりをしてくれる。彼女は脚立にのぼれるからな」
それはつまり、彼女は妊娠していないし、高いところを怖がらないし、フェミニス
トに訴えるようなこともせずに〝自転車を止めさせて〟くれるという意味だ。あたし
はセクシュアルハラスメントで彼を訴えるべきなのだろうけれど、この仕事が気に

入っている。バーンズにいる理由ができるし、よりメグの近くにいられるから。

奥の倉庫でバケツに熱い石鹸水《せっけんすい》を入れ、スポンジが金属の枠の部分まですり減っていないモップを選んだ。二番通路はレジに近いから、カフェと外のテーブルがよく見える。わたしはミスター・パテルに近づかないようにしながら、時間をかけて床を磨いた。メグと友人たちは帰ろうとしている。頬にキスをしている。携帯電話を確かめている。子供たちをベビーカーに乗せている。メグは最後になにか言い、淡い色の髪をふわりと揺らしながら笑った。ほとんど無意識のうちに、あたしも髪を揺らしていた。うまくいかなかった。癖毛の悪い点だ――揺れるのではなく、弾んでしまう。

彼女と同じ髪型にはならないとメグの担当美容師のジョナサンに言われたけれど、あたしは耳を貸さなかった。

メグはカフェの外に立ち、携帯電話からだれかにメールを送っている。きっとジャックだ。夕食はなににするかを話し合っているのだろう。それとも週末の計画を立てているのかもしれない。あたしは、彼女がはいているマタニティジーンズが気に入った。同じものを買わなくては――ウェストがゴムのものを。メグはどこで買ったのだろう？

ほぼ毎日メグの姿を見ているけれど、話をしたことは一度しかない。ブラン・フレークはあるかと訊かれたのだが、そのときは売り切れていた。あると答えられればよかったのに。プラスチックのスイングドアの向こうから、彼女のためだけにブラン・フレークの箱を持って戻ってくることができればよかったのに。

あれは五月の初めだった。メグは妊娠しているかもしれないと、あたしはすでにそのとき感じていた。二週間後、メグが医薬品の通路で妊娠検査薬を手に取ったので、あたしの勘が正しかったことが証明された。いまあたしたちはどちらも妊娠第三半期に入っていて、出産まであとわずか六週間だ。結婚生活も母親業もいとも易々《やすやす》とこなしているらしいメグを、あたしはお手本にしている。まず第一に、メグはとても魅力的だ。間違いなくモデルになれたと思う――キャットウォークを歩く過食症のモデルや、大衆紙の三面を飾るトップレスの女性ではなく、健康的な色気のある親しみやすいタイプのモデル。洗濯洗剤や住宅保険の広告で、花いっぱいの野原や海岸をラブラドールを連れて走っていくような。

あたしはそのどれでもない。とりたててきれいでもないけれど、地味というわけでもない。脅威を感じないというのが、一番ふさわしい言葉かもしれない。魅力的とは言えない友人で、きれいな少女たちの主役の座を奪ったりせず、残り物（食べ物も恋人も）を喜んで受け取るから、みんなから必要とされるのだ。

小売業の悲しい事実のひとつが、人はだれも棚を整理している人間に気づかないということだ。あたしはドア口で眠る路上生活者や、段ボールの標識を掲げる物乞いと同じだ――視界に入らない。時々、客になにかを尋ねられることがあるけれど、あたしが答えているときにもその人たちは決してあたしの顔を見ない。スーパーマーケットで爆弾騒ぎが起きて、あたし以外の全員が避難して、警察が「店内でだれかを見かけましたか？」と尋ねたとしよう。

「いいえ」と彼らは答えるだろう。

「棚を整理していた人は？」

「だれですって？」

「棚に商品を並べていた人がいたでしょう？」

「その男性には気づきませんでした」

「女性ですよ」

「そうなんですか？」

それがあたし――目に見えない、取るに足りない、スーパーマーケットの店員。

外に目を向ける。メグがこちらに向かって歩いてきている。自動ドアが開いた。メグはプラスチックの買い物かごを手に取り、一番通路――果物と野菜売り場――を進んでいく。突き当たりまでやってくると、こちらに向きを変える。パスタとトマト缶の前を通り過ぎたところで、彼女の姿が視界に入ってきた。

あたしのいる通路に入ってくる。平然としてモップにもたれかかるべきか、それとも木製のライフルのようにモップを肩にかつぐべきか、どちらがいいだろうと思いながら、あたしはバケツを片側に寄せてあとずさる。

「気をつけて。床が濡《ぬ》れているんです」そう言うあたしの口調は、二歳の子供に話しかけるようだ。

メグはあたしの言葉に驚く。ありがとうと言って、お腹があたしに触れそうになりながら通り過ぎていく。

「予定日はいつですか？」あたしは尋ねる。

メグは足を止めて、振り返る。「十二月の初めよ」あたしも妊娠していることにメグが気づく。「あなたは？」

「同じです」

「何日？」

「十二月五日」

「男の子？　女の子？」

「わからないんです。あなたは？」

「男の子よ」

メグはラクランのキックスケーターを手にしている。「お子さんがいるんですね」

「ふたりいるわ」彼女が答える。

「ワオ！」

わたしはじっと彼女を見つめる。目を逸《そ》らしてと自分に命じる。足元を見つめ、それからバケツに、コンデンスミルクに、カスタード・パウダーに視線を移す。なにか言わなくては。なにも思いつかない。

メグの買い物かごは重たそうだ。「それじゃあ、お気をつけて」

「あなたも」あたしは答える。

メグはレジのほうへと進んでいく。あたしは唐突に、言えばよかったことを思いつく。どこで出産するのかを訊くこともできた。どんな出産をするの？　はいているストレッチ・ジーンズのことを訊いてもよかった。どこで買ったのかがわかったのに。

メグはレジの列に並び、順番が来るのを待っているあいだ、ゴシップ雑誌をぱらぱらとめくっている。『ヴォーグ』の最新刊はまだ出ていないから、『タトラー』と『プライベート・アイ』で手を打ったようだ。

ミスター・パテルがメグの買った物をレジに通し始める。卵、牛乳、じゃがいも、マヨネーズ、ルッコラ、パルメザンチーズ。買い物かごの中身を見れば、その人間についてわかることがたくさんある。菜食主義者、完全菜食主義者、アルコール依存症、チョコレート中毒者、ダイエット中の人、週に二日絶食する人、猫が好きな人、犬を飼っている人、マリファナ常習者、セリアック病患者、乳糖不耐症の人、ふけ症の人、糖尿病やビタミン欠乏症の人、便秘の人、巻き爪の人。

あたしがメグのことにくわしくなったのはそういうわけだ。彼女が以前は菜食主義者だったけれど、妊娠したときから赤身の肉を食べるようになったことを知っている。多分鉄分を補うためだ。彼女が、トマトベースのソースや、生パスタや、カッテージチーズや、ダークチョコレートや、缶入りのショートブレッドビスケットが好きなことを知っている。

メグときちんと言葉を交わした。これでつながりができた。メグとあたしは友だちになるだろう。そしてあたしはメグのようになる。素晴らしい家庭を築いて、夫を幸せにする。ヨガのレッスンを受けて、レシピを交換して、毎週金曜日にはママ友グループとコーヒーを飲みながら語り合うのだ。

メガン

ようやく金曜日。毎週金曜日には週数を数え、カレンダーをバツで消し、壁に数を数えるためのタリーマークをつけている。今回の妊娠はこれまでの二回よりも長く感じる。まるで自分の体が妊娠に反発していて、どうして相談してくれなかったのかと問いただされているみたいだ。

ゆうべは心臓発作が起きたのかと思ったけれど、ただの胸やけだった。チキンマドラスを食べたのは失敗だった。液体のチョークみたいな味で、トラック運転手のようなげっぷが出るガビスコン（胸やけや消化不良の薬）をひと瓶飲んだ。アンディ・ウォーホルに似た子が生まれてくるかもしれない。

トイレに行きたい。カフェで行っておくべきだったけれど、あのときはそれほど差し迫ってはいなかった。ラクランのキックスケーターがむこうずねに当たるたびに悪態をつきながら、骨盤底筋を必死で引き締めて足早に公園を横切っていく。

漏らしませんように。漏らしませんように。

公園の片隅では体操教室が開かれている。そこここでは、パーソナル・トレーナーがそれぞれの顧客の脇に立ち、もう一回腕立て伏せや腹筋運動をさせようと声をかけている。子供を産んだら、わたしも頼んだほうがいいかもしれない。ジャックが、わたしの体形についてきつい冗談を言い始めている。ラクランを産んだあと体重が戻らなかったから、今回は太りすぎであることを知っているのだ。うしろめたいと思う必要はない。妊婦はチョコレートを食べたり、楽なパジャマを着たり、明かりを消してセックスをしたりする権利があるはずだ。最近は、そういうことをあまりしていないけれど。ジャックはもう何週間もわたしに触れていない。汚してはいけない聖なるマドンナかなにかのようにわたしを見ていて、自分の子供を身ごもっている女性と寝ることに、妙な忌避感を抱いているのではないかと思う。

「きみが太ったからというわけじゃないんだ」いつかの夜、ジャックは言った。

「わたしは太っていないから。妊娠しているだけだから」

「もちろんさ。そういう意味で言ったんだ」

わたしはろくでなしと彼を罵った。彼はわたしをメガンと呼んだ。言い争いをしているとき、彼はわたしをそう呼ぶ。わたしはその名前が嫌いだった。メグと呼ばれるほうが好きだ。ナツメグ――人間だけでなく国々までもそのために争った、異国のスパイス――を連想させるから。

ジャックとわたしのあいだで起きていることは、喧嘩《けんか》というより小競り合いと呼ぶべきだろう。冷戦中の外交官のように、わたしたちは表立っては耳当たりのいいことを言いながら、ひそかに攻撃材料を集めている。夫婦のあいだで話すことがなくなるのはいつだろう？ 情熱が薄れるのはいつ？ 会話がつまらない退屈なものになるのは？ 夕食のテーブルにiPhoneが載せられるようになるのは？ ママ友グループの話題が子供のことから夫の愚痴になるのは？ 男性が家事をすることが愛情の証《あかし》になるのは？ すべての女性の夢の夫とすべての男性の夢の妻のあいだにある距離が、北極から南極ほどにも大きくなるのはいつだろう？

あら、いい表現だったかも。ブログに書くべきかもしれない。

いいえ、それはできない。ジャックと結婚したとき、夫を違う人間に変えようとする妻にはならないと約束した。わたしは〝ありのまま〟の彼を愛したのだ。なにかを直す必要などない、そこにいるあるがままの彼を。わたしは自分の選択に満足しているし、違う人生について考えるような無駄なことをするつもりはない。

わたしたちの結婚生活はそれほど悪いものではない。気の合う者同士が出会い、結んだ相互関係だ。ただ、一度落として欠けたところを継いだ壊れやすい花瓶のように、ごく近くで眺めれば傷がわかる。ほかのだれも気づいてはいないけれど、わたしはまだ水を溜《た》めておけるだろうかと考えながら心の中でその花瓶を眺め、人生のなかほどにある小さな山は、減速帯のようなものだと自分に言い聞かせている。そのおかげで速度を落とすことができて、薔薇《ばら》の香りに気づくのだ。

わたしたちはもうひとり子供を作るつもりはなかった。お腹の子は〝うっかり〟できた子で、予定外で予想外ではあったけれど、望まれていないわけではない――少なくともわたしにとっては。ある週末、わたしたちは珍しく友人の四十歳の誕生パーティーに出かけた。母がルーシーとラクランの面倒を見ると言ってくれた。わたしたちはかなりお酒を飲んだ。ダンスをした。ベッドに倒れこんだ。朝になって、セックスをした。ジャックはコンドームをつけるのを忘れた。危ない橋を渡ったわけだ。でもこれまであわただしくことを行おうとして、その最中に〝ママ、喉が渇いた〟とか〝ママ、うさちゃんが見つからない〟とか〝ママ、おねしょしちゃった〟と幾度となく邪魔をされたことを思えば、それも無理のないことだと思う。

これまでの二度の妊娠は軍事作戦のように計画されたものだったけれど、今回は文字どおり闇夜の鉄砲だった。

「女の子だったら、ルーレットという名前にしなくちゃいけないいな」衝撃から立ち直ったところでジャックが言った。

「ルーレットなんていう名前にはしない」

「わかった」

ジャックは言い争いや非難合戦のあとでこういったジョークを口にする。当面はなりを潜めているものの、怒っていたりストレスを感じていたりするときには、その癖が顔を出そうとする。

ジャックはあるケーブルテレビチャンネルのスポーツ・キャスターで、サッカーのプレミアリーグのライブ中継とスコアの集計をしている。夏のあいだは、ツール・ド・フランスを始めとする様々なスポーツを担当しているが、ウィンブルドンや全英オープンを任されたことはまだ一度もない。彼は頭角を現わしつつあって、それはつまり、より重要なゲームを担当できるようになり、放映時間が増え、注目度が高まることを意味していた。

ジャックは自分に気づかれることが好きだ。たいていは、以前に彼を見かけたというぼんやりした記憶のある人たちが、彼に気づく。「あなたは有名人ですか？」彼らはわたしたちの会話に割って入ってきて、わたしを無視してジャックにあれこれと語りかける。「わたしはどうでもいい人間なのね」と言いたくなるのをこらえながらわたしは彼らの後頭部を見つめ、笑顔でじっと待つ。わたしは野心のある彼が好きだし、成功してほしいと思っているけれど、夜遅く帰ってきて、朝早く家を出ていくストレスいっぱいの顔ではなく、人前で見せているような〝生意気な若者〟の顔をわたしたちにも向けてくれればいいと思う。

「きみも仕事に戻ったらどうだ」ゆうべ彼は言った。それももうひとつの議論の的だ。ジャックは〝無職〟――彼の言葉だ。わたしのではない――のわたしを腹立たしく思っている。

「だれが子供の面倒を見るの？」わたしは訊いた。

「ほかの女の人たちは仕事をしているじゃないか」

「あの人たちには子守や家事をしてくれる留学生のオペアがいるのよ」

「ルーシーは学校に通っているし、ラクランは保育所に預けている」

「半日だけね」

「そしてまたきみは妊娠したわけだ」

塹壕《ざんごう》をはさんで手榴弾《しゅりゅうだん》を投げ合うように、また同じ議論が繰り返される。

「わたしはブログを書いてる」

「それがどうだというんだ？」

「先月は二百ポンド稼いだわ」

「百六十八ポンドだ」ジャックが言い返した。「家計を管理しているのはぼくだ」

「ただでもらった物のことを考えてよ。服。ベビーフード。おむつ。新しいベビーカーは最高級品よ」

「きみが妊娠していなければ、新しいベビーカーは必要なかった」

わたしは天を仰ぎ、別の方向から攻めてみた。「もしわたしが仕事に戻ったら、お給料は全部保育料に消える。それにあなたと違って、わたしは決まった時間だけ子供の面倒を見ているわけじゃない。夜中に夢を見て泣く子供をあなたが最後にあやしたのはいつ？　水鉄砲で遊んでやったのは？」

「確かに」ジャックは皮肉をこめて言った。「だからぼくは朝起きて、仕事に行くんだ。この立派な家と二台の車ときみのタンスの中の服の代金を払うために。それから、レジャー費と学費とジムの会費と……」

わたしは口を閉じているべきだったのだろう。

ジャックはわたしのブログ『泥んこの子供たち』をばかにするけれど、フォロワーが六千人以上いるし、先月はある育児雑誌が選ぶ英国の子育てブログのベストファイブに入った。そう言ってやるべきだったのだろうけれど、ジャックはすでにシャワーを浴びに行ってしまっていた。戻ってきた彼はパンツにガウンを引っかけただけの姿で、わたしはいつもそれを見て笑ってしまう。ジャックはわたしに謝ったあと、足をマッサージしようかと言い出した。わたしは片方の眉を吊《つ》りあげた。「足になにを塗るつもり？」

それからわたしたちは、キッチンで紅茶を飲みながら子守を雇うことについて話し合い、いつものようにいい点悪い点を議論した。理屈の上では、わたしはその考えに大賛成だけれど——自分の時間ができるし、もっと眠れるし、セックスのためのエネルギーも確保できる——一方で、ぴったりした服を着たポーランド人の娘がかがみこんで食器洗浄機に食器を入れているところや、タオルを緩く巻いただけの格好でバスルームから出てくるところを想像してしまうのだ。**被害妄想？**　そうかもしれない。**分別がある？**　間違いない。

わたしは北京オリンピックでジャックと出会った。メディア・センターで公式の記者たちの世話をするのがわたしの仕事だった。ジャックはスポーツ専門放送局のユーロスポーツで働いていた。当時はまだ駆け出しで、仕事の流れを見て、こつを学んでいるところだった。

北京ではわたしたちのどちらも忙しくて互いに気づくこともなかったが、オリンピック終了後、関連するすべてのメディアのためにメインの放送局がパーティーを開いた。その頃にはわたしは大勢のジャーナリストと知り合いになっていた。中にはかなり有名な人もいたが、ほとんどは仕事の話しかしない退屈な人ばかりだった。ジャックは違って見えた。面白かったし、クールで、セクシーだった。トムやディックやハリーと同じありきたりな印象を与える彼の名前を含めて、わたしは彼のすべてに好感を抱いた。笑顔も素敵だったし、映画スターのような髪型をしていた。わたしは部屋の向こう側から彼を眺め、六十秒のあいだに将来をすべて夢想するという過ちを犯した。ロンドンで結婚式をあげ、バルバドスに新婚旅行に行き、少なくとも子供を四人作って、リッチモンドの大きな家で犬と猫を一匹ずつ飼うのだ。

パーティーは終わりに近づき、わたしはなにか気の利いたことを言おうとしながら、人込みを縫って彼に近づいていった。けれどわたしがジャックに行き着くより先に、イタリアの衛星有料テレビ、スカイ・イタリアの女性記者が彼を呼び止めた。豊かな髪。官能的な体。近づく顔と顔。大声で話す声。二十分後、ふたりは並んで出ていき、わたしは裏切られたような気持ちになった。ジャックのことが気に入らない理由を一ダースばかり並べていった。気取っている。髪にハイライトを入れている。歯を白くしている。彼はわたしのタイプではないと自分に言い聞かせた。わたしは見た目のいい男は好みではないのだから。**意識的な選択ではなかったかもしれない。見た目のいい男は、普通はわたしを選ばない。**

彼と再会したのは二年後だった。二〇一二年大会の開催地の視察としてロンドンにやってきた代表団のために、国際オリンピック委員会《IOC》が歓迎会を開いたのだ。ジャックはホテルのロビーで女性と言い争いをしていた。彼は頑として自分の意見を譲ろうとしない。女性は泣いていた。その後、無料のお酒をひとりで飲みながら、通りすがりのウェイターからカナッペの皿を奪い取っている彼をバーで見かけた。

わたしはあたりにいる人たちを押しのけて、彼に声をかけた。笑顔を向けた。**失意につけこむのは間違っている？**

話をした。笑い合った。酔った。わたしは必死にならないように必死だった。

「新鮮な空気が吸いたいな」ジャックはもう少しでスツールから落ちそうだった。

「歩かない？」

「いいわ」

外に出て、もたれ合うようにしながら歩調を合わせて散歩するのはいいものだった。

ジャックはコヴェント・ガーデンにある、遅くまでコーヒーが飲める店を知っていた。わたしたちは追い出されるまでそこで話をした。ジャックはわたしを家の玄関まで送ってくれた。

「また一緒に出かけてくれる？」ジャックが訊いた。

「デートっていうこと？」

「それはOKっていう意味かな？」

「もちろん」

「朝食はどう？」

「いまは夜中の二時半よ」

「それならブランチだ」

「朝まで一緒にいようとしている？」

「違うよ。ただ明日会う約束がしたいだけだ」

「今日っていうこと？」

「そうだ」

「ランチならいいわ」

「それまで待てるとは思えないよ」

「ずいぶん切羽詰まっているように聞こえるけれど」

「そのとおりさ」

「あの女の人とはどうして喧嘩していたの?」

「別れたんだ」

「どうして?」

「ぼくには野心がありすぎるんだそうだ」

「そうなの?」

「そうだ」

「それだけ?」

「彼女の魚を殺したと言われた」

「魚?」

「彼女はトロピカルフィッシュを飼っているんだ。ぼくが世話をすることになっていたんだが、うっかりヒーターのスイッチを切ってしまった」

「一緒に暮らしていたときの話?」

「一緒に暮らしていたわけじゃないよ」

「あの人、泣いてた」

「演技がうまいんだ」

「彼女を愛していた？」

「いいや。きみはいつもこんなふうなの？」

「こんなふうって？」

「質問攻めにする」

「興味があるの」

彼は笑った。

わたしたちのちゃんとした最初のデートは、コヴェント・ガーデンでのランチだった。職場のすぐ近くだ。彼はオペラ・テラスに連れていってくれた。そのあとストリート・パフォーマーや大道芸人や彫像のように動かない人《リビング・スタチュー》を眺めた。ジャックは一緒にいて楽な人だった。好奇心旺盛で、思いやりがあって、次から次へと面白い話をしてくれた。

わたしたちは次の日の夜も一緒に出かけ、同じタクシーで帰ってきた。真夜中を過ぎていた。どちらも翌日は仕事があった。ジャックは中に入れてほしいとは言わなかったけれど、わたしは彼の手を取って階段をあがった。

わたしは恋に落ちた。狂おしいほど。たまらないほど。絶望的なほど。だれの身にも一度はあることだと思う——恋が絶望的だなんてあってはならないことだとしても。わたしはジャックのすべてに夢中だった——彼の笑み、彼の笑い声、彼の外見、彼のキスの仕方。彼はまるで、永遠になくならないチョコレートビスケットのようだった。食べすぎて気持ちが悪くなることがわかっていても、それでも食べてしまうのだ。

半年後、わたしたちは結婚した。ジャックの仕事は順調に伸び、その後しばらく停滞していたものの、いままた動き始めている。わたしはルーシーを身ごもり、ニューヨーク行きを意味する昇進を断った。二年後ラクランが生まれると、仕事を辞めて専業主婦になった。両親に援助してもらって、バーンズに家を買った。わたしはもっと南のほうにして借金を少なくしたかったのだが、ジャックはライフスタイルだけでなく、住所にもこだわった。

そういうわけで、いまわたしたちはここにいる。完璧な核家族で、人生半ばの疑念と議論が表面化しようとしていて、〝うっかり〟できた子供が生まれてくるのを待っている。わたしは子供たちを愛している。夫を愛している。それでも時々、自分が本当に幸せだった瞬間の記憶をかき集めている。

わたしが恋に落ちた男性——愛しているとわたしより先に言った男性——は変わってしまった。楽天的でおおらかだったジャックは、わたしにはとてもほどけないくらいがっちりと有刺鉄線で感情を縛りつけた冷淡な男になった。彼の欠点ばかりを見ているわけでも、短所を数えあげているわけでもない。いまでも彼を愛している。本当だ。ただ彼が、自分自身のことに執着しすぎないでくれればいい、そして自分たちが、だれもが健康で幸せでウィットに富んでいて、庭にユニコーンがつながれているディズニー・チャンネルに出てくるような家族ではない理由を尋ねないでくれればいいと思っているだけだ。

アガサ

シフトが終わり、倉庫で着替える。スモックと名札を丸めて、缶入りオリーブオイルとトマトの缶詰のうしろに押しこむ。ミスター・パテルは従業員に制服を持って帰ってほしいようだが、あたしは彼のために洗濯をするつもりはない。コートを着て、ゴミ箱や捨てられた段ボール箱の脇を通って裏口から店を出る。『フランス軍中尉の女』のメリル・ストリープになったつもりで、フードを頭にかぶる。彼女はフランス軍船の将校に捨てられた売春婦で、じっと海を見つめながら彼の帰りを待っていた。でも、あたしの愛する船乗りはあたしの元に帰ってくる。あたしは彼の子供を産むのだ。

パトニー・コモンの東のはずれで、ロワー・リッチモンド・ロードからパトニー・ブリッジへと向かう二十二番の二階建てバスに乗る。妊娠してすぐの頃は、あたしにおめでとうと言うべきか、それともジム通いを勧めるべきなのか、世間の人たちは決めかねていたけれど、いまではバスや混み合った列車で席を譲ってくれる。あたしは妊娠している自分が好きだ。お腹の中で赤ちゃんが伸びをしたり、あくびをしたり、しゃっくりをしたり、蹴飛ばしたりするのが感じられる。あたしはもうひとりじゃないという気がする。一緒にいて、あたしの話を聞いてくれる人間がここにいる。

向かいにスーツ姿のビジネスマンが座っている。マッシュルームスープ色の髪をした四十代半ばの男性。彼の視線があたしの膨らんだお腹に注がれているのがわかる。あたしを魅力的だと思ったのか、笑みを浮かべている。

ミスター・ビジネスマンはあたしの見事な谷間を見つめている。彼を誘惑できるだろうかと考えた。妊婦と寝るのが好きな男たちがいる。彼を家に連れていって、縛りつけて、こう言うのだ。「あたしにやらせて」もちろんそんなことはしないけれど、ヘイデンとはもう七カ月も会っていないし、女にだって欲望はある。

あたしの船乗り坊やは英国海軍の通信下士官だ。それがどういう意味なのか、実はよくわかっていないのだけれど、コンピューターや情報活動や状況説明といったものに関係あるようで、ヘイデンが説明してくれたときの口ぶりではとても重要なことらしかった。いま彼は、インド洋のどこかでソマリアの海賊を追っている英国海軍フリゲート艦サザーランド号の上にいる。八カ月間の任務なので、クリスマスまで帰ってこない。

あたしたちは去年のクリスマスイブにソーホーのナイトクラブで出会った。にぎやかで活気に満ちていて、高すぎる飲み物を出し、光が点滅するその店を、あたしは真夜中になるずっと前に出るつもりでいた。男たちのほとんどは酔っていて、挑発するようなドレスと男を誘うハイヒール姿の十代の娘たちを値踏みしていた。**最近の売春婦たちが気の毒だ——どうやって自分を売りこめばいいんだろう？**

一部の男たちは勇気をかき集めて、娘のだれかを時折ダンスに誘っていたけれど、娘は髪をさっと払うか、彩った唇を歪《ゆが》めるだけだった。あたしは違った。こんばんはと言って、興味を示した。体を押しつけてきたり、耳元で叫んだりするヘイデンを拒まなかった。あたしたちはキスをした。彼はあたしのお尻をつかんだ。自分は選ばれたと思っていたのだろう。

あたしは多分、クラブにいる女性の中で一番年上だったけれど、ほかの娘たちよりずっと品があった。確かに、下半身はいくらか重力の影響を受けてはいるものの、ちゃんと化粧をすればまあまあ見られる顔立ちだし、お腹まわりのぜい肉は服で隠せる。なにより大事なことに、あたしには立派な胸がある。人——大人の男、少年、だれかの夫、教師、家族の友人——にじろじろと見られていることに気づいた十一歳か十二歳の頃から、胸は豊かだった。初めのうちは無視していた。やがて、痩《や》せることで胸を小さくしようとしたり、布を巻いたりしたけれど、胸はつぶれなかったし、平らにもならなかったし、隠すこともできなかった。

ヘイデンは巨乳好きだ。彼が初めてあたし（あたしの胸）に目を留めたときから、それはわかっていた。男って本当に見え透いている。あれは本物かなと、彼が考えているのがわかった。**本物に決まっているじゃないの！**

最初、彼は若すぎると思った。顎にはまだにきびがあったし、痩せすぎのように見えたけれど、あたしが常々少年にはもったいないと思っていた、癖のある美しい黒髪の持ち主だった。

あたしは彼を家に連れていき、彼はこのあと八カ月はセックスができないと思っている男のようにあたしを抱いた。実際にそのとおりだったのかもしれないけれど、上陸した船乗りがなにをしているのか、あたしにはわからない。

ほかの多くの男たちのように、彼はあたしを上にならせたがった。そうすれば、あたしが腰を揺すっているあいだ、顔のすぐ前に胸がくるからだ。ことが終わったあと、バスルームで体をきれいにしたあたしは、ヘイデンが服を着て帰ろうとしているのだろうと思いながら部屋に戻った。けれど彼は深々とシーツにくるまって、両腕であたしを抱き寄せた。

朝になっても彼はまだそこにいた。あたしは彼のために朝食を作った。あたしたちはベッドに戻った。昼食をとって、またベッドに戻った。それから二週間、ほぼそんな日が続いた。やがてあたしたちは外に出かけることにして、彼はあたしを恋人のように扱った。あたしたちの初めてのちゃんとしたデートは、グリニッジにある国立海洋博物館だった。バンクサイド・ピアからリバーバスに乗ると、ヘイデンは途中にある歴史的建造物を次々と教えてくれた。タワー・ブリッジ近くには、博物館として公開されている軽巡洋艦ベルファストがあった。ヘイデンはくわしかった――この船が第二次世界大戦中、ドイツ軍の機雷で損傷を受けたことや、ノルマンディ上陸作戦に参加したことを話してくれた。

海洋博物館でも彼は授業を続け、ネルソン卿《きょう》やナポレオンとの戦いについて語った。一枚の絵があたしの目を引いた。〝タヒチ再訪〟というタイトルの南太平洋の島の絵で、ごつごつした岩山や青々とした森やヤシの木や川で水浴びをしている肉感的な女性が描かれている。その絵を見つめていると、爪先の下の砂のぬくもりや、プルメリアの花の香りや、肌の上で乾いていく水が感じられる気がした。

「タヒチに行ったことはある？」あたしはヘイデンに尋ねた。

「ないよ。でも、そのうち行くと思うよ」

「あたしを連れていってくれる?」

ヘイデンは笑い、リバーバスで船酔いしたのだろうと言った。

次のデートでは南ロンドンにある帝国戦争博物館に行き、第二次世界大戦で五万人を超える船員が命を落としたことを知った。あたしはヘイデンのことを考えて怖くなったけれど、最後に沈没した英国の軍艦はフォークランド紛争中の駆逐艦コヴェントリーで、ヘイデンが生まれる前のことらしい。

ヘイデンが再び船に戻るまで、あたしたちは三カ月一緒に過ごした。それほど長い期間じゃないことはわかっているけれど、そのあいだあたしは結婚しているような気分になっていた。まるで、あたしたちふたりよりもっと大きななにかの一部になったみたいな。彼があたしを愛していることはわかっていた。彼がそう言った。彼はあたしより九歳年下だったけれど、身を固めるには充分な年だ。あたしたちはお似合いだった。あたしは彼を笑わせたし、セックスは素晴らしかった。

あたしが妊娠していることをヘイデンは知らない。あのばかな子は、あたしたちが別れたと思っている。あたしが彼の携帯電話のメールやショートメッセージを読んでいるところを見つけて、あたしを偏執狂だとか狂っているとか言って大げさに騒ぎたてた。あとになって悔やむような言葉をぶつけ合った。ヘイデンは足音も荒くあたしのアパートを出ていき、真夜中過ぎまで戻ってこなかった。彼は酔っていた。あたしは寝たふりをした。彼はごそごそと服を脱ぎ、ジーンズを引っ張りおろそうとして尻もちをついた。まだ怒っているのだとわかった。

翌朝あたしは寝ている彼を残して、朝食のためのベーコンと卵を買いに出かけた。手紙を残した。愛している。キスの印。戻ってきたときには、彼はもういなかった。くしゃくしゃになった手紙が床に落ちていた。

電話をかけた。彼は出なかった。バス停や駅に行ってみたけれど、もういないことはわかっていた。ごめんなさい、お願いだから戻ってきてと留守番電話に残した。けれどメールにもショートメッセージにも返事は来なかったし、フェイスブックの〝友達〟からはずされた。

あたしたちふたりを守ろうとしたのだということをヘイデンはわかっていない。あたしは、人の恋人や夫を嬉々《きき》として盗む女が大勢いることを知っている。例えば彼の昔の恋人のブロンテ・フリンは、下着をつけずに外出することで有名だ。ヘイデンはいまもまだフェイスブックとインスタグラムで彼女をフォローしていて、みだらな自撮り写真にコメントをつけている。あたしが彼の携帯電話を見たのはそれが理由だ

——嫉妬じゃなくて、彼を愛していたから。

とにかく、あたしたちのあいだには子供ができたのだし、メールでそのことを彼に知らせたくはない。これは面と向かって話すべきことだけれど、彼があたしと話す気になってくれなければそれは無理だ。海軍の人間が海に出ているときは、週に一度、二十分の衛星電話をかけることが許されているけれど、リストに載っている相手に限られる。ヘイデンはあたしを恋人かパートナーとして申請し、電話番号を登録しておかなければいけない。

先週あたしは、海軍の厚生局に電話をかけて妊娠していることを話した。感じのいい女性がくわしく話を聞いてくれて、とても親身になってくれた。ヘイデンに電話をかけさせてくれることになっている。船長が彼に直接命じるはずだ。だからあたしは毎晩家にいて、彼の電話を待っている。

メガン

父はもうすぐ六十五歳で、四十二年勤めた金融会社を来月退職する。今夜は父の誕生日の夕食会なのに、ジャックの帰宅が遅れていた。五時半には帰ると約束したのに、もう六時をまわっている。口うるさいと彼に責められるのがわかっているから、こちらから電話をするつもりはない。

ようやく帰ってきた彼は、遅れたことを渋滞のせいにした。車に乗ったわたしたちは、後部座席のチャイルドシートでルーシーとラクランが『アナと雪の女王』のサウンドトラックを聴いているあいだ、小声で言い争いをした。

ジャックは、赤に変わりかけている信号を走り抜けた。

「スピードの出しすぎよ」

「遅れているってきみが言ったんじゃないか」

「だから、わたしたちを殺すつもりなの？」

「ばかを言うなよ」

「もっと早く帰ってくればよかったのよ」

「そうだな、十二時に帰ればよかったんだ。一緒にマニキュアを塗ればよかった」

「ファック・ユー！」

思わず言葉がこぼれた。ルーシーがさっと顔をあげる。ジャックは、正気か？　子供の前で？　と言いたげな顔をわたしに向ける。

「いけない言葉を言ったね」ルーシーが言う。

「いいえ、言っていないわよ。ダック・スープって言ったの。今夜、出てくるかもしれないわ」

ルーシーは顔をしかめる。

「ダック・スープは嫌いだよ。まずいんだもん」ラクランは叫ぶように言う。

「一度も飲んだこと、ないでしょう？」

「まずい、まずい、ダック・スープ」ラクランはさらに大声で歌う。

渋滞の脇を抜け、ジャックは無言のままチジック・ブリッジに向けて車を走らせる。

わたしは静かに怒りを募らせながら、遅くなったジャックのせいでだめになった数々の料理のことを考えていた。わたしがすることをばかにしたりけなしたりするジャックが大嫌いだ。実家に着いたのは七時だった。子供たちは家の中へと駆けこんでいく。

「あなたって時々、最低よね」わたしはそう言いながらサラダを手に取り、ジャックは折りたたみ式ベッドを持ちあげた。

妹が手を貸すためにやってくる。グレースはわたしの六歳下でいまも独身だけれど、どれほどいいようにあしらわれようとも彼女の歩いた地面を崇《あが》めているような、魅力的で成功を収めている男性が常に隣にいる。

「お父さんは？」わたしは尋ねる。

「注目を浴びてる」わたしたちはハグをした。「バーベキューの火をおこしていたわよ。また焦げたソーセージとケバブを食べることになるわね」

グレースとわたしはあまり似ていない。わたしのほうがきれいだけれど、グレースには個性があると人は言う。十四歳のときには褒め言葉だと思ったけれど、いまはそうではないことを知っている。

ジャックは折りたたみ式ベッドを予備の寝室のひとつに運んでから、庭でバーベキューグリルを囲んでいる男性陣に加わった――それは万人を平等にする最高の器具で、トングを手にしている者はだれでも王さまになれるのだ。二本の缶ビールが数分のうちにジャックの喉を滑り落ちていく。そして三本目。わたしはいつから数えるようになったのだろう?

　母から料理の手伝いを頼まれる。サラダをドレッシングであえて、じゃがいもにバターをまぶす。グレースは夕食の時間まで、ルーシーとラクランが退屈しないように遊んでくれる。子供が好きだとグレースは言うけれど、人の子供のことだろうとわたしは思っている。疲れたり機嫌が悪くなったりしたときには親に返すことができるから。

　外から笑い声が聞こえてくる。ジャックが面白い話をしてみんなを笑わせているのだろう。みんな彼のことが好きだ。どんな場でもジャックは常に主役だった——移籍や契約に関するゴシップを山ほど知っているテレビスター。サッカーにくわしい人間は大勢いるけれど、ジャックは内部情報を握っていると思われているから、だれもが彼の意見にうなずく。

「あの人でよかったわね」母が言う。

「なに?」

「ジャックよ」

　わたしはグリルから炎がたちのぼっている庭を見つめたまま、笑顔でうなずく。

「これからわたしはあの人となにをすればいいのか、さっぱりわからない」母が言っているのは、引退する父のことだ。

「お父さんには計画があるんじゃない？　ゴルフとガーデニング？　ひと月もしないうちに飽きるに決まっているわよ」

「旅行に行ってもいいし」

「あの人はいつも、以前に行ったところに行きたがるの。巡礼みたい」

新婚旅行に行ったギリシャのホテルを再訪したときのことを、母はまた語った。夜中の三時にやってきたロシア人が、お金をひらひらさせながらセックスを要求してきたのだという。

「そのホテルは売春宿になっていたのよ」

「ちょっとした冒険ね」わたしは言う。

「この年になれば、その手の冒険はもうたくさん」

肉がいい具合に火葬できたところで、座って食べ始める。ラクランとルーシーにはふたり用の小さなテーブルが用意されていたが、結局はわたしもそこに座り、ルーシーをなだめつつ食べさせ、ケチャップの中でソーセージを泳がせようとするラクランを止める羽目になる。

乾杯と演説が繰り返される。家族がどれほど大切かを語る父は感傷的になって、声を詰まらせている。ジャックはしきりに軽口を叩《たた》いているけれど、いまはまったくそぐわない。

十時になり、眠っている子供たちを車に運び、いとまを告げる。わたしが運転した。ジャックは眠っている。家に着いたところで彼を起こし、再び子供たちを運び、ベッドに寝かせる。十一時にもなっていなかったけれど、わたしは疲労困憊《こんぱい》だった。

ジャックはまた飲もうとした。

「まだ飲むつもり？」口から出たとたんに、その言葉を取り消したくなる。

「なんだって？」

「なんでもない」

「聞こえたぞ」

「ごめんなさい。そんなつもりじゃなかったの」

「いいや、そんなつもりだったね」

「喧嘩はいやよ。疲れているの」

「きみはいつだって疲れているよね」

セックスできないくらい疲れているって言いたいんでしょう？

「わたしは今週ずっとセックスしたかったのに、あなたにその気がなかったんじゃないの」そう言い返したが、本当は事実ではない。

「きみにぼくを責められるのか？」

「どういう意味？」

ジャックは答えなかったが、いまのわたしには魅力を感じないし、もう子供は欲しくなかったのだと言いたいことはわかっている。ふたり——男の子と女の子——いれば充分で、それ以上必要ないのだと。

「わざとしたわけじゃない」わたしは言う。「たまたまそうなったのよ」

「そしてきみは産むことに決めたわけだ」

「ふたりで決めたことよ」

「違うね。きみが決めたんだ」

「そうなの？　あなたはパブで友だちにそう言っているの？　自分はすっかりわたしの尻に敷かれていて、無理やり子供を作らされたって？」

グラスを握るジャックの手に力がこもり、心の中で十まで数えているみたいに目を閉じる。グラスを持って庭に出ていき、キッチンの時計の横の高い棚に置いている箱から取り出した煙草《たばこ》に火をつける。煙草を吸うのをわたしがいやがることを彼は知っている。わたしがなにも言わないこともわかっている。

わたしたちの喧嘩はこんなふうだ。皿ではなく、言葉を投げつける。結婚生活のあいだにそれぞれが見つけていた、相手の痛いところや弱点やうしろめたいことを攻撃する。

相手に怒りを抱いたまま眠りにつかないとふたりで決めたことがあった。いつそれが変わってしまったのかは覚えていない。子供が生まれたらすべては問題なくなると、わたしは自分に言い聞かせている。わたしは活力を取り戻すだろう。彼の疑念も消えるはずだ。わたしたちはまた幸せになる。

アガサ

その日を思い出して罪を贖《あがな》えと告げる幻の時計のように、過去があたしの中で時を刻むのを感じることがある。今日は、なにかの記念日のようなそんな日――十一月一日――で、だからあたしは高速道路の内側の車線を走り続けるナショナル・エクスプレスのバスで、どんよりした灰色の空の下を北へと向かっている。

窓ガラスに額を押し当てて、追い越していく車やトラックを眺める。タイヤが水しぶきをあげ、ワイパーが忙しく動く。雨はいかにもふさわしい。あたしの子供の頃の記憶に、終わらない夏の日や長い夕暮れ時や草の合間で鳴くコオロギは出てこない。子供時代を過ごしたリーズは、いつも灰色で寒くて細かい雨が降っていた。

実家はもうない。取り壊されて、バルク商品の倉庫になっている。母はわたしの義理の父親が遺《のこ》したお金で、以前の家からそれほど遠くないところにある小さなテラスハウスを買った。義理の父はゴルフ場でティーショットをスライスさせて池に打ちこんだときに、心臓発作を起こして死んだ。心臓が悪いなんてだれか知っていたの?

母から電話があって葬儀に来るかと訊かれたが、遠くから嘲笑《あざわら》っておくと答えた。

今日は母には会わない。母は、彼女のお気に入りの言い回しを使えば、〝スペインで冬を過ごして〟いる。それはつまり、リゾート地であるマルベーリャのプールサイドでチキンのようにこんがり焼かれつつ、サングリアを飲みながら地元の人たちをばかにするということだ。母は金持ちではない。ただの人種差別主義者だ。

リーズのバスターミナルの一番近くにある花屋に行き、カスミソウと緑の葉を使った小さな花冠を三つ作ってもらった。女店員が薄葉紙に包んで光沢のある紙箱に入れてくれたものをショルダーバッグに押しこむ。そのあとサンドイッチと飲み物を買ってから小型タクシーに乗り、A六十五号線をカークストールへと向かった。エア川と交差するあたりだ。ブロードリア・ヒル近くでタクシーを降り、踏み越し段を越えて、森の中のぬかるんだ小道を進んでいく。

鳥だけでなくほとんどの木や低木の名前がわかるのは、かつての夫のニッキーのおかげだ。あれこれ教えてもわたしの耳を素通りしていると彼は思っていたけれど、あたしは彼の話を聞くのが好きだったし、物知りな彼に感心していた。

ニッキーに会ったのはあたしの三十回めの誕生日のひと月後だ——理想の男性にも、

ふさわしくない男性にも、たとえどんな男性だろうと、もう出会えないかもしれないと思っていたときだった。友人のほとんどは結婚しているか、婚約しているか、あるいは決まった人と長く付き合っていた。大家族を望んでいたり、福祉を当てにしていたり、もしくはなにも考えずに、二度目か三度目の妊娠をしている人もいた。

あたしはロンドンで人材派遣会社に短期の秘書として登録していて、主に産休を取る女性の代わりに働いていた。カムデンにあるケバブの店の上のワンルーム・アパートで暮らしていた。その店はパブが閉まったあと、喧嘩とドネルケバブを売っていた。

その日はハロウィーンだった。魔女やゴブリンや幽霊たちが袋や籠を手に、あたしの部屋のドアをノックした。英国の歯科業界にさらに寄付をしたあたしは、冷蔵庫でずっと放置されていた牛乳パックのような気分で裸足でキッチンに立っていた。

食卓の上にラップトップが置かれていた。その両側には印刷したページが山積みになっていた。あたしは三カ月前から、有名な兵士たちの伝記と戦争の歴史を書いているニコラス・デイヴィッド・ファイフルという作家の口述筆記のテープ起こしをしていた。彼からテープが送られてきて、あたしはそれを打ちこみ、印刷した原稿を送り返す。特定の箇所を打ち直してほしいときに彼がメモの余白に記す、奇妙な書き込みだけがあたしたちの接点だった。

彼はあたしの気を引こうとしているのだろうかと考えた。どんな外見なんだろう？屋根裏部屋で美しい散文を生み出している、物静かな悩める芸術家を想像した。それとも危険と隣り合わせで生きてきた、ぼさぼさの髪をした大酒飲みの従軍記者だろうか？　あたしは彼のメモとテープの声しか知らなかった。穏やかで優しそうで、特定の音節で少しつっかえる癖があって、どこまで話したかわからなくなるとぎこちなく笑う。

あたしは心を決めた。原稿を送るのではなく、自分で届けたのだ。ハイゲートにある彼の家のドアをノックした。ニッキーは驚いた様子だったけれど、うれしそうだった。あたしを迎え入れて、紅茶をいれてくれた。期待していたほどハンサムではなかったけれど、それなりの顔立ちだったし、ほっそりした体は服の中で成長しているように見えた。

あたしは本について尋ねた。彼は書斎を見せてくれた。「きみは本を読む？」

「子供の頃はたくさん読んだわ。いまは選べなくて」

「どんな物語が好きなの？」

「ハッピーエンドが好き」

「ぼくたちは似ているね」彼は笑った。

配送料の節約と時間短縮のために、彼の家でテープ起こしをしたらどうだろうとあたしは提案した。毎朝九時に彼の家に行き、時折紅茶をいれたり、電子レンジでなにかを温めて食べたりしながら食堂で作業をした。ニッキーがあたしにキスをするまで、距離を縮める時間が何週間も必要だった。彼は多分、童貞だった。優しくて、思いやりがあって、気遣ってくれたけれど、あまりうまくはなかった。うめいたり、声をあげたりしてほしかったけれど、行為の最中、彼はいつも無言だった。

友だちがまわりにいるとき、彼はビールを飲んだり馬に賭けたりするごく普通の男のように振る舞っていたけれど、あたしと一緒のときは違っていた。田園地方をどこまでも歩き、廃墟《はいきょ》になった城を見学したり、森林地帯を飛ぶ鳥を見つけたりした。そんな〝探検旅行〟のひとつでニッキーはあたしにプロポーズをして、あたしはイエスと答えた。

「きみのご両親にはいつ会いに行く？」彼は訊いた。

「行かなくていい」

「でも結婚式には来てもらうんだろう？」

「いいえ」

「きみの親じゃないか」

「いいのよ。ほかに来てくれる人はたくさんいるもの」

結婚してからもニッキーはあたしたちを仲直りさせようとした。実際そうした。「親と縁を切るなんてできるわけないじゃないか」あたしにはできたし、関係は薄れていって消える。ほかの人との関係と同じだ――双方が努力することをやめれば、関係は薄れていって消える。

ところどころに水たまりがある乗馬道をたどっていくうち、地面は緩やかにのぼり始める。時折振り返ったけれど、だれもあとをつけてくる人はいない。お腹の膨らみはコートで隠れているものの、骨盤を押されているようだったし、股関節には赤ん坊の重みを感じている。若木を手すり代わりにして、かろうじて土手をのぼる。小枝や落ち葉がブーツの下で砕ける。飛び跳ねるカバのような優雅さで溝を飛び越えた。

日差しは徐々に強くなっていて、あたしはコートの下で汗をかいている。曲がりくねった道を進んでいくと、使われなくなった農家の隣の木立が見えてくる。斜面をずっとくだったところにある堰《せき》の手前の深い池に水が落ちる音が聞こえる。

濡れた地面に膝をつき、つるや雑草をかき分け、茂みを引っ張り、土の塊をどける。やがてぽっかりと開いた空間に、等間隔に置かれた三つの小さな石塚が現われる。満足したあたしはコートを脱いで敷物代わりに地面に置き、農家の崩れかけの壁にもたれて座る。

この場所を見つけたのはニッキーに会う前だ。カークストール教会堂やホースフォースの鍛冶場《かじば》の脇を通る曳舟道《ひきふねみち》を自転車で走っていたのは、十一歳か十二歳のときだと思う。木綿のワンピースとサンダルでペダルを踏みながら、岩のあいだを進んでいく運河船に手を振ったのを覚えている。カーブを曲がると、木々の合間から煙突らしきものが見えて、イバラやつるをかき分けるようにして進んだ先に、魔法のようにこの壊れかけの農家が現われたのだ。それはまるで千年前から眠っていたおとぎの国の城のようだった。

ずっとあとになってニッキーをここに連れてきたら、彼も夢中になった。この土地を買って家を建て直そうとあたしは言った。あなたはここで書けばいいし、たくさん子供を育てられるわ。ニッキーは笑って〝落ち着け〟と言ったけれど、そのときにはあたしはもう妊娠しようとしていた。

避妊しないセックスは、当たることを期待して二十八日ごとにロトを買うようなものだ。あたしは一度も当たらなかった。あたしたちは病院や不妊治療クリニックや代替医療の施設を訪れた。ホルモン注射、ビタミン、薬、鍼《はり》、催眠療法、漢方、特殊ダイエットを試した。次はもちろん体外受精《IVF》だった。蓄えていたものを費やして四回試み、失敗するたびに胸が張り裂けるような思いをした。希望に満ちた結婚生活は絶望に変わった。

ニッキーはもうやりたがらなかったけれど、あたしのためにやってくれた。さいころの最後のひと振りで、磯《いそ》の岩のカサガイみたいに受精卵があたしの子宮にへばりついた。ニッキーは〝奇跡の赤ん坊〟と呼んだ。あたしは奇跡を信じていなかったから、毎日不安でたまらなかった。

数週間が過ぎた。そして数カ月。あたしのお腹は大きくなっていった。思い切って名前を考えた（女の子ならクロエ、男の子ならジェイコブ）。三十二週に入ったところで、赤ちゃんが動かなくなった。すぐに病院に駆けこんだ。助産師があたしを機械につないだけれど、心臓の音を聞き取ることができなかった。位置が悪いのだろうと彼女は言ったけれど、そうではないとあたしにはわかっていた。医者が来て超音波で調べたけれど、血流も心拍も確認できなかった。

お腹の子は死んでいると医者は言った。生きていない。死体だと。

ニッキーとあたしは悲嘆に暮れ、ひたすら泣き続けた。その日あたしは誘発分娩《ぶんべん》を受けた。陣痛に耐えて産んだけれど、赤ん坊の泣き声は聞こえず、喜びもなかった。手渡された赤ちゃんはまだ温かくて、あたしは息をすることも名前を呼ばれることもなかったその女の子の目を見つめていた。

遺灰を運んできたのがここだ。ニッキーとあたしは、堰の上の崩れかけた農家の脇にクロエを埋葬した。あたしたちの特別な場所に。毎年クロエの誕生日――今日だ――にはここに来ようと約束したけれど、ニッキーは一度も訪れることがなかった。あたしたちは〝前進〟しなくちゃいけないと彼は言った。あたしにはどうしても理解できない言葉だ。だって地球はまわっている。時は過ぎていく。たとえ同じ場所にじっと立っていても、前進しているのだから。

あたしたちはこの出来事を乗り越えられなかった。一年もしないうちに、別れた――彼ではなく、あたしのせいだ。子供に対するあたしの愛は大人に対するものよりも深い。それは、肉体的な魅力や、共通の経験や、親密であることの喜びや、共に過ごす時間といったものとは関わりのない唯一の愛だからだ。無条件で、無限で、揺るがない。

離婚は簡単であっさりしていた。五年間の結婚生活は一本のペンで終わった。ニッキーはロンドンを出ていった。最後に聞いた話では、ニューカッスルで女教師――十代の息子がふたりいる離婚歴のある女性――と暮らしているらしい。水を加えてかき混ぜるだけの出来合いの家族だ。

ローストビーフのサンドイッチと飲み物を取り出した。三角形のビニールを開いて、パンくずを手のひらで受け止めながら、ゆっくりと食べる。一羽のコマドリが低木の細い枝から枝へと飛び移っていたかと思うと、クロエの石塚の上に止まった。草の上にパンくずを撒《ま》く。コマドリは石塚から飛び降りて、時折首をかしげてあたしを見つめながらついばんでいる。

今日はクロエの誕生日だけれど、あたしは赤ちゃんたちみんなを悼んでいる——失った子たち。救えなかった子たち。だれかが責任を負わなくてはいけないから、あたしが悼んでいる。

帰る前にショルダーバッグを開けて、花びらをつぶさないようにしながら小さな花冠を取り出し、それぞれの名前を呼びながら石塚にひとつずつ載せた。

「また赤ちゃんができるの」あたしは子供たちに告げる。「でもあなたたちへの愛が変わることはないから」

メガン

　わたしは赤ちゃんの部屋の壁にペンキを塗り、ステンシルをしている。室内装飾に関して、わたしはあまり大胆ではない。子供に表現の自由を認めなかった両親のせいだと思う。木は緑で、薔薇は赤でなくてはならなかった。

片方の目でラクランを見張っていたつもりだったけれど、すでにドアには彼の手形がついているし、違う色の缶にブラシを突っ込んでくれた。洗濯室のシンクでラクランの手を洗いながら、これもブログのいいネタだと考えた。

ラクランは赤ちゃんが生まれることをあまり喜んでいない。きょうだいに対するライバル心や、末っ子の地位を奪われるということではなく、一緒に遊べる同い年のきょうだいが欲しかったらしい――あるいは子犬を。

「どうして赤ちゃんは四歳じゃないの？」

「そんなに大きいと、ママのお腹に入らないからよ」

「小さくできないの?」

「それは無理ね」

「ママが大きくなればいいよ」

「ママはもう充分大きいと思うわ」

「ママは太ってるってパパが言ってるよ」

「冗談を言っているだけよ」あのろくでなし!

そのジャックはさっき、マンチェスター行きの列車に乗るのはやめて、今夜は家に帰ると電話をしてきた。上機嫌だった。ここ数カ月、彼は大物スターたちにスポーツ界の問題について議論させるという新しいテレビ番組の企画を練っていた。その番組のキャスターをしたがっていた。企画書を仕上げ、〝上層部〟にアプローチするふさわしい時期を待っているところだった。

「起きて待っていてほしい」彼は言った。

「どうして?」

「いい知らせがあるんだ」

わたしはちゃんとした夕食を作ることにした――ステーキ、新じゃが、エンダイブのサラダ。典型的なフランス料理だ。赤ワインの栓も抜いて、空気に触れさせておくつもりだ。妊娠がわかってからというもの、あまりキッチンには立っていない。初期の頃は、食べ物のことを考えるのもいやだった。

二階にあがってシャワーを浴びる。鏡に映った自分の姿が目に入った。妊娠線は無視することにして、横向きになってお尻と胸をまじまじと眺める。鏡に顔を近づけると、左のこめかみから変に縮れた一本の髪が伸びているのがわかった。さらに目を凝らす。

なんてこと、白髪だ！　ピンセットでその髪を引き抜き、ペンキでありますようにと祈りながらじっと見つめた。間違いなく白髪だ。新たな屈辱。わたしはブログに記事を書く。

今日わたしは白髪を見つけて、ひっくり返りそうになったの。その髪には色がなくて、先っぽがごわごわしていた。知り合いの人たちが二十一歳の頃から白髪を抜いたり、染めたりしているのに、自分には一本も白髪が（まだ）ないことが、実は昔から自慢だったのよ。

いよいよ、時の残酷さが明らかになってきたみたい。次はなに？　しわ？　静脈瘤《りゅう》？　更年期？　パニックは起こさない。同じ年の友だちの中には、四十歳になることを考えないようにして、あらゆる人に向かって〝見世物じゃないから！　どこかに行って！〟と言い、年を重ねることを絶対に認めない人たちがいる。

彼女たちのことを笑っていたけれど、わたしもいよいよ白髪デビュー。妊娠のせいにしたいところだけれど、グーグルによれば、ストレスが白髪の原因だという証拠はないんですって。トラウマにしても日光を長時間浴びることにしても、やっぱり白髪との関連はわからない。わかったいい知らせは、白髪を抜いても同じところから三本になって生えてくることはないから安心して抜けること。悪い知らせは、だいたい十年後には、大部分が白髪になっているだろうということ。なるほどね。わかった。そんなことには絶対にさせない。

書いたものをブログにあげてから、最近のコメントを読んでいく。ほとんどは好意的なものだけれど、わたしの〝くだらないおしゃべり〟が気に入らない人にコメント欄を荒らされたり、〝母親ぶって偉そうに〟するのをやめろと書かれたりすることが時々ある。ふしだら女とか淫売とか尻軽とか呼ばれたこともあった。さらに、保育所にラクランを預けるわたしは悪い母親だとか、子供を産めない女性を〝見下しているとか、さらには三人目を身ごもっているわたしは世界の人口過剰に責任があるという書き込みもあった。

先週はこんなことを書いてきた人もいた。〝あんたが黙ったときの声が好き〟〝あんたのダンナはノミと一緒に目を覚ますんだろうね〟罵倒するようなコメントは削除するが、単に否定的なものはそのままにしている。たとえ無知で言葉遣いが汚かろうとも、意見を持つ権利はだれにでもあるから。

ジャックが帰ってきたのは九時過ぎだった。わたしはソファでうたた寝をしていた。彼はかがみこんで、わたしの額にキスをした。

「ごめんなさい」わたしは体を起こし、きちんと彼にキスをする。

ジャックは手を貸してわたしを起こしてくれる。わたしは彼のためにワインを注ぐ。

「どんな一日だった？」

「いい日だった。最高だ」彼は満足そうな面持ちで、キッチンのベンチに腰をおろす。

「当ててほしい？」

「食べながら話すよ」

ジャックはそれまで待ちきれなくて、わたしがサラダにドレッシングをまぶしているあいだに話し始める。

「今日、新しい番組のアイディアを提案したんだ。いい感触だった——ベイリー、ターンブル、チームのみんなが興奮していたよ。春の番組編成に入れてくれることになった」

「あなたがキャスターなの？」

「もちろんそのはずさ。なんたって——ぼくのアイディアなんだから」

わたしはわずかな不安を覚えたけれど、ジャックの気分を台無しにしたくはない。

「いつわかるの？」

「数週間のうちには」ジャックはわたしの首に鼻をこすりつけ、お尻をつかむ。わたしはふざけて彼を押しのけ、手を洗ってきてと言う。こんなに上機嫌の彼を見るのは久しぶりだ。事態は好転しているのかもしれない。新しい仕事、増える収入、生まれてくる子供——前に進むための手段はたくさんあるけれど、現状にとどまる方法はひとつだけだ。

アガサ

毎週土曜日、ジャックは早起きして川沿いを走る。それからバーンズにあるカフェに子供たちを連れていき、泡立てホットミルク《べビーチーノ》とマフィンを食べさせているあいだに、ほかの父親たちと同じようにコーヒーを飲んだり、新聞を読んだり、オペアや魅力的な母親たちをいやらしい目で見たりする。

ゲイルズは、見るべき価値のある店としてはバーンズで一番新しい。週末には父親と子供たちだけでなく、マウンテンバイクをチェーンで手すりに固定しておいて、家路につくための燃料を補給しているライクラに身を包んだ週末の路上戦士たちでいっぱいになる。

ロンドンのこのあたりは、パトニーとチジックのあいだで川が蛇行している箇所に位置する緑豊かな一帯だ。法外な値段の家やブティックやカフェが数多くある落ち着いた場所で、住人の大部分は会社の重役や株式仲買人や外交官や銀行員や俳優やスポーツ選手だ。このあいだは、バーンズ・ブリッジを渡っているスタンリー・トゥッチ（アメリカの俳優・映画監督）を見た。ファーマーズ・マーケットで、かつてのイングランド代表サッカー選手で、いまはジャックのようにスポーツキャスターをしているゲーリー・リネカーを見かけたこともある。

テレビ番組の司会者たちが大きな顔をしていると気づいたことはあるだろうか？　うぬぼれているとか、偉そうだとかいう意味ではない。中にはそういう人もいるだろうけれど、あたしが言いたいのは文字どおりの意味だ。ジェレミー・クラークソン（英国のテレビ司会者）を見たことがあるけれど、彼の顔はものすごく大きかった。二重顎で青白くて、中途半端に膨らませたビーチボールのようだった。ゴシップ雑誌にそんなこと――大きな顔について――は書かれていないし、テレビに出たいからといってわざと顔を膨らませることができるわけでもない。大きな顔をしているかしていないかのどちらかにすぎない。ジャックは大きな顔と豊かな髪と真っ白な歯の持ち主だ。顎はどちらかというと貧弱だけれど、カメラが向けられているときはいつもぐっと突き出している。

彼はいま、二杯目のコーヒーを飲んでいる。あたしは、新聞のページをめくる前に人差し指をなめる彼の仕草が好きだ。子供の扱いはうまい。クレヨンを落とすと拾ってやり、子供たちが描いた絵は〝ママ〟に見せるためにちゃんと持って帰る。

あたしが初めてメグを見たのは、ここから百メートルも離れていないところだった。彼女は公園で、ルーシーとラクランと一緒にシャボン玉遊びをしていた。シンプルな白シャツとジーンズという格好で、ファッション雑誌のカメラマンかスタイリストだろうと思った――それほど的はずれではなかったことがのちにわかる。株式仲買人の夫がいて、南フランスに休暇用の別荘があって、そこで長めの週末を過ごすのだろうとあたしは考えた。成功を収めている魅力的な友人たちを招き、フランス産チーズを食べ、フランス産ワインを飲む。すぐに腰回りに肉がついてしまうので、バゲットは〝悪魔の所業〟だと文句を言うのだろう。

あたしはこういった物語を考えるのが好きだ。見かけた人たちの人生を想像し、名前をつけ、仕事を与え、生い立ちを作りあげ、厄介者や恐ろしい秘密を抱えた家族を考える。子供の頃、たくさん本を読んだせいかもしれない。あたしは『赤毛のアン』と共に育ち、ハリエット（『スパイになりたいハリエットのいじめ解決法』の主人公）と一緒になってスパイし、ジョー・マーチ（『若草物語』の登場人物）と一緒に小説を書き、ルーシー、ピーター、エドマンド、スーザンと一緒にナルニアを探検した。

ランチタイムをひとりで過ごすことや、パーティーにも滅多に呼ばれないことは、たいした問題ではなかった。空想上の友人は人間の友人と同じようだったし、夜になって本を閉じても、朝になればまたそこにいることがわかっていた。

いまも読書は好きだけれど、最近は妊娠や出産や子育てについての情報をインターネットで探している。メグのブログを見つけたのはそういうわけだ。『泥んこの子供たち』というタイトルで、子育てや日々の暮らしの中の面白いことが書かれている。例えば、二ポンドは〝前歯には少なすぎる〟とルーシーが歯の妖精に手紙を書いたこと。例えば、ラクランが青いマニキュアの瓶を割ってしまい、〝スマーフ（ベルギーの漫画に登場する架空の種族。青色の肌を持つ）の殺人現場〟を作りあげたこと。

ブログにはメグの写真が載っているけれど、本当の名前はひとつも使っていない。ジャックは〝ヘイル・シーザー〟で、ラクランはオーガスタス、ルーシーはジュリア（シーザーには娘がいた）だ。そしてもちろんメグはクレオパトラ。

ブログ記事を読めば、メグがジャーナリストだったことがわかるはずだ。以前は女性雑誌に記事を書いていて、いまもその一部はオンラインで読むことができる。その中には彼女が〝煽情《せんじょう》的〟と呼んだジュード・ロウのインタビュー記事もあって、サヴォイ・ホテルでオイスターとシャンパンを楽しみながら、艶っぽいひとときを過ごしたことを認めている。

通りの向かいのカフェでは、ジャックが子供たちの帰り支度をしている。ラクランをベビーカーに乗せ、ルーシーの手を取った。公園を歩いていきながら、ルーシーは通りすがりのすべての木の幹に触れ、三人が通った跡には結婚式の紙吹雪のように木の葉が降り注いでいる。

あたしは距離を置いてあとを追った。緑の中を進み、池の脇を通り、右に左に何度も曲がってクリーヴランド・ガーデンズに出る。ビクトリア朝風の二軒長屋ときれいに刈りこまれた生垣が続く美しい道路だ。ロンドン大空襲の際、ドイツ軍の爆弾によってこの道路の突き当たりにある三軒の家が破壊された。その跡地に建てられた大きなアパートは、地元の人間から〝離婚タワー〟と呼ばれている。浮気をして行き場をなくした多くの夫たち（ときには妻も）が住みつくようになったからだ。その後、結局は家に戻る者もいれば、またどこかへ行ってしまう者もいる。

ジャックとメグの家のすぐ裏には鉄道の線路――ハウンズロウ・ループ――があって、週日は一時間にだいたい四本、週末はそれより少ない数の列車が通る。列車はたいしてうるさくはない。夜明けと共に飛び始め、頭の上を通過し、ヒースロー空港へと降下していく飛行機とは違う。

道路を渡り、ビヴァリー・パスを通り抜けて、歩行者用の地下道を目指す。鉄条網は一部が破れているので、乗り越えるのは簡単だ。あたりにだれもいないことを確かめてから、砕石につまずきつつ、裏庭を数えながら線路の上を歩いていく。一軒の家のフェンスの前を通り過ぎたとき、ひどく怒っているシェパードに吠《ほ》えられた。心臓が飛び出しそうになる。あたしもうなり返した。

目的の家が近づいてくると、下生えのあいだを抜けて倒木にのぼった。見晴らしの利くお気に入りの場所だ。ここからなら、玩具《おもちゃ》の家とブランコとジャックが自宅用のオフィスに作り直したものの一度も使っていない物置が置かれた、十五メートルほどの細長い庭を見ることができる。

幼い女の子たちの笑い声が聞こえる。ルーシーの友だちが遊びに来ているのだ。ふたりは玩具の家の中で、おままごとをしている。ラクランは砂場に座って、ブルドーザーで小さな山を作っている。フレンチドアが開いていて、メグがキッチンで朝のおやつ用のフルーツを切り分けているのが見える。

あたしは太い枝にもたれ、コートのポケットからソフトドリンクの缶を取り出し、タブを開け、あふれた中身をすする。チョコレート・バーも持っているけれど、これはあとで食べるために取っておく。

ここに何時間でも座って、メグとジャックと子供たちを眺めていられる。いままでも、夏の日のバーベキューや午後のお茶や庭でゲームをしているところを眺めた。敷物の上で寝そべっているメグとジャックを見かけたことがある。メグはジャックの腿に頭を載せて本を読んでいた。『ノッティングヒルの恋人』でヒュー・グラントの膝に頭を載せていた、ジュリア・ロバーツのようだった。あたしの大好きな映画だ。

十五分おきに列車が通り過ぎていく。振り返ると、明かりのついた客車が見えた。携帯電話や新聞に夢中になっていたり、窓に頭をもたせかけたりしている乗客たち。あたしに気づく人もたまにいる。見られても気にはならない。あたしは強盗にものぞき魔にも見えないから。

暗くなってくると、あたしは家の明かりをつけていくメグの動きを追う。メグは子供たちをお風呂に入れ、歯を磨き、寝る前に本を読む。

寒かったし、お腹も空いていたから、ジャックが帰ってくるのを待つつもりはなかったけれど、彼がドアから入ってきてコートを脱ぎ、ネクタイを緩め、メグの腰に手をまわすのが見えた。メグは彼の手を払い、ワインを注ぎ、今日一日のことを語る彼に耳を傾けている。食事を終えたら、ふたりで食器洗浄機に食器を入れ、ちらちらするテレビの光を顔に受けながらソファに並んで座るだろう。それから手を取り合って階段をあがり、キングサイズのベッドで愛し合うだろう。

こういったことをありありと想像できるのは、あの家に入ったことがあるからだ。メグとジャックが引っ越してくる前、あそこが売りに出されていた頃だ。家探しはあたしの趣味のひとつで、内覧の約束を取りつけた。不動産業者は髪を金色に染め、体にぴったりした服を着た女性で、〝特徴的〟だとか〝お得な価格〟だとか言いながら、家の中を案内してくれた。

彼女がどうやって営業しているのかはすぐにわかった。それぞれの配偶者には決して気取られないようにしながら、夫には色目を使い、妻のことはうまく丸め込む。共謀者のように振る舞って、配偶者を説得する手助けをすると夫もしくは妻に語りかけるのだ。彼女はあたしにも同じことを仕掛けてきた。夫について尋ね、彼も来るのかどうかを確かめようとした。あたしは電話で夫と話すふりをした。

〝そうなの、広さは充分なんだけれど、列車の音が少し気になるのよ……夏に窓を開けていたら、うるさいかも〟

部屋から部屋へと歩き、オーブンや自動で閉まる引き出しを調べ、ステンレスの電気器具や大理石の調理台を指でなぞった。水道の水圧を確かめ、ガスコンロの火をつけたり消したりした。不動産業者はあたしの名前と連絡先を書き留めた——もちろん本名じゃない。あたしにはお気に入りの名前がたくさんある——ジェシカとかシエナとかケイラとか。

初めてメグのあとをつけたときまで、ふたりがこの家を買ったことは知らなかった。おかげですべての部屋の様子をありありと思い浮かべることができる——ルーシーは奥の寝室、真ん中の部屋はラクラン、階段のすぐ上に子供部屋。

遅くまでそこにいすぎたので、足元がよく見えないくらいあたりが暗くなっている。根っこや木の枝につまずき、イバラに服を引っ張られ、むき出しの肌を引っかかれながら、そろそろと進んでいく。線路を銀色に光らせる薄明かりの中で、割れた石と枕木の上を恐る恐る歩く。コオロギの鳴き声がやんで、線路が振動し始める。列車が近づいている。脇によけて振り返ると、まばゆい光に目がくらんだ。けたたましい音と共に列車があたしの横をすり抜け、風が地面を揺らし、落ち葉が脚のまわりでダンスを踊る。

あなたを守るからと語りかけながら、あたしは自分のお腹に手を当てる。

メガン

わたしは母親には向いていないのかもしれない。妊娠初期の頃には、流産を心配した。その後は早産や出産時の合併症や医療ミスやそのほかの最悪の事態について、くよくよと思い悩んだ。生まれたあとは、乳幼児突然死症候群《SIDS》やインフルエンザや感染症や髄膜炎やこぶやあざや発疹や高熱を心配するのだろう。この子が咳《せき》をしたり洟《はな》をすすったりくしゃみをしたりするたびに、きっとわたしはぴりぴりする。歩き始め、走り、よじのぼることができるようになれば、転んだり、骨を折ったり、引き出しを開けたり、ホットプレートに触ったり、悪いものを食べたりするのではないかと気を揉《も》むだろう。この子がいくつになろうと、それは変わらない。十八歳になれば、今度は酔っ払い運転や麻薬の売人やいじめや失業や学生ローンや失恋を心配するのだ。

こういう恐れや不安をブログに書くと、読んでくれている人たちはわたしが冗談を言っているのだと思うらしい。ルーシーとラクランを育てたわたしはベテランと考えられているようだが、新しい過ちや恐れはいつでもあって、わたしの眠りの邪魔をする。

今日は超音波検査をしてきた。技師がお腹にジェルを塗り、あちらこちらを指し示しながら流れるように説明してくれた。わたしの中の旅人には腕が二本、足が二本、心臓には必要なだけの部屋があって、ハチドリの羽根のようにぶるぶると拍動していた。

わたしにはなにも問題はないと医者は言っている——血圧、尿、鉄分レベルなどなど。十七キロ増えた体重も大丈夫だということだったけれど、しょっちゅうなにかにぶつかるので自分が不器用で動きがぎくしゃくしているように感じている。お腹がエアバッグになったみたいだ。

家に戻ってきて、未完成の子供部屋を眺める。カーテンのサイズを測って注文しなくてはいけない。ラクランのベビー服は屋根裏に置いてある箱の中だ。男の子のための完璧な部屋を作ろうと壮大な計画を立てたのに、なにひとつ思いどおりにできていない。正直に言えば、この子が健康で幸せでわたしに優しくしてくれれば、あとはどうでもよかった。

まるでわたしの心を読んだかのように、彼が腎臓のあたりを強く蹴った。

「ちょっと！　いったいなんなの？」

彼がまた蹴る。

「もう一回蹴ったら、車を貸してあげないから」

わたしは時々彼――まだ生まれていない息子――のことを、世界一小さい殺し屋だと考える。わたしがジャックにしたことを罰するお腹の中の刺客。蹴ったり、肘打ちしたり、頭突きをしたりするのはすべてわたしへの報復で、超音波検査は取り返しのつかないわたしの過ちを眼前に突きつけてくる。記憶をかきたてるもうひとりの人間は、毎週夫とテニスをしている。彼の名前はサイモン・キッドといい、ジャックの親友だ。

ふたりはエクセター大学で知り合い、それ以来とても親しくしている。同じ家に住み、同じパーティーに行き、女の子を〝引っかける〟ときには協力し合った。ふたりはしばしばその頃の思い出話に興じていて、ルーシーが一度なにを〝引っかけた〟のかと尋ねたことがある。

ふたりは妙な取り合わせだとわたしは常々考えていた。サイモンは麻薬や女遊びをせずにはいられないタイプの学生だったが、ジャックは真面目な勉強家で健康に気を遣っていた。

ジャックは知らないことだが（今後も知ることはないが）、わたしはほんの短い期間、サイモンと付き合っていたことがある。ジャックと出会う何年も前だ。わたしは雑誌社で働いていて、サイモンは映画の企画のために資金を調達しようとしていた。脚本を書いてほしいと彼がランチに誘ってきて、二時間後にはベッドを共にしていた。サイモンはブルック・グリーンでハウスシェアをしていて、その家は中古の撮影機器と二流の取り巻きたちでいっぱいだった。四カ月で彼とは別れた。汗まみれのシーツと出入りの激しい麻薬中毒の友人たちに我慢できなくなったからだ。

その頃には、サイモンが女性に対してどういう力を持っているのか、わたしはよくわかっていた。女たちは彼のひとことひとことに耳を傾け、微笑みかけられるとうれしそうにくすくす笑う。彼はハンサムかって？　確かにハンサムだけれど、男らしいという感じではない。その高い頬骨と灰色の鋭い目は、美しすぎると言えるかもしれない。わたしは彼の顔を見ても、心を動かされずにいる術《すべ》を学んだ。それは、部分日食を見るときと少し似ている――決してまともに見てはいけない。そうでないと目がつぶれてしまうから。

付き合うのをやめてからも、映画のプレミアや短編映画のフェスティバルでサイモンと出くわすことが時々あった。彼はいつもこちらに気がある素振りを見せて、いまだれか付き合っている人がいるのかと訊いてきた。その後彼はアメリカに、それから香港に移り、連絡は途絶えた。

ジャックと出会ったあと、彼から時々サイモンという友人の話を聞かされたけれど、ふたりはどちらもあだ名を使っていたから、わたしが気づくことはなかった。わかったのは、結婚式の前日だ。ジャックはヒースロー空港にサイモンを迎えに行き、彼を見たわたしは思わず目を疑った。驚きながらも、ジャックにはなにも言わないととっさに心を決めた。サイモンも調子を合わせてくれた。いまから考えればばかみたいだけれど、結婚式を翌日に控えていたし、ジャックがどれほど嫉妬深くて負けず嫌いなのか、わたしはよく知っていた。独身最後の夜に、昔の恋人とのことをあれこれ尋ねられるのはいやだった。

その後、ジャックのアパートのキッチンで、わたしはこっそりサイモンに訊いた。

「わたしを覚えている？」

「もちろんさ」

「あなたってなんていうかずいぶん……」

「変わった？」

「ええ」

「ああいうことは全部やめたんだ。いつも頭がさえているのは、妙な感じだよ。退屈だけれど、でも長生きするだろうな」

サイモンのぴりぴりするようなエネルギーはすっかりなくなっていた。まだ人を見下したり皮肉めいたことを言ったりするところはあったけれど、昔よりは一緒にいて楽しかった。女性たちは相変わらず、簡単になびいた——そのほとんどは胸はないけれど頬骨は高く、死人のような顔色をしたモデルタイプで、サイモンが飽きるまでは〝真剣な交際〟だった。

わたしがジャックと結婚したあと、サイモンはわたしたちの最初の家にもいまの家にも頻繁に訪れるようになった。ジャックと定期的にテニスをし、夏にはローハンプトン・クラブでゴルフをする。ジャックはサイモンが系列局で仕事ができるように口添えをし、真剣さと生意気そうな魅力をうまい具合に兼ね備えたサイモンは、視聴者の人気を博した。

サイモンはジャックの花婿介添え人《ベストマン》というだけでなく、ルーシーの名付け親《ゴッドファーザー》でもあった。サイモンは神《ゴッド》をまったく信じていなかったから大いに面白がったし、ルーシーが十八歳になって酔わせることができるようになるのが待ちきれないなどと言った。冗談だとはわかっていたけれど、少しは本気かもしれないと思っていた。八カ月前まで、わたしと彼との関係に問題はなかった。彼はそれ以来、我が家を訪れていない。ジャックは何度も誘ったけれど、サイモンはそのたびに口実を作っている。

「いったいどうしたっていうんだろう」ジャックはわたしに言った。「きみたち、喧嘩でもした？」

「いいえ」

「あいつ、きみを避けているみたいなんだよな」

わたしは話題を変え、サイモンのことには触れないようにした。彼のことを考えると、部屋の隅で丸くなって泣きたくなってしまうから。ジャックと激しい口論をした、三月半ばの夜のことを思い出さずにはいられないから。きっかけはお金のことだった。わたしが車をバックさせたときに街灯にぶつけ、トランクのドアをへこませたことから始まった。わたしのせいだ。自分のミスを認めるべきだったのに、不注意をジャックに責められて、つい言い返した。喧嘩になった。どちらかが譲らなくては結婚生活はうまくいかないと、一度母に言われたことがある。わたしは譲らない、と思った。今回ばかりは。

ジャックにもわたしと同じように頑固なところがあって、銃剣のように非難の言葉をふるい、あらゆる議論に切りかかってきた。傷ついたわたしは、火に油を注ぐような言葉を返した。彼はこぶしを振りあげた。わたしは身をすくませた。実際に殴りこそしなかったけれど、殴ろうとしていたことがわかった。ジャックも気づいた。自分のことが怖くなったのだと思う。「なんだってきみなんかと結婚したんだろう。子供たちがいなかったら、ぼくはとっくに出ていっていたよ」

わたしは黙ってルーシーとラクランを車に乗せ、実家に連れていった。なにがあったのか母は知りたがったけれど、話せなかった。止まらない涙で視界がぼやける中を、サイモンの家へと向かった。ジャックがどうしてあれほど不幸なのかを彼に訊きたかった。なにか聞いている？ わたしたちはもう終わりなの？

わたしはひどい有様だった。サイモンはワインを注いでくれた。わたしの話を彼はじっと聞いていた。それが女にとってどれほど重要なことか、多くの男たちはわかっていない――聞くこと。口をはさまないこと。批判しないこと。彼は肩を貸して泣かせてくれた。親指でわたしの涙を拭ってくれた。きっとうまくいくよと言ってくれた。わたしは運転できないほど酔っていた。サイモンがタクシーを呼ぼうと言った。立ちあがったわたしはふらついた。彼がわたしを支えた。唇がそこにあった。キスをした。彼にしがみついた。わたしたちはうしろ向きにソファに倒れこみ、何度も繰り返しキスをし、ボタンを弾《はじ》き飛ばしながら服をはぎ取り、靴を脱ぎ捨てた。わたしは腰を持ちあげた。彼がわたしの膝を開かせた。顔を寄せて舌を使った。わたしは自分ではないような声をあげた。そして彼をわたしの中へと導いた。もっと激しくファックされたかった。間違っているとわかっていたけれど、やめてほしくなかった。怒りや失望以外のものを感じたかった。欲望のまま、なにも考えない動物のようなセックスがしたかった。そのあとのことなどどうでもよかった。

わたしたちはパシュトゥーンの敷物に横たわり、荒い息をついていた。街灯に照らされた木の枝の影がブラインドに映っていて、そこにはついさっきまでとは違う世界があった。欲望と怒りは消えて、あとには恐ろしいほどの空虚さと無感覚が残っていた。いったいどうしてこんなことに？　わたしは本当にそんなに不幸だった？

わたしは下着を手に取り、スカートの下につけ、ブラウスを整えた。茫然《ぼうぜん》としていた。わたしはなにをしたの？　六年間の至福の（それなりに幸せと言うべきだろう）結婚生活を送ったあとで、青天の霹靂《へきれき》のように夫の親友と関係を持ってしまったのだ。いったいなにを考えていたんだろう？　なにも考えていなかったことは間違いない。言い訳はできない。わたしはひどい人間だ。軽率で恥知らずな女で、ジェレミー・カイル（英国のテレビキャスター）かドクター・フィル（アメリカのテレビキャスター）にこきおろされて当然のくだらない人間だ。確かにジャックは手をあげたけれど、叩かなかった。わたしを愛していないとは言ったけれど、彼はあのとき怒っていた。思わず言葉が口をついただけだ。どんな関係にも困難なときはある。わたしたちも何度も喧嘩をしたけれど、そのたびに乗り越えてきた。たいていは週末の旅行や、夜の豪華なデートや、親密な時間を持つことで、恋に落ちた理由を思い出すことができた。

だれもがわたしの罪に気づいているに違いないとわたしは確信していた。額にそう刺青《いれずみ》されているような気がしていた。もしくは新しいジーンズからはずし忘れたラベルみたいに、やたらと目についているに違いない。わたしを怖がらせたことをジャックは謝り、ふたりでカウンセリングを受けることになった。セラピーに行っても彼は自分の感情をさらけ出すことはなかったけれど、努力はしてくれた。わたし以上に。わたしは秘密のせいで身動きが取れずにいた。夫を裏切ったということだけではない——あのときのセックスがどれほどよかったかという、恥知らずな記憶がわたしを苦しめた。どれほど燃えて、どれほど激しくて、どれほど我を忘れたことか。記憶が蘇《よみがえ》ってくるたび、わたしは脚を広げたくなる。両脚をぎゅっと閉じて、ますます自分のことが嫌いになるのだ。

正直は最善の策だなどと言う人たちは、夢の国に生きているのだろう。もしくは結婚したことがないか、子供がいないに違いない。親はいつも自分の子供たちに嘘《うそ》をついている――セックスや麻薬や死やそのほかの何百もの事柄について。わたしたちは相手の感情を傷つけないために、愛する人に嘘をつく。それが愛だから嘘をつく。束縛のない正直さは残酷で、ただの身勝手だから。

その後わたしたちは週末の小旅行に出かけ、ホテルで衝動的なセックスをした。四月と五月に生理が来なかった。わたしはパニックになった。サイモンがコンドームを使ったかどうか、覚えていなかった。電話をかけた。そこはにぎやかなバーで、笑ったりお酒を飲んだりする声が背後から聞こえていた。サイモンはつけたと答えた。

「どうして？」彼は大声で尋ねた。

「別に」

「あの夜のことは絶対に口にしないものだと思っていた」

「そのとおりよ。絶対に」

「墓場まで持っていくよ」

「そうして」

アガサ

今日、スーパーマーケットに強盗が入った。フードつきのパーカーを着てサングラスをかけた男が、首を振りつつ、なにかをつぶやきながら冷凍食品売り場近くを落ち着かない様子でうろついていた。買い物かごを持っておらず、通路の上の防犯カメラをしきりにちらちらと見ていた。

「なにかお探しですか？」あたしは声をかけた。

男はまったく表情のない顔であたしを見つめ、ドアのほうへと歩きだした。男が出ていくと思ったので、あたしはレジの前にいるミスター・パテルになにか言おうとした。直前で男がきびすを返し、ナイフを取り出した。あたしは悲鳴をあげた。ばね仕掛けのように、ミスター・パテルの目がぱっと開いた。あたしは悲鳴をあげたと思う。

男は言った。「レジの金を出せ。でないと喉を掻《か》っ切るぞ」くるりと向きを変えて、あたしに向かってナイフをひらめかせた。「床に伏せろ！」

〝あたしのこと？〟と言う代わりにあたしは自分を指さしてから、床に膝をついた。

「もっとだ。うつぶせになれ」

「うつぶせ？」

男はあたしが妊娠していることに気づいて、四つん這《ば》いでいいと言った。

ミスター・パテルはレジを開けようとしていた。〝無販売〟ボタンをしきりに押していたけれど、鍵が正しい位置に入っていなかったので現金の入った引き出しは開かない。

強盗は早くしろと彼に言った。

「なにか買わないとだめなんです」ミスター・パテルが言った。

「なんだって？」

「なにか買わないと、引き出しが開かない」

強盗は信じられないというように彼を見た。「どういうことなのか、わかっていないらしいな」

「わかっています」ミスター・パテルは必死にうなずいた。

あたしは通路の突き当たりに向かってうしろ向きに這いずっているところだったけ

れど、ミスター・パテルがパニックを起こしているのはわかった。「煙草をスキャンして」

ミスター・パテルはナイフから視線をはがし、あたしを見た。

「煙草――スキャンするの」あたしは言った。「そうしたらレジが開くから」

それで問題は解決し、引き出しが開いた。ミスター・パテルは現金を男に渡した。

「残りはどこだ？」

「それで全部です」

強盗はレジの下の引き出しを指さした。ミスター・パテルがお釣り用に用意している現金と高額紙幣が入っているところだ。ミスター・パテルはそこに弾の入った銃も置いていて、新しく人を雇うたびに見せびらかしている。自分を印象づけたいのか、週末に働く女子学生には好んで見せていた。

いい考えだとあたしは思った。私人逮捕するか、必要なら男を撃てばいい。けれどミスター・パテルは銃に手を伸ばさなかった。小口現金を男に渡して言った。「ほかになにかいりますか？」

ポイントカードを作りませんか？　ロトはいかがですか？

その後ミスター・パテルは、あたしを守ろうとしたのだと警察に言った。あたしが彼を助けたのに、本当にばかげている。

あたしたちはふたりとも供述しなくてはならず、コンピューターで顔写真を見せられた。でもあたしは人の顔を覚えるのがものすごく苦手だし、ナイフはどれも見分けがつかない。

警察は妊娠しているあたしを医者に診せたがったけれど、あたしは大丈夫だから家に帰りたいと言った。タクシーのチケットをくれて、明日は仕事を休むようにと言われた。ミスター・パテルは気に入らないようだった。

アパートの前でタクシーを降り、不要な郵便物をまたぎながら大きな玄関ドアを肩で押し開ける。アドレナリンが尽きてしまったせいか、疲れを感じていたし、階段がいつもより急に思えた。

あたしの部屋は二階にある。大家のミセス・ブリンドルは、どちらも四十がらみで家を出ていく様子もないふたりの息子――ゲイリーとデイヴ――と一緒に一階で暮らしている。

長男のゲイリーは障害年金をもらっていて、デイヴはタクシーの運転手をしている。ミセス・ブリンドルが家賃をすごく安くしてくれているのは、あたしが息子のどちらかを引き受けることを期待しているからじゃないかと思う。

背後でドアが開いた。

「やあ、プリンセス」

「あっちへ行って、デイヴ」

「手を貸そうか?」

「お断り」

彼はあたしのスカートの中をのぞけるように、階段の下に立つ。あたしは壁に体を寄せる。

「いいじゃないか。きれいな脚をしているんだからさ、アガサ。いつ開いてくれるんだ?」

「くたばれ」

あたしは階段をあがり続ける。彼が背中に向かって叫んだ。「あんたの名前を書いたコンドームを用意しているって、覚えておいてくれ」

「え? デュレックスの極小サイズ?」

「面白いね」彼は笑う。「だがあんたには優しくするぞ」

あたしはソファにどさりと座りこんで靴を脱ぎ捨て、一日中立っていたせいで痛む足を揉む。お腹のまわりがぴちぴちのブラウスのボタンが、いまにも弾け飛びそうだ。

ボタンをはずし、ゆうべでも昨日でもいいから片付けておけばよかったと思いながら散らかった部屋を眺める。シンクには汚れたままのお皿が山積みで、食卓の上はベビー服のパンフレットやカタログが散乱している。

廊下の先にはバスタブのあるバスルームと寝室がある。仕事のないときは部屋を暗くしてお昼まで寝ていられるので、気に入っている。使っているダブルベッドは、ニスを塗ったヘッドボードにふにゃふにゃしたマットのおんぼろだ。夜には明かりを消して、パトニー・ブリッジ駅へと列車が入っていく音を聞くのが好きだ。

親友のジュールズが、夫のケヴィンと四歳になるとてもかわいらしい息子のレオと三人で上の階に暮らしている。あたしは、ジュールズが買い物やコインランドリーや美容院に行くときに、レオを預かることがある。

ジュールズはまた妊娠していて、この数カ月というもの、あたしたちは切っても切れない仲だった。一緒に買い物に行き、マニキュアを塗り、チョコレート・ミルクシェイクを飲むのは、つわりの最高の薬だ。

息が整ったところで、ドアマットの上の三通の封筒を拾いあげる。ガス代の請求書、電話代の請求書、そして母からの手紙。母の筆跡とスペインの切手でそれとわかった。いったいなんの用？　捨てるべきだ。けれどなぜかわたしは封を切り、いい香りがする一枚の便せんを広げていた。

愛《いと》しのアガサ

また手紙を書いたことを怒らないでね。この住所で合っているのかどうかもわからない。電話をかけたのだけれど、番号を変えたのね。

あなたに会いたい。寂しくてたまらないの。あなたがわたしに残されたただひとりの家族なのよ。わたしたちのあいだにいろいろあったことはわかっているけれど、でもあなたが許してくれればいいと思っている。

マルベーリャはお天気はいいけれど、去年ほど暖かくはないの。去年と同じ部屋を借りていて、お隣はホプグッドというご夫婦(これまでの手紙に書いたわね)。ご主人はちょっと退屈だけれど、マギーはいい人よ。一緒にビンゴをしたり、ヨットクラブでカクテルを飲んだりしている。

ぜひ遊びに来てちょうだい。飛行機代なら送るから。クリスマスを一緒に過ごしましょう。ヨットクラブではごちそうが出るのよ——七面鳥もあるし、それぞれのテーブルには一本ずつ、無料のワインボトルがふるまわれるの。

返事をちょうだいね。

愛をこめて

ママ
xxoo

あたしは手紙をびりびりに破いて、キッチンのゴミ箱に捨てる。ゴミ箱はすでにいっぱいだったから、紙くずが床に落ちる。母はあたしが妊娠していることを知らない。あの人は事態を面倒にするだけだ。

だれかがあたしの部屋のドアをノックする。

「あっちへ行って、デイヴ」あたしは怒鳴る。

「あたしよ」ジュールズだ。

やばい！

「ちょっと待ってね」

あたしは服を整え、ブラウスのボタンを留め、鏡で自分の姿を確かめてからドアを開ける。

「なんでこんなに時間がかかったの？」

ジュールズはよたよたしながらあたしの脇を通り過ぎて、うめき声をあげながらソファにどさりと座りこむ。「ずいぶん待たされた」

ジュールズはドイツとスコットランドのハーフで、スチールたわしが爆発したような髪と木の切り株を思わせる脚はかなり人目を引く。あたしは、彼女の透き通るような肌と鹿のような茶色の目をうらやましく思っていた。妊娠前からかなり太っていたけれど、ケヴィンはそんな彼女が好きだったから、彼女はとても堂々としている。ケヴィンに人を太らせる趣味があるとか脂肪分が好きだとかいうわけではなく、太っている人が好みらしい。

強盗の話をすると、ジュールズは熱心に耳を傾け、怖かったかと訊いてきた。

「その人、覚せい剤をやってたんだと思う」ジュールズが言う。「ああいう人たちって、本当に怖いんだから。顔がなくなるんだよ」

「そうなの?」

ジュールズがうなずく。「ああいう薬って脳みそに穴を開けて、歯を溶かすんだって」

「強盗の歯は全部あったけれど」

「いまはね」

ジュールズは突然、尋ねてきた理由を思い出す。「鍼に一緒に行かない? ひとり分の料金でふたりやってもらえるんだけど」

「あたしの赤ちゃんに針なんて刺させないから」

「赤ちゃんには刺さないって」ジュールズはパンフレットを振りながら答える。「鍼は、妊婦の吐き気やむくみや疲労やけいれんや胸やけに効くんだって」

「それでも行かない」

「ビキニ・ワックスは？」

「いまは興味ないかな」

「うらやましいかも」彼女が鼻を鳴らす。「あたしは下のほうまでしっかり生えてるから、ケヴィンは穴を見つけるのに山刀《マチェーテ》が必要なのよ」

「変なこと言わないでよ」

「少なくとも、やることをやってはいるからね。そう言えば、船乗り坊やから連絡は？」

「まだ確かめてない」

あたしのラップトップは雑誌の下敷きになっている。立ちあげて、電波を拾うのを待つ。受信箱に二通のメールが入っていた。一通はスパム。もう一通がヘイデンからだ。心臓がばくばくする。

「今夜電話するって」驚きに目をしばたたきながら、ジュールズに言う。

「ほかにはなんて?」彼女も興奮している。

「それだけ」

メガン

今日の午後はルーシーの友だちが来ている。マデリンという気難しい小さなマダムで、わたしが用意したフルーツの盛り合わせには目もくれず、チョコレートビスケットとポテトチップスが欲しいと言うような子だ。

わたしは彼女に言う。「うちにはそういうものはないのよ」マデリンは靴についた汚らしいものを見るような目でわたしを見る。ふたりはいま外で遊んでいる。ラクランが風邪気味のようなので、お風呂に入れてパラセタモール（鎮痛薬の一種）を飲ませたあと、ディズニー・チャンネルを見せている。

時計を見た。マデリンの迎えは六時に来ることになっている。すべてを前倒しにして、早く子供たちをベッドに入れたい。そうすればわたしもシーツの下に潜りこんで、眠ることができる。今夜ジャックはいない。今週ずっと彼は上機嫌だった。〝平常に戻った〟と言いたいところだけれど、なにが〝平常〟なのか、わたしにはもうわからない。いいえ、それは嘘。わたしをからかったり、ちょっかいを出してきたり、何気なく触ってきたり、お尻をさらりと撫《な》でたり、ウエストに手をまわしたり、階段ですれ違うときに素早くキスをしてきたりするジャックが、わたしは好きだ。

ラクランがなにかを見て笑っている。わたしはソファに並んで座ってその体に腕をまわし、お風呂に入ったばかりの幼い男の子のにおいを嗅ぐ。

「パパは帰ってくる?」

「明日になったらね」

「どこにいるの?」

「お仕事よ」

「テレビに出る?」

「そうね」

しばらくしてから、ラクランの夕食に卵を茹《ゆ》で、茹で卵立ての両側に細く切ったトーストを並べる。ラクランは早く大きくなりたくてたまらないかのように、いろいろな意味で貪欲だ。ゲームを壊し、玩具を貯めこみ、まわりの人間の視線を独り占めにする。ルーシーは我慢しているように見えるけれど、ここ最近、ラクランの腕に引っかいたりつねったりしたような跡があることにわたしは気づいていた。先週はお気に入りのトラックが見当たらなくなって、ラクランは癇癪《かんしゃく》を起こした。ルーシーは離れたところでそれを見ながら、なにも知らないと言った。数日後、ルーシーのベッドの下からそのトラックが出てきた。

ルーシーとマデリンはマカロニチーズを食べている。ルーシーの好物なのに、今日はマデリンを真似てばかにしたような顔をする。どうして子供って、一番ふさわしくない友だちを選ぶんだろう？ 今夜はこのことを書くかもしれない——もちろん名前は変えて。わたしのブログはまるで、常に空腹を感じている獣のようだ。

大学生の頃、わたしは硬派のジャーナリストになることを夢見ていた。次代のメリー・コルヴィン（〈サンデー・タイムズ〉所属のアメリカのジャーナリスト）やケイト・アディ（BBCニュースの特派員）となって、がれきだらけのバグダッドの道路や北アフリカの土砂降りの難民キャンプから報道してみたかった。その野望がいつ消えたのかはわからない。本当を言えば、わたしには人の期待以上のことはできなくて、期待に沿うのがせいぜいだった。

ブログを始めたとき、先鋭的で面白いものに——できれば議論を引き起こすようなものに——したいと思っていた。マーケティングと広報活動の経験があったから、人の意見に影響を与えることもブランドを構築することもできると考えていたけれど、実際に書いているのは、完全にはほど遠い家庭と幸せいっぱいの結婚についてのおかしな話ばかりだ。

平均的な母親ブロガーは三十七歳で、子供がふたりいて、左寄りで、社会的意識が高くて、環境に優しい商品を買うと、このあいだどこかで読んだ。それってわたし！　わたしはまさに典型的だ。わたしのブログは、わたしという人間をよく表している——無難で、平板で、底が浅い。

わたしはキッチンを片付け、トイレに行ってから自分の夕食を用意する——子供たちの残り物だ。マンチェスター・ユナイテッドがホームグラウンドでトッテナムと対戦しているオールド・トラッフォードから、ジャックが電話をかけてくる。「今シーズン屈指のゲームだよ」興奮した口調だ。「新しいトークショーは、ほぼ確定だよ」

「それを言っちゃだめ。不運を招くかもしれないでしょう」

ジャックは笑い、頼みがあると言った。ジャケットのポケットに名刺を入れたままなんだ。探してくれないかな？

わたしは受話器を持ったまま二階にあがり、彼のタンスを調べる。ジャックはわたしよりも服にお金をかけている。ポール・スミスのスーツを三着にシャツを二ダース持っている。ポケットを探っていると、折りたたんだ紙が出てきた。携帯電話の番号が手書きで記され、その横には口紅のキスマークが残されている。名前はない。

さらに探し続け、名刺を見つける。

「これのこと?」わたしは電話番号を読みあげる。

「ありがとう、ベイビー」

「ほかにも電話番号が出てきたけれど。紙切れで……キスマークがついているの。名前はない」

「ああ、それか」動じることなくジャックが言う。「パブでどっかの女性がポケットに入れたんだ。ぼくを見たことがあったらしい。有名なサッカー選手だと思ったんじゃないかな」

「それを取ってあるのね」

「そういうわけじゃない――そんなものがあることすら忘れていた。妬いている?」

「まさか」

ジャックはわたしをからかい始める。「妬くべきだな。彼女はぴちぴちの二十五歳だった」

「いやらしいおじさん」

「テレビの仕事が欲しかったんだよ」

「みんなそうよ」

彼は笑い、電話越しにキスをしてから切る。わたしは手の中の紙切れを眺め、くしゃくしゃに丸めてゴミ箱に捨てる。

ジャックが時折わたしを恋人のように扱うのは、刺激的で気に入っている。以前は時々、それぞれが違う人間のふりをしてデートをした。例えば彼がパイロット、わたしがお天気お姉さんになってバーで待ち合わせて、どちらかが主導権を握って相手に言い寄るのだ。一度わたしは熱狂的な彼のファンを演じたことがあった。

「ああ、どうしよう、あなたってジャック・ショーネシーよね？」

「そうだよ」彼が応じた。

「テレビに出ている人よね。あなたの声、大好きなの。なにかセクシーなことを言って」

「例えば？」

「それよ。ああ、とろけそう。ジャック・ショネーシー。びっくりだわ。ここでなにをしているの？」

わたしたちは二十分ほど話をし、腕を組んで店を出た。バーの店員たちは唖然《あぜん》としていた。

わたしは夜のデートが好きだったし、電子レンジやコートのポケットやウェリントンン・ブーツにジャックがこっそり残していく、ちょっとしたメモが好きだった。愛しい奥さん、きみのおっぱいは最高だ、とか、このクーポンは足の特別マッサージに使えます、とか書かれていた。もちろん彼には下心があったわけだけれど、そこまで気をまわす必要はない。

こういったことを思い出していると、ありがたいと思うと同時に怒りが湧いてくる。ジャックを疑うなんて! 誓いを破ったのはわたしなのに。

アガサ

衛星通信の映像はぼやけて途切れがちだったけれど、ヘイデンの声はよく聞こえる。彼は青いつなぎを着て、図表や海図が壁に貼ってある小さな部屋に座っている。あれは顎ひげ？　うわ！

「あたしが見える？」新しいワンピースや念入りに施したお化粧に気づいてほしいと思いながら、あたしは尋ねる。

「ああ」ヘイデンはスクリーンを見ようともしない。「妊娠したってどういうことだ？」

「素晴らしくない？」

「なんだってそんなことに？」

「わかっているくせに。ばかね」

「そうじゃなくて、いつわかった？」

「遅れているのは気づいていたんだけど、あたしは生理が不順だったから。それで、検査薬を使ってみたの。見たい？　取っておいたの」あたしはスクリーンの前で妊娠検査薬を振った。「ピンクの線が妊娠しているっていうこと」

「どれくらいなんだ？」

「予定日は十二月初め」

「おれの子？」

「え？」

「赤ん坊だよ——おれの子なの？」

「決まっているじゃない。あなたを愛しているのに」

「おれは海に出て七カ月になる」

「妊娠八カ月よ。あなたがロンドンにいたときにできた。あたしたち、散々やったじゃない」

「ピルを飲んでるって言っただろう」

「何日か飲み忘れたから、コンドームをつけてとも頼んだ。嫌いだってあなたが言ったのよ」

「どうしてもっと早く言わなかった？」

「言おうとしたけれど、あなたは返事をくれなかった。メールも手紙も出した。フェイスブックにもメッセージを残した。返事はなかった」

「赤ん坊のことなんてなにも言っていなかったじゃないか」

「あんなところに書くつもりはなかった。プライベートなことだもの。超音波検査の写真があるの。見たい？」

ヘイデンは大きく息を吸うと、星のお告げを探しているか、もしくは天界が口を出してはくれないだろうかとでもいうように、天井を見あげながらため息をつく。

「おれにどうしろと？」

「結婚してほしいとか、そんなばかなことは言わない」

「じゃあ、どうしておれに話す？」

「あなたは知るべきだと思ったから。あたしと関わりたくないというのなら、それはそれでかまわない。でもこの子はあたしの子であると同時に、あなたの子でもあるのよ」

ヘイデンはスクリーンを見つめ、首を振る。「おれは子供は欲しくない」

「そんなこと言っても手遅れよ」あたしは立ちあがって横を向き、両手でお腹を撫でた。「これが現実」

ヘイデンはまた視線を逸らした。

「突然でびっくりしているのはわかるけど、でも話そうとしたのよ。ほとんど毎日手紙を書いたけれど、あなたは怒っていて別れたがった」

「別れたがったんじゃない！　別れたんだ！」

「あなたのメールを見るなんてばかなことをしたけど、でも――きっとあのときはもう妊娠していたんだと思う。なにもかもホルモンのせいよ」

「それが言い訳か」

「本当のことだもの」

ヘイデンはスクリーンから遠ざかった。「くそったれ、もううんざりだ」

「帰ってきたら話をしましょう」

「いやだね！　もうおれには近づくな」

「赤ちゃんはどうするの？」

「きみが産みたいんだろう。きみが育てろ！」

「お願い、ヘイデン。そんなこと言わないで」

「おれはなにも約束してないぞ。処分するべきだったんだ」

「どういうこと？」

「堕《お》ろせばよかったんだ」

「いやよ！」

「二度と連絡してくるな。いいな？」

スクリーンが暗くなる。キーボードを叩いたけれど、彼は戻ってこない。

あたしは泣くまいとしながら、ヘイデンの気持ちは変わると自分に言い聞かせた。いま彼はあたしを、お腹の子を盾に軍人の妻の座を狙っている女だと考えている。そうじゃない。あたしは彼を愛している。あたしがどれほど素晴らしい母親になれるかを彼に教えればいい。それほど遠くない将来、彼は片膝をついてあたしに結婚を申し込むだろう。そして三十年後には、笑いながら今日のことを振り返り、孫について語り合うのだ。

ジュールズがノックする。ヘイデンがなんて言ったのかを知りたくてたまらず、ドアの外で待っていたのだろう。あたしはドアを開ける。ジュールズは同情する気満々で、待ちきれないようにあたしを見つめる。

「それで？　どうだった？　彼、喜んだ？」

「大喜びよ」

「だから、言ったじゃない」ジュールズは笑い、大きな体を揺すりながらステップを踏む。

「結婚してくれって言われた」

「嘘！」

「本当」

「どうして彼は返事をくれなかったの？」

「あたしに夢中になるのが怖かったんだって」

「なんてかわいい。で、あんたはなんて？」

「考えておくって」

「ばかじゃないの！　どうしてイエスって言わなかったのよ？」

「彼はあたしを待たせたんだもの。今度はあたしが待たせる番」

ジュールズはくわしい話を聞きたがる——わたしが言ったこと、彼が言ったこと。あたしは話を作らなくてはいけなかったけれど、彼女はそれ以上質問してこなかった。

「いまヘイデンはどこなの？」

「ケープタウンに向かっているところだって」

「南アフリカで婚約指輪を買うつもりかもしれないよ。あそこはいいダイヤモンドがあるもん」

「ダイヤの指輪なんて欲しくない」

「嘘ばっかり。女はみんなダイヤが好きなはずだよ。彼は出産に合わせて帰ってくるの？」

「ううん」

「でも一緒にいてもらわないと」

「いいの。リーズで産むつもりだから」

「お母さんのこと嫌ってたじゃない」

あたしは肩をすくめる。「確かにいろいろあったけれど、産むときにはだれかにいてもらわなきゃいけないし、母がついていてくれるって言っているから」

「あたしがついていてあげれなくて残念だよ」ジュールズが言う。「でも、ちょっと問題があるからね」自分のお腹を示す。

あたしは彼女をハグする。「ケヴィンを借りるかもしれない」

「あいつは役立たずだよ、本当に。で、リーズにはいつ？」

「予定日が近くなったら」

ジュールズはあたしの家族のことを知っている。なにもかもではないけれど、母との複雑な関係が理解できるくらいのことは話した。あたしからきっかけを作って、橋をかけるべきだと彼女は言う。けれど燃やさなくてはいけない橋もあるとあたしは思う。そして、燃えているときにそこにいないことが残念だと思える人もいる。

メガン

家の中は静かだ。子供たちは眠っている。わたしはテレビの前でアイロンかけをしていた。きれいに畳んだリネン用品の山ができ、ドアノブには甘いにおいのするシャツがずらりと吊るされている。家庭内のささやかなことではあるけれど、混乱を食い止めている感があるので、アイロンかけは好きな家事だ。

時々階段に目を向けて、泣き声やわたしを呼ぶ声はしないかと耳を澄ます。ルーシーは明かりをつけたまま眠る。いやな夢を見たり、暗闇を怖がったりするわけではないけれど、夜中に目を覚ましたときに自分がどこにいるのかがわかるほうがいいらしい。

ジャックはまだ帰ってこない。いつもなら、遅くなるときは電話してくる。携帯電話にかけても出なかったし、オフィスにかけたらもうとっくに帰ったと言われた。このところ、彼の頭の中は新番組のことでいっぱいだった。タイトルも『シュート!』と決まっていたけれど、キャスターがだれになるのかがまだ不明だった。ほかの候補者のオーディションも行われたらしい――だれあろう、サイモン・キッド。わたしが寝た男、必死になって忘れようとしている男。ジャックとサイモンは昔から競い合っていたけれど、テニスやゴルフやボードゲームの〝トリビアル・パスート〟をしているときには、問題にはならない。けれどこれは違う。もしサイモンが選ばれたりしたら、ジャックがどんな反応を示すか、わたしには予想もできなかった。

もう一度携帯電話にかけてみる。すぐに留守番電話につながった。もう一度メッセージを残す。

「ジャック、わたしよ。どこにいるの? 心配なの。お願いだから電話して」

彼が帰ってきたとき、わたしはベッドの中だった。車のキーをサイドテーブルに置く音に続いて、靴を脱ぎ捨てる音が聞こえてくる。冷蔵庫のドアが開く。ビールを出したのだろう。明かりを消して、眠ったふりをしたがっているわたしがいた。

けれどわたしはそうすることなく、階下に降りる。ジャックは庭でルーシーのブランコに座り、ビールを飲んでいる。わたしはスリッパのまま隣のブランコに座って、前後に揺らした。

「車で帰ってきたの?」

「いいや」ジャックはネクタイを緩めていた。「キャスターになれなかった」

「サイモンになったの?」

「いいや」

「じゃあ、だれ?」

「ベッキー・ケラーマン――ライフスタイルのチャンネルで仕事をしている」

「その人、スポーツにくわしいの?」

「カメラ映りがいいんだ」

「そんなのおかしい」

ジャックが額にしわを寄せる。「この番組はぼくのアイディアだったんだ。構成もタイトルもぼくが考えた。キャッチフレーズだって考えていたんだ。〝ずばっと直球〟」

「少なくともサイモンじゃなかったわけだし」

「どうしてそんなことを言うんだ?」

「だっていつも競い合っているから」

「どうしてぼくたちが競い合っていると思うんだ?」

「なんでもない。忘れて」

わたしたちはしばらく黙って座っていた。なにを考えているのと訊きたいけれど、返ってくる答えが怖い。彼とあれこれ語り合い、考えを分かち合っていたこともあったけれど、最近のジャックは沈黙で伝えてくることのほうが多い。

「わたしにできることがあるといいのに」わたしは彼の手を取る。「こんなことを言っても慰めにならないことはわかっているけれど、あなたは素晴らしい人だし、あなたをキャスターにしないなんて、上の人たちはばかよ」

ジャックはわたしの手を上に向けて、手のひらにキスをする。「きみは心配することはないの？」

「なにを？」

「金さ」

「わたしたち、困ってはいないもの」

「もっと大きな車と寝室がもうひとつ、必要になるんだよ」

「この家は充分広い」

「三人の子供で手いっぱいになったらどうする？　互いに目を向ける時間がなくなったら？」

その言葉にわたしはぎょっとして、急に舌が動きにくくなった気がした。

「きみを失いたくない」

「それじゃあ、どこにも行かないで」わたしは説得力があることを願いながら、静かに応じる。

ジャックはとがめるようなまなざしをわたしに向ける。「きみがうらやましいよ」

「どうして？」

「きみはどんな状況でも進んで立ち向かっていく。落ち込むこともないし、疑念も持たない」

「だれだって疑念は持つわ」

「それに、妙な正直さがある。隠し事をしないよね。だれにでも自分という人間を見せる――そしてみんなから愛されるんだ」

話題を変えようとして口を開いたら、声が喉に引っかかった。「お腹は空いている？」

ジャックは首を振る。

わたしは立ちあがり、ガウンをきつく体に巻きつける。「わたしは寝るわ。あなたは？」

「もう少ししたら」

「あまり遅くならないでね」

布団に潜りこんで目を閉じたけれど、眠れない。ジャックの落胆を理解しようとした。彼がルーシーとラクランに夢中なことはわかっていたし、わたしにもまだ夢中なはずだと思っていたけれど、人生に対するわたしたちのアプローチの仕方は違う。ジャックはあらかじめ問題を予測して、そのための準備を整え、最悪な事態に備えようとする。わたしは問題が起きたときにそれを受け止め、壊すのではなくたわめようとする。

仕事のチャンスを逃してこんなふうになるのなら、わたしがサイモンと寝たことがわかったら、ジャックはいったいどうするだろう？　絶対に知られてはならない。絶対に。

アガサ

ヘイデンの両親はロンドン北部のコリンデイルに住んでいる。戦後建てられたコテージで、小さな前庭があり、家の正面は小石打ちこみ仕上げになっている。二階建て。出窓。よく手入れされた花壇。遅咲きのツルバラが咲いている。

コール夫妻はわたしが来ることを知っている。あらかじめ電話をしたら、駅まで迎えに行くとミスター・コールが言ってくれたけれど、歩いていくとわたしは答えた。

わたしは一番上等の服を着た――マザーケア（英国のマタニティ／ベビー服のブランド）のかわいらしいAラインのワンピースで、襟元はラウンドネック、袖はキャップスリーブだ。ご両親に会うには少し丈が短いし、ひらひらしているけれど、アーミッシュになろうとしている人間ではなく、未来の義理の娘としてあたしを見てほしかった。

家を見つけた。呼び鈴を鳴らす。すぐにドアが開く。ミセス・コールが満面の笑みをあたしに向ける。彼女は裁縫をし、パンを焼き、王家の祝い事があるときには屋外のパーティーを準備する、五〇年代の質素な花嫁のように見える。ミスター・コールは彼女の背後の廊下に立っていて、小さなシャンデリアの明かりにはげた頭が光っている。ヘイデンの髪がなくなることは想像していなかったから、少し心配になった。ミスター・コールは英国郵便《ロイヤル・メール》に勤めていて、もっともらしい肩書がついているけれど、小包の仕分けをしたり手紙に消印を押したりしているのだと思う。ヘイデンの母親は聾《ろう》学校の教師で、手話ができる。ヘイデンの弟の耳が不自由だからだ。頭も弱いのではないかと思うけれど、いまはそういう言い方はしないのかもしれない。ヘイデンの姉は結婚して、ノーフォークに住んでいる。子供がいるかどうかは覚えていない。

挨拶を交わしたあと、わたしは〝応接室〟と呼ばれている部屋に案内されたので、ソファの端に膝をぴったり揃えて座った。カーテンもクッションもゴミ箱も花柄で、部屋全体に統一感がある。紅茶とケーキが運ばれてくる。あたしはお腹が空いていたけれど、手をつけなかった。

「本当にいらないの？」ミセス・コールが尋ねる。

「はい、ありがとうございます」

ふたりはどちらもあたしが妊娠していることに気づいていたけれど、あたしはそのことには触れない。その代わり、天気や乗ってきた列車やレモンケーキはおいしいという話をする。

「ヘイデンからあたしのことを聞いているのかどうかはわからないんですが」会話が途切れそうになったところで、あたしは切り出す。

「ほとんど聞いていないのよ」ミセス・コールがちらりと夫を見る。

「一月にヘイデンが船から降りていたときに知り合ったんです。彼が家に帰ってこない日が多いと思いませんでしたか？　あたしの家に泊まっていたんです」

ふたりはなんの反応も見せることなく、肘掛け椅子に浅く腰かけたままだ。

どうすればいい？——略図でも描く？

あたしはコートのポケットからティッシュペーパーを取り出し、洟をかむ。「とても辛いんです。本当はこんなことをしたくなかったんですけれど、どうしようもなくて。ヘイデンはあたしのメールに返事をくれません。一週間前に彼と話をしたら、彼は……彼は……」その先の言葉が出てこない。

ミセス・コールがわたしの膝に手を載せる。「ヘイデンの子供なの？」

あたしはうなずき、さらに激しく泣く。

つかの間の沈黙。ミスター・コールはここであたしと話をするよりは、前立腺検査を受けるほうがましだとでも言いたげな顔をしている。涙が少し治まってくる。ふたりに謝り、にじんだマスカラを頰になすりつけた。

「ヘイデンはなんて?」

「あたしにも赤ちゃんにも関わりたくないって言われました。堕ろせって言われたんですけど、もう遅すぎるし、あたしの信仰に反します。頼れる人がいないんです。実の母はいないので」

「亡くなったの?」

「あたしにとっては」過ちに気づいて、言い直す。「あたしにとっては死んだも同然です。滅多に話もしません」

「かわいそうに」ミセス・コールが言う。「ティッシュペーパーを取ってきてちょうだい、ジェラルド」

ミスター・コールはあわてて立ちあがるとしゃんと背筋を伸ばし、ぐるりとその場で一回転してからキッチンへと向かう。ティッシュペーパーを持ってきてくれたので、あたしはもう一度洟をかみ、涙を拭く。ミセス・コールは予定日とか、健診には行っているのかといった当然の質問をしてきた。あたしは超音波写真を見せる。

「まあ、まあ、見て、ジェラルド。全部写っているわよ。指も爪先も」

「とても元気なんです」あたしは言う。

「男の子?」

「はい」

それから二十分間、あたしたちは母親と義理の娘のように病院やつわりや痛みを和らげる方法について語り合う。ミセス・コールは家族のアルバムを持ち出してきて、赤ちゃんの頃のヘイデンの写真を見せてくれる。

「大きな赤ん坊だったの。四キロもあったのよ」彼女が言う。「縫わなきゃいけなかった」

あたしがたじろいだのを見て、彼女があたしの膝を叩く。「心配いらないわ。あなたはちゃんと産めそうな体つきをしているから。わたしはとても細かったのよ。そうでしょう、ジェラルド?」

ミスター・コールは答えない。

どこに住んでいて、どうやって暮らしているのかとミセス・コールに訊かれたので、ジュールズのことや、バーンズ・グリーンの向かいで毎週金曜日にコーヒーを飲んでいる親しいママ友たちのことを話す。気がつけば、よちよち歩きの頃や学校に通い始めた頃やそばかすだらけのティーンエイジャーだった頃のヘイデンの写真を眺めていた。彼の寝室に案内され、様々なスポーツで獲《と》ったといういくつものトロフィーの話を聞かされる。

外が暗くなってくる。ミセス・コールに食事をしていくよう強く勧められ、テーブルの上座に座る。ふたりにとっての初めての孫。大事件であることがよくわかる。ヘイデンの姉は〝まだ恵まれていない〟とミセス・コールは言い、あたしに次々とお代わりをよそう。

耳の聞こえない弟レーガンは、午後はずっと自分の寝室に隠れていた。夕食の席ではあたしをじろじろと眺め、手話で母親と会話を交わしている。あたしのことを話している気がして、不安になる。例えば視覚や聴覚などの感覚を失った人間は、それ以外の能力が研ぎ澄まされるという話を聞いたことがある。レーガンがあたしの心を読むことができたとしたら？

お皿がさげられて応接室に戻ると、ミスター・コールはガスストーブのスイッチを入れ、ソファに座るあたしの隣に腰をおろす。あたしに好意を持ってくれたのか、それともミセス・コールが見ていない隙に注いだ三杯目のシェリーのせいかもしれない。

「赤ん坊はどこで産むつもりかね？」彼が尋ねる。

「母がリーズに住んでいるんです」

「きみにとっては死んだも同然なんだろう？」

「はい。でも関係を修復しようと思います。今日、ここに来るのはとても勇気がいることでした。でもおふたりがとても温かく迎えてくださったので、自分の母親とも仲直りできそうな気がします」

「それじゃあ、リーズに行くんだね？」

「はい。ヘイデンがいてくれればと思っていたんですが……」

あたしはその先の言葉を濁す。ミスター・コールがあたしの膝を叩く。「わたしたちに会いに来たのは正解だ。ヘイデンのことは心配しなくていい。彼には正しいことをさせるから」

あたしはまた涙を拭く。すぐに涙がこぼれてくる。

「この子を使って彼を縛りつけたがっているとか、あたしを愛してもらおうとしているとか、ヘイデンにそんなふうに思われたくないんです。結婚してほしいって言っているわけじゃないんです」

ミスター・コールの手を取り、お腹に押し当てる。「感じますか？」

彼は曖昧にうなずく。「よく動くのかい？」

「いつも動いています」

ミセス・コールが紅茶とレモンケーキを持ってやってくる。

「ヘイデンはまだ大人になりきっていないのよ」ケーキを切り分けながら彼女が言う。「でもあの子はいい子だから。大丈夫、わたしからきちんと話をすれば、きっとわかるから。それまで、わたしたちになにかできることはない、アガサ？」

あたしはためらいがちに首を振る。

「本当に？」

「その、具合が悪いことが多くて、仕事をずいぶん休んだんです。家賃の支払い期限が……」

「いくら必要なの？」

「そんなことをしてもらうわけにはいきません」

「いくらなの？」

「二、三百ポンドあれば」

「それだけで足りるの？」

「五百ポンドあれば、全部支払いができます——電気代とガス代も」

「わたしたちがなんとかしよう」ミスター・コールが言う。「ヘイデンのことは心配ない。ちゃんとさせるから」

その夜、ヘイデンから電話がかかってくる。こっそり両親に会いに行ったことを怒っていると思ったけれど、とても優しい。あたしは傷ついているふりをして、彼が謝っても許さない。衛星通信の映像はこのあいだよりははっきりしている。ヘイデンは悪かった、あたしを傷つけるつもりはなかったと何度も繰り返す。あたしは少しずつ口調を和らげたけれど、彼は無理に優しくしているのかもしれないと考える。

「あなたがまだ戸惑っているのはわかるけれど、でもきっといい父親になるわ」わたしは言う。

ヘイデンが視線を泳がせる。「聞いてくれ、アガサ――」

「アギーって呼んで」

「わかった、アギー」彼が身を乗り出す。「おれが父親だろうっていうのは認める――」

「あなたよ」

「それに、きみがその子を産むと決めたことも尊重する」

「ありがとう」

「だがおれはきみと結婚する気はない」

「結婚してくれなんて頼んでいない。なにも頼んだ覚えはないわ」

「わかってるよ。親父たちと話した。自分が言っちゃいけないことを言ったことは、充分に理解した。なんていうか、ショックだったんだ――赤ん坊は」

「そうみたいね」あたしは苦々しげに笑う。

「じっくり考えて、心を決めた」

「あなたがそう決めたのなら、あたしはひとりでこの子を育てる。でも、もし少しでも親として関わりたいのなら――あなたにはその権利があると思うの。だって、あなたが本当は子供が欲しいのに、父親であることをあたしが黙っていたら、それってひどいことでしょう？」

ヘイデンは険しい顔でうなずく。沈黙が続く。

「あなたのお父さんとお母さんはいい人ね」あたしは言う。

「まだ孫がいないからね」

「手助けしてもらおうと思うの。お金が目当てというわけじゃないんだけれど、この子が生まれたら家賃を払うのが難しくなる。ほかにもお金はかかるし……」

「いくら必要なんだ？」

「あたしが訴えたら、あなたは養育費を払わされる」

「いくらだ？」

「週百ポンド」

ヘイデンはぎゅっと目をつぶる。「わかった。予定日は？」

「十二月の初めだけれど、早くなるかもしれない」

「おれはクリスマスまで帰れない」

「それは大丈夫。出産のときは母さんが助けてくれるから」あたしは超音波写真を見せる。「見える？」ヘイデンがスクリーンに顔を寄せる。「これが頭で、これが腕と脚。丸まっているの」

「男の子？」

「そうよ。ねえ！　あたしを見たい？」あたしは立ちあがり、ウェブカメラに対して横向きになると、ワンピースを引っ張って両手でお腹を撫でた。「大きなお腹でしょう？　見事なおっぱいを見せたいわ」あたしは両手で乳房を持ちあげながら、腰をおろす。

「そこにいて、触れないのが残念だよ」ヘイデンが言う。「かなり大きくなっているのよ」

「生意気ね」あたしは両手をいくらか上にずらす。

「前からかなり大きかったさ」

「見たい？」

ヘイデンは背後を振り返る。「だれかに見られるかもしれない」

「ちょっとだけね」

あたしはワンピースの胸元を開き、ブラジャーをずらす。彼の目が大きくなる。

「乳首がとても敏感になっているの。生地がこすれるのがわかるのよ。むらむらする」

「もう隠したほうがいい」ヘイデンの声がこもってきている。

あたしは椅子をうしろに引き、ワンピースの裾を少し持ちあげて、脚を開いたり閉じたりした。ヘイデンはいまにもスクリーンから飛び出してきそうだ。

「下着をつけていないの」

ヘイデンが息を呑《の》む。うめき声が漏れる。かわいそうに。もう七カ月も海の上にいるのだ。彼は腿の上でなにかごそごそしている。

「触っているの？」あたしは彼に笑いかける。「あたしがそこにいたら、してあげるのに。あたしもずっとひとりで寂しかった。そこにいたかった。あなたの脚に指を這わせて、じりじりとそこに近づけていくの。少しずつ。そうよ、どう？　そうしてほしい？」

彼の息遣いが激しくなる。

「言って」

「ああ」

「ああ、なに？」

「してほしい」

あたしはワンピースの下に自分の手を滑りこませる。「ああ、あなたがいまここにいればよかったのに。入れさせてあげるのに」さらに大きく脚を開く。「あなたを感じる。あたしの中に、あなたを感じる。大きくて、硬くて……ああ、そう、そうよ、もっと……触って。お願い、お願い、ヘイデン。もっと深く。突いて……いいわ……いいわ……もっと」

これまでとは違ううめき声と、果てるときの声が聞こえる。

半分閉じたヘイデンの目はどんよりしている。下半身を見おろし、ぞっとしたような顔になる。

「また話をしましょうね、あなた」あたしは言う。

彼は答えなかった。

メガン

わたしは二階にいて、なにもかも適当に放りこんだりせず、箱にちゃんとラベルをつけておくのだったと思いながら、屋根裏部屋に置いてあった古いベビー服を整理していた。

一部はeBayに出してしまえばよかった。『セックス・アンド・ザ・シティ』と『ザ・ホワイトハウス』のDVDは全巻揃っているから、それなりの値段になるはずだ。いまでもDVDは売れるのだろうか？　中古のスキーブーツは？

呼び鈴が鳴る。どうしていつもわたしが二階にいるときに鳴るんだろう？　階段に落ちている粘土の塊といくつかのレゴを踏まないようにしながら、玄関に向かう。セールスマンだったら承知しないから。

鍵を開ける。途中で何枚か花びらが落ちてしまった大きな薔薇の花束越しに、サイモン・キッドが微笑みかける。

「やあ、メグ」

わたしは答えなかったけれど、心臓はドラムになったみたいだ。

「きみのために買ってきた」ろれつが怪しい。

「酔っているの？」

「ゆっくりランチをしたのさ」

「ジャックは留守よ」

「知っている。きみと話がしたい」

「お断り！　なにも話すことなんてないわ」

「赤ん坊のことだ」

心臓が飛び出しそうになる。ドアを閉めようとしたけれど、サイモンが足を出し、ドアを手のひらで押さえる。

「きみは電話をかけてきて、あの夜、コンドームを使ったかと訊いた」

「もういいの」

「コンドームは破れたんだ」

「なんですって？」

「破れた。きみに言わなかったのは……それが問題だとは……」わたしにそのあとを言ってほしいみたいに、彼はわたしの目を見つめている。

わたしはショックを受けていたけれど、彼に悟られるつもりはなかった。「そのとおりよ――どうでもいいことだわ。いいから帰って」

「きみのことを考えていた」

「え？」

「あの夜のことを」

「やめてよ、サイモン。ただのセックスよ。ひと晩だけのこと。いいえ、それ以下だわ。あれは過ちだったの。あってはいけないこと」

サイモンは惨めそうに見える。「おれにとってはそれ以上だ」

「どういうこと？」

サイモンは視線を落とし、花を見つめながら囁《ささや》くように言う。「その子がおれの子だったら？」

「違う」

「ジャックの子かどうか、きみは確信がないんだ」

「いいえ、あるわ」

「もしそうなら、おれにコンドームを使ったかなんて訊かなかったはずだ」

「この子はジャックの子なの、わかった？　二度とこの話はしたくない。そういうことだったはずよ」

「もしおれの子なら、知る必要がある」

「なんですって？」

「知る必要がある」サイモンは迷子の子犬のような顔でわたしを見る。

わたしの喉がこの世のものではないような妙な音を立てる。「どうしてわたしたちの結婚を危険にさらそうとするの？　ジャックとの友情は……？」

「おれは……おれは……」サイモンは口ごもる。「父親になりたい」

「あらそう。ジーナに結婚を申し込むのね。妊娠させればいいじゃない。わたしにはもう関わらないで」

「きみにはわからないんだ」

わたしの声が大きくなる。「違う！　わかっていないのは、あなたよ。ここはわたしの家なの。わたしの家族なの。お腹にいるのはジャックの子供。あなたにはここにいる権利も、わたしにそんなことを訊く権利もない」

わたしは泣いていた――いらだちと怒りの涙。サイモンを殴りたい。彼を傷つけたい。なにより、彼に出ていってほしかった。サイモンがあとずさり、わたしは乱暴にドアを閉め、鍵をかけ、厚い板に背中をもたせかける。ずるずると崩れ落ち、ドアマットの上に座り、肩を震わせる。自分のしたことにおののいていた。この家に不倫なんて存在しない。わたしたちは一夜の情事も浮気もしない。膝を揃え、冷たいドアで体を支えながら、磨きあげられた廊下の床板を見つめる。

ジャックに知られたらどうする？　この子がサイモンの子だったら？

わたしはばかだったけれど、こんな目に遭っていいはずがない。ずっといい妻だった。ジャックを愛している。たった一度の過ちで罰を受けるべきじゃない。

アガサ

一週間近く、メグを見かけていない。今朝メグは、ママ友たちの集まりに顔を出さなかったし、スーパーマーケットにも来なかった。ブログが最後にアップされたのは十日前で、コメントにはひとつも〝いいね〟がついていない。

午後はラクランの保育所の外で待っていたかったけれど、配達があったせいでミスター・パテルが解放してくれなかった。卸業者が数をごまかしているとミスター・パテルが思いこんでいたので、箱の中身をひとつひとつ確認しなくてはいけなかった。ようやく、解放された。名札をはずし、脱いだスモックと一緒にいつもの場所に押しこんでから、急ぎ足でバーンズ・グリーンを抜けていく。池を通り過ぎ、教会の前を進み、右に左に何度か道を折れて、クリーヴランド・ガーデンズにやってくる。

家の前にメグの車が止まっている。正面側のカーテンは開いているけれど、中に人の姿はない。ビヴァリー・パスに出て、地下道まで歩いてから鉄条網をのぼり、線路に沿って進んでいく。目的の家にたどり着いたところで、下生えのあいだを這うようにして抜けて、お気に入りの倒木にのぼる。玩具の家の外には玩具が転がっているけれど、フレンチドアは閉まったままで、階下にだれかがいる気配はない。

家に電話をかけようかと考えた。なんて言えばいい？ メグが出たら、切ればいいことだ。それで彼女がいることはわかる。携帯電話を取り出し、番号を探す。緑のボタンの上で、指が止まる。もう一度家に目をやり、二階のカーテンの向こうで影が動いていることに気づく。もう一度彼女が現われることを期待して、わたしは家を見つめながらじっと待つ。

メグだ！ あたしは胸を撫でおろす。彼女は元気だ。妊娠している。問題ない。キッチンにいて、冷蔵庫から食材を取り出している。あたしはほっとして、また幸せな思いに包まれながら木の幹に背中を預ける。大きく息ができるようになっていた。

あたしの一番の欠点は人に執着することだ。だれか新しい人を見つけると、その人にこだわり、友だちになりたくてたまらなくなる。メグとは慎重に距離を置いて、あまり近づきすぎず、遠くから眺めるようにしているのはそういうわけだ。あたしは彼女のスケジュール、彼女の友だち、彼女の習慣、彼女の生活のリズムを知っている。食料品を買う店、お気に入りのコーヒーショップ、一家のかかりつけ医、美容院、妹、両親の住所——あらゆるつながりや関係、彼女の人生の地理や地形を知っている。

あたしは見事なほど目立たなくて、水のように空間に流れこんで割れ目にはまることができる順応性があって、なんの違和感もなくまわりの状況を反映するから、いいスパイになれると思う。滅多に人に気づかれることもなく、それ以上に声をあげることもなかった子供の頃に学んだ術だ。里親に育てられたと人には言っているけれど、全部が本当ではない。過去の話をするとき、あたしはほんの一部だけ本当のことを言う。

実の父親は、あたしが生まれた日にいなくなった。母を病院に残して家に帰った父は、荷造りをし、母の銀行口座を空にした。騎士道精神は死んだと言ったのはだれだった?

それから母とあたしはふたりきりで暮らしていたけれど、四歳になる頃、母は聖書の勉強会に通うようになり、やがてエホバの証人の信者になった。あたしも信者にならされた。祝日も、誕生日も、クリスマスも、イースターもなくなった。かまわなかった。どんな宗教を選ぼうとあとで拒否すればすむことだったからどうでもよかったけれど、母は全身全霊で受け入れた。属する場所を与えてくれたから。

あたしたちは毎週、王国会館で行われる〝集会〟と呼ばれる礼拝に出席し、王国の歌を歌い、エホバを称《たた》えた。聖書勉強会があって、〝真実〟や、ほかの社会がどれほど堕落していて、どれほどサタンに支配されているかを教えられた。

一年もしないうちに、母は教会の長老のひとりと結婚した。トロフィー・ワイフとなり、エルメスのスカーフを帆にして人生を渡りつつ、ひたすら社会的序列の上を目指した。母が、リーズにある家具屋の上で小さなオフィスの納税申告を引き受けていた義理の父を愛していたことは確かだと思う。母は彼を励まし、おだて、人脈を作り、やがて彼の仕事は軌道に乗って、あたしたちは大きな家に引っ越した。

あたしが六歳のときに弟エリヤが生まれた。あたしはエリヤが大好きだったし、エリヤもあたしになついた。ほとんど母親のようにベビーカーを押したり、ベビーチェアに座るエリヤにスプーンで食べさせたりした。少し大きくなったエリヤにおめかしをさせて、裏庭のヤナギの木の下で〝結婚〟したこともあった。

三歳のときエリヤは病気になり、二カ月入院した。母と義理の父は交代で病院に泊まりこみ、昼と夜で入れ違いになったふたりがほとんど顔を合わせない日が続いた。エリヤは回復し、普段の生活が戻ってきたけれど、それ以来両親はエリヤから目を離さなくなり、折りにつけ心配そうな顔を見せるようになった。あたしは成長し、エリヤも大きくなった。影のようにあたしのあとをついてまわり、答えられないようなことを際限なく尋ねてきた。〝クジラが歩けたらどうなるの？〟〝恐竜は天国にいる？〟〝スイッチを切ったら、消えた明かりはどこに行くの？〟

あたしはたいてい作り話を聞かせ、それがどれほどばかげたことであっても、新しい知識を得たうれしさにエリヤは小さい顔を輝かせた。時々あたしはエリヤに腹を立てて、怒鳴りつけた。エリヤは口をへの字にして、目にいっぱい涙を溜めた。あたしは自分を責めた。

五歳になったエリヤは学校に通い始めた。あたしは毎日一緒に通い、交差点では走っていきたくて新しい靴でぴょんぴょん跳ねているエリヤと手をつないだ。あたしの友だちはエリヤをかわいいと言った。あたしは恥ずかしいと思っていた。

発表会の日、エリヤは靴箱とトイレットペーパーの芯で作ったお城を持っていった。抱えるには両手が必要で、小塔の向こう側がろくに見えないくらいの大きさだ。

「早く、早く」エリヤは学校に行きたくてうずうずしていた。

手をつながなくてはいけないことがわかっていたから、エリヤは交差点ごとにあたしを待った。交差点を渡り終え、エリヤは走り出した。頭の上で小塔が揺れているのが見えた。そのあとなにがあったのか、正確なところはわからない。アスファルトにタイヤがこすれる甲高い音がしてそちらに目を向けると、エリヤが車のボンネットに突っ込んでいって、跳ね飛ばされていた。空中で向きが変わって、つかの間、まっすぐにあたしを見つめているようだった。紙のお城はフロントガラスに当たって、ばらばらになった。道路に落ちた拍子にエリヤの頭はあらぬ方向を向いた。仰向けになったときには、片足は体の下でありえない角度に曲がっていた。ズボンに開いた穴から骨が突き出しているのが見えた。

爆発の光景を逆まわしにしているみたいに、人々が近くの建物や車から現われた。あたしはエリヤの頭を抱きかかえた。エリヤはあたしを見あげていた。鼻と頰にそばかすが散っていて、目には冷たい霧がかかっていた。

「エリヤの靴は？」あたしは訊いた。「靴をなくしちゃいけないの。買ったばっかりなの。ママに怒られる」

車を運転していたミセス・マクニールの娘はあたしと同じクラスだった。あとからわかったことだが、その日はミセス・マクニールの誕生日だった。エリヤにぶつかったときの速度は時速五十五キロ――スクールゾーンの制限速度を二十五キロオーバーしていた――だったけれど、罪に問われることはなかった。

救急救命士が来たけれど、エリヤを連れてはいかなかった。まわりを囲い、何時間もエリヤを道路に横たえたまま、写真を撮ったり、目撃者に話を聞いたりした。あたしのせいじゃない、エリヤが道路に飛び出したのだとだれもが言った。

両親がやってきた。義理の父親は眼鏡をはずし、両手で顔を覆って泣いた。そのあいだずっと、母はあたしに尋ねていた。「あなたはどこにいたの、アギー？　どうして手をつないでいなかったの？」

「エリヤはお城を持っていたんだもの」あたしは答えたけれど、弁解にはならなかった。

その後、一番の望みはなんだとセラピストに訊かれるたび、あたしは答えた。「普通になりたい」

「どうしてきみは自分が普通じゃないと思うの？」

「弟を殺したから」

「あれは事故だった」

「手をつないでなきゃいけなかった」

エリヤが死んだその日から、神さまだか運命だかは間違った選択をしたのだとあたしは思っていた。両親が子供を失うことになっていたのなら、どうしてあたしじゃなかったの？　自己嫌悪やメロドラマのように聞こえるかもしれないけれど、真実がつける傷は嘘よりも深い。エリヤの死はあたしたち家族から酸素を奪い、その後あたしがなにをしようと、両親が楽に息ができることは二度となかった。テストで満点を取っても、道路を渡るお年寄りに手を貸しても、木にのぼって降りられない猫を助けても、癌《がん》を克服しても、同じことだった。生きていようと死んでいようと、半分血のつながった弟が間違ったことをすることはなく、あたしが正しいことをすることもなかった。

義理の父親があたしよりエリヤを愛していたことは理解できたけれど、母に対してはそう思えなかった。どうしてママはエリヤの死だけを悲しんで、あたしを無視するの？　母に向かって叫びたかった。嚙《か》みついて、引っかいて、つねって、なにかの感情を見せてほしかったし、あたしに気づいてほしかった。

そのときはまだわかっていなかったけれど、あたしがエホバに背を向けるずっと前から、エホバはあたしに背を向けていたのだ。

メガン

わたしはぎくりとして目を覚ます。心臓が激しく打っていて、綿の塊のようにパニックが喉に詰まっている。サイモンそっくりの赤ちゃんが生まれる夢を見ていた。くすんだ灰色の目、くっきりした頰骨、左側で分けた黒髪。しわだらけのリネンのジャケットを着て、穴飾り《ブローグ》のついた靴を履き——赤ちゃんサイズだ——わざと無精ひげを伸ばしている。

いったいどこの妻が夫の親友と寝るだろう？ わたしは、リードボーカルはもう相手がいるからと言ってドラマーに言い寄るような、ロックコンサートに通う十六歳のグルーピーではない。化粧着の下になにもつけずにセールスマンを出迎えたり、いちゃついたりする欲求不満の妻でもない。そもそも化粧着など持っていない。

ジャックが寝返りを打ち、わたしの胸に手を載せる。右の乳房を包みこむ。わたしの鼓動が落ち着いていく。息を吸い、目を閉じる。うとうとした。彼の手が下へおりていき、膨らんだ腹部をのぼり、脚のあいだへとおりていく。さらに体を寄せてくる。その股間が硬くなっているのがわかった。そうこなくちゃ。

腰を浮かせると、彼がパンティーを脱がせた。彼のボクサーショーツが宙を飛ぶ。

「パパはなにしてるの？」片手をドアノブに当て、もう一方の手でウサギのぬいぐるみを持ったルーシーの声がする。

「なんでもない」ジャックがごまかす。

「ベッドに戻りなさい」わたしが言う。

「眠たくない」

「下に行って、アニメを見ていたら？」

「ラクランがおねしょしたの」

「どうしてわかるの？」

「臭いんだもん」ルーシーは鼻にしわを寄せ、わたしがなにかするのを待っている。

わたしはガウンを引き寄せ、ベッドから脚をおろす。ジャックがうめく。わたしは身を乗り出して彼の頬にキスをしながら、囁く。「待っていて」

「無理だ」彼が言う。「七時に迎えが来る」

「何時に帰ってくる？」

「遅くなるよ」

寝室に戻ってきたときには、ジャックはシャワーとひげ剃《そ》りを終え、携帯電話でメールに返事をしていた。車が到着する。彼が子供たちにキスをする。わたしにもキスをするが、期待させるような言葉もなければ、ひそかに手に力をこめることもない。わたしは、仕事に出かける彼がうらやましかった。大人を相手に、大人の問題を語り合うことができる。スポーツを大人の問題と思っているわけではないけれど、〝賢すぎて困るのよ〟と、早熟な自分の子供の不満を言うふりをしてほかの子たちよりも賢いとほのめかし、さりげなく相手の上に立とうとするママ友を相手に、子供の癇癪や食事や歯の話をするよりははるかにいい。

わたしの子供たちはどちらもアインシュタインの卵ではない。ラクランは、鼻にレーズンを押しこんでしまい、救急外来で四時間過ごしたことがある。ルーシーは一ポンドコインを飲みこんだせいで、その後一週間、便を確かめなくてはならなかった。

今朝のふたりはいつも以上に手に負えない。用意した服をいやだと言い、食べたいと言ったものを食べない。根気強く言い聞かせて、かろうじてなだめる。ラクランはウェリントン・ブーツを履きたいと言い、ルーシーはスペースバン（頭の高いところでふたつのお団子をつくるヘアスタイル）が曲がっているから、顔が歪んで見えると言い張る。『スター・ウォーズ』をルーシーに見せたジャックのせいだ。

家を出るのが遅くなったので、しきりに文句を言うふたりを引きずるようにしてバーンズ・グリーンを進んでいく。池に近づいたところで、木立のあいだに人が立っていることに気づく。どこかで見たことがある気がしたけれど、それがどこだったのかは思い出せない。

校門のところでルーシーにキスをしたあと、ラクランを保育所に連れていく。今日のラクランはわたしを行かせまいとして、脚にしがみつくことに決めたらしい。スタッフのひとりがラクランの気を逸らしてくれたので、そのあいだに素早くその場を離れる。

ベビーカーを畳んでいると、ふたりの母親がちらちらとわたしを見ながら言葉を交わしているのが目に入る。ふたりは気まずそうに視線を逸らす。

「どうかしました?」わたしは尋ねる。

「いいえ、なにも」ひとりが上唇を歪めながら答える。帰り際、ふたりが笑っているのが聞こえた。なにを話しているのか知りたかったけれど、わざわざ尋ねたりはしない。自分の時間を作るためには、これから五時間のあいだに料理をして、掃除をして、買い物をして、洗い物をして、アイロンかけをしなければならないのだから。

まずは川の近くにある大きなビクトリアン様式の家の一階で開業している、産科医のドクター・フィリップスに会いに行く。ルーシーとラクランを産んだときに問題があったので、かかりつけ医が紹介してくれたのだ。深刻なものではない。ふたりの頭が大きすぎ、わたしの骨盤が小さすぎただけのことだ。なにかの手立てが必要だった。ドクター・フィリップスの待合室には、あたかも彼自らが受胎と妊娠と出産を手配したとでもいうように、〝貴重な贈り物〟を与えてくれたことを感謝する患者たちからの手紙や写真やカードが飾られている。ジョン・レノン風の眼鏡をかけた頼もしい中年男性だが、やや出っ歯なせいで口が特徴的だ。結婚しているのだろうかと考えてみる。もししているなら、夫の仕事の一部——ほかの女性の局部を見ること——を妻はどう思っているのだろう？　帰宅してまでヴァギナを見たくないだろうと想像した。おかしくて、彼が内診しているあいだもくすくす笑いが止まらなかった。

「ほぼ発露していますね」彼が言う。「もうじきですよ」

「よかった」

彼は机に向かい、コンピューターになにかを打ちこんでいる。わたしは服を整え、向かいの椅子に座る。

「出産について考える必要があります」彼は少しぽってりしたお腹の上で指を組む。

「今回も自然分娩を希望していることはわかっていますが、以前は二回とも裂けてしまいましたね」

「今度は裂けないかもしれません」

「それはまずありえません。今回は、縫うのはかなり難しいでしょう。真剣に帝王切開を考えるべきだと思います」

わたしは葛藤する――政治的正義だとか、ほかの母親たちから〝上流気取りだからいきめない〟と言われるかもしれないということではない。これまで二回、昔ながらの方法で子供を産んだ。恐ろしく痛かったけれど、このうえない満足感を味わった。

「どれくらい入院することになりますか？」わたしは尋ねる。

「問題がなければ、三、四日でしょうね」

「先生はそうしたほうがいいと思うんですね？」

「そうです」ドクター・フィリップスは画面上のカレンダーを開く。「十二月七日の木曜日なら、入院してすぐに手術ができますね」

反論したかったけれど、彼の言うとおりだとわかっていた。

「ご主人と相談してください。その日程で問題があるようなら、電話をください。問題なければ、その日にお会いしましょう」

アガサ

あたしは十三歳でエホバの証人の洗礼を受けた。それは戸別訪問をして、ほかの人たちが罪を悔い、この世で心安らかに暮らしていけるようにするための手助けができるということだった。洗礼前の数カ月間、聖書の教室に通った。先生は丸い顔にマッシュルームカットのミスター・ボーラーという教会の長老だった。神の王国とアルマゲドンの話をよくしていた彼のことを、あたしは使徒に違いないと思っていた。〝アルマゲドンが来る〟と聖書に繰り返し書かれていたからだ。

ミスター・ボーラーはリーズで衣料品店を経営していて、四人の娘がいた。一番下の娘バーニーは、あたしと同じ学校で一学年上だったが、とりたてて親しいわけではなかった。

洗礼のあとも、あたしは週に二回王国会館に通い、ミスター・ボーラーに算数や科学の宿題を教えてもらった。彼はあらかじめ英語の教科書を読んで、作文を書く手助けもしてくれた。

ある日彼は、一緒に戸別訪問をして教会の冊子である『ものみの塔』を配る手伝いをしてほしいと言った。あたしはエホバの証人の一番の信者になりたかったから、彼と一緒に通りを歩き、家々の戸口に立ち、真実に目覚めれば天国で永遠に生きられるのだと説いた。ほとんどの人は不愉快そうな顔をしたが、あたしが子供だったのでそれほど意地の悪いことは言わなかった。

暗くなってきて、雨が降り始めた。走らなくてはいけなかった。あたしは笑った。ミスター・ボーラーがフィッシュ・アンド・チップスを買ってくれて、指についた塩とビネガーをなめながら王国会館の地下で食べた。

あたしは身震いした。

「寒いんだね」彼が言った。「濡れた服を脱いだほうがいい」

彼はあたしのブラウスのボタンをはずそうとした。あたしはやめてと言った。彼はくすぐりながらあたしを押し倒した。唇にキスをされた。愛していると彼は言い、あたしも愛していると言った。それは本当だった。彼は、だれよりもあたしに優しくしてくれた。父親になってくれるといいと思ったけれど、彼には自分の娘がいた。

ソファのかびくさいにおいと、肌に当たるざらざらした生地の感触を覚えている。

ワンピースは腿の上までまくれあがっていた。彼の爪があたしのパンツを引っかいていた。あたしはその手を押しのけた。

愛し合っているふたりはキス以上のことをするのだと彼は言った。服を脱ぐんだよ。お互いを触るんだ。彼はまたキスをしてきた。タラとビネガーの味がする、ぽってりして濡れた舌の感触がいやだった。

彼がなにをしたがっているのかはわかっていた。女の子たちの話を聞いたことがあった。彼はあたしの手を取り、上下に動かした。彼はため息をつき、体を震わせた。あたしは彼のハンカチで手を拭った。これはふたりの秘密だよ、と彼は言った。ほかの人はわかってくれない。

どうしていつも秘密にしなければいけないの？

次の戸別訪問のとき、彼は〝治す術はない〟と刻まれたブレスレットをあたしにくれた。

「なにを治せないの？」あたしは尋ねた。

「愛だよ」

その後あたしたちは王国会館の地下に戻った。ソファに座った。彼はまたぽってりして濡れた舌をあたしの口に入れてきて、膝で強引に脚を開かせた。あたしはキスが好きじゃなかった。彼の重みや痛みや恥ずかしさが好きじゃなかったから、自分の中に潜りこんで、暗がりに隠れた。

「目を開けて、プリンセス」彼が言った。「わたしを見てほしいんだ」

お願い、こんなことをしないで。

「気持ちいいだろう?」

いいえ、痛いだけ。

「一人前の女性になったんだよ」

あたしたちはもう、前みたいにはなれないの?

あたしはフィッシュ・アンド・チップスを吐いた。彼は熱いものに触ったみたいにさっと体を引き、汚れた服を見て悪態をついた。小さくて殺風景なバスルームにあたしを連れていき、服を脱がせた。冷たい床に裸で立ったあたしは、太腿に精液と血がこびりついていることに気づいた。あたしは泣いた。悪かったと彼は言った。彼がかわいそうになった。

それから何カ月も何週間も、あたしたちはだれの魂も救うことのないまま、たくさんの家のドアを叩き続けた。そのあとは地下室でセックスをし、あたしが十七歳になったらふたりで逃げて、海の近くで暮らそうとミスター・ボーラーは言った。藤か蔦《つた》で覆われた、かわいらしいコテージの写真を見せてくれた。それまであたしたちのことは秘密にしておかなくてはいけない。彼は結婚しているから。

その夏、ミスター・ボーラーは家族と共にコーンウォールで休暇を過ごした。ほっとするだろうと思っていたのに、それどころか寂しくて、あたしは彼が帰ってくるのを待ちわびた。彼はまたプレゼント——百万年前の巻き貝の化石——をくれて、あたしたちの愛もそれくらい続くのだと言った。それが本当じゃないことはわかっていた。

次第にあたしは無口になっていった。「あのかわいらしい笑顔はどこに行ったんだ?」彼に訊かれ、あたしは笑おうとした。「これが好きなんだろう?」彼はあたしの顔に熱い息を吐きながら言った。「好きだと言ってごらん」

ある日彼は、末娘のバーニーに彼氏はいるのか、彼女に興味を示している男の子がいるのかとあたしに尋ねてきた。あたしは知らなかった。〝薄汚いティーンエイジャーが娘に触れる〟ことを考えてひどく動揺したのか、彼女をこっそり見張ってその様子を報告するようにと言われた。偽善だとあたしは気づいた。あたしとセックスするのはかまわないのに、娘は純潔でいなければならないと思っている。あたしは運動場で遊んだり、友だちと話したり笑ったりしているバーニーを眺めた。彼女はかわいくて、人気があって、生きることを満喫していた。あたしは自分が二度とあんなふうにはなれないことを知っていた。もう清潔にも、幸せにもなれない。

　それから一年、ミスター・ボーラーはコンドームを一度も使うことなくあたしとセックスをした。いつも、最後の瞬間にあたしから離れた。ことを終えると、彼はベルトを締め、身支度をさせてからあたしを家に送り届けた。

　ある日、彼があたしの上で体を揺すっていたとき、心が体から離れていくのを感じた。ふわふわと浮いていき、あたしたちを上から見おろしている。ミスター・ボーラーの白いお尻と、足首にからみつくコーデュロイのズボンと、奥さんが編んだ袖のないセーターが見えた。口を開けて叫ぼうとしたけれど、声が出なかった。なにかの生き物が背骨に沿っておりていき、臓器のあいだをずるずると進んで、心臓に巻きつくのが感じられた。

　意識が戻ったとき、ミスター・ボーラーはあたしの頬を叩きながら、名前を呼んでいた。あたしは目を覚ましたくなかった。

「失神したんだろう」彼はズボンのチャックをあげながら言った。「ずいぶんと妙な音を立てていたぞ。だれかに話しかけているみたいだったが、おまえの声じゃなかった。家で寝言を言ったりしていないだろうな」

　ミスター・ボーラーはもう宿題を手伝ってくれなかったし、戸別訪問に行くようにも言われなくなった。やがて彼があたしを非難することがどんどん増えていった。あたしの肌。あたしの体重。あたしのにおい。あたしにキスをすることも、愛していると言うこともなくなった。

その生き物は目覚め、眠り、あたしの中でうごめき、囁き、日記に蜘蛛《くも》の脚のような字を綴《つづ》り、自分の感情を記そうとするあたしの無益な試みを笑った。

おまえがなにを考えようとだれも気にしない。

ミスター・ボーラーは気にする。

彼はおまえを愛していない。おまえが太ってきたと思っている。

違う。

だから彼は、おまえの腰の上の肉をつまむんだ。おまえにうんざりしているんだ。

彼はあたしを愛している。

彼はおまえにキスをしない。おまえにプレゼントをしない。おまえを戸別訪問に連れていかない。

あたしは十五歳になった。誕生日のお祝いはなかった。母さんに最後の生理はいつかと訊かれた。妊娠していることを医者が確認すると、母さんは息を呑んだ。義理の父は父親の名前を知りたがった。あたしは首を振った。彼はあたしの髪をこぶしに巻きつけ、そのままあたしを持ちあげた。

そのときのふたりの顔を覚えている。ショック。信じられない。あたしは自分の部屋に追いやられ、ベッドの上でふたりが言い合う声を聞いていた。母さんは警察に電話をしたがったが、義理の父は長老たちに相談しようと言った。あたしはヘッドボードに貼った『リトル・マーメイド』のステンシルを引っかいて、ゆっくりとはがしていた。お腹に赤ちゃんがいるなんて、ばかげていると思えた。あたしはまだ人形の家や着せ替え用の服を持っているのに。

翌日、両親のところに電話があって、義理の父が尋ねているのが聞こえた。「それは司法委員会の公聴会ですか?」

答えは聞こえなかった。

あたしは王国会館に連れていかれ、子供の頃から知っている三人の長老たちに話を聞かれた。ブラザー・ウェンデルは絨毯《じゅうたん》洗浄を仕事にしていて、ブラザー・ワトソンはブラインドを取りつけていて、ブラザー・ブルックフィールドは地元の議会の庭師として働いている。

三人に質問された。いつセックスをした? どこで? 頻度は? ミスター・ボーラーは割礼していたか? (わたしはその意味がわからなかった)

「きみはどれくらい脚を開いた？」トマトのような顔のブラザー・ブルックフィールドが訊いた。

「は？」

「どれくらい脚を開いたのか、やってみたまえ」

あたしは膝丈のワンピースを着て、硬い木の椅子に座っていた。長老たちは長いテーブルに並んで座っていた。あたしは脚を開いた。三人は身を乗り出した。

「嘘に違いない」ブラザー・ウェンデルが言った。「あれしか脚を開いていなくて、どうやってレイプできる？」

「どうして親に話さなかった？」ブラザー・ワトソンが訊いた。

「ミスター・ボーラーはあたしを愛しているって言ったんです」

ブラザー・ウェンデルが嘲笑った。「つまりきみは進んで彼とセックスをしたんだね？」

「いいえ。はい。好きじゃありませんでした。セックスは」

「だれかに話したのか？」ブラザー・ワトソンがさらに訊いた。

「いいえ」

「だれかに見られたか？」

「秘密にしていたんです。あたしが十七歳になったら一緒に逃げて、海の近くで暮らそうってミスター・ボーラーが言ったんです。写真を見せてくれました」

三人は笑っているのかもしれないとあたしは思った。

「最初はいつだった？」ブラザー・ブルックフィールドが訊いた。

「正確な日付は覚えていません」

「きみは処女だったのか？」

「はい」

「それなら、覚えているはずだ」ブラザー・ウェンデルが言った。「何月の……何週目とか？」

あたしは必死で思い出そうとした。「イースターの頃でした」

「自信がなさそうだね」

「その頃だったと思いますけれど、はっきりとはわかりません」

長老たちが出ていき、あたしはひとり残された。トイレに行きたかったけれど、怖くて言い出せなかった。そこであたしはぎゅっと脚を組んだ。やがて別の部屋から、あたしは嘘をついているとミスター・ボーラーが叫んでいる声が聞こえてきた。少しだけおしっこが漏れた。

長老たちが両親と一緒に戻ってきた。ミスター・ボーラーが違うドアから入ってきた。ドアが閉まる前、バーニーが彼のうしろに立っているのが見えた。母親と手をつないでいた。

長老たちが長いテーブルについた。義理の父があたしのうしろに座り、母さんは途方に暮れた様子で正面のドアのすぐ内側に立っていた。

ブラザー・ウェンデルが切り出した。

「我々一団の重要メンバーであるブラザー・ボーラーに対し、非常に深刻な申し立てがなされた。シスター・アガサは妊娠している。ブラザー・ボーラーが姦淫《かんいん》を犯し、彼女と性行為を何度も行ったと彼女は主張している。ブラザー・ボーラーは一切の不正行為を否認していて、名誉毀損でシスター・アガサを逆に告発した。彼は、告訴人に質問する許可を求めた」

あたしは吐きそうになった。

ミスター・ボーラーが部屋を横切り、あたしの正面に立った。見慣れたコーデュロイのズボンに袖なしのセーターを着ていた。優しそうな笑みを浮かべ、挨拶をし、こんな状況で会うことになって残念だと言った。

「きみは恋人がいるの？」

「いません」

「それじゃあ、学校の不良少年とセックスはしていないんだね」

「はい」

「きみは嘘をついているね、シスター」

「いいえ」

「六週間前、きみはわたしに懺悔《ざんげ》をしに来た。『ものみの塔』はそういう行為を禁じていると、わたしは言ったね。助言をした。その少年には近づかないように言ったのに、きみは従わなかった」

「違う！」あたしは母さんを見た。「そんなの嘘」

「娘のバーニーも言っている」ミスター・ボーラーが言った。「きみは娘にそう話した」

あたしは首を振り、頭をはっきりさせようとした。どうしてバーニーはあたしに恋人がいるなんて言ったの？

「嘘がどういうものかはわかっているかい、シスター・アガサ？」ミスター・ボーラーが訊いた。

「はい」

「きみはわたしと一緒に戸別訪問をするとご両親に話した。あれは嘘だった?」

「はい」

「つまりきみは、自分に都合のいいように嘘をつくんだね?」

「違う。そうじゃない。わかりません」

「きみは、二年前のイースターにわたしと初めてセックスをしたと司法委員会に言った。ここに日記があるが、その年のイースターにわたしは一週間ほど展示会に行っていて留守だったことが書かれている」

あたしは口を開き、そして閉じた。「はっきりした日付は覚えていません」

「だから嘘をついた?」

「違います。確信がないんです」

「確信がないことについて、きみは嘘をつくんだね」

「いいえ」

「きみは司法委員会に嘘をついたのかね? それともいまわたしに嘘をついている?」

「もうたくさん!」うしろのほうで叫ぶ声があった。ハンドバッグを握りしめた母さんが中央の通路をつかつかと近づいてきた。普段はおとなしくて控えめな母さんが、ひたと長老たちを見据えて告げた。「アガサは質問に答えました。裁定をくだしていただければ、家に連れて帰ります」

だれも反論しようとはしなかった。ミスター・ボーラーさえも。

長老たちは裁定を協議するために部屋を出ていった。あたしはトイレに行き、パンツを洗ってハンドドライヤーで乾かした。

一時間が過ぎた。長老たちが戻ってきた。立つようにと言われたけれど、とても立っていられないだろうと思った。母さんと義理の父は座ったままだった。

ブラザー・ウェンデルは手に聖書を持っていた。あたしを見ることはなかった。

「テモテへの手紙　一の五章十九節に、こう書かれている。〝長老に反対する訴えは、ふたりあるいは三人の証人がいなければ、受理してはなりません〟今回の場合、シスター・アガサにはブラザー・ボーラーに対する訴えの証人がひとりしかいない。つまり、彼女が嘘をついているとか、ブラザー・ボーラーが嘘をついているということではなく、こういった申し立てを証明するためにはふたりの証人かもしくは告白が必要だと、『ものみの塔』は定めている。そのどちらの条件も満たしていないことから、司法委員会はこれ以上の関与をせず、すべてをエホバの手に委ねることとする」

ミスター・ボーラーは立ちあがり、承服できないと言った。

「わたしはこの教会の名誉ある長老で、シスター・アガサはわたしをひどく中傷しました。彼女は婚姻関係にない不良少年と性的関係を結んでおきながら、わたしに濡れ衣《ぎぬ》を着せようとした。彼女は悔悟していません。わたしはシスター・アガサの謝罪と除名を要求します」

ひゅっと息を呑む音が聞こえ、母さんが体を固くしたのが感じられた。彼の言葉の意味はわかっていた。〝濡れ衣を着せる〟よりもっと軽い罪で、エホバの証人を除名された人たちを見たことがあった。

「ブラザー・ボーラーに謝罪するかね？」ブラザー・ウェンデルが訊いた。

あたしは首を振った。

「懺悔するか？」

「いいえ」

母さんがあたしの腕をつかんだ。「言われたとおりにするのよ、アガサ。悪かったって言いなさい」

「あたしは嘘なんてついていない」

「そんなのどうでもいいの」

「それなら警察に行く」

「そんなことをしたら、きみは神の罰を受けることになる」ブラザー・ウェンデルが轟《とどろ》くような声で言った。「永遠にサタンのものになるだろう」

義理の父があたしの肩に手を載せた。その指が鎖骨の両側に食いこむのが感じられた。

「悪かったと言うんだ、アガサ」

痛みが腕を駆け抜け、指がぴりぴりした。

「いや」

長老たちは顔を見合わせて、うなずいた。公聴会は終わった。一週間後、あたしの名前、生年月日、信徒番号が書かれた手紙を受け取った。違反行為は明記されていなかったけれど、意味するところははっきりしていた。あたしは教会から追放された。もう聖書の勉強会にも祈禱《きとう》会にも参加できないし、ほかのメンバーと関わることもできない。未成年なので、両親と同じ屋根の下で暮らし、最低限の面倒を見てもらうことはできるけれど、それだけだった。あたしが泣いていても、母さんは慰めたり、助言をしたり、精神的に支えたりすることはできない。

義理の父はあたしに言った。「おまえを愛しているよ、アガサ。おまえが戻ってくる日を待っている。父親が放蕩《ほうとう》息子に〝この息子は、死んでいたのに生き返り、いなくなっていたのに見つかったからだ〟（新約聖書ルカによる福音書十五章二十四節）と言ったように、わたしも両手を広げ、おまえを迎えて同じことを言おう。だがおまえは神に背を向けることを選んだのだから、その日が来るまでおまえはひとりだ」

メガン

なにか病気にかかったらしいと言って、ジャックはその日仕事を休んだ。インフルエンザだと彼は言っているけれど、そうとわかるまでは風邪ということにしておこうと思う。午前中、わたしは幾度となく階段ののぼりおりを繰り返した。

「メグ？」ベッドの中から彼が呼ぶ。

「なに？」

「面倒をかけて悪いね」

「面倒じゃないわよ」

「紅茶をもらえるかな？」

「お湯を沸かすわね」

わたしはキッチンに戻り、紅茶をいれ、ビスケットを何枚か添えながら、次はなにを欲しがるだろうと考える。

「なにをしていたの?」紅茶を二階に持っていったわたしにジャックが尋ねる。

「掃除よ」

「新聞を読んだ?」

「配達がまだなの」

「持ってきてもらえるかな?」

「わかった」

「それからのど飴《あめ》が欲しい——レモン味の咳止めがいいな。さくらんぼ味は薬みたいだからいやだ」

「だって薬だもの」

「ぼくの言いたいことはわかるだろう? あと、ランチにはスープをもらえる?」

「なんのスープがいいの?」

「豆とハム……クルトンを入れて」

昨日、あなたの奴隷はだれだったの?

今日の風は切るように冷たくて、わたしのコートの裾をはためかせ、バーンズ・グリーンの芝生に落ち葉を散らしている。火曜日は午前保育なので、ラクランを保育所に迎えに行く。パーカーの袖からミトンの手袋をぶらぶらさせながら、ラクランはわたしの前を走っていく。一歩ごとに、スニーカーの踵《かかと》の部分が光る。

スーパーマーケットのドアが開き、ラクランは通路の突き当たりで足を止めて、塗り絵を見ている。わたしは様々な種類の咳止めやのど飴を眺める。茶色のスモックを来た従業員が通路の向こう側から姿を見せる。数週間前、彼女と言葉を交わしたことがあった。彼女は妊娠している。わたしは名札を見た。

「咳止めのことはわかるかしら?」

アガサは不安そうにわたしを見てから視線を逸らす。「あなたが使うんですか?」

「夫なの」

「熱はあります?」

「正直言って、たいしたことはないと思うのよ」

アガサは商品棚を眺めながら移動する。

「レモン味がいいんですって」わたしは言う。「あなたの予定日はいつ? 聞いたはずだけれど、忘れてしまって」

「十二月初めです」

「わたしたち、いて座の子を産むのね。心配じゃない?」

「いて座のことはよく知らなくて」アガサが言う。

「夫に言わせると、いて座の子は意思が強くて、性欲が旺盛で、男らしいんですって」

「当ててみましょうか。ご主人はいて座ですね？」

「そのとおり」

わたしたちは声を揃えて笑う。彼女の笑顔はかわいらしかった。

「ご主人はなにをしているんですか？」アガサが尋ねる。

「テレビのキャスターよ」

「見たことがあるかしら？」

「スポーツに興味がなければ、見たことはないと思う――衛星チャンネルのひとつで働いているの」

スーパーマーケットの店長がやってきた。「なにか問題でも？」二本の指で短い口ひげを撫でながら尋ねる。

「いいえ、なにも」

「なにかお手伝いできることはありますか？」

「いいえ、もう手伝ってもらいましたから、ありがとう」

店長が口ごもる。わたしは店長を見つめ返す。彼は視線を逸らし、その場を離れていった。

「彼があなたのボス?」わたしは尋ねる。

「ええ。いやな男なの」アガサは手で口を押さえる。「ごめんなさい。こんなこと言っちゃいけなかった」

「どんな女にもあの手のボスはいるものよ」わたしは言いながら、彼女の手に結婚指輪を探す。

彼女はわたしの視線に気づいて、手を隠す。「婚約中なんです」

「詮索するつもりじゃなかったの」

「わかっています。婚約者は海軍の人で、いまインド洋を航海しているんです。ケープタウンに着いたら、指輪を買ってくれることになっています。ダイヤモンドを買うには一番いいところですから」

「出産のときには帰ってくるの？」

「軍が休暇をくれないかぎり、無理ですね」

わたしはうしろを振り返り、ラクランを探す。塗り絵の前にはいない。レジの近くで漫画を見ているのかもしれない。わたしはアガサに断り、名前を呼びながらラクランを探しに行く。さっきよりも大きな声で名前を呼ぶ。返事はない。

「隠れるのはやめてね、ラクラン。遊びじゃないのよ」

わたしは足を速め、ラクランを呼びながら通路を移動する。突如として、胃にぽっかりと穴が開いたみたいな気分になる。

アガサが一緒に探してくれる。ふたりして両側から通路をのぞきこみ、店内全部を確かめる。ラクランはいない。正面入口に戻り、小さな男の子を見かけなかったかとあたりにいる人に尋ねる。ほかの客を不安にするから落ち着いてくれと、店長に言われる。レジの女の子がおののいたような顔でわたしを見る。

「息子が出ていくのを見ませんでしたか？」

彼女は首を振る。

「ああ、どうしよう。ラクラン！　ラクラン！」

店を出て、道の両側を眺め、公園に目を向ける。体が震える。めまいがする。男性が通りかかった。

「小さな男の子を見ませんでしたか？　金髪でこれくらいの背丈で。青いパーカーを着ていて、靴が光るんです」

男性は首を振る。わたしは無意識のうちに彼の腕をつかんで、握りしめていた。男性はその手を振り払い、その場を離れていく。

道路の向こう側にバスが止まる。ドアが開く。ラクランが乗っていたらどうする？あの子はバスが大好きだ。わたしは運転手に向かって叫び、両手を振りながら左右を見ようともせずに道路を渡った。ブレーキの音とクラクションが響く。バスの運転手はサイドウィンドウを開けた。

「息子が乗っていませんか？」

運転手は首を振った。

「間違いないですか？　確かめてくれますか？」

運転手は座席の下をのぞき、車内を確かめている。わたしはパニックと戦いながら、公園を見まわした。犬を連れた人がふたり。ひどく疲れた様子の母親がベビーカーの横にシートを敷いて座っている。老人が小道を歩いていく。わたしの脳の論理的な部分は活動を停止していた。ラクランの名前を呼びながら、走り出す。だれかに連れ去られたのだと確信していた。わたしのかわいい息子。いなくなった。ラクラン・ショーネシー。四歳。柔らかい前髪に小さくてきれいな白い歯。ゲームをしているときや、騎士だとか兵士だとかカウボーイだとかになりきっているときは、恐ろしいほど真剣な表情を見せる。

広々とした芝生の向こうにある池に視線を向ける。ラクランがアヒルを見に行っていたら？　池に落ちたのかもしれない。かわいい息子がうつぶせに水に浮いていたらどうしようとおののきながら、わたしはまたラクランの名前を呼びつつ、走り出していた。

落ち葉の吹きだまりを蹴散らしながら、池の縁にたどり着く。カモたちが翼をはばたかせ、空へと舞いあがる。ラクランはいない。風が茶色い水を波立たせている。保育所に戻ったのかもしれない。それとも、ひとりで家まで歩いて帰ろうとしたとか。さっきスーパーマーケットでチョコレートを欲しがったとき、あとでねと言い聞かせた。カフェでウィンドウのケーキを見ているのかもしれない。わたしは駆け戻ったけれど、カフェにラクランはいなかった。ルーシーの学校に行ったんだろうか？　来年まで待つのはいやだ、いますぐに学校に行きたいとあの子はいつも言っている。わたしはまた走り出した。どんどん膨らんでいくパニックを抑えつけながら、行きかうすべての車やトラックを確かめる。頭の中に言葉が浮かぶ。行方不明の子供。殺された子供。ジャックになんて言えばいい？　ルーシーにどう説明する？　視界が寸断され、涙でぼやけた。あの子を見つけられない。見つけなくては。

だれかがわたしの名前を呼んでいる。

「ミセス・ショーネシー！」

その場で二回転して、ようやくアガサに気づく。ラクランと手をつないでいる。わたしはふたりに駆け寄り、ラクランを抱きあげると、文句を言われるくらい強く抱きしめる。

「痛いよ、ママ」

その安堵《あんど》は開いたバルブからあふれるようでもあり、風船から空気が抜けていくようでもあった。

「倉庫にいたんです」アガサが説明する。「どうやって入ったのかしら」

「本当にありがとう」彼女のことも抱きしめたいくらいだった。

ラクランが身をよじらせてわたしの腕から逃れる。「ママはどうして泣いているの？」

「二度とあんなふうに逃げ出しちゃだめよ」わたしは言う。

「逃げてないよ。ドアが閉まったの」

「どこのドア？」

「入ったあとで、鍵がかかってしまったんでしょうね」アガサが言う。

「ひとりでうろうろしたりしないのよ」ラクランに言う。「心配したのよ。あなたがいなくなったと思った」

「いなくなってないよ。ここにいるもん」

買ったものをスーパーマーケットに置いたままだった。ラクランはわたしだけでなくアガサとも手をつなぎ、ふたりのあいだでぶらさがっている。恐怖が去ったいま、わたしは疲れ切っていて、丸くなって眠りたい気分だ。

アガサが食料品を袋に入れるのを手伝ってくれて、わたしたちは妊娠のことや子供を育てる責任について話をする。最初に見たときにはわたしより若いと思ったけれど、同じくらいの年だとわかる。彼女はいくらかふっくらしている——わたしの十二号に対して、彼女は十四号くらい。灰色がかった目をして、微笑みがぎこちない。彼女のちょっと古臭い北のほうのなまりや、気取っていないところに好感が持てた。ときに排他的でよそよそしくなる、このあたりのほかの女性たちとは違う。彼女は自分を冗談にできる。笑う。わたしを楽な気分にさせてくれる。

アガサをママ友のグループに誘うべきかもしれない。一服の清涼剤になるだろう。そう考えたところで、友人たちがときに鼻持ちならない態度になることを思い出す。彼女たちのほとんどがプライベート・スクールから大学に進んでいて、みんな同じような口調で話す。社会的信頼があり、魅力的で、どんな別荘でもどんなガーデンパーティーでもその場にふさわしい振る舞いができる。アガサは同じことができるだろうか？　なんと言って彼女を紹介すればいい？

「そのうち、お茶をしましょうよ」わたしは社交辞令ではなく、言う。

「本当に？」

「電話番号を教えて」携帯電話を取り出す。「ところで、わたしはメガン。メグって読んでね」

「あたしはアガサ」

「知っているわ」彼女の名札を指さす。「何週間か前、話をしたわよね――床が濡れているって注意してくれた」

彼女は驚いた顔をする。「覚えているんですか？」

「もちろんよ。どうして？」

「ううん、いいんです」

アガサ

「普通は助産師が案内するんです」濃い青色のズボンと襟に白のパイピングがしてある紺色のブラウスを着た産科の看護師が言う。身長がようやく百五十センチほどのイタリア人らしい小柄な女性で、一本につながりそうなほど眉毛が濃い。

「予定日はいつですか?」彼女が尋ねる。

「十二月の初めです」

「まだ決めていなかったんですね」

「ほかに考えていることがあって」あたしは両手でお腹をさする。「姉が自宅出産して、とてもよかったらしいんです」

「順調でなにも問題がないのなら、とてもいい経験になりますよ」彼女は実用的なゴム底の靴で廊下を進んでいく。「初めての出産ですか?」

「ええ」

あたしは、彼女がシンプルな黒のヘアバンドで髪をポニーテールにしていること、胸のポケットに小さな時計を留めていることを記憶に刻みこむ。右の耳のうしろに、安いボールペンをはさんでいる。

「ここで受け入れができない場合は、地域の診療所を紹介できます。支払いは自己負担ですか?」

「多分」

「担当の先生は?」

「ドクター・フィリップスです」

彼女はドアの前で足を止め、小さなガラス窓から中をのぞきこむ。「全部の分娩室はお見せできないかもしれません。使っているところがあるので。ウェブサイトでバーチャルツアーが見られますよ」

廊下は白くて清潔で明るい。パステル色。落ち着いている。夫に支えられたスリッパと病衣姿の女性とすれ違った。

「チャーチルでは年間五千人の赤ちゃんが生まれています。家族や友人には面会時間が決められていますが、パートナーはいつでも来てもらってかまいません」看護師は水中出産用のプールがある分娩室を案内しながら説明する。

「ここは産後用エリアです。自己負担の方の部屋は数が限られていますが、優先的に入れますし、内装もきれいです」

最後に案内されたのが受付で、そこで問診票を渡される。「かかりつけの先生からも申し込みが必要です」彼女が言う。「でも遅くならないようにしてくださいね」

あたしは彼女にお礼を言って患者用のラウンジに座り、問診票に目を通しながらエレベーターから次々に降りてくる出産を控えた母親と不安そうな父親を眺める。帰宅する人たちもいる——乳児用のチャイルドシートやキャリーに入れられた赤ちゃんと、花束やぬいぐるみを抱えた母親。

用事がすべて終わり、あたしは廊下と階段の様子を確認しながら出口へと向かう。妊婦はきれいだし、輝いているし、ペンギンのようによたよたと歩くから、通り過ぎる人たちはだれもが笑顔でうなずく。どれも微笑ましいもの！

家に帰ってみると、ドアの下にメモがはさまっていた。〝上に来て！〟ジュールズのドアをノックする。彼女が素早くドアを開ける。ツイードのスーツを来たヘイデンの母親が宝くじに当たったみたいな満面の笑みで、そのうしろに立っているのが見える。

「気を悪くしないでくれるといいんだけれど」彼女はそう言いながら、わたしにハグをする。彼女の家と同じ――柔軟剤とレモンケーキの――においがする。あたしは彼女の腕の中で、こわばった体から力を抜こうとする。

「あたしの家がどうしてわかったんですか？」あたしはおののきながら尋ねる。

「ヘイデンが教えてくれたの。あの子と話をした？」

「土曜日に話したきりです」

「ビッグニュースがあるのよ」

ミセス・コールがあたしから手を離す。ジュールズは宮廷の道化師みたいににやにやしているから、もう聞いているに違いない。あたしはそのニュースを当てなければいけないのだろうかと思いながら、ふたりの顔を見比べる。

「ヘイデンが、出産に合わせて帰ってくるの」ミセス・コールが告げる。

あたしはあんぐりと口を開けて彼女を見つめる。

「家族連絡部に話をして、状況を説明したらしいの。普通、海軍は軍務期間中に休暇を取らせてくれないんだけれど、許可してくれたんですって。素晴らしいでしょう？」

脚がふらつく。ジュールズがあたしの腕を取って、座らせてくれる。

「まあ、ごめんなさいね」ミセス・コールが言う。「驚いたわよね。わかっているべきだったのに」

「いつですか？」あたしは尋ねる。

「え？」

「彼はいつ帰ってくるんですか？」

「二週間後にケープタウンで船を降りるの。そこから飛行機でヒースローに向かうから、間に合うように帰ってこれるわ」

胃がひっくり返りそうになり、口の中に吐瀉物《としゃぶつ》の味がしたので強引に飲みこむ。ジュールズがお茶をいれようと言って、お湯を沸かしに行く。彼女の息子のレオが音を小さくしてテレビを見ていて、自分の縄張りに侵入している人間を見るような目を時々あたしたちに向けている。

「ヘイデンは大喜びよ」ミセス・コールは笑顔で両手をひらひらさせている。「気持ちの整理をするのに少し時間はかかったけれど、いまはとても楽しみにしているわ。あなたさえよければ、立ち会いたいんですって」

あたしはウサギの穴を滑っていく不思議の国のアリスになった気分だった。必死になって違う世界に落ちていくまいとする。

「だめよ」あたしは言う。ミセス・コールが言いかけた言葉を呑み込む。ジュールズがティーポットから顔をあげる。ふたりはあたしの説明を待っている。

「だって、彼は大事な仕事をしているんだもの……海賊を捕まえているのよ。海賊がほかの船を襲ったらどうするの？　映画で見たの——ほら——トム・ハンクスが出ていた、船長が人質にされる映画よ」

ミセス・コールが笑う。「ヘイデンがいなくても、海賊を捕まえることはできるわよ」彼女はそう言って、持ってきた買い物袋を示す。「いろいろ買ってきたのよ。あとで見ましょうね」〝あと〟なんて来てほしくない。「突然来たりして、あなたが気を悪くしていないといいんだけれど。ヘイデンがプロポーズしたなんて、知らなかったわ」

「だれに聞いたんですか？」

「あなたのお友だちのジュールズよ——とてもいい人ね。お互いによかったわね」

「お互いに？」

「同じときに妊娠しているっていうこと」

あたしは、頭を整理しようとしながらうなずく。

トレイを手にしたジュールズが居間に入ってくる。マグカップをわたしに手渡す。

「お砂糖はふたつ」あたしは紅茶をひと口飲んで、大きく深呼吸をする。どうにかして止めなくては。出産のためにヘイデンに帰ってこさせるわけにはいかない。

「本当に大丈夫なんですか？　軍に迷惑をかけたくありません」

「全然問題ないのよ」

「母が立ち会ってくれるんです」

「知っているわ」ミセス・コールが言う。「これで、ふたりが立ち会うことになったわけね。ヘイデンはたいして役に立たないとは思うけれど、あんなに興奮しているあの子を見たのは初めてよ」

彼女はわかっていない。説明するわけにはいかない。あたしはヘイデンの奥さんになりたいし、彼にあたしの面倒を見てほしい。ひと月後なら、様々な町の略奪を終えたヴァイキングのように、意気揚々とポーツマスに帰港してくれてかまわない。でもいまはだめ。いまはまだ。

「大丈夫、アギー？」ジュールズが訊いた。「顔色が悪いよ」

「驚いたのね」ミセス・コールが言う。「横になったほうがいいわ」

ミセス・コールはあたしについて階段をおり、あたしがドアの鍵を開けるのを待っている。部屋は散らかっていた。あたしは謝った。

「いいのよ。あなたはひとりだったんだもの」

彼女は足が高くなるようにあたしを座らせると、掃除を始める。食器洗浄機の中身を出し、汚れた食器を入れる。カウンターを拭く。ゴミ箱を空にする。賞味期限の過ぎた食料を捨てる。バケツとモップはあるかとあたしに尋ねる。

「床は磨かないでください」

「キッチンだけよ」

あたしはソファからそれを眺める。

「もっと果物と野菜を食べなきゃだめよ」冷蔵庫の中身を確かめながら、彼女が言う。

「お料理は得意?」

「あまり」

「ヘイデンの好きなものの作り方を教えてあげるわね」

「うれしいです」

彼女はあたしの家族について大声で尋ねながら、次にバスルームに取りかかる。どこの出身で、どこの学校に通ったのか。あたしはこのあいだ彼女に話したことを思い出そうとした。

「孫のことを聞いて、お母さまは喜んだ?」

「そこまでしていただくわけにはいきません」
「新しいのを買ってあげるわ」
「借りるつもりです」
「いい考えね。一緒に買いに行きましょう。ベビーカーは？」
「クーファンを買おうと思っていました」
ミセス・コールはあたしの部屋を褒め、赤ちゃんはどこに寝かせるのかと尋ねる。
の子ってかわいいわ。女の子もかわいいけれど、最初の子は男の子がいいわよね」
子。「男の子に青を着せるつもりかどうかわからなかったから、中間色にしたの。男
が説明する。次の袋には赤ちゃんのおくるみとカーディガンとソックスとニットの帽
く。最初に出てきたのは寝間着とガウンだ。「病院で着るものがいるでしょう」彼女
袋をはずし、目にかかった髪をはらい、ソファに腰をおろして、順番に袋を開けてい
ミセス・コールは掃除を終えると、ようやく買ってきたものを見せ始める。ゴム手
「年を取ったような気持ちになるものね」
「〝おばあちゃん〟と呼ばれるのがいやなんだと思います」
「あら、どうしてかしら？」
「それほどでもありません」

「いいのよ。してあげたいの」

彼女は出産について話を続け、お金のことは心配いらないと言う。あたしは彼女に帰ってほしかった。ヘイデンのことを、これからどうすればいいかを考えなくてはいけない。彼が帰ってくるまで十四日。彼はあたしに会いたがるだろう。自分が父親だという証を欲しがるだろう。

赤ちゃんがどうやって作られるのか、知らないほうがいいことも時々ある。

メガン

グレースはベビー・シャワーを開きたがっているけれど、三度もするのは悪趣味だとわたしは思う。わたしたちは、庭でお手製の凧《たこ》を飛ばそうとしているラクランをキッチンから眺めている。ピザの箱で作ったものだが、庭の置物のフラミンゴ以上に空を飛ぶ可能性はなさそうだ。

「水を差すようなことを言わないの」グレースが言う。「どの赤ちゃんも祝ってもらうべきよ」

「パーティーの気分じゃないって言ったら？」

「文句ばかりね」

ほんの一瞬、わたしはグレースの同情が欲しかったのか、サイモンのことを話そうかと考えたけれど、すぐに打ち消す。

「贈り物はなしね」わたしは条件を出す。

「赤ちゃんの服は？」

「屋根裏に山ほどあるもの」

「お古じゃないの！」彼女は口をとがらす。「お願いだから、その子にお下がりを着せないでよ。わたしがそうだったんだから。いつも姉さんのお古を着なきゃいけなかった。お下がりの制服、お下がりの靴、テニスラケットもスキーウェアも……。ある年のクリスマスを覚えている——九歳だったわ。パパとママがブーツを買ってくれたの。あれが、わたしの初めての新しい靴だったのよ」

わたしは笑い、贅沢《ぜいたく》な悩みだと皮肉を言いたくなったけれど、彼女が真剣であることはわかっている。グレースはいつも二番目の子供であることに腹を立てていた。末っ子にも利点があることを認めようとしない。彼女の言うとおりなのかもしれない。だれもが初めての子供は盛大に祝う。ルーシーが生まれたとき、友人や家族や同僚からカードや花や玩具が山ほど届いた。ラクランのときは、その半分もなかった。撮りためた写真の数も、ルーシーのほうがラクランよりはるかに多い。

「姉さんはパパとママを独り占めにしていたときがあった」グレースが言う。「わたしには、半分しかなかった」

「あなたを愛する人間が三人いたじゃない。わたしがいたんだから」

「姉さんは優しくなかったもの。庭で箱からわたしを突き落として、腕を折ったのを覚えている？」

「そんなこと、一度きりだったじゃない！」

「ずいぶん思いやりがあったわよね」

「ギプスにサインをしてあげた」

「それはそれは！」

わたしがからかっていることをグレースはわかっている。

「そんなにベビー・シャワーがしたいなら、自分の子供を産めばいいのに」わたしは言う。

「夫がいれば、役に立つかもしれないわね」

「ダーシーはどうなの？」一番最近の彼女の恋人だ。

「別れようと思っている」

「家族に紹介したばかりじゃないの」

「それなのよ――家族が気に入ると、興味がなくなっちゃう」

「ダーシーは素敵な人よ」

「パパに似すぎている」

「それって悪いこと？」

「そうよ！」グレースは顔をしかめる。「結婚して子供を持つことを考えると、怖くなるの。親になっても成長できなかったらどうする？　ただの安っぽい真似ごとなのかもしれない」

「安っぽくなんてない」

「そうね」

アガサ

あたしの人生の思い出は冷酷だ。その時々を編集することも修正することも削除することもできないし、結末を書き換えることもできない。子供たち――失ったり手放したりした――を思い浮かべ、違う人生や幸せな時間を想像してみるけれど、起きたことは変えられない。

新たな問題が起きている。十日後にはヘイデンが帰ってくる。あの生き物が肺の中でとぐろを巻いていて、息をするのが辛い。生き物があたしを煽《あお》り立てる――ときには囁き、ときには金切り声で。あたしは耳をふさいで、消えてと言う。

間抜け！　間抜け！

あたしのせいじゃない。

おまえは母親にはなれない。

なってみせる。

ベッドから出て、足を引きずりながらタンスに近づき、昨日着ていた服を着る。夜明けが近いことを教えるように東の空がうっすらと灰色に染まり、雨の夜が雨の朝に変わる。今日は仕事がない。いつもなら遅くまで寝ているのだけれど、あの生き物が寝かせてくれない。

テレビをつけてニュースのヘッドラインを見、そのあとに登場した、こんな憂鬱な朝に虹を見つけるために雇われている元気いっぱいのお天気お姉さんを眺める。九時になり、ドアをノックする音がする。

「だれ？」

「あたし」ジュールズが答える。

レオの手を引いた彼女は外出用の装いだ。

「泣いていたの？」彼女が尋ねる。

「ううん」

「目が赤いよ」

「花粉症のせいよ」

「こんな時期に？」

ジュールズはレオを連れて部屋に入ってくる。レオはだぶだぶのジーンズに、きかんしゃトーマスが描かれたトレーナーを着ている。

「今日の午前中はこの子を預かってくれるって言ったよね？」ジュールズが言う。

「病院の予約があるんだ。忘れてた？」

「ううん。大丈夫よ。行ってきて」

レオはジュールズの膨らんだお腹の下に隠れて、脚にしがみついている。ジュールズは塗り絵とクレヨンとＤＶＤがいっぱいに入った鞄《かばん》を差し出す。

「さあ、アニメでも見ようか」あたしは声をかける。

レオがぐずり出す前に、ジュールズは急いで出ていく。あたしたちはソファに座り、レオが飽きるまでテレビを見る。「お絵描きしようか？」あたしはクレヨンと紙を取り出しながら言う。二十分後、レオは段ボール箱を頭にかぶり、宇宙飛行士になって部屋中を走りまわっていた。壁にぶつかる。泣きだす。キスをしてあげる。

「このまま食べちゃおうかなぁ」あたしが言う。

レオはびっくりした顔をする。「食べられないよ！」

「どうして？」

「ぼくは男の子だから」

「男の子はおいしいんだよ」レオを寝室まで追いかけていき、ベッドの上で捕まえ、柔らかくて白いお腹にブーッと息を吐く。

ビスケットをあげると、レオはあたしに寄りかかるようにしてソファに座る。

「もっと牛乳が欲しい？」

レオがうなずく。

あたしが立ちあがると、レオがデニムのスカートのうしろを指さす。「血が出てる」

体をひねるようにして背中を見ると、赤いものが目に入る。ソファにも小さな染みができている。あたしの中で、なにか小さくてもろいものが砕ける——まるで一本の蜘蛛の糸の上を走っていたみたいに。全身が痙攣《けいれん》する。ただじっと血を見つめる。膝ががくがくしている。

よろめきながらバスルームに行き、スカートとパンティーを脱ぐ。洗面台の前に立ち、汚れた生地を石鹸と手でこすり、泡立て、流す。水がピンクに染まる。手がひりひりする。

赤ちゃんが死んでしまう！

おまえは妊娠なんてしていなかった。

うるさい！　うるさい！

そう言ったじゃないか。

あたしは泣きながら自分の髪を引っ張り、その痛みを歓迎する。自分が憎らしくて、乱暴なことがしたくて、不公平さを罵った。股間にこぶしを突っ込んで、流れ出る血を止めたい。バスタブの縁に座り、靴下をはいた脚に濡れたスカートからぽたぽたとしずくが垂れるのもかまわず、すすり泣く。

キーという音が聞こえて、顔をあげる。レオが細いドアの隙間からのぞきこんでいる。あたしはあわててタオルを手に取って体を隠そうとしたけれど、レオはバスルームに入ってきた。

「それはなに?」レオはあたしのお腹を指さして尋ねる。

「ここに赤ちゃんがいるのよ」

「ママにはそんなのないよ」

「ママの赤ちゃんはほかのところにいるの」

鏡に目を向けると、腰にばかみたいなシリコン製のお腹をくりつけた、哀れな半裸の道化師がそこにいる。なんてかわいそうなあたし。なんて哀れで惨めな存在。あたしは笑い話。あたしは人真似。あたしは出来損ない。

あの生き物は正しい。子供を産めない女になんの価値があるだろう?

レオは手を伸ばし、作り物のお腹に触れる。「この中に赤ちゃんがいるの?」

「そうよ」

「どうやって入ったの？」

「神さまが入れたの」

レオは顔をしかめる。

「どうしたの？」

「ママのお腹にはパパが赤ちゃんを入れたんだよ」レオが言う。「ここにもパパが入れたの？」

あたしは涙を拭いながら首を振る。「テレビを見ておいで」

「喉が渇いた」

「すぐに行くから」

レオがいなくなると、あたしは腿を洗って、キャビネットからタンポンを取り出す。打ち身や骨折がないかを確かめる事故の被害者のようなのろのろとした動きで、きれいな服に着替える。

レオに牛乳を持ってきて、ソファに並んで座る。レオがあたしのお腹に手を当てる。まだ知りたがっている。

その子は知っているよ。

レオはなにも間違ったことはしていない。

だれかに話すかもしれない。

だれも信じない。

ばかな女。

ジュールズは傘の雨水を払いながら、正午頃に帰ってきた。「ひどいお天気だよ」

そう言ってレオにハグをする。

「お医者さまではなにも問題なかった？」

「もちろん」

ジュールズはレオに尋ねる。「なんて言うの？」

レオは恥ずかしそうにあたしを見る。「ぼくの面倒を見てくれてありがとう、アガサおばさん」

「いつでも来てね」あたしは答える。

ふたりが階段をあがっていき、鍵を開け、レオが居間へと走りこんでいく音が聞こえる。ジュールズがバスルームに向かう。トイレを流す音。タンクに水が溜まる。壁の中の排水管を水が流れ落ちていく。お腹の中で育つ赤ちゃんを感じ、心臓の音を聞き、超音波の映像を見るジュールズをあたしは妬んだ。

あたしは衝動的でも気性が激しいほうでもないけれど、ベッドに横たわって天井を見つめながら、一番の親友に薬を飲ませ、子宮から赤ん坊を取り出す方法を考える夜がある。

そんなことはしない。そんなことはできない。でもそうしたい。

狭いところに閉じこめられている気分だ。息ができない。コートを着て階下におり、フードをかぶってぱらつく雨の中を歩きだす。子宮がひきつる。心臓が痛む。体があたしを嘲笑う。あの生き物がケタケタと笑う。

言ったじゃないか。言ったじゃないか。言ったじゃないか。

あたしはその声をかき消すために歌を口ずさみ、歩き続ける。キングズ・ロードとスローン・スクエアの店の前を通り過ぎ、ケンジントンとマーブル・アーチのある北へと向かう。ロンドンには不吉な重力があるのか、まるで絞首台をのぼっているみたいに一歩ごとに体が重くなっていく。

手をつないで二列に並び、信号が変わるのを待っているお揃いのレインコートを着た幼稚園児たちを交差点で見かける。先生たちが列の前後に立っている。小さかった弟のエリヤを思い出す――あたしが失った初めての赤ちゃん。

王国会館で、妬みは七つの大罪のひとつだと教わったけれど、あたしは毎日その罪を犯している。きれいな人を、裕福な人を、幸せな人を、成功した人を、縁故のある人を、結婚している人を妬んでいる。そしてほかのなによりも、新たに母親になった人を妬んでいる。彼女たちを追って店に行き、彼女たちを公園で眺め、うらやましそうなまなざしでベビーカーの中を眺める。

あたしの生物時計は狂っていて、修理ができない。この四年間で、十二の不妊治療クリニックに断られた。できることはもうないと言われた。ハマースミス病院の専門家は、希望を捨てないようにと言った。あたしは彼を引っぱたいて叫びたくなった。希望？　希望じゃ妊娠できない。希望は〝もう一度〟と言うけれど、またがっかりするだけ。〝希望は朝食にはいいけれど、夕食にはまずい〟と祖母がよく言っていた。

あたしが赤ちゃんが欲しいと思うのは、人生になにかが欠落していることの象徴だろうとサイコセラピストに言われた。

「どういう意味ですか？」あたしは訊いた。

「出産は象徴的です。実は赤ん坊ではないなにかが生まれたがっているのでしょう」

「赤ちゃんじゃないなにか？」

「そうです」

たわごとだとあたしは思った。赤ちゃんは象徴じゃない。赤ちゃんは、あたしが女として生まれてきた理由だ。そうでなければどうしてあたしには子宮があって、毎月出血するの？　どうしてあたしはこんなに空っぽな感じがするの？　どうして失ったりあきらめたりした子供たちがこんなに恋しいの？

子供のいる人たちは、不妊を天然痘やペストみたいに時代遅れのものだと考えている。とっくの昔に体外受精や代理母で解決できるようになっていて、子供がいないことに甘んじている人間は、意思が弱い恥ずべき存在だと考えている。そうじゃない。科学は解決策を用意してくれていない。不妊治療が出産に結びつく確率は二十五％しかないし、女性が三十五歳になるとその確率はますます下がる。

あたしはそんな数字を無視した。恋人に嘘をつき、見知らぬ男とセックスし、精子を盗み、体外受精を五回試みたけれど、あたしの子宮はあたしの分身を育てることを拒否した。卵子を提供してほしいと広告を出し、養子制度を調べたけれど、ブローカーや弁護士や代理母に払う料金を捻出できなかったから、海外で代理母を探すことはあきらめた。

ベビー・シャワーや出産祝いパーティーや公園や校門は避けるようにした。赤ちゃんや子供を見ると落ち込むからじゃない。小さな子を見ているのは大好きだ。悲しくなるのは、夜に眠らせてもらえないとか、歯が生えてきてぐずるとか、お金がかかるとか、癇癪を起こすとか、細菌が気になるとか文句を言う母親たちの話が聞こえてくるから。どうして文句なんて言えるんだろう？　恵まれているのに。選ばれているのに。幸運なのに。

子供が欲しいというあたしの思いは、代用も交換もきかない失われたパズルのピースのようだ。この空虚な感覚、空っぽの子宮、赤ちゃんの大きさの穴は痛みをもたらす。赤ちゃんを見たり、雑誌を読んだり、テレビを見たりすると、痛みを感じる。幸せな結婚や家や犬が欲しいけれど、愛して、大切にして、育てて、自分のものにできる子供をこの手に抱けるチャンスがあるのなら、そんなものはあきらめるだろう。

午後も半ばになり、あたりは暗くなり始めている。どの道をたどり、どの角を曲がってきたのか記憶もないまま、いつのまにかウェストミンスター近くの川までやってきていた。ビッグベンが時報を鳴らす。鋳鉄の脚がついた木のベンチに座ると、自分の体から湿ったにおいがした。小雨がまだ降り続いている。教会の鐘が鳴る。バスが通り過ぎる。削岩機が地面を震わせる。カモメが頭上を旋回する。ロンドンに沈黙の時間はない。この町は過去を顧みない。

火はしけが流れに逆らいながら、ゆっくりと通り過ぎていく。学校帰りの少年が、火はあるかとあたしに尋ねる。湿った煙草が唇に貼りついている。彼が離れていく。あたしは立ちあがる。寒さで感覚がなくなっている。泡立ち、橋脚のまわりで渦巻く川を眺める。世界は広大で、あたしは簡単に消えてあっという間に忘れ去られる、記憶に留《とど》まる価値もない小さな染みだ。

あの生き物があたしの中でうごめく。

飛び込めばいい。

きっと失敗する。

水中に沈んで、そのまま消えるさ。

人工のお腹がライフジャケット代わりになる。あたしはぷかぷかと浮いて、だれかに引っ張りあげられる。

はずせばいいさ。

狂気が忍びこんでくる。石造部分に手を当て、爪先だって身を乗り出す。渦巻く水を眺め、どれくらい冷たいだろうと考える。そのとき、一匹のラブラドールがあたしの横の壁に前足を当て、うしろ足で立って川をのぞきこんだ。なにを見ているのかと尋ねるように、うれしそうに尻尾《しっぽ》を振りながらあたしの顔を見る。

「こんにちは」あたしは言う。「どこから来たの」

「すみません」声がする。年配の男性が視界に入ってくる。犬のリードを手にして、息を切らしている。「逃げ出してしまったんですよ。伏せ、ベティ。お嬢さんの邪魔をしてはいけないよ」

ベティはわたしの手をなめる。

「噛みませんよ」彼が言う。「大丈夫ですか?」

あたしは答えない。

「心配事ですか? なにかわたしにできることでも?」

「なにも。放っておいてください」

彼はベティの首輪にリードをつけて歩きだす。遠くまでは行かなかった。あたしを見ながら、電話をかけている。一羽のカモメが壁に止まった。ビーズのような目と水かきのついた足と曲がったくちばしを持つ、丸々した醜い生き物。

男性と犬がこちらを見ていることを意識しながら、あたしは顔つきの悪いその鳥を見つめる。パトカーがやってきて男性の背後に止まる。巡査が降り立ち、帽子をかぶり、あたしに近づいてくる。

「こんにちは」巡査は明るく声をかける。〝いいお天気ですね〟と言い出す気がした。

「あの鳥は邪悪なの」あたしはカモメを示す。

「なんですって?」

「あたしを見ているのよ」

巡査はわけがわからないというように、カモメを見る。

ベティが吠える。「わたしが連絡したんですよ」男性が言う。「あなたのことが心配だったもので」

巡査がさらに近づいてきて、手袋をした手をあたしの手に重ねる。「お名前は?」

「アガサ」

「寒くないですか、アガサ?」

「寒いわ」

「お茶でもいかがですか?」

「けっこうよ。あたしは家に帰らないと」

「家はどこです?」

川の西方面を指さす。

「泣いていたんですか?」

「これは雨」

「予定日はいつです?」

「二週間後」

巡査はうなずく。思ったよりも若いことがわかった。左手の薬指に銀の結婚指輪が光っている。

「ここでなにをしているんです?」

「散歩に来たの」

「雨ですよ」

「雨が好きなの」

あたしはひどい有様に見えるだろう。頭がおかしいように聞こえるに違いない。

「身元がわかるものを持っていますか?」

「バッグは車に置いてきたわ」

「車はどこです?」

「角を曲がったところ」

「それじゃあ、あなたの車まで行きましょう」

作り話には最初から穴があった。「ごめんなさい、間違えた。車じゃなかった。歩いてきたの」あたりを見まわす。「もう行かなきゃ。帰る時間なの」

「送っていきましょう」巡査は制服の肩から雨粒を払いながら言う。

「いや!」

巡査はあたしがもっとなにか言うのを待っているけれど、惨めな今日という日を説明する言葉はあたしにはない。巡査はあたしに背を向けて、肩の無線に向かって話している。〝動揺〟と〝医者〟という言葉が聞こえた。

不安を募らせながら歩道を見まわしたけれど、逃げ道はない。あたしは本当に哀れな弱虫で、いとも簡単に混乱し、あっという間に怯《おび》えてパニックになる。あの生き物が笑う。

困ったことになったな。

「うるさい!」

巡査が振り返る。「なにか言いましたか?」

「なにも」

「一緒に来てもらったほうがいいと思います」

「どこへ?」

「病院です」

「あたしは病気じゃない」

「お医者さんにお腹の赤ちゃんを診てもらいたいんですよ」

あたしは巡査に連れられてパトカーに乗る。「頭に気をつけて」

あたしが最後にパトカーに乗ったのは、エリヤが死んだときだ。隣に座った母さんと一緒に、検視官がエリヤの死体を調べ終わるのを待った。

「わたしはホブソンといいます」巡査はバックミラー越しにあたしを見ながら言う。あたしのフルネームを尋ねる。あたしは適当に名乗った。「アガサ・ベーカー」いかにも偽名っぽい。違う名前にするべきだった。

「あなたの家はどこなんですか、アガサ？」巡査が尋ねる。

「リーズ」新たな嘘。「妹を訪ねてきたの」

「妹さんはどこに？」

「リッチモンド」

「川沿いでなにをしていたんですか？」

「なにも」

「なにか心配事でも？」

「いいえ。わたしは大丈夫」

パトカーはチェルシー・アンド・ウェストミンスター病院の救急車用駐車場に止まった。救急外来は一階にある。待合室は改装されていて、磨きあげた木のベンチが並び、緑色が目に鮮やかだ。歩けるくらいの怪我《けが》をしている人や、包帯をしている人や、手足を骨折している人や、火傷《やけど》をしている人が座っている。

「忙しそうね」あたしは言う。「あたしはあとにする」

「もう来たんですから」ホブソン巡査はあたしを受付へと連れていく。

あたしは偽名とでたらめの住所を用紙に記入する。看護師がペンシルライトであたしの目を照らす。

「何週ですか？」

「三十八週」

「かかりつけ医の名前は？」

「ドクター・ヒギンズ……リーズにいるんです」

「赤ちゃんはかなりおりてきているみたいですね」看護師がお腹に手を伸ばしてきて、あたしは体を引く。彼女は眉間にしわを寄せ、隣の診察室に入って病衣に着替えるようにとあたしに言う。先生はすぐに来ますから。

ホブソン巡査はほっとした様子だ。「だれか連絡する人は——ご主人とか？」

「彼はいま海の上です。海軍なんです」

「妹さんは？」

「仕事中です。電話はあたしがします。もう帰ってくれてかまいません」

あたしはカーテンの向こう側に入る。診察室には移動式のベッドと、使い捨て手袋や除菌シートや包帯でいっぱいの棚があった。ここにいるわけにはいかない。診察させるわけにはいかない。

あたしが行動を起こすより早く、医者がやってくる。若くて、疲れているようで、頭がよさそうだ。

「着替えていませんね」彼が言う。

「すみません、わからなくて」

彼は手術用手袋をはめ、カルテを見る。「アガサ？」

あたしはうなずく。

「お腹の子はどちらかわかっていますか？」

「男の子です」

「最後に胎動を感じたのはいつですか？」

「たったいま――すごく元気です」

「出血は？」

あたしはたじろぐ。「いいえ」

「お腹の張りは？」

「うずくらいです」

余計なことを言わないのが嘘をつくこつだ。簡潔に答えること。くわしく話したり、枝葉をつけたりしない。「診察するんですか？」

「胎児の位置を確かめます。それからモニターをつけて、心音を聞きます」

「それって必要なんですか？」

「もちろんです」

「トイレに行きたいんですけど」

彼はいらだたしげにため息をつく。「廊下の先にあります。左側の三番目のドアです」

「すぐに戻ります」

あたしはコートを持って彼の脇を通り過ぎ、廊下を進む。女性用トイレの個室に入り、息を整えようとした。あそこには戻れない。診察されるわけにも、服を脱ぐわけにもいかない。

そっとドアを開け、人通りの多い廊下を見渡す。救急外来とは逆方向に進み、自信ありげな足取りで看護師や白衣の医者たちとすれ違う。だれもあたしには気づいていないようだ。廊下が交差しているところまで来ると、右に曲がり、それから左に曲ががる。掃除人と、ふたりの雑役係にベッドごと運ばれていく患者とすれ違う。その先が行き止まりだったので、引き返す。

看護師が声をかけてくる。「迷ったんですか？」

あたしはぎくりとして飛びあがる。「産科を探しているんです」

「階が違いますよ」

「そうでした。あたしったらひどい方向音痴で」

看護師があたしをエレベーターまで連れていく。あたしはボタンを押してエレベーターが来るのを待ちながら、振り返って看護師がいなくなっていることを確かめる。

ドアが開く。中年の女性が乗っている。

「乗りますか？」彼女が尋ねる。

「いいえ、ごめんなさい」

ドアが閉まり、あたしはその場を離れて正面玄関のほうへと歩いていく。ホールを進んでいると、いまにもだれかに〝待て！〟と呼び止められる気がする。

あの生き物があたしの中で身をよじる。楽しんでいる。

逃げろ！

あたしはなにも悪いことはしていない。

妊娠を装った。

法律違反じゃない。

調べられるぞ。ほかのことも気づかれるぞ。

出口近くまでやってきたところで、灰色の制服を来た太りすぎの警備員がいることに気づく。トランシーバーを口元に当てている。あたしは顔を伏せて、目を合わせないようにする。自動ドアが開く。あたしはショックと汗と雨に濡れた服のせいで体を震わせながら、フラムロードを歩いていく。

あの生き物はまだ話し続けている。

おまえを探しに来るぞ。

嘘の名前と住所を書いた。

それでもいずれおまえは見つかる。

リーズにドクター・ヒギンズはいないし、リッチモンドに妹もいない。

防犯カメラはどうだ？

バスがやってくる。あたしは手をあげて乗りこみ、窓の下の座席に小さくなって座る。少しだけ体を起こして外を見ると、病院の外にまだパトカーが止まっている。

間抜け！　間抜け！　間抜け！

メガン

サイモンがまた花束を贈ってきた。今度はチューリップで、謝罪の言葉を記したカードが添えられていた。

許してほしい、メグ。ぼくがこの世で一番傷つけたくないと思う人間がきみだ。ぼくの言ったことを考えてみてほしい。メグ、きみのこともジャックのことも愛している。けれど、友情よりも大事なことがあるんだ。

花束は、わたしのブログで顧客の赤ちゃん用品のレビューをしてほしがっているPR会社からだと、わたしはジャックに説明する。見るたびにサイモンと彼が言ったことを思い出してしまうから、本当は捨てるべきだったのだろう。機嫌が悪かったわたしは、ジャックに喧嘩を吹っ掛ける。彼はなにもしていないから、完全に八つ当たりだ。わたしはできあがっていない子供部屋のことで文句を言った。

「手伝ってくれるって約束したじゃない」

「忙しかったんだ」

「先週もそう言ったわ」

「先週も忙しかった」

「そう、それじゃあ、赤ちゃんに戻ってもらう？　あなたが忙しくなくなるまで待ってって言う？」

「今度の週末にやるよ」

「週末は出かけるじゃないの」

「日曜日にやる」

ジャックはどうしてこんなに理性的なの？　わたしのたわごとなんて聞き流してよ！　まともに相手をしないでよ！　と怒鳴りつけたい。

ついにわたしはサイモンのことに触れる。「少なくとも彼には気骨があるわ」

「どういう意味だ？」ジャックが訊く。

「なんでもない。サイモンの話はしたくない」

「サイモンがなにをしたんだ？　仲がよかったじゃないか」

「あの人といると落ち着かないの」

「どうして？」

「忘れて」

「触られたのか？」

「いいえ」体がわたしを裏切るのを感じる。足首から頭の天辺《てっぺん》まで赤くなるのがわかる。「わたしを見る目つきよ」

「どんなふうにきみを見るんだ？」

「聞かなかったことにして。なにも言うんじゃなかった」

「聞かなかったことにはできないよ。彼はルーシーの名付け親なんだぞ。ぼくの一番古い友だちなんだ」

わたしがそれ以上なにも言わないので、ジャックがついに腹を立てる。庭に出ていき、茂みから葉を引きちぎり、石ならよかったのにと思っているみたいに空へと投げつけている。

わたしはうしろめたくなる。罰を与えられるべきなのはわたしなのに。足枷《あしかせ》をはめられたり、聖書に出てくる娼婦《しょうふ》のように石で打たれたりするべきなのに。

ジャックが仕事に行くと、ラジオで『ウーマンズ・アワー』のインタビューを聞きながら、わたしは自己憐憫《れんびん》にふける。三年前に幼い娘が行方不明になった母親が、当時のことを振り返っている。悲嘆のあまりその声は乾ききっていた。

寝るときに確かめたら、エミリーはクーファンで寝ていました。ジェレミーが遅く帰ってきて、彼も見たんです。そのときエミリーはまだいました。八月の暑い日でした。風が入るように、窓を開けたままにしていました。目が覚めたのは六時頃でした。エミリーがようやく朝まで寝てくれたと思ったんです。様子を見に行くと、クーファンは空でした。

生きているあの子を見つけるという希望は捨てていませんが、時間と共に可能性が減っているという現実に向き合わざるを得ないことは確かです。でも、もう一度情報提供をお願いしたいんです。どなたか、名乗り出てくれませんか。あなたの助けがあれば、わたしたちは結末がわからないという苦しみから、逃れることができるんです。

ラクランがキッチンにやってくる。「ママ、どうして泣いているの?」

「泣いてないわよ」

「目が濡れてる」

頬に触ると濡れている。

「赤ちゃんがママを泣かせたの？」

「違うわ」

わたしはラクランを抱きしめ、首に顔をこすりつける。ラクランはありったけの力でわたしを抱きしめ返してくる。

「気をつけてね。赤ちゃんが痛いって」

「わかるの？」

「そうよ。あなたの声も聞こえているわよ。なにか言いたいことはある？」

ラクランはしかめっ面で考えていたが、やがてわたしの丸いお腹に顔を押しつけて言う。

「ママを泣かせないで」

アガサ

あたしの中に赤ちゃんはいない。あたしのお腹にいるのはアイディア。あたしが育てているのは夢。盗めるものはたくさんある――アイディア、時間、キス、心、ほかにもいろいろ。あたしは赤ちゃんを盗むつもりだ。あたしから奪われたものを手に入れる。ほかの人たちはもう必要以上に持っているのだから。あたしは、あたしが生きるべきだった人生を生きる――夫と子供がいる人生を。

妊娠したふりをすることをいつ考えついたのか、はっきりとは覚えていない。その考えは暗闇で生まれ、光に向かってゆっくりと芽を伸ばしたのかもしれない。代理母を依頼した女性が、出産する女性と〝経験を分かち合いたい〟と言って人工のお腹を装着しているという記事を雑誌で読んだ。それが初めてではなかったけれど、あたしはパジャマの下に枕を押しこんで鏡の前に立ち、右を向き、左を向き、自分が妊娠しているを想像しながらその膨らみを撫でた。

それが楽しかったので、あたしはあれこれと想像を付け加えながら、何度も同じことを繰り返すようになった。やがてオンライン上で、妊娠の三期それぞれに適した三つのサイズの人工のお腹を販売している〈わたしの偽妊娠〉というウェブサイトを見つけた。〝上質の医療用シリコン〟でできていて、見た目も手触りも本物の皮膚のようだという。養子をもらうことになっているけれど、周囲の人たちに実の子供だと思ってもらうために購入したという夫婦の感想を読んだ。

注文したものが届くまで一週間かかった。あたしは部屋の中だけでそれをつけて、決して外に出ることはなかった。マタニティウェアを買って身につけ、子供部屋の家具や赤ちゃん用品のカタログを眺め、空想にどんどん肉付けをしていった。初めのうちは、妊娠しているという感覚を味わい、お腹の中で赤ちゃんが育っていると想像したいだけだった。やがて、人から違う目で見られたいと思うようになった。おめでただと思われたい。特別だと。愛されていると。

ヘイデンに会ったときは人工のお腹は隠し、彼があたしを愛するようになってくればいいと思った。彼は優しくて、思いやりがあって、さほど道からはずれない程度にハンサムだった。彼の奥さんになって子供を産む自分を想像した。

ジュールズが妊娠し、あたしは心の中で泣きながらおめでとうと言った。彼女のむくんだ足首や飛び出したおへそや幸運を妬んだ。ヘイデンが船に戻り、あたしはタンスの奥から人工のお腹を取り出して、一番大きなサイズのものをつけてみた。決めたのはそのときだった？　そうかもしれない。すべてのアイディアが最初から完全な形であったり、ひとつの情報源から生まれたりはしない。たいていの場合、ぱっとひらめくことも、雷が落ちたような衝撃を受けることもない。

妊娠を装うのは難しくはない。ジュールズがすぐそばにいることが役立った。まずあたしはトイレのタンクの水が流れないようにして、便器の中を空にした。それからジュールズを呼んで、彼女がトイレに行きたくなるまでたっぷりと紅茶を飲ませた。

「トイレが壊れているよ」彼女が言った。「水が流れない」

「時々おかしくなるのよ」

「ケヴィンに直させようか？」

「ううん、ミセス・ブリンドルが配管工に連絡するはずだから」

ジュールズが帰ると、あたしは便器に瓶を突っ込んだ――気持ちのいいものじゃなかったけれど、必要とあらば仕方がない。翌日、地域外のGPを訪れ、咳をしている幼児やよぼよぼのお年寄りたちに交じって待合室に座り、頭の中で予行演習をした。

ドクター・ベイリーが、アルコール綿とハンドソープのにおいがする診察室にあたしを招き入れた。髪が薄くなってきているのに眉毛がふさふさしているせいで、額がとんでもなく広く見えた。あそこには脳みそがいっぱいに詰まっているんだろうか、それとも隙間だらけなんだろうかとあたしは考えた。

「こちらは初めてですね」彼はカルテを見ながら言った。「お名前はどう読めばいいですか?」

「ファイフルです」

「今日はどうされましたか、ミズ・ファイフル?」

「妊娠したんじゃないかと思って」

「どれくらい遅れています?」

「四週間です」

「検査はしましたか?」

「ああいうのがどれくらい正確なのかわからなくて」

「なるほど」彼は椅子を滑らせて小さなキャビネットに近づくと、プラスチックの袋に入った注射器を取り出した。「血液検査をしましょう」

「いえ、注射はいやです」あたしは腕を隠しながら言った。「注射をすると気を失うんです――子供の頃からずっと」

彼は別の引き出しに手を入れ、瓶をあたしに差し出した。「廊下の先にトイレがあります。これに入れてきてくれれば、妊娠しているかどうかの検査ができますよ」トイレの個室であたしはバッグを開けて、ジュールズの尿が入っている小瓶を取り出した。中身を移してから手を洗い、ドクター・ベイリーの診察室に戻った。

「うん、間違いなく妊娠していますね」彼は検査スティックを見せながら言った。

「これほど濃いピンクの線はなかなかないですよ」

「間違いないですか?」

「この検査が間違うことはありません」

彼はあたしの妊娠を証明する書類にサインをし、かかりつけ医の診察を受けるようにと言った。そこで超音波検査をし、予定日がわかるという。あたしは書類をもらって家に帰り、冷蔵庫に貼った。その後、スーパーマーケットの同僚の女性たちにそれを見せると、だれもが興奮した。少し嫉妬していたのかもしれないが、あたしにはその気持ちがよくわかった。

それ以来あたしはとても真面目だ。アルコールもソフトチーズも寿司もマヨネーズも口にしていないし、バンジージャンプもスカイダイビングもお預けにしている。だれかが近くで煙草に火をつけたりしたら、にらみつけてお腹を抱える。

妊娠初期にはつわりを訴え、やがて本当に吐き気を感じるようになったので、従業員用のトイレに駆けこんでえずいた。アビゲイルが髪を押さえてくれて、ゆっくり飲んでと言って水を持ってきてくれた。

ミスター・パテルは、重いものを運ばないだの、用事があるときに限ってトイレに行くだのとあたしに文句を言った。あたしは、骨盤周辺の血流が増えて膀胱に圧力がかかるせいでトイレが近くなるのだと説明しようとしたが、彼は耳をふさいでその場を離れていった。

初めて人工のお腹——一番小さいサイズだ——をつけて外に出たときは人目が気になったけれど、いまではあたしの一部になっている。お腹に子供がいることを世界に知らしめるように、ぴったりした服を着て、誇らしげにのけぞりながら通りを歩く。妊娠二十週になった頃、インターネットで超音波写真をダウンロードした。正式なものに見えるように、自分の名前と国民保険番号を書き加えた。仕事場でそれをみんなに見せ、お気に入りのヘイデンの写真と並べて冷蔵庫に貼った。その頃にはすっかり自信をつけていたので、サマードレスとシルクのブラウスで人工のお腹をつけるようになっていた。夢に浸っているあいだに、時が過ぎていった。お腹の中で赤ちゃんが動くのを感じた。赤ちゃんがお腹を蹴り、しゃっくりをし、向きを変え、あたしはお腹を撫でながら赤ちゃんに語りかけた。

いまは一番大きなサイズをつけていて――妊娠後期用だ――お気に入りの姪《めい》か義理の娘を見るように、見知らぬ人たちがあたしに向けてくる微笑みが気に入っている。何カ月もの間、いつでもやめられると自分に言い聞かせてきた。〝流産〟してもいいし、ロンドンを出てどこかほかの場所で新たな人生を始めてもいい。けれど分別のないあたしの一部は、この偽りを永遠に続けたいと願っていた。不可能だとわかっている。時計のアラームがセットされた――さらさらと砂時計の砂が落ちていく。あと二週間弱しかない。そのときが来たら、あたしは赤ちゃんを失うか……もしくは見つけなければいけない。

メガン

バーンズ・ブリッジ駅の下にあるスタジオで、わたしは妊婦のためのヨガレッスンを受けている。そこにいるほとんどの女性が顔見知りだけれど、赤ちゃんが生まれて毎週何人かが抜けていく。インストラクターも妊婦で、出べそがわかるくらい薄くてぴったりしたレオタードを着ている。タンクトップにはしかめっ面の妊婦の絵と〈あなたが探している言葉は〝きらめき〟〉という文字が記されていた。

彼女は精力的にわたしたちに呼びかける。「吸って〜〜〜。吐いて〜〜〜。吸って〜〜〜。吐いて〜〜〜。呼吸をもっと意識して。吸って〜〜〜。吐いて〜〜〜。わたしの声に合わせて……」

わたしは彼女の背後の鏡に映る自分の姿を眺める。自分の爪先が見えるのは、このヨガのクラスにいるときだけだ。

「今度は片手を大事な赤ちゃんに、もう一方の手を心臓に当てます。肺を広げて、赤ちゃんを抱きしめるみたいにゆっくりと自分のほうに引き寄せてください」

わたしはこういうセッション——自己分析だとか感情のバランスだとか大いなるものに身を委ねるといった、ニューエイジ的なわけのわからない話ではなくて、ただのストレッチと瞑想《めいそう》——が好きだ。秘訣《ひけつ》は科学を足して、スピリチュアルなものを引くことなのだと思う。

「吸って〜〜〜。吐いて〜〜〜。あと二回……そう、いいですよ……それでは出産前の太陽礼拝をしますから、中央に集まって四つん這いになってください」

四つん這いになったわたしは、いつも以上に牛になったような気がしている。お腹の膨らみ越しに、うしろのほうにいるアガサが見える。小さく手を振る。アガサはぎこちなく微笑む。

「片手を脚に当てて、もう片方の手はうしろに。吸って〜〜〜。吐いて〜〜〜。呼吸は止めないように。みなさんの体は赤ちゃんを優しく包んで、素晴らしい世界を作っていますよ」

わたしは天を仰ぎ、アガサも同じ仕草をする。

レッスンが終わり、アガサを探す。彼女は髪を梳《と》かして、ポニーテールに結んでいるところだった。

「ここで会うのは初めてね」わたしは言う。

「うしろで目立たないようにしていたから」彼女が答える。

わたしたちは同じブランドのレギンスとトップスを着ていた。「双子みたいね」わたしは言う。

「あたしのヨガはカバみたいだけれど」

彼女は面白い。

「コーヒーでもどう？」わたしは誘う。

「あたしと？」

「そうよ。わたしにおごらせて。ラクランを見つけてくれたんだもの、せめてこれくらいは」

「いなくなっていたわけじゃなかった。危険はなかったのよ……倉庫にいたんだから」

「そうね。でもどうしてドアに鍵がかかったのかが、わからないままだわ」

「ええ」アガサが話題を変える。「ゲイルズに行きましょうか——ほかに行きたいところがあるならいいけれど」期待に満ちた目でわたしを見る。

「いいえ、わたしもゲイルズが好きよ」

わたしたちはバッグを持ち、スイングドアを押し開ける。歩道ではマニキュアをした手で鍵をぶらぶらさせながら、女性の集団がおしゃべりをしている。干潮の時間なのか、道路の向こう側の川からにおいが漂ってくる。泥の上に置き去りにされた底が平べったい船は、酔っ払ったみたいに斜めに傾いていた。バーンズ・ハイ・ストリートに出て、専門店やブティックや不動産会社の前を通り過ぎる。肉屋の店主が手を振る。子供の友だちの母親が笑顔で会釈をする。

「知らない人がいないみたいね」アガサが言う。

「小さな町だもの。でも、プライバシーはあまりないわ」

カフェでは冷たい風を避けて、店内に座る。当然のように会話は赤ちゃんのことになる。予定日を間近に控えて、ほかに話すことなんてあるだろうか？　妊娠。母親学級。産科医。痛みの軽減。

「帝王切開をすることになったの」わたしは言う。「そうしないと、また裂けてしまうから」

「裂ける？」

「ここが」わたしは腿のあたりを示す。「ルーシーとラクランは頭が大きかったんだけれど、わたしの骨盤は小さいのよ」

アガサが顔をしかめる。

「あなたは大丈夫よ。女の体は驚くくらい伸びるから」

「痛かった?」

「もちろんよ! でも、終わると忘れてしまうの。だからまた同じことができるのよ」

「日にちは決まっているの?」

「十二月七日」

「どれくらい入院するの?」

「四、五日ですって」わたしはペパーミント・ティーを注ぐ。「あなたはどこで産むの? 待って! 聞いたわ。リーズよね」

「母が住んでいるの。立ち会ってくれる」

「婚約者が帰ってくることはできないの?」

アガサは首を振る。「たくさん写真を撮るわ」

「でも、同じじゃないものね」わたしは言う。「ルーシーが生まれたとき、ジャックはわたしの枕元にいて手を握っているって言ったの。〝重要な部分〟は見たくないからって。でも、わたしがいきみ始めると、足元にまわって進行具合を事細かに実況してくれたわ。まるで、ワールドカップのペナルティキックみたいに」

アガサは声をあげて笑う。彼女はかわいい顔をしているのに、恥ずかしいのか、それとも間違うことを怖がっているのか、はにかんだような笑顔を作る。どうやってジャックと知り合ったのか、結婚してどれくらいになるのかと彼女はわたしに尋ねる。ほかのみんなのように、彼がテレビ業界で働いていることに関心があるらしい。

「あなたが考えるほど華やかじゃないのよ」わたしは言う。「週末はほとんどいないし、ヨーロピアン・カップの予選のせいで、ここ二年は結婚記念日も祝えなかった。わたしの誕生日はツール・ド・フランスのあいだにあるから、そのときも彼は留守なの」

「どれくらい行っているの？」

「ツール・ド・フランスは三週間。毎晩フランスのバーやビストロから酔って電話してくるわ」

「男の人ってわかっていないのよね」そう言うアガサのセーターにはペストリーのくずがこぼれている。「出かけていることが多いと、心配にならない？　誘惑されないかとか？」

「昔はね。でも彼は浮気はしないわ」

自信に満ちた口調で言ったけれど、勝者たちと並んで表彰台に立つ、ライクラのショーツとスポンサーのロゴ入りTシャツ姿の肌も露わなモデルたちと楽しんでいるジャックを想像することは時々あった。アガサには言わないけれど（ジャックにも言ったことはない）、彼がわたしを愛していることはわかっている。

「彼は、赤ちゃんを楽しみにしている？」アガサが尋ねる。

「最初はそうでもなかったの」

「どうして？」

「この子は予定外だったのよ。もうひとり作るつもりはなかったの」

「そうなの？」

アガサは驚いたようだ。わたしたちは飲み物を追加して、話を続ける。

「あなたは？」わたしは尋ねる。「どこの学校に通ったの？」

「主にリーズよ。でも、いろんなところに行った。十五歳のときに家出したの」

「どうして？」

「継父とうまくいかなかったから」

「戻ったの？」

「施設に入った」

「でもお母さんは……？」

「いまは仲良くやっている」

「学校を出たあとは？」

「秘書養成学校に通った」アガサはとてもつまらなさそうに言う。「でも、メークアップ・アーティストになるためのコースを受けたことがあるの。仕事のほとんどは結婚式やパーティーだったけれど」

「だれか有名な人の？」

「まさか！　有名人とは会ったことがないわ――あなたとは違う」

「どうしてわたしが有名人と会ったことがあると思うの？」

アガサの口が開いたが、言葉は出てこない。奇妙な間があった。

「ジャックがテレビ業界で働いているから……そうじゃないかと」

彼女にリラックスしてほしくて、わたしは笑う。「昔、雑誌の仕事をしていたの。ジュード・ロウにインタビューしたことがあるわ」

「どんなだった？」アガサが訊く。

「すごくハンサムで、すごくずうずうしかった」

「あなたを口説いた？」

「と思うわ」

「あなたのこと好きになった？」

「いまは涙も引っかけないでしょうね」

アガサ

ライクラに身を包んだポニーテールのヨギーニから、洗練された現代的な妻兼母へと見事に変身するメグには驚かされる。彼女の隣にいると、不格好でやぼったいパントマイムの馬になった気がする。メグはペパーミント・ティーとフルーツサラダを注文した——健康的だ。あたしはカプチーノのLサイズとチョコレート・エクレアを頼んだら、落ちたかけらでセーターがくずだらけになった。ごわごわした毛糸で編んであるので、どれほど払っても取れない。

「おいしそうに食べる人を見るのはいいものね」メグが、嫌味でなく言う。

「あたしはすごく不器用なの」

「わたしもよ」

「そんなことない」

「髪をベビーフードだらけにしているのを見たら、あなたも納得するわ」

「でもそれってあなたのせいじゃないし」

リップグロスとアイライナーを塗った十代の女学生が三人、ウェストをたくしあげて四、五センチほど丈を短くしたスカートで、脚を見せびらかしながらカフェの前を通り過ぎていく。

「昔はわたしもあんな体だった」メグの声は悲しげだ。

「うらやましい」

「あら。妊娠しているあなたは素敵だわ」

「妊婦らしい体つきよね。いまは全然セクシーな気分じゃないし、うずうずもしないの」

「うずうず？」

「あたしの言いたいことわかるでしょう？」

メグはその後もあれこれと質問してきたけれど、あたしは事実と嘘のあいだを行ったり来たりして、率直には答えない。嘘をつくのはあたしにとってとても自然なことで、一方の事実はまるで足に合わない靴みたいに居心地が悪くて落ち着かない。あたしが狡猾《こうかつ》だとか人を操ろうとしているとかいうことではない。あたしが人に向かってつく嘘は、自分自身に対する嘘に比べたらささいなものだ。

メグはフラムで育ち、ハマースミスにある私立の女子高に通った話を聞かせてくれた。

「きょうだいは？」あたしは尋ねる。

「妹がいる――グレースよ。あなたは？」

「半分血のつながった弟がいたけれど、五歳のときに死んだの」

「なにがあったの？」

「交通事故」

「お気の毒に。あなたはいくつだったの？」

「十一」

メグは、まるでグレースが反逆者であるかのような口ぶりで話をする。あたしも子供時代について、同じような打ち明け話をするべきなんだろう。どうしてなにげない会話はいつも子供の頃の話になるの？　友だちは昔の思い出を共有するものだとはわかっているけれど、どうしてきょうだいや罰やペットや休暇やどんちゃん騒ぎや骨折や失恋や一番頭のおかしな母親はだれかといった話を、人に打ち明けなくてはならないんだろう？

「あなたはどうなの、アガサ？」彼女が訊く。「空いている時間にはなにをしているの？」

あたしはぎこちなく笑う。「あたしの毎日は退屈なの」

「そんなことを言う人ほど、面白い話があるものよ」

「あたしは別」

あたしは話を逸らそうとする。メグが気づく。水臭いと彼女に思われたくなかった。

「一度、結婚したわ」あたしはニッキーのことを話し始める。「五年で別れた」

「いまでも友だち同士？」

「毎年、クリスマスカードを送ってくる」

「子供はいなかったの？」

あたしの視線が泳ぎ、視界がにじむ。言葉が出てこなくて、顔を伏せる。

「辛いことを訊いたかしら。ごめんなさい」メグが言う。

「いいえ、いいの。こんなに時間がたっているんだから……」その先の言葉を呑み込む。「亡くしたの――女の子――五カ月で流産したの」

「辛かったわね」

「いつまでも引きずっているべきじゃないんだけれど、でもだめなの」

「次の子を作ろうとは思わなかったの？」

メグに尋ねられ、即座にあたしの中で警戒警報が鳴る。話しすぎた。打ち明けた事実は、事態を難しくする。

メグはあたしの動揺に気づいたようだ。「とにかく、過ぎたことだわ。いまあなたには婚約者がいて、もうすぐ赤ちゃんも生まれるんだから」メグが微笑む。「結婚式の日取りは決まった？」

「まだ。来年の夏かしら」

「素敵ね」

「新婚旅行はタヒチを考えているの」メグを感心させたくて、言い添える。

「南太平洋はきれいなんですってね」

「ビーチのバンガローを借りて、現地の人みたいに過ごすのよ」

「すごくロマンチックね。うらやましい」なにか素晴らしいことを思いついたかのように、メグの顔がぱっと輝いた。「なにか予定はある？」

「え？」

「このあと？」

「なにも」

「うちに来てちょうだい。ベビー服が山ほどあるのよ――うちだけじゃ使いきれないくらい。少しもらってほしいの」

「服はいらないわ」

「せめて見るだけでも。手を通していないものもあるのよ。ブログのおかげで、ただでサンプルがもらえるから」

に帰りましょうよ。ランチを用意するから。どれを置いておけばいいか、一緒に考えてくれない？」

「ブログって？」

「実はわたし、妊娠と子育てについてささやかなブログを書いているの。一緒にうち

いる。

空が暗くなり、吹き始めた風がキャンバス地の日よけをはためかせ、窓を揺らしている。大きな雨粒が歩道に点々と染みを作る。

「傘を持っていないわ」メグが言う。

「あたしも」

「走らないと」

あたしは笑う。「真面目に言っている？　あたしたち、走れるような状態じゃないけど」

「それじゃあ、よたよた進めばいいわ」

雨が激しくなってきたので、メグはジムバッグで頭を覆い、先に立って走り始める。買い物客たちが戸口で雨宿りをし、傘を広げる。

水しぶきをあげながら、メグは笑いの混じった声で叫ぶ。「そんなに遠くないから」あまり速く走ったら、お腹がずれたり、留めているゴムのバンドが伸びたりするかもしれないとあたしは心配になった。

あたしが着いたときには、メグはすでに玄関の鍵を開け、靴を脱ぎ捨てていた。リネン用戸棚から大きなタオルを二枚取り出している。あたしたちは女学生のようにくすくす笑いながら、髪を拭く。メグは『フォー・ウェディング』のアンディ・マクダウェルを金髪にしたみたいで、一方のあたしはナイフがシャワー・カーテンを切り裂き始める前の『サイコ』のジャネット・リーのようだ。

濡れたセーターを脱いだわたしは、長袖のトップスが二枚目の皮膚のように体に貼りついて、腰につけている人工のお腹の形状が露わになっていることに気づく。思わず息を呑む。タオルをしっかり体に巻きつける。

「なにか借りられる服はあるかしら?」

「もちろんよ。二階に来て」

メグに先に行ってもらう。うしろからあたしを見られたくはない。この家の間取りはわかっている。主寝室は二階にあって、クリーヴランド・ガーデンズが見渡せる。

メグはタンスを開けて、レギンスとセーターを取り出す。彼女はなんのためらいもなくトップスを脱ぎ、窓からの光に膨らんだお腹の輪郭が浮かびあがる。スポーツブラをはずして、こちらに向き直る。おへその上から恥骨まで続く黒線（色素沈着により腹部中央に現われる黒い線）が見える。乳首も同じ色だ。

「風邪で死ぬ前に着替えてね」メグが言う。

「バスルームを借りてもいい？」

メグがバスルームを指さす。あたしは乾いた服を手に取り、バスルームに入ってドアを閉める。

メグが外から叫ぶ。「ごめんなさいね、アガサ。先に訊くべきだったわ。ジムではいつもほかの女の人たちの前で脱いでいたものだから」

「気にしないで」あたしは応じる。

「まるで見せびらかしたいみたいよね。なんでかしら」

「あたしはその逆」閉じたドア越しにあたしは叫ぶ。鏡の中の自分の姿を見ないようにしながら、濡れた服を脱ぐ。人工のお腹がきちんとついていることを確認して、手早く服を着る。時間がかかりすぎだ。

「大丈夫？」メグが尋ねる。

「ええ」

「ドライヤーはいる？」

「いいえ、平気よ」

「それじゃあ、わたしは屋根裏部屋からベビー服を取ってくるわ。下で待っているから」

メグがいなくなるのを待って、あたしはキャビネットを開けてメグの保湿剤やナイトクリームを調べ、ブランド名を記憶に刻みこむ。メグとジャックはお揃いの電動歯ブラシを使っていた。主寝室に戻って引き出しを開け、メグの下着を眺める。ショーツが入っている引き出しの一番奥に、ベルベットの袋に入った小さなピンク色のバイブレーターがあった。キュート。セクシー。モダン。

踊り場を進み、新しいペンキのにおいがする子供部屋を見つける。家具やステンシルをうっとりと眺め、自分の赤ちゃんをあやしているところを想像しながら、ロッキングチェアに座ってゆらゆらと揺れてみる。

メグが階下からあたしを呼ぶ。彼女はオーブンでキッシュを温め、サラダを作っている。食べ終えたあたしたちは、心の中で赤ちゃんをいろいろと着せ替えながら二時間かけて箱の中の服を調べる。メグはふさわしい保育所や幼稚園を選ぶことを話題にする。

「ルーシーは、聖オズモンズを気に入っているの?」あたしは尋ねる。

「どうしてあの子の学校を知っているの?」

「制服を見たのよ」

「ルーシーを見たことがあるのね」メグが顔をしかめる。

「あたしはスーパーマーケットで働いているのよ。あなたがルーシーとラクランを連れてきているのを何度も見たわ。もちろん名前は知らなかったけれど。でもあたしの記憶が正しければ、ラクランは鮮やかな色のキックスケーターを持っていて、ルーシーは髪をスペースバンに結ってもらうのが好きよね」

「あの子はレイア王女になりたいのよ」

「だれ?」

「『スター・ウォーズ』を見たことがないの?」

「ずっと昔だもの」

メグは携帯電話に目をやる。「噂《うわさ》をすれば——あの子たちを迎えに行かないと」

雨はやんでいた。あたしの濡れた服は乾燥機で乾かした。ベビー服はきれいに畳まれてつやつやした紙袋の中に入っている。メグが玄関までわたしを送ってくれる。

「北にはいつ行くの？」

「来週」

「それまでにまた会える？」

「わからない」

「わたしの電話番号は知っていたわよね。これがメールアドレス」メグが紙切れにアドレスを書く。

あたしたちはハグをする。お腹がぶつかり合う。

「もし会えなかったら——幸運を祈っているわ」メグが言う。

「あなたも」

「写真を送ってね」

「ええ」

メグは戸口に立ち、手を振る。あたしは振り返りたい気持ちをこらえて、歩いていく。メグと友だちになれることはわかっていた。一緒の時間を過ごし、テニスをし、ピクニックの計画を立て、子供たちが通う学校の話をするところをいつも想像していた。

けれど同時に、気をつけなければいけないこともわかっていた。まだなにも成功していないし、必ずうまくいく保証もないし、簡単にことが進むわけでもないからだ。あの太った女性が赤ちゃんを産むまでは安心できない。

メガン

「今日、友だちができたの」わたしは言う。

ジャックはベッドに腰かけ、テニスシューズの紐《ひも》を結んでいる。ローハンプトン・クラブのコートでサイモンとテニスをするのだ。

「ヨガクラスの人」

「彼女も妊婦なんだ」

「そういうこと」

「きみは母親と心が通じ合うらしいね」ジャックはくすくす笑う。「ブログも大勢に読まれているし」

「あの人たちは友だちじゃないわ——フォロワーよ」

「弟子ってことだろう?」

ジャックはソーシャルメディアのことも、友人とフォロワーと〝いいね〟と定期購読者の違いもわかっていない。彼はテニスラケットのグリップを確認して、フォアハンドの素振りをした。

「それで、どんな人？」

「スーパーマーケットで働いているの」

ジャックは驚いた顔をする。

「どうかした？」

「きみのいつもの友だちはスーパーマーケットで働いたりしていないよね」

「アガサはしっかりと地に足がついている人で、わたしを笑わせてくれるの。いつものママ友のグループに紹介しようかと思ったんだけれど」

「魔女軍団に？」

「面白い冗談ね。彼女の初めての赤ちゃんで、婚約者は海の上なのよ」

「漁師なの？」

「海軍なんですって」

「なるほど、船乗りか」

「どうしてそういう言い方をするの？」

「きみは船乗りがなんて言われているか知っている？」

「半年、海に出ていた船乗りがいた。ようやく港に着くと、彼は売春宿を訪ね、二百ポンド出して言った。〝一番醜い女と焼いたチーズサンドイッチをくれ〟売春宿のおかみは答えた。〝サー、それだけ払うなら、一番きれいな娘とフルコースの食事を出せますよ〟船乗りは言った。〝いいか、おれは欲情しているわけじゃない――ホームシックなんだ〟」

「なんなの？」

ジャックは鼻先で笑う。

「ひどい話」わたしは言う。

「一番いい話さ」ジャックはわたしの唇に軽くキスをする。「今夜は夕食にサイモンを呼ぼうと思っているんだ。ジーナが留守なんで、あいつ、ひとりなんだよ」

かすかな地震が起きて、耳の奥で鳴り響く警報のスイッチを入れたみたいに、体の内側でなにかのギアが切り替わった気がした。

「彼が来たいって？」耳の奥の音に自分の声がかき消されそうだ。

「いや、だがいつもきみのことを気にしているから」

「わたしを？」

「体の具合をね――また名付け親になろうと思っているんじゃないのかな。なってもらってもいいかい？」

わたしは答えない。ジャックはすでに玄関の前にいた。

「残り物しかないのよ。クラブで食べてきたほうがいいと思う」

「ばかばかしい。サイモンはきみに会いたがっているんだ。なにか配達してもらえばいいさ。きみたちのあいだになにがあったにしろ、仲直りしてもらわないとね」

わたしはなにも言わない。玄関のドアが閉まる。パンクしたタイヤみたいに心臓がばくばくしている。会いたくないとサイモンには言った。なのにどうしてこんなことをするの？ 冷蔵庫を開け、半分空になった白ワインのボトルを眺める。グラスに注いでいるところを想像する――なみなみと。酔っ払いたい。家を出ていきたい。なによりサイモンに会いたくない。

それから二時間、わたしはぴりぴりしていた。飲み物をこぼしたラクランを叱りつけ、もつれた髪を梳かすときにルーシーを泣かせた。かわいそうな子供たち。かわいそうなわたし。

ジャックの声がする。ふたりが一緒にいるときは、携帯電話で怒鳴り合っている人たちみたいに声が大きくなる。酔ってはいないけれど、どちらも栓を開けたビールと六本パックを持っている。

わたしはサイモンの顔を見ない。彼はわたしをハグしようとするけれど、顔を背けて体をのけぞらせた。

「どうしたっていうんだ？」彼が訊く。「シャワーは浴びたぞ」

「すぐ夕食にするわね」わたしは話を逸らす。

ジャックがテニスの話を始める。五ゲーム負けているところからなんとか盛り返し、最終セットをものにしたらしい。わたしはちらりとサイモンを見て、彼が勝ちを譲ったことを悟る。ほかの人たちにはわからないだろうけれど、わたしは彼をよく知っている。

サイモンに勝つことはあまりないので、ジャックはご機嫌だ――〝結婚して太った〟からだと彼はお腹を叩きながら言う。初めて会ったときから彼は体重が変わっていないから、わたしに向かって言っている言葉だ。

サイモンがビールを飲み終え、ジャックがお代わりを渡す。ふたりはキッチンカウンターの前のスツールに腰かけ、わたしがサラダを混ぜ、テーブルを整えるのを眺めている。

「元気そうだね」サイモンが言う。

「光り輝くようでしょう？」わたしは嫌味っぽく応じる。

「予定日はいつ?」

「十二月七日」ジャックが答える。

被害妄想かもしれないけれど、サイモンが頭の中で逆算し、受胎した日を考えているのが感じられる。

ジャックは話し続けている。「サイモンはしきりに父親になりたいって言うんだ。ジーナに産んでもらえばいいって言ったんだが、彼はその前に彼女に指輪を贈りたいのかもしれないな」

わたしは答えない。ふたりとも空気が張りつめていることには気づいているが、ジャックはその理由をわかっていない。

「いつ三人目を作ろうと決めたんだ?」サイモンはわたしに向かって尋ねる。

「計画したわけじゃないんだ」ジャックが答える。

「避妊しなかったのか?」

「ヘストンの四十歳の誕生日を覚えているか?」

「ハンプシャーだったな」

「あの朝少しばかり楽しんで、ロシアン・ルーレットをしたのさ」

サイモンがまた頭の中で計算しているのを感じる。沈黙が続いた。

「子供たちはどうしている?」サイモンが言った。「会いたいな」

「ラクランはもうベッドの中よ。ルーシーはわたしたちの部屋でテレビを見ているわ」わたしは答え、ジャックの肩に触れた。「あなたにおやすみを言ってほしいみたいよ」

「わかった」

ジャックは最後の一滴まで味わおうとしているみたいに舌を瓶に差し入れて、残ったビールを飲み干す。

サイモンとふたりで残されたわたしは、もうきれいになっている調理台をまた拭き始める。サイモンはビールのラベルを親指の爪でつついている。

「おれを締め出すことはできないよ、メグ。おれはジャックの親友なんだ。きみの友だちでもある」

「どうしてこんなことをするの？」

「おれたちはテニスをした。ビールを飲んでいる。おれはいつもこの家では歓迎してもらった。きみたちはおれの家族みたいなものだ」

「それは違う」

サイモンは立ちあがり、こちらに近づいてくる。わたしはあとずさって、アイランド式の調理台を彼とわたしのあいだにはさむ。

「どうして出産予定日を訊いたの？」

「それが普通だろう？——尋ねるものだ。おれがきみたちと距離を置いたら、ジャックは理由を知りたがるだろう。彼になんて言うつもりだ？」

「なにも」

「きみは自分の過ちなのに、ぼくを罰しているんだ」

「わ、わたしたちの過ちよ」

「確かにぼくはジーナを裏切った。でも、おれとジーナは結婚しているわけじゃない。だから責任の所在を明らかにしようとするなら、どちらがより重いかは明らかだと思うね」

もちろん彼は正しい。だからこそ腹立たしかった。

「だからきみのためにも——ジャックのためにも——ちょっと気持ちを落ち着けて、おれをちゃんと扱ったほうがいいと思う」

わたしは空の瓶を片付け始める。サイモンが近づいてくる。「きみは体に気をつけて、お腹の赤ちゃんを大切にしてほしい」

「どうしてあなたが気にするの？」

サイモンがにやりとする。「わかっているだろう?」

「この子はあなたの子じゃないから」

「証明するんだな」

アガサ

母さんからまた手紙が届いた。ワイングラスを置いた赤い染みがあった。

愛しいアガサ

クリスマスにスペインに来ることを考えてくれた？　車を借りて海岸沿いをドライブしましょう。わたしの新しい友人たちにあなたを紹介したいの。みんながわたしみたいな年寄りじゃないのよ――それにスペインの男性はとてもハンサムなの。ヨットクラブには、あなたが〝溺れて〟しまいそうなライフガードがいるわよ。

あなたがわたしと会いたくないというのなら、それは仕方がないと思う。わたしはいつも見知らぬ人たちに頼って生きてきたから、残された時間が少なくなったからといって、いまさら変えることはできないわね。

母さんはよく自分が死にかけているようなことを言うけれど、実際は牡牛《おうし》みたいに健康なので、罪悪感を抱かせてあたしを従順な娘にすることはできない。義理の父親が死んだとき、母さんはあたしと〝再接続〟――母さんが使った言葉だ――しようとした。まるであたしたちのどちらかが、うっかり蹴飛ばしてコンセントを抜いてしまったみたいに。

あたしはさらに読み進める。

あなたに言うのを忘れていたけれど、ミスター・ボーラーが最近、亡くなったの。あなたにはあなたの言い分があったことはわかっているけれど、彼を許す心があなたにあることを願っているわ――わたしのこともできれば許してほしい。

母さんは『ヨークシャー・イブニング・ポスト』紙の記事を破り取ったものを同封していた。

ボーラー　チャールズ・スチュワート

セント・アンズ・ホスピスにて十月十八日逝去。享年六十八歳。ミスター・ボーラーは妻エリザベス、娘のヘレン、ナンシー、マーガレット、バーニスと共に、エホバの証人の敬虔《けいけん》な信者であった。

彼は、永遠の命を得るように定められている人たちに御国のこの福音を伝え（使徒言行録十三章四十八節、マタイによる福音書二十四章十四節）、神の素晴らしい創造物について学び、想像主であるエホバの言葉を賛美することに大いなる喜びを見出した。

葬儀は十月二十三日月曜日午前十一時四十分より、リーズ、シルバーメア・ロード一〇三番地、エホバの証人の王国会館にて執り行われる。明るい色の服での参列をエリザベスは希望している。献花は家族単位のみ。寄付はセント・アンズ・ホスピス宛てに。

葬儀の様子を想像する——明るい色の服に身を包んだ妻と子供たちがすすり泣く中、棺《ひつぎ》が穴におろされ、あたしにとてつもない苦痛を与えた彼の人生が称賛される。ずらりと並んだ長老たちが彼の親切心や信心深さを称えている様子が目に浮かぶ。
あたしは震える手でラップトップ・コンピューターを開けて、さらにくわしい情報を探す。バーニーのフェイスブックのページを見つけ、彼女が司法委員会の公聴会であたしに不利な証言をしたことを思い出す。彼女は〝わたしの支えであり、守護者〟という言葉と共に、父親の写真を載せていた。何十人もの彼女の友人がお悔やみのコメントをつけている。〝邪悪な変態〟とコメントしてやりたくなったけれど、怖くてできない。

二十年以上の月日がたっているのだから、ミスター・ボーラーとのことは過去になっていると人は思うかもしれないが、いまもフィッシュ・アンド・チップスのにおいと目を開けてと告げる声に目を覚ます夜がある。あたしは目を閉じたままでいる。彼の顔を見たくないから。

〝恐怖〟と〝怪物〟という言葉の意味が世間とあたしとでは違っていることを、セラピストやソーシャル・ワーカーにわかってもらうことはできなかった。あたしにとって恐怖は病気のように感染するものだし、フライドポテトにかけたお酢のにおいであたしの〝怪物〟は蘇る。

あたしは被害者でいたくない。だから、あの男と寝たのはほんの数えるほどで、彼はあたしを本当に愛していたのだと自分に言い聞かせ、現実を過小評価しようとした。現実はあらゆるものが毒されていたにもかかわらず、自分の記憶に反論し、細かいところを削除し、たいしたことではなかった、あたしはなんの影響も受けていないと自分を納得させようとした。

妊娠したあたしは、十五歳で教会と家族から見捨てられた。あの夜、王国会館から帰る車の中で母さんは声を出さずに泣き続け、義理の父は手が白くなるほど強くハンドルを握りしめていた。その後、ベッドに横たわったあたしはふたりの言い争いに耳を澄ましながら、内なる怪物の声を聞いていた。

話すなと言ったじゃないか。話すなと言ったじゃないか。

翌朝、意外にも夜が明けた。あんな日のあとに次の日が存在するとは考えてもいなかった。義理の父に学校には行かなくていいと言われた。その代わりに、ニューカッスル郊外の静かな通りに立つ大きなビクトリアン様式の家に連れていかれた。出窓と煤《すす》で汚れた壁を見ながら、ここは児童養護施設なのだろうかと考えた。

「ここはなに？」あたしは訊いた。

「クリニックだ」義理の父が言った。

「あたしは病気じゃないよ」

道路の反対側では、横断幕やポスターを掲げて抗議活動をしている人たちがいた。プラカードのひとつには〝どれほど小さくても、人間は人間〟と書かれていた。讃美歌の〝アメージング・グレース〟を歌っていた。

「赤ちゃんを産みたい」あたしは言った。

義理の父はあたしの手を握り、静かな声で応じた。「おまえがもう少し大人だったらよかったんだが」

「もうすぐ十六になる」

「だがまだ十五だ。こうすればおまえは学校を卒業して、大学に行って、キャリアを積むことができる。いつか結婚して、家庭を持つ日が来るだろう」

「あたし、長老に嘘はついていないよ」

「わかっている」

「ミスター・ボーラーが父親なの」

「そのことについては、エホバに任せよう」

受付にたどり着くまでに、二か所の防護ドアの鍵を開けてもらわなくてはならなかった。あたしの手はひどく震えていたので、義理の父に書類を書いてもらった。蛍光灯の光の下では紫に光って見えるくらい真っ黒な肌の看護師が、にこやかな顔で現われた。編んだ髪を留めている鮮やかな色のビーズが、歩くたびにカチャカチャと音を立てた。

「アガサとだけ話をさせてください」彼女は義理の父に言った。

義理の父は反論しようとしたけれど、彼女は黙って座っていてくださいと言い返した。そんなことを彼に言う女性がいるとは考えたこともなかった。

「決めたことを忘れるんじゃないよ」看護師に連れていかれるあたしに義理の父が言った。看護師は低いベッドと机と超音波の機械がある診察室にあたしを案内した。ここでするんだろうかとあたしは考えた――堕胎。エホバは中絶を認めていない。王国会館の聖書勉強会で、ミスター・ボーラーにそう教わった。これほど怯えていなかったら、皮肉なものだと思っただろう。

「こんにちは、アガサ。わたしはジャニスよ」看護師が言った。「今日はどうしてここに来たの？」

「妊娠したんです」

「そう。それで、どうしてここに来たの？」

「あたしは子供を産むには若すぎるから」

「あなたはいくつなの、アガサ？」

「十五歳」

「いつからセックスしていたの？」

決めた」

「いいえ。えっと、レイプじゃなかった。ふたりでしたんです。ふたりでしようって

「レイプされたの？」

「十三のときから」

あたしは不安にかられてドアを見た。

「待合室にいる人――あの人はお父さん？」

「義理の父です」

「お腹の赤ちゃんの父親？」

「違います」

ジャニスは、ベッドに横になるようにとあたしに言った。「超音波でお腹を調べて、妊娠がどれくらい進んでいるかを確かめるわね。そのあと血液検査をして、病歴も聞かせてちょうだい」

彼女はあたしのブラウスをたくしあげ、お腹にジェルを塗った。

「冷たかったら、ごめんなさいね」

「大丈夫です」

「赤ちゃんを見たい？」

「いいえ」一拍置いて、あたしは言い添えた。「ありがとうございます」

「十二週というところかしら。合っている?」

うなずいた。

彼女はペーパータオルであたしのお腹を拭い、ブラウスのボタンを留めるようにと言った。

「相手の人には話したの?」

「はい」

「彼はいくつ?」

「知りません」

「同い年くらい?」

首を振った。

「ずっと年上なの?」

答えなかった。

「警察に行くことは考えた?」

「それはできません」

「どうして?」

またあたしは口をつぐんだ。

ジャニスは怒ることも、あたしに恥ずかしい思いをさせることもなかった。アップルジュースとストローの入った箱を差し出し、あたしの手を握って穏やかな声で言った。あたしはもう少しでミスター・ボーラーのことを話してしまうところだった。もう少しで、助けてと言いそうになった。

「アガサ、あなたが強制されているわけでも、あわてて決断をくだしたわけでもないことを確認しておかなくてはいけないの。あなたが確信を持っていることが大切なのよ。ここならあなたは安全だわ。だれもあなたを傷つけたりできない。ここに来たのはあなたの意思？」

「両親がそうしろって」

「あなたはどうしたいの？」

「わからない」

「アガサ、中絶にはいくつかルールがある。あなたにそれなりの理由がなければ、することはできないの」

「どんな理由ですか？」

「わたしが教えるわけにはいかないわ」

「どうすればいいのか、わからないんです」

「赤ちゃんを養子に出すことは考えた？」

「そんなこと、できるんですか？」

「ええ。ご両親と話をすることを勧めるわ。がっかりされるかもしれないけれど、ご両親はあなたを愛しているから、あなたがどんな決断をしようときっと支えてくれるはず」

あたしたちは無言のまま、義理の父の車に戻った。義理の父がドアを開けてくれた。その前を通り過ぎようとすると、顔を引っぱたかれた。痛みが目の奥で炸裂《さくれつ》した。義理の父はまた手を振りあげたけれど、それ以上あたしを叩くことはなかった。

妊娠中にあたしは二十キロ太って、それ以来ビキニを着ていない。学校ではひとりで過ごした。伝染病にかかったつまはじき者みたいに。ほかの少女たちがセックスをしていようとしていまいとどうでもいい――あたしは赤ちゃんを産む。

ある日の昼食時に食堂に行ってみると、女の子全員が丸めたセーターをブラウスのお腹に押しこみ、膝を曲げ、背中を逸らした格好で列に並んでいた。よたよた歩きながら、トレイを取りに行っている。男の子たちはケタケタ笑い、やじを浴びせながらその見世物を楽しんでいた。あたしは決して泣くまいと心に決め、顔を伏せたまま食事をした。授業が終わり、突然の雪の中を歩いて帰った。エリヤは雪が大好きだったから、彼のことを思い出した。エリヤは死んでいて運がいいと思った。こんな目に遭わなくてすんだのだから。

最後の二カ月は学校には行かず、テレビを見て、ひたすら食べ、赤ちゃんが生まれるのを待った。王国会館の会合には行かなかったし、義理の父とも話さなかった。母さんはなにもかもが普通どおりのように振る舞い、妊娠を無視して、あたしを子供みたいに扱った。

夜中に破水して、産院に運ばれた。赤ちゃんが外に出てこようとし、そうさせまいとあたしの体が抵抗しているあいだ、あたしはまるで他人のものみたいな声で、十二時間にわたって叫び、うめき、すすり泣いた。

娘は三月二十四日午後二時二十四分、二千五百二十グラムで生まれた。助産師があたしのお腹に娘を載せ、へその緒を切った。しわだらけの汚れた顔とうっすらした細い髪の小さな赤ちゃん。なにか願い事をしているかのように、その目は閉じられていた。

あたしはすべてのしわや曲線やくぼみや色を眺めた。上下する胸。指の曲がり具合。肌の柔らかさ。そのにおい、感触、ぬくもり、美しさ。しっかりと脳に焼きつけて、いまもまだ鮮明な姿を作りあげた。

養父母が外で待っていた。あたしは数分だけ、ふたりと会ったことがあった。ふたりは不安そうで落ち着かない様子だったけれど、いい人のように見えた。ソーシャル・ワーカーがベッド脇に来て、あたしと目を合わせないようにしながら「赤ちゃんを迎えに来たわ」と言った。

妊娠中ずっと、あたしはこの瞬間のことを想像しないようにしていた。頭から追い出して、あたしは正しいことをしているんだと自分に言い聞かせていた。けれどすべてが変わった。あたしは小さくて、はかなくて、でも完璧な人間をこの世に送り出した――あたしに属する人間、あたしの血と肉、あたしを愛してくれて、あたしも愛するだろうあたしの赤ちゃん。

「この子は手放さない」あたしはつぶやいた。

「それはできないのよ、アギー」

母さんが言った。

「どうして？　この子はあたしの子よ」

「書類にサインしたでしょう？」

「破ってよ」

ソーシャル・ワーカーが赤ちゃんに手を伸ばした。

あたしは手に力をこめた。「気が変わったの。連れていかないで。あたしのものよ！」

「乱暴なことはしたくないの」ソーシャル・ワーカーがあたしの手首をつかんだ。あたしは彼女を蹴った。彼女は悪態をついた。

男性の雑役係ふたりがあたしを押さえつけ、指を開かせて無理やり腕を広げさせ、赤ちゃんを奪い取った。母さんがあたしを抱きしめた。あたしはその腕の中で暴れた。叫んだ。懇願した。

「お願い、お願いだから、その子を返して！」

あたしが叫んでいるあいだに、ソーシャル・ワーカーが赤ちゃんを連れていった。あたしは眠っている人を起こすくらい、空気を揺らすくらい、木に止まる鳥が飛びたつくらいに叫んだ。だれか――だれでもいい――に助けてもらおうとして叫んだけれど、だれも来なかったし、だれも聞いていなかった。腕に針が刺さった。脳に霧がかかった。

あたしは母さんがしたことを絶対に許さないだろう。ミスター・ボーラーはあたしの子供時代を奪ったかもしれないけれど、母さんと義理の父はあたしの未来を盗んだのだ。二週間後、あたしは家出をした。ふたりに連れ戻された。再び逃げた。その後はいくつかの里親を転々とした。

十八歳になったあたしは、養子縁組斡旋《あっせん》業者に娘のことを尋ねた。母さんの究極の裏切り行為を知ったのはそのときだ。母さんはあたしをだまして、子供とは今後連絡を取らないと記された書類にサインをさせていた。子供っぽい筆跡でさらりと書かれた文字が、疑問を抱き続ける人生をあたしに強いた。

あたしは正しいことをしたのだろうか？　娘は幸せなのだろうか？　あたしのことを考えるときはあるだろうか？

子供を手放したすべての母親はそういった疑問を抱くのだろうけれど、痛みを和らげてくれるほかの子供がいないから、あたしの中のその声はなによりも大きい。娘はいまでは二十三歳になっているはずだ。大学に通っているかもしれないし、数本先の通りで暮らしているかもしれない。腰を揺らし、ハンドバッグを振り、ショーウィンドウに映る自分の姿を確かめながらチェルシーのキングズ・ロードを歩いているかもしれない。

あたしには彼女を探す法的な権利はないけれど、十八歳を超えた娘があたしを探すことはできる。それがあたしの希望であり、夢であり、あたしに背を向けた神への祈りだ。いつの日かドアを開けると、そこに彼女が立っていることをあたしは願っている。あなたを捨てたわけじゃないとあたしは彼女に言うだろう。二十三年間、ずっとあなたを愛し、大切に思ってきたと。あたしの娘……初めての子供……生き残った子……。

メガン

サイモンは十通以上のメールを送ってきた。どれも同じ内容だ。わたしに会いたがっている。わたしは携帯電話の電源を切って、彼を無視することにした。買い物セラピーで気分を上向かせようと決めた。

ジョン・ルイスの三階は、ベビー服と幼児用品だけでなくマタニティ用品も置いているし、ギフトサービスもある。わたしの〝ファッション・アドバイザー〟のケイトリンは、うっとうしいくらい元気で、子供を産んだことはおろか、マフィンすら食べたことがないような体つきだ。次々と服を見せ、スパを勧める彼女の言葉をわたしは聞き流す。一枚のワンピースに目が留まる。黒くて、上品で、わたしが持っているどの服もこれにははるかに及ばない。

「残念ですけれど、お客さまのサイズがないんです」ケイトリンが言う。

彼女の口調が癇に障る。ほっそりした彼女のウェストも平らなお腹も高い頬骨も気に入らない。そのワンピースを手にすると試着室に向かい、ブラジャーとマタニティ・ショーツ姿になる。ワンピースのファスナーをおろして、頭からかぶる。シルクの生地が肩を滑り落ち、そこで止まった。引っ張ったり、身をよじったりして、胸と膨らんだお腹の上まで少しずつ生地をおろしていく。

鏡を見た。ひどい！　すらりとしたデザインのはずのワンピースは、胸の下から大きく膨らんで、まるでハイウェストの夜会服のようだ。ボンネットを頭にかぶれば、『高慢と偏見――服喪の日々』のオーディションを受けられるかもしれない。

脇のファスナーをおろすのを忘れたまま、ワンピースの裾をつかんで頭から脱ごうとした。途中で腕が引っかかる。動けない。腕をおろすこともできないし、ワンピースを脱ぐこともできない。

スイートハート・ネックライン（ハート形に大きく開いたネックライン）の隙間から鏡を見ると、おばあちゃんのパンツの上に大きなお腹が載っかった不格好な黒と白の生き物がいた。妊娠しているようには見えない。まるでパイを丸飲みしたみたいだ。

「大丈夫ですか？」ドアの向こう側からケイトリンが尋ねる。

「ちょっとまずいことになったの」

「店長を呼んできますね」

「いいえ、大丈夫」

わたしは息を吸ったり吐いたりしながら、ワンピースを引っ張る。店長がやってきて、ドア越しに訊く。「どうなさったんですか？」

「なんでもない」

わたしはさらに毒づく。ドアががたがた鳴ったかと思うと、勢いよく開く。腕をおろせないわたしは、体を隠すことができない。

店長とケイトリンと三人の買い物客が、紫色の静脈と妊娠線とセルライトが作るいくつものくぼみの目撃者になった。

「動けないんですね」ケイトリンがわかりきったことを言う。「お客さまのサイズじゃないって言ったじゃないですか」

いやな女！

「サイズはぴったりよ。ただ、ファスナーをおろすのを忘れたの。それだけ」

店長とケイトリンに強引に脱がせてもらう。耳がちぎれそうになった。

「ほかの服を試着なさいますか？」店長が尋ねる。

「いいえ、けっこうよ。これをもらうわ」

服を着る。顔から火が出そうだし、静電気のせいで髪があっちこっちに飛び跳ねている。ワンピースの代金を払い、従業員がわたしを笑っているところを想像しながらジョン・ルイスをあとにする。二度とあの店には行けない。サイモンのせいだ。あれほど気持ちがいらだっていなければ、あのワンピースを試着しようとは思わなかっただろうに。

帰宅してみると、留守番電話にさらにメッセージが残されていた。ジャックが先に聞いたらどうなっていたことか。やめさせなくてはいけない。また電話が鳴る。知らない番号だ。

「電話を切ったら、家に行くぞ」サイモンが言う。

切ろうとしていた手が止まる。「お願いだから放っておいて」

「答えを出す必要があるんだ」

「ないわよ！　メールはやめて。電話もしないで。あなたとは二度と会いたくない」

「きみに選択肢はない」

「警察に連絡するわよ」

「いいよ。すればいい」

傲慢なろくでなしを殺してやりたかったけれど、わたしにできることはなにもない。ジャックに知られることなく警察に連絡することも、接近禁止命令を出してもらうことも不可能だ。自分の家族と結婚生活を守るためなら、わたしがどんなことでもするとサイモンにはわかっている。

「だれも傷つけたくはないんだ」サイモンが静かに言う。「会ってほしい。説明するよ」

満潮時のキューのテムズ・パスは、ところどころ水が土手を洗い、曳舟道を流れて泥混じりの水たまりを作っている。八人乗りの競技用ボートが滑るように川を進んでいくのを眺めながら、わたしはベンチで待っている。水面に、羽根をつけた矢のような波が立つ。

「遅れてすまない」サイモンが言う。

「まだ時間前よ」わたしは怒りを隠そうともせず、立ちあがって彼を迎える。

彼はしわだらけのスーツと緩めたネクタイという、わざとらしい無関心さを絵に描いたような姿でオフィスから直接やってきていた。頭にはサングラスを載せている。ハグされることを期待しているかのように体を寄せてくるが、わたしはあとずさる。

「なんの用なの、サイモン？　わたしは家に帰らなきゃいけないんだから」

残った木の葉が色を変えながらもかたくなに枝にしがみついている木立の下を、わたしたちは歩きだす。

サイモンが咳払いをする。「子供が生まれたら、父子鑑定をしてほしい」

息を呑んだのはわたしだが、その音は背後から聞こえた気がした。「なんですって?」

「言ったとおりだ」

わたしは足を止め、小道の脇に寄る。ジョギングをしている人が、うなずいて挨拶しながら通り過ぎる。わたしの握りしめた手のひらに爪が食いこむ。

「もういい加減にして。ジャックはあなたの親友で、わたしの夫なの。わたしたちのあいだで起きたことは間違いだった。あなただって認めているじゃないの。二度とこの話はしないって約束したはずよ」

「それは前の話だ」

「前?」

「おれは父親になりたい」

「この子には立派な父親がいる」

「きみにはわからないんだ」

「説明してよ」

その話が空気を入れなければならない風船であるかのように、サイモンは大きく息を吸う。

「おれには父親がいない。ぼんやりした記憶しかない。写真の中で、私道に止めたフォルクスワーゲン・ビートルの隣に立っていた男。ドアをどんどん叩きながら、中に入れてくれと母に訴えていた男。次第に声が大きくなって、怒りを帯びていった。兄さんとおれは暗闇の中ですくみあがっていた。母は警察を呼ぶと言って脅した。

数年後、兄さんが学校の外に立つ男を見かけた。その男は家まで兄さんのあとをつけてきたけれど、道路を渡ってくることはなかった。母は警察を呼んだが、警官が来たときには男はいなくなっていた。

父親がいないことなど気にしていないと、おれはずっと自分に言い聞かせてきた。崩壊した家庭の子供は大勢いる。父親が近くにいないほうが幸せなことだってある。十四歳になると、おれはいろいろ尋ねたけれど、母は答えようとしなかった。そこで母の持ち物を探って、その写真を見つけたんだ――フォルクスワーゲンの隣に男が立っている写真。これが父親なのかと訊いたら、母はその写真を奪い取って、人のものを盗んだと言っておれを責めた。それっきり、二度とその写真を見ることはなかった」

サイモンがどうしてそんな話をするのか、さっぱりわからない。足が痛いし、トイレにも行きたいから、早く要点を言ってほしかった。

「学校を卒業した翌年、スコットランドにいる祖母を訪ねた。祖母は耄碌《もうろく》し始めていてね、父は一攫《いっかく》千金の夢を見ては必ずと言っていいほど失敗していたと、話してくれた。結局破産して、差し押さえ執行官にドアを叩かれる羽目になっていたそうだ。その話を聞いているうちに、家から家具が運び出されてトラックに乗せられていくのを、泣きながら見ていた母を思い出した。

卒業したあとおれは母と一緒に暮らしていたんだが、あるとき給水本管が破裂して、古い手紙や葉書を保管してあった地下室が水浸しになった。ほとんどだめになったよ。その片付けをしていると、いくつかある箱の中に封を切っていない手紙が何十通も入っているものがあった。兄さんとおれ宛てだった。おれたちが子供の頃の日付のバースデーカードやクリスマスカードもあった……全部父からだった。父はおれたちを捨てたわけじゃなかったんだ。おれたちと連絡を取ろうとしていた」

「もしお父さんが本当に――」

「最後まで聞いてほしい」サイモンは顔をしかめ、きつい口調になってすまないと言った。「おれは父を探し始めた。まずは普通の手段を使った――電話帳に選挙人名簿。それから、私立探偵を雇った。半年の時間と貯金のほとんどを費やした。二通の書類が添付されたメールが届いた。死亡証明書と検視の報告書だった。父は麻薬の過剰摂取でモロッコで死んでいた。四十七歳だった」

サイモンは額に苦痛を刻ませてわたしを見る。わたしの心は同情に揺れる。

「きみが考えていることはわかっている。彼は負け犬で、いないほうがおれたちは幸せだった。でもおれはこれまでずっと、彼がいないことを悲しんできた。ほとんど会ったこともない人間を恋しく思うなんてばかげているかもしれないが、おれが女性とうまくいかない理由は父の不在のせいじゃないかという思いがずっとあったんだ。ひとりの女性と長く関係を続けられないのはそのせいだろうか？　父親を愛している子供のほうが、彼を失ったときの痛みに耐えられるんじゃないかとも考えた。そういう子たちは父親がいないことを悲しめるし、できてしまった穴を埋めようとすることもできる。おれにはそういう穴はないのに、それでも空っぽな気がしているんだ。別れは、おれよりも父のほうに大きな影響を与えたのかもしれない。父はおれを心配しただろうか？　おれのために悲しんだだろうか？　麻薬に手を出したのはそのせいだろうか？」

「それは飛躍しすぎじゃないかしら」

「そうかもしれない」サイモンは肩をすくめる。「でもおれは父みたいになりたくないんだ、メグ。どんな人生の一部も無駄にしたくない。父親になることも含めて」

サイモンはわたしに訴えようとするみたいに、最後の一節を口にする。ずいぶん大げさだと言いたくなるのを、わたしはこらえる。彼がチャーリー・シーンに負けないくらいコカインを吸っているのを見たことがあるし、高価なネクタイを取り替えるより頻繁に恋人を替えていたのも知っている。わたしは黙ったまま、冷静さを失うまいとしていた。

「同じじゃないわよ、サイモン」わたしは静かな口調で切り出す。「あなたは父親抜きで育った。わたしの子供たちには父親がいるの」

「だがジャックは本当の父親なのか？」

「彼が父親よ」

「おれは息子の人生に関わりたいんだ」

「この子はあなたの息子じゃない。あなたとはなんの関係もない」

「おれの子かどうか、おれには知る権利がある」

「あなたにはなんの権利もない」

「弁護士と話をした。告訴できると言っていたよ。判事は父子鑑定を命じるだろわたしは天を仰ぐ。「サイモン、わかっているの……そんなことをしたら、わたしの家庭は壊れるのよ」

サイモンは黙りこむ。息を吸う。囁くように言う。「頼むからわかってほしい。きみを苦しめたくはないんだ。でもずっと考えていた。きみのことを考えていたんだ……」

「どういう意味？」

まだら模様の光の中で、サイモンの顔が形を変えているように見える。「おれたちが付き合っていたときのことを思い出したりするかい？　きみがジャックに会う前のことを？」

「いいえ」

その答えは彼を傷つけたようだ。

「きみが去っていったとき、おれは打ちのめされた」

「あなたは酔っている時間のほうが多かったけれど」

「きみを愛していた」

「ばかばかしい！」

「そう言ったはずだ」

「あなたはどんな女性にもそう言っていたのよ――前戯の一部だったのよね」

「それは違う」サイモンはわたしの腕に触れ、自分のほうを向かせる。「おれはこれまでその言葉をふたりの女性にしか言っていない。ひとりは母、そしてもうひとりがきみだ」

わたしは彼の顔を見つめ、嘘をついている証を探す。

「それって……？」

「そうだ」

「いまも……？」

「きみを愛している」

サイモンは息を止めて、わたしの答えを待っている。わたしはなにも言えなかった。

彼が沈黙を破る――わたしたちの最初のデートや、初めて遠出をした週末や、イースターに行ったパリ旅行といったことを語り始める。彼はすべてを覚えていた。初めて会ったときわたしがなにを着ていたかまで。

「きみを忘れようとした。アメリカに渡り、それから香港に行った。だれかがきみを忘れさせてくれることを願って、山ほどの女性と付き合った。ジャックの結婚式のためにロンドンに戻ってきて、彼の結婚相手がきみだとわかったとき、おれがどんな気持ちになったのか、とても説明できないよ。よかったと思った。そう思い続けた。なんでもないふりをした。いずれだれかと出会って、恋に落ちて、こんな思いをしたことなど忘れてしまうと自分に言い聞かせた」サイモンは言葉を切る。「きみがジャックと喧嘩しておれに会いに来た夜……こんなことを認めたくはないが、おれの気持ちを打ち明けたいと願い、望んでいる自分がどこかにいた。おれたちがしたことが間違いだったのはわかっているが、おれはこれ以上自分の気持ちを否定できないんだ。それにもし、あの夜がこういう結果になったのなら……」彼はわたしのお腹を示す。

「もしきみがおれたちの子供を身ごもっているのなら、おれは関わりたい。きみを愛している、メグ。ずっと愛していた。これからもずっと」

サイモンはわたしを抱き寄せようとしたけれど、わたしは態度を和らげなかった。全身をマネキンのように固くして、彼を押しのける。様々な思いが頭を駆けめぐる。長年ずっと……幾度ものディナー……バーベキュー……テニスにゴルフ……クリスマスに洗礼式。わたしはサイモンに空しい期待を抱かせていたの？　わたしはひどい人間？

「もう帰らないと」わたしはつぶやき、不意に迷子になった気分であたりを見まわす。

どうして気づかなかったんだろう？　サイモンのことは昔から知っている。彼は、自分を哀れんだり口先だけの約束をしたりする傾向はあるけれど、人を愛そうとはしない。わたしに彼とジャックのどちらかを選ばせようとしているのだろうか？

「すまない、メグ」サイモンが言う。「だれも傷つけることなくこうすることができればよかったんだが、本当の父親を知らずに子供が生まれてくると思うと、おれはとても耐えられないんだ」

「よくあることよ」

「だがそれは間違っている」

「わたしにとって？　それとも子供にとって？」

「両方だ」

彼の饒舌《じょうぜつ》さにわたしの中でなにかのスイッチが入る。くるりと向きを変えて、彼の顔を思いっきり引っぱたく。手が痛んだ。人を叩いたのは初めてだ。

「あなたって本当に自分のことしか考えない愚劣な人ね」

「愛しているんだ」

「やめて！　よくもそんなことが言えるわね。本当にわたしを愛しているなら、そんなことは言わない。本当に愛しているなら、あの夜、わたしを酔わせるんじゃなくて、帰らせたはずよ」

サイモンはなにか言おうとするけれど、わたしはそれを遮ってさらに言う。

「このまま続けるなら――父子鑑定にあくまでもこだわるなら――あなたにはこの子を会わせないようにする。絶対に抱かせないし、わたしたちの家にも足を踏み入れさせない。あなたは死んだものとして扱うから」

アガサ

今日はスーパーマーケットで働く最後の日だ。ミスター・パテルに推薦状を書いてほしいと頼んだけれど、あたしのことをよく知らないからと断られた。

なんてろくでなし!

そういうわけで、休憩時に外に出るときにスニッカーズ・バーとコカ・コーラの缶を盗んだけれど、少しも心は痛まない。アビゲイルもやってきて煙草に火をつけ、あたしにかからないように手を振って煙を払う。あたしたちは蔦がからむトレリスの下で、ゴミ箱の奥に置かれた低いレンガ塀に腰かけていた。

「わたしも長くはいないつもり」アビゲイルが言う。「リージェント・ストリートにできた新しいアップル・ストアに応募したの。ただでTシャツをくれるのよ」

「割引はある?」

「もちろん。新しいiPhoneが必要だしね」

彼女はスクリーンが割れた携帯電話をあたしに見せる。

あたしがアビゲイルを好きなのは、騒々しいけれどいつも堂々としていて、あたしよりはるかに向こう見ずだからだ。ヨーロッパ中をヒッチハイクしたり、一カ月かけてひとりでトルコを旅したりしたこともある。おまけにバイクに乗っているし、結婚に興味がない。もっとも、彼女の恋人に妻とふたりの子供がいるからかもしれないけれど。

ミスター・パテルが裏口のドアから口笛を吹く。休憩時間の十五分が終わったらしい。青果コーナーの床にモップをかけるようにと言われる。いつも一番汚れる場所だ。あたしはバケツにお湯を入れ、物置から運び出す。

「失礼」男の声がする。

あたしは片側に寄り、すみませんとつぶやく。それがだれであるかに気づいたのは、彼が通り過ぎてからだ。ジャックは医薬品の棚を見ている。買い物かごもカートも持っていないから、なにか買い忘れたものだけ買いに来たのだろう。彼はコンドームを手に取るとブランドだかサイズだかを確かめているのか、箱の注意書きを読んでいる。買うものを決めて、レジへと向かう。アビゲイルは口元に薄ら笑いを浮かべながら、精算する。

あたしはなぜか落ち着かない気持ちになった。どうしてジャックがコンドームを買うの？　モップを置いて、正面のウィンドウへと向かう。二重駐車している車がある——女性が運転する黒のBMWのオープンカー。その女には見覚えがある。ジャックとメグが買ったクリーヴランド・ガーデンズの家をあたしに見せてくれた不動産業者だ。ジャックがその車の助手席に乗りこむ。

「どうかした？」アビゲイルが尋ねる。

「なんでもない」

「知っている人？」

「ううん」

あたしは床のモップがけに戻り、怒りをこめてあたりに水をはね散らかす。なにが起きているのかは明らかだ。ジャックは浮気をしている。ピンヒールを履いて、ボトックス注射のしすぎで顔が固まった、あの厚化粧の売女《ばいた》と寝ている。どうしてあの女は、あたしの理想の家族を壊そうとするの？　ジャックがメグと別れたらどうする？　メグがジャックを追い出したら？

三時になり、あたしは最後の給料明細書を受け取ると、アビゲイルとほかの娘たちにお別れを言う。コートに着替え、裏道を進んでバーンズ・ヴィレッジに入る。不動産会社の窓の外で足を止め、売りに出されているマンションや家の光沢仕上げの写真を眺める。それぞれの物件の仕様の下に、担当者の連絡先と写真があった。リア・ボーデン──彼女の名前だ。家の内覧に行ったとき、彼女があたしにこびへつらい、ご主人はひとりでご覧になりたいかしらと訊いたことを思い出す。

パブに公衆電話があった。不動産会社にかける。若くて上品な口調の受付係が電話を取る。

「リア・ボーデンと話がしたいんですが」あたしは言う。

「申し訳ありませんが、外出中です。なにかお伝えすることはありますか?」

「ホームベースの者なんですが、うちの運転手がバスルームのタイルをお届けすることになっているのに、家がわからないと言うんです。住所が違っているのかもしれません」

「バスルームのタイルですか?」

「携帯電話にもかけたんですが、だれも出ないんです。タイル張り職人が待っていると思うんです」

彼女がキーボードを叩く音がする。「バーンズ、ミルガース・アベニュー三十四番地です」

「通りは合っていたけれど、番地が違っていたんですね。教えてくれてありがとうございました」

ここから八百メートルも離れていないところだ。あたしは少し遠まわりをして、バーンズ鮮魚店に寄り、下処理済みの海老を一キロ買った。店主は、魚は妊婦にいいといった話を軽い口調で繰り返す。

「魚がどうしてあんなに頭がいいのか、知っているかい?」彼が訊く。

「群れで泳いでいる《スイム・イン・スクールズ》からでしょう」あたしは答える。

「知っていたか」

「ノアだって知っていたわよ」

リア・ボーデンの家は、木と廃棄物入れコンテナがたくさんある通りに立つ一戸建てのコテージだった。

こういった場所に止められている車には二種類ある——ベンツやＢＭＷやアウディといった株式仲買人が選ぶようなブランドと、ミニ・クーパーやアストン・マーチンやビートルのような格好いい車だ。ジャックの車は道路の反対側で、ＢＭＷのオープンカーのうしろに止められている。

門を抜け、柱にチェーンでつないである錆《さ》びた自転車の脇を通り、細い小道を進んでいく。カーテンに影が映らないように、窓の横を通るときには体をかがめる。
家の裏側にまわると、音楽と声が聞こえてきた。花壇に入り、爪先だって窓をのぞく。見えたのは、ベッドの端と床に脱ぎ捨てられたズボン……靴……シャツ……ブラウス。

窓枠をつかんで、ぐっと顎を持ちあげる。今度は黒の下着姿のリア・ボーデンが視界に入った。ジャックにまたがり、彼の胸に両手をついて激しく腰を動かしている。お腹が揺れていて、ジャックは彼女のキャミソールの下で胸を揉んでいる。彼女は卑《ひ》猥《わい》な言葉を口にしながら腰を揺すり、ポルノ女優のようにうめいている。

吐き気を催すあたしがいて、このまま見ていたいと思うあたしがいた。邪魔してやろうかと考える。呼び鈴を押してもいいし、車のアラームを鳴らしてやってもいい。いいえ、それはあまりに子供っぽすぎる。

小道を戻ったあたしはジャックの車に近づき、ハンドバッグに入っていたノートのページを破り取った。ことを終えたジャックが煙草をふかし、リアがビデを使っているところを思い浮かべる。彼女はビデを使うタイプの女だ。そうすることで、よりヨーロッパ風で洗練されている気になれるから。

あなたが浮気していることを知っています。場所も時間もわかっています。あなたとリア・ボーデンが一緒にいるところの写真があります。奥さんは妊娠中ですね。いますぐ浮気をやめないと、メグに話します。あなたは彼女にふさわしくない。ろくでなし！

ジャック

あなたの友人

紙を半分に折り、ジャックの車のワイパーにはさむ。あたりをもう一度見まわしてから、リア・ボーデンのＢＭＷに歩み寄り、助手席側のタイヤの脇にしゃがみこむ。袋を開けて、ホイールキャップに海老を押しこんでいく。すべてのタイヤ、そしてエアコンの吹き出し口とグリルにも。何匹かは頭が取れたが、それも隙間に詰めこんだ。

海老が腐るまで数日かかるだろう。初めのうちリアは、においがどこからくるのだろうといぶかり、隣人のせいにするだろうが、やがてわかってくるはずだ。どこへ行ってもにおいが自分についてくるのだから。

満足したあたしは近くの蛇口で手を洗う。これでジャックが懲りてくれることを願った。もしだめなら、家にまた手紙を送ろう。彼にはメグと結婚し続けていてもらわなくてはいけない。誠実にルーシーとラクランを育てていってもらわなくてはいけない。あたしは決して高潔な人間ではないけれど、あの家庭を壊すわけにはいかない。ふたりはじきに、互いが必要になるのだ。

メガン

サイモンをどうすればいい？　自分の貞節と彼の見当違いの愛の告白の板挟みになって、わたしはどうにも身動きが取れなくなっている。どこにも逃げ道がない。あの夜のことが繰り返し頭をよぎり、そのたびに恥ずかしさだけでなく、激しい怒りと全面降伏のあいだを揺れ動く感情の波が沸き起こる。

ジャックに打ち明けて、許してほしいと頭をさげたらどうなるだろう？　「ただのセックスだったの」わたしは言うだろう。「意味はないの」痛ましいくらいに陳腐な言い訳。

〝ただのセックス〟というのは、すべての不実な配偶者が口にする言葉だ。〝ただの〟と頭につけることで、裏切りを最小限にできるかのように。

サイモンがわたしを愛していて、以前、彼と付き合っていたこともジャックに話す？　いままで隠していたのだから、そんなことをすれば事態は悪くなるだけだ。最初からジャックに話すべきだった。けれどあれは結婚式前夜だった。なにもかもサイモンのせいだ。彼はわたしを愛していると言うけれど、彼が自分以外の人間を愛せるとは思わない。彼はうわべだけしか見ない、ご都合主義者だ。彼が選ぶ恋人たち――彼の知性には不釣り合いな頭の回転が鈍い女性ばかり――を見ればよくわかる。整った顔立ちと魅力的な物腰の下には、信念や感情の奥深さといったものを持ち合わせない男が隠れている。家庭を維持していくためには、あるいは関係を保つためにはなにが必要なのかを彼は理解していない。子供を欲しがるのは、そのほうが自分を興味深い人間に見せられるからだ。

ベビー・シャワーを断ったので、グレースが別の提案をしてきた。スローン・スクエア近くにあるエステサロンを予約してあるから、一緒に行こうと言う。

「自動洗車機があれば、わたしでも大丈夫かもしれないわね」わたしは応じたが、グレースはそれを無視して、そんなことを言う人間にこそ贅沢な時間が必要なのだと反論した。

そのエステサロンは、厚い木のドアの向こうにひっそりと隠れていた。内装は南アジア風で、チーク材の彫刻や大理石の床や白檀《びゃくだん》の香りが素朴なマレーシアのオアシスを思わせる。グレースはわたしに価格表を見せようとはしなかった。

「わたしのおごりだから」グレースは一杯目のシャンパンを飲みながら言う。「三時間後には、わたしたち生まれ変わったみたいになっているわよ」

そのとおりだった。わたしはすぐにこすられ、撫でられ、伸ばされ、いい香りに包まれて、やがてタオルによだれを垂らしながら、眠りに落ちた。男性のマッサージ師ふたりはどちらがグレースを担当するかで、ずっと張り合っていた。大人だろうと子供だろうと、ゲイであろうとそうでなかろうと、グレースを前にすると男性はみんなそんなふうになる。

わたしたち姉妹は幼い頃からまったく違っていた。グレースは反抗的で強情だったけれど、わたしは臆病で人の顔色をうかがうタイプだった。成長するにつれ、わたしが少しずつ自由を手に入れていく一方で、グレースは逆に奪われていった。「少しでも譲歩したら、あの子は自分が王さまだと思うからな」父はそう言っていた。

わたしはできるだけ家から遠いところに行きたくて、エジンバラ大学で英語を学んだ。きちんと単位を取り、優秀な成績で卒業した。そのあいだグレースは、十六歳からナイトクラブに入り浸り、お酒を飲み、ひっきりなしに煙草を吸い、ミニスカートをはき、その後二年間ヨーロッパでヒッピーのふりをしていた。やがて戻ってきたかと思うと、どうやったものか試験に合格して大学に進んだ。教員のだれかと寝ていたのではないかとわたしは疑っていたけれど、ただの嫉妬かもしれない。これまでずっとわたしたちには共通点がないと思っていたけれど、ここ最近は仲がいい。グレースは一緒にいて楽だ――無理にわたしを感心させようとか笑わせようとしない。

「ランチはどう？」エステサロンを出たところでグレースが言う。

「わたしに払わせてくれるならね」

グレースの車は脇道に止められている。エステのあとの気だるさを覚えながら、わたしたちは腕を組んで歩く。

「今朝はずいぶん静かなのね。なにかあったの？」グレースが尋ねる。「ジャック？」

「いいえ」

「子供たち？」

「ふたりとも元気よ」わたしは大きく息を吸う。声が震える。「困ったことになって」

「ちょっとばかり手遅れね」グレースはわたしのお腹を見ながら笑う。わたしが一緒になって笑わないので、その顔から笑みが消える。

「だれにも話せないの。あなたにも」

「もちろん話せるわよ。わたしたちはなんだって話せるんだから」

「これは話せない」

涙がこみあげる。わたしはいらだたしげにそれを拭う。

通りの向こう側に、荷台のドアが開いた引っ越し業者のトラックが止まっている。男性ふたりが、家からソファを運び出して、荷台に乗せようとしている。わたしはそこが自分の家で、ジャックがわたしと離婚しようとしているのだと想像する。

「ほら、メグ。泣かないで。そんなにひどいことじゃないはずよ」

「取り返しがつかないことをしたの。とんでもなくばかなことをしたの」わたしの声は震えている。「一度きりだったのよ。わたしは酔っていたし、怒っていた」口をつぐむ。ため息をつく。

グレースが顔をしかめる。覚悟を決める。「いったいなにを言っているの?」

「サイモンと寝たの」

グレースは反応しない。声も出ないらしい。

「ジャックと喧嘩したの。ひどいことを言われて……彼……もうわたしとは続けていけないって。サイモンの家に行ったわ。ジャックが彼になにか話しているかどうかを知りたかった。ジャックはまだわたしを愛しているのかって。サイモンはお酒を注いでくれた。話をした。わたしが泣きだして、彼がわたしの肩に腕をまわした。本当にばかだった」

「浮気したの！」

「一度きりよ」

「姉さんが？　ミス・優等生の？」

「お願い、やめて」

「そうじゃなくて、それってよくあることだけれど、姉さんだけは違うと思っていたっていうこと」

「わかっているわよ」

「彼とそういう関係だったの？　ジャックと会う前に？」

「ええ」

グレースは口笛のような音と共に、歯と歯のあいだから息を吸いこむ。車にたどり着く。グレースがドアのロックをはずし、わたしたちは黙って乗りこむと窓の外を見つめる。

「驚いた」

わたしは下唇を噛む。「なにか言って」

「それだけ？」

「少し、気が楽になった」

「どうして?」

「姉さんはいつだって、小さなミス・パーフェクトだった――お気に入りの娘だった。間違ったことなんてするはずがない」

「お気に入りだったわけじゃない。あなたよりは分別があっただけよ」

「いままではね」

どうしてこんな議論をしているの?

グレースは両手をハンドルに載せている。どれくらい飲んだのだろうとわたしは考えた。グレースの声にはとげがある。「吹っ切るのよ」

「え?」

「うしろめたいんでしょう? 吹っ切るの。気持ちの整理をつけるのよ」

「そういうことじゃないの。それだけじゃないの。サイモンはこの子が自分の子だと思っているのよ」

今度はグレースの口が言葉を発することなく、開いて閉じる。再び口が開いた。

「そうなの?」

「いいえ。絶対に違う」確信があるように見せたくて、わたしはきっぱりと首を振る。

「それじゃあどうして彼はそう思っているの?」

「彼がばかなことを考えるようになったのは……それは……コンドームを使ったかどうかってわたしが訊いたからなの。だから彼は……」

「それじゃあ、サイモンの子供の可能性があるっていうこと?」

「彼はコンドームを使ったって言った」

「姉さんは覚えていないの?」

わたしはうなずく。グレースは笑う。

「面白くないから」

「笑ってごまかしているだけよ。でもどうしてそれが問題なの? ふたりして黙っていれば、だれにもわからないじゃない」

「サイモンは知りたがっているの。子供が生まれたら、父子鑑定をしてほしがっている」

「断ればいい」

「断ったわよ」

グレースはようやくわたしが抱えている問題を本当に認識したようだ。彼女は怒っていて、それはいいことだと思えた。彼女は一流の頭脳と三流のモラルの持ち主で、サイモンをどうにかしようと思うのなら、いまのわたしが必要としているのはまさにそれだ。

「わたしが彼と話をする」グレースが言う。

「無駄よ」

「わたしは説得力があるのよ」

「まさかあなた……？」

「なに？」

「なんでもない」

グレースは目を細めたので、額に二本のしわができる。「いいえ、メグ、彼と寝たりはしないから。わたしのことをどう考えているにせよ、それでなにもかもが解決できるわけじゃない」

「ごめん」

「彼の弱みが必要ね」

「例えば？」

「不祥事とか」

「うまくいかないと思う」

「彼、かなり麻薬をやっていたんじゃなかった？」

「そんな人は大勢いる」

「売買もしていた？」

「ええ……少し」

「それなら、脅迫者を脅迫して口を封じることができるかもしれない。彼の上司は、麻薬の売人だった人間を雇っていることを歓迎しないでしょうからね」

グレースは少しばかり楽しみすぎだ。

「だめ！　脅迫なんてしない。だれも傷つけたくないの」

「メグ、これは戦いなのよ。火には火で対抗しないと――この場合は弱みには弱みね」グレースはわたしの手を握る。「これがうまくいかなかったら――ジャックに話さなきゃいけなくなるかもしれない」

「わかっている」

「ジャックはどうするかしら？」

「それがわかればと思うわ」

アガサ

ジュールズは昨日入院して、未明に出産した。シャワーと着替えのために朝になって戻ってきたケヴィンから、その知らせを聞いた。

「かわいい女の子だ」階段で会ったあたしに、彼は息を切らしながら言った。

「ジュールズはどう?」

「元気さ。なにも問題なし。教科書どおりって助産師は言ってた。今日中には戻ってくるよ」

「そんなに早く?」

「ジュールズは病院がいやらしい。おれはこれから義母《かあ》さんのところにレオを迎えに行く。そうすれば、妹に会わせてやれるからね」

「あたしにできることがあれば」あたしは言いかけたが、ケヴィンはすでに階段を駆けおりていた。ヘイデンも父親になったらあんなふうなんだろうかと考えてみる。アイリッシュ・セッターの子犬みたいに、ぴょんぴょんとあたりを跳ねまわるだろうか？　彼はきっと不器用だろう。赤ちゃんの抱っこの仕方とかおむつの替え方を教えなくてはいけないだろうけれど、きっとすぐにこつをつかむ。

その日の午後、ジュールズが帰ってきた。ケヴィンがチャイルドシートに入った赤ちゃんを抱え、ジュールズは旅行鞄と花束をふたつ——ひとつはあたしが贈ったものだ——苦労して運んでいる。

「妹ができたんだよ」階段ですれ違いざま、レオが言う。

あたしはジュールズから花束を受け取り、彼女とハグをしてから、あとについて階段をあがっていく。紅茶をいれ、花瓶に水を入れて花を生け、テーブルに置く。

ケヴィンは仲間たちと一緒に、ビールと葉巻という昔ながらのやり方で祝杯をあげたいらしい。「赤ん坊誕生の祝杯をあげるのさ。でも行かないでほしいなら……」

「ううん、行ってきて」ジュールズが言う。「わたしからもよろしく言っておいて。あと、飲みすぎないで」

「わかっているよ」ケヴィンはベビーベッドをのぞきこむ。「かわいい子ちゃん」

「名前は決めたの？」わたしは尋ねる。

「バイオレットにしようかと思ってる」ジュールズが答える。

ケヴィンはコートを手に取り、賢い子だと言いながら赤ちゃんの額にキスをする。彼が二段ずつ階段を駆けおり、軽やかに踊り場で向きを変える足音が聞こえる。

「それで、どんなふうだった？」わたしは尋ねる。「グロい話をくわしく教えて」

ジュールズは疲れたような笑みを浮かべる。「前よりは楽だったよ」

「よかった」

「あんたもきっと大丈夫」

彼女が語る陣痛と出産の話に耳を傾ける。彼女は携帯電話に写真を保存していた。生まれて数分後のバイオレットの写真があった。助産師にきれいにしてもらったり、体重を測ってもらったりしている。

「ケヴィンはすごくがんばったんだよ。ヘイデンがいてくれたら、あんたもきっと助かるよ」ジュールズが気だるそうに言う。言葉の歯切れが悪くなっている。

レオがやってきてベビーベッドをのぞきこむ。あたしを見て尋ねる。「赤ちゃんはいつ生まれるの？」

「もうすぐよ」

「かわいい名前」

「まだ血が出てる？」

「いいえ」あたしはぎこちなく笑い、彼の髪をくしゃくしゃにした。

「どういうこと、レオ?」ジュールズがレオの顔を見る。

「なんでもない」あたしは心臓がばくばくするのを感じながら言う。「スカートになにかをこぼしたの。レオはそれを血だと思ったのよ」

レオはなにか言おうとする。あたしはそれを遮って、ママを休ませてあげなくちゃと彼に告げる。

「レオはあたしが見てるから、寝てきて」

「いいの?」

「もちろん」

ベッドに寝かせると、ジュールズはあっという間に眠りに落ちた。レオは居間でテレビを見ている。あたしはその隣に座り、こちらを向かせた。

「あたしは血なんて出していないから」

「でもぼく、見たよ」

「なにかをこぼしただけよ」

テレビのほうに気を取られ、レオはうなずく。

「よく聞いて」彼の上腕をつかむ。「嘘をついちゃだめ」

レオはあたしの手を振り払おうとする。

この子は知っている。この子は知っている。

ほんの子供よ。

だれかに話したらどうする？

だれも信じない。

間抜け！　間抜け！

レオをその場に残し、あたしは主寝室に戻ってそっとドアを開け、ジュールズが眠っていることを確かめる。足音を立てないように部屋に入り、化粧ダンスの引き出しから寝間着を取り出すと、居間に置かれているペンキ塗りの小さなベビーベッドからバイオレットをそっと抱きあげた。こちらにとがめるような視線を向けてきたレオの目から隠すようにして、部屋を出る。レオはテレビに視線を戻す。

レオの寝室に行き、床に置いたふたつの枕のあいだにバイオレットを寝かせてから、リネン用戸棚から取り出した無地のシーツで手早くベッドを整え、スポンジ・ボブの布団を引っ張りあげる。キッチンからふたつの花束を持ってきて、ベッドの両側に飾る。部屋にある家具はタンスだけで、その上には角度を変えられる面取りした鏡が乗っている。本とぬいぐるみを使って鏡の横に携帯電話を固定し、フレームの中央にベッドが来るように角度を調節する。レオの描いた絵が数枚、ベッドの上の壁に貼られていた。角が破けないように、そっとそれをはがす。

満足したところであたしは服を脱ぎ、人工のお腹をはずして、寝間着を頭からかぶる。レオの水筒の水で髪を濡らし、何本かを額に貼りつけ、顔にも水をつけてから、手編みの毛布にくるまれたままのバイオレットを抱きあげる。ベッドの上で半分体を起こした格好で、バイオレットの顔がほんの少しだけ見えるような体勢を取る。バイオレットはとてもいいにおいがした。生まれたての清潔なにおい。

タイマーを使って、一枚ずつ構図を確認しながら何枚も写真を撮る。気がすんだあたしはブラジャーをはずすと、バイオレットの顔を胸に押し当て、カメラに向かって疲れた顔で微笑みかける。今度は動画だ。

「みなさん、こんにちは。この子はローリー。ぜひ顔を見せたいんだけれど、いますごくお腹が空いているみたいなの。あたしは疲れているけれど、でもすごくすごく幸せ」

バイオレットが目を覚ました。鼻をくんくん言わせて口を開き、乳首を探している。あたしはバイオレットを置くと録画を停止し、手早く部屋を元どおりにしていく。バイオレットはすっかり目を覚まして、泣き声がだんだん大きくなる。あたしは寝間着を脱いで、人工のお腹をつけ始めた。主寝室から物音がする。ジュールズが起きたらしい。

「バイオレットはどこ？」パニックに彼女の声がひきつっている。

「ここよ」あたしは服と格闘しながら応じる。ジュールズが廊下を近づいてくる……ドアの前に立つ。

ジュールズが姿を現わす。あたしは息を切らしていた。

「なにをしていたの？」

「バイオレットがぐずったの。あなたを起こしたくなかったから」

「わたし、どれくらい寝ていた？」

「それほどでもない。バイオレットはお腹が空いているんだと思う」

ジュールズはベッドからバイオレットを抱きあげ、あたしのブラウスを示して言う。

「ボタンがちゃんと留まっていないよ」

「あら。ばかみたい……あたしったら……」

「大丈夫？」

「ええ」

あたしはジュールズを連れて主寝室に戻ると、彼女の背中にいくつか枕をあてがう。

彼女が授乳を始めたところで、レオの部屋の絵を元どおり壁に貼ろうとしたが、順番をはっきり覚えていなかった。ジュールズも覚えていないことを祈るばかりだ。

キッチンに花を戻したついでに、バイオレットの子供健康手帳《PCHR》をこっそりのぞいた。この手帳は新生児全員に与えられるもので、出産時の細かい情報が記されている——体重、身長、頭囲、助産師とかかりつけ医の名前。あたしもこういう手帳が必要だ。

手帳の中身の写真を撮っていく。ジュールズがやってくる。「なにをしているの？」

「なにも。っていうか、ちょっと見ていただけ。バイオレットは？」

「お腹いっぱいになったみたい」

「紅茶でも飲む？」

「いらない」

「トーストは？」

「二枚」

あたしは冷凍庫からパンを取り出し、トースターに入れる。「バイオレットの写真を撮らなかった」あたしは言う。「何枚かもらってもいい？」

「もちろん」

ジュールズは携帯電話のロックを解除してあたしに差し出す。あたしは写真をスクロールして、望みのものを探し出す。助産師がバイオレットの体重を測っている写真だ。自分の携帯電話に転送すると、ポケットの中から音がした。

「なにかしてほしいことはある？」あたしは訊く。「レオの夕食を作る？」

「ううん、あんたはとてもよくしてくれた。もう大丈夫」

「それじゃあ、あたしは部屋に戻ってヘイデンと話をするね。今夜、電話がかかってくることになっているの」

「彼はいまどこなの？」

「ケープタウンから八日のところ。一週間後の水曜日には帰ってくるわ」

「急ぐように言ったほうがいいね。見逃したくないだろうから」

メガン

今日わたしは、シティの弁護士事務所で働いている旧友に電話をした。ジョスリンは今年、パートナーになった。それがなにを意味するのか、わたしは実はよくわかっていないけれど、彼女はサヴォイ・グリルでパーティーを開いたから、かなり稼げるようになったのだと思う。

折り返し電話をかけてきたジョスリンは、行きかう車の騒音に負けないように声を張りあげる。「ごめんね、メグ。いま裁判所から出てきたところなの。もう生まれた？」

「まだよ」

「写真を見せてね」

「もちろん」

ジョスリンは口笛を吹いてタクシーを止める。わたしは受話器を耳から離す。

ジョスリンとわたしは同じ学校に通った——十歳の頃から大の仲良しで、けんけん遊びを卒業したあとは、ロープに飛び移って遊び、やがて目のまわりを黒く塗り、オアシスを追いかけるといった、だれもがすることを一緒にしてきた。その後、彼女の趣味は過食になり、一方のわたしは自己啓発の本に没頭したが、やがてどちらもその時期を乗り越えた。

ジョスリンは黒タクシーをつかまえ、しばらく無言だった。「あの謎めいたメッセージはなんだったの？」

「法律に基づいたアドバイスが欲しいの」

「なにか困っているの？」

「ううん、友だちの話」

「なるほどね」ジョスリンは慎重に言葉を選ぶ。「もしこれがあなたに関することだったら、メグ、罪を認めたり自白したりしないようにって、警告しておかなきゃいけないの。わたしは裁判所に間違った情報を与えるわけにはいかないから。同時に、あなたがなにを言おうと、わたしにはそれを秘密にしておく義務がある」

「ちょっと待ってよ、わたしは人を殺したわけじゃないのよ！」

ジョスリンが笑ったので、冗談を言っているのだとわたしは気づく。

「仮定の話があるの」

「仮定ね」

「そう」

これはまずい考えだ。電話を切るべきだ。

「裁判所は生まれた赤ちゃんの父子鑑定をするように母親に命令できるの？」

「状況次第ね」ジョスリンが答える。

「母親が幸せな結婚生活を送っていたら？」

「夫が鑑定を求めているの？」

「そうじゃない」

「それじゃあ、だれ？」

「第三者」

「自分が父親かもしれないと考えている人っていうこと？」

「そう」

「ちょっと、メグ、あなたいったいなにをしたの？」

「なにも。わたしのことじゃないもの」

どうしてわたしは話を続けているの？

ジョスリンは声に出しながら考えている。「わたしは商法が専門だから、そっちの分野のことはあまりくわしくないの。ほとんどの父子鑑定は、金銭面もしくは道徳的責任を定めることが目的。母親はお金を、父親は面会権を求める。夫と妻双方が親であることを認めた場合、裁判所が鑑定を命じるとは思えない」

「父親であることを疑われているって、夫が知らなかったら?」

「話さなきゃいけないわね」

「それで結婚生活が危機にさらされても?」

「妻がほかの人と寝たときに、結婚生活は危機にさらされたのよ」

「夫の子供だということが妻にわかっていたら?」

「その第三者はまったく根拠のない告発をしているって言っているの?」

「ええ」

「肉体関係はなかったのね?」

わたしはためらう。「ええ」

「それなのに、どうしてそんなことをするのかしら?」

「わからない——恨み、嫉妬、悪意」

「あなた、脅迫されているの?」

「わたしじゃないから」

「そうだったわね。あなたの友だちへのわたしのアドバイスは、ご主人にすべて打ち明けなさいっていうことね」

「ほかの方法はないのね――接近禁止命令とか？」

「無理ね」

ジョスリンが電話機に囁きかけるように言う。「大丈夫、メグ？」

「大丈夫よ。この電話は忘れてね」

わたしは電話を切り、叫び出さないように下唇を嚙みながら、深呼吸をする。八方ふさがりだ。過去の過ちがわたしの中で大きくなっていき、時限爆弾みたいに時を刻んでいる。サイモンを止めないかぎり爆発する爆弾だ。

ジャックがどれほど優しくしてくれても、どうにもならない。金曜日、彼は花――わたしの大好きなカラー――を買ってきてくれて、週末はずっと家にいた。

月曜日の朝、わたしはブログに記事をアップした。

考えたこと

当たり前の日曜日だった。当たり前というのは、退屈という意味ではなくて、いつもどおりということ。おチビさんふたりが笑ったり、話したりする声で目が覚めた。ふたりはそれぞれのベッドに潜りこんで本を読んでいた。一時間近く、楽しそうに遊んでいたので、ヘイル・シーザーの隣でわたしはうとうとすることができた。

日曜日の朝はBBCラジオⅡ、フレンチプレスでいれたコーヒー、ベーコンエッグ、そしてもちろん新聞がつきものだ。その後はスイミングのレッスン——溺れているのとあまり見分けがつかないけれど——、それからパブでランチをとり、川沿いをゆっくり散歩して、お風呂に入って、体を寄せ合ってDVDを見る（また『アナと雪の女王』！）。

日曜日はカレーの日だから、どれほど窓を開けておいても家中にカレー・コーマ（インド料理の一種）のにおいが残っている。シーザーはワインをボトル半分飲んだ。わたしはBBCの歴史ドラマを見ながらうとうとした。すっかり忘れていたので、夜中に学校の制服にアイロンをかける羽目になってしまった。

当たり前の日曜日だった——愛しているとシーザーが何度もわたしに言ったこと以外は。もっと疑い深い妻なら、なにか言いたいことがあるのだろうかといぶかっただろうけれど、わたしは懐疑的なタイプではないもの。

男の人が考える女性像って、本当に面白い。シーザーは、五つ星のホテル、マッサージ、シャンパン、豪華なディナー、めくるめくセックス、そしてきみは素晴らしいと一時間耳元で囁かれ、そのあと眠りに落ちるというのが、わたしの夢のロマンスだと考えている。でも正直に言えば、わたしは昨日のような日曜日で満足だ――遅くまで眠り、朝食を用意してもらい、子供たちと一日一緒に過ごし、ぎこちなくセックスをし、いっぱい抱き合って、褒めてもらって。

それ以上の人生なんてない。

アガサ

あたしはユーストン駅の洞窟みたいなコンコースを進み、リーズ行きの切符を買うために並ぶ。一番上等のマタニティウエアを着て、黒のローヒールの靴を履き、肩からはエナメル革のハンドバッグをさげている。買う切符をわざと間違えて、印刷し直してもらう。注目を集めたかった。あたしを覚えていてもらいたい。

列車は時刻表どおりにやってきた。スーツケースを引いてプラットホームを進み、ポーターに頼んで車両の荷物置き場まで運んでもらう。自分の座席を探す。ビジネスマンが隣に座ってラップトップ・コンピューターのキーを叩いている。あえて〝あたしたち〟という言葉を使い、お腹を示しながら場所を取って申し訳ないと謝っておく。

「予定日はいつですか?」

「まもなくです――だから家に帰るんです」

「どちらですか?」

「リーズです」彼が結婚指輪をしていることに気づく。「お子さんは？」

「娘がふたり——六歳と四歳です」

「お幸せですね」

「ええ」

彼はわたしの手に指輪を探す。つけていないのを見て、それ以上なにも尋ねない。

車掌が切符を確認しに来ると、あたしは探すふりをして不安そうに騒ぎ立てる。

「ゆっくり探してください」車掌が言う。「あとでまた来てもいいですよ」

あたしはハンドバッグを探し、コートのポケットを確かめ、ようやく見つけて安堵のため息をつく。

ビジネスマンの肩の力が抜ける。車掌は時間がかかったことをとがめない。どちらもあたしをしっかり記憶にとどめただろう。

列車はミッドランズを抜け、耕された畑やビニールにくるまれた干し草ロールが点在する牧草地を通って、英国北部へと入っていく。溶けたみぞれの粒が白く曇った窓を斜めに流れる。お腹が鳴った。ユーストンを出る前になにか買っておくべきだった。

リーズに着くと、スーツケースを引きずりながらタクシー乗り場に向かい、運転手にホルベックの住所を渡す。運転手は、倉庫や使われなくなっているらしい鉄道操車場のまわりを巡るようにしながら、ニュー・ステーション・ストリートからウェリントン、そしてホワイトホール・ロードへと進んでいく。

タクシーを降りたのは煌々《こうこう》と明かりが灯るイングラム・ロード小学校の外だ。どの窓もクリスマスらしく飾られ、小さな顔がいくつも教室の正面を向いているのが見える。チャイムが鳴り、子供たちがドアへと一斉に駆け出し、廊下が笑い声と別れの挨拶の言葉であふれる。

あたしはここから通りを五本離れたところで育った。道の割れ目を避けたり、けんけんをしたりしながら、七歳から十二歳まで毎日歩いて学校に通った。エリヤが死んだ交差点は三ブロック先だけれど、あの事故のことは思い出したくないから違う道を使うことにする。スーツケースを引きずり、水たまりの水をはねあげながら足を速める。

コレンソ・グローヴに並ぶ赤いレンガのテラスは、壁にボルトで取りつけられたパラボラアンテナまでお揃いなのでどれも同じに見える。違う色に──青、赤、黄、緑──塗られた玄関のドアは、自己表現かもしれないし、それとも郊外における無秩序かもしれない。

母さんの家にたどり着き、階段脇のぐらぐらするレンガの下に隠してあるスペアキーを取り出す。家の中に入り、窓を開け、家具を覆っている布をはずす。ベッドはどれもマットレスがむき出しで、タンスは母の服でいっぱいだ。あたしはこの家で暮らしたことはなく、一度訪れたきりだが、すべての部屋に母のにおいがこびりついている気がする。炉棚にも壁にもあたしの子供の頃の写真は飾られておらず、あたしが存在したことを示すものはなにもない。

腕時計を見る。宅配会社は四時と言っていた。もうその時間は過ぎている。動きやすい服に着替え、掃除を始める。ほこりを払い、磨き、床にモップをかけていく。

トラックが到着したのは五時ちょっと過ぎで、空が冬らしい暗さになった頃だった。ひげ面の運転手は今日これが最後の配送らしい。水中出産用の浴槽、空気入れポンプ、浴槽のライニング、ホース、蛇口のアダプター、床に敷くシート、水中ポンプ、温度計が入った大きな箱を運んでくる。

あたしは赤ちゃんを産むの？　それとも死体を切断するのかしら？

大金を払って新しいものを買う意味はなかったから、水中出産キットはレンタルした。この浴槽で何人の赤ちゃんが生まれて、そのあとどうやって消毒したのだろうと考える。

運転手は一度トラックに戻り、今度は吸水性のいいベッドパッド、ナプキン、リップクリーム、ラベンダーオイル、浴用タオル、ラズベリーティーを運んでくる。

「浴槽を組み立てるのを手伝いましょうか？」彼が尋ねる。

「いいえ、大丈夫」

彼はあたしの夫の姿を探す。

「すぐに母が来てくれるから」あたしは言う。「まだ仕事中なの」

彼は額を軽く叩いて別れの挨拶をすると、トラックへと駆け戻っていく。あたしは荷物と一緒に届けられた書類に目を通す。母親の名前と出産について記す欄がある妊娠証明書には、登録された助産師かGPの署名が必要だ。

わたしの計画に足りないもののひとつだ。署名と登録番号を偽造することはできるけれど、記録を調べたり電話で確かめられたりすればすぐにばれてしまう。英国では毎日二千人——四十秒ごとにひとり——の赤ちゃんが生まれている。この世界に飛び出し、息を吸い、泣き声をあげている。記録がなくなったり、どこかに紛れこんだりすることはしばしばあるはずだ。親が忘れる。子供が死ぬ。その子たちの記録は残らない。あたしの赤ちゃんは見逃されるだろう。時間が隠してくれる。

裏庭に出て焼却炉に火をつけ、熱さであとずさりしなくてはならなくなるまで、だんだんくべる薪を太くしていく。人工のお腹をその中に入れて燃やし、シリコンに泡が立って溶け、夜をさらに暗く染める真っ黒な煙がたちのぼっていくのを眺める。

優れた計画を立てる鍵は調査だ。あたしは、想定外のことを除いてたいていの不測の事態には対処できると自信が持てるまで、情報を集め、選択肢を検討した。成功しないかもしれないけれど、リスクは最小限にするつもりだ。なにが起きるにしろ、メグを傷つけたくはないけれど、どんな手段であれ利用できるようにしておきたい……。

母さんの寝室に行き、スーツケースを開ける。中には、数カ月かけてeBayや制服を売っている店で揃えた男物のつなぎ、作業用ブーツ、野球帽、そしてウィッグがいくつか入っている。あたしはそれらを格子縞《じま》の生地でくるんで、キャスターとU字型の持ち手がついたカートにしまった。

すべてを二度確認してから、スケジュールを見直し、頭に叩きこむ。それからようやくシャワーを浴びて、汚れと汗と不安を洗い流すと、むき出しのマットレスの上で毛布にくるまり、眠りが思考を奪っていくのを待つ。

メガン

ドアロに立つ女性に見覚えはあったけれど、だれだったかを思い出すまでしばらくかかった。わたしたちがこの家を買った不動産業者だ。あれ以来、大きなサングラスとシルクのスカーフをつけ、BMWのオープンカーでバーンズを走りまわっている彼女を何度か見かけていた。

彼女は見事な歯並びを見せながら営業用の笑みを浮かべ、ミセス・ショーネシーとわたしに呼びかけ、名刺を差し出す。肌から香水の香りが漂ってくるようだ——熟しすぎたあんずとライムのにおい。

名刺を見た。リア・ボーデン。

「お邪魔してごめんなさい」彼女が言う。「近くまで来たもので、ちょっと寄ってみようと思ったんです」

お金がかかっているに違いないその髪はいかにも色っぽく乱れていて、盛りを十年過ぎたかつてのミス・コンの女王を連想させる。それって意地が悪い？　そうかもしれない。

「この家にご満足いただいているかどうかを確かめたかったんです」

「これって、アフターサービスかなにかなの？」

彼女はまた笑顔を作る。「そうです。普段は、引っ越された一年目に連絡を取ることにしているんです。そうすればつながりを持っていられますから」

「つながり？」

「ビジネスのチャンスができるでしょう？　不動産価格はあがり続けていますから。売却はお考えになっていないでしょうけれど、査定をお望みでしたらいつでもできます」

「売ることは考えていないわ」

「よかった。それじゃあ満足されているんですね？」

「ええ」

「ジャックは元気ですか？　ご主人のことですけれど。あらかじめご主人にお電話して、お宅に寄ることを言っておこうと思ったんですが」

「彼は仕事よ」

「彼もこの家には満足されていますか？」

「ふたりとも満足しているわ」

「素晴らしいわ」彼女は言葉を切り、招かれるのを待っているかのようにわたしのうしろの廊下に目を向ける。「もし売却をお考えでしたら、ぜひわたしに担当させてくださいね」

「わかりました」

「それじゃあ、失礼します」

わたしは通路を戻っていった彼女が、ゲートの固い掛け金を開けるのに苦労しているところを眺める。悪態をついたかと思うと、爪を眺め、指を口に入れている。いったいなんだったんだろうとわたしは考える。なんでもないのかもしれないけれど、リア・ボーデンは防衛本能を刺激するタイプの女性だ。そう考えた直後に取り消した。わたしにはジャックを疑う権利はない――あんなことをしたあとでは。

名刺を握りつぶしてゴミ箱に捨て、入院のための荷造りに戻る。何度も気が変わるので、荷物を詰めるのは三度目だ。

アガサ

あたしは一枚の毛布にくるまり、震えながら目を覚ます。セントラル・ヒーティングのスイッチは入っていないから、吐く息が見える。手早く着替え、何枚も重ね着をして階下のキッチンへおりていき、お湯を沸かしているケトルの注ぎ口に手をかざす。食器棚になにも食べるものがなかったので、紅茶にたっぷり砂糖を入れ、マグカップを両手で包んでぬくもりを吸いこむ。人工のお腹をはずしたので体は軽かったけれど、目的のためにしていたにもかかわらず、あれが与えてくれていた安心感とその価値がなくなったことが寂しかった。

家を出たあたしはコートのフードをかぶり、一番近いバス停まで歩く。しわだらけの老いた女性ふたりが、寒いと文句を言いながらバスを待っている。車の流れは悪く、環状交差点《ラウンドアバウト》では止まってしまっている。通りの反対側で母親と手をつないでいる幼い少年が目に入り、体の内側が痛み始める。

ブラムリー行きの四十九番のバスに乗り、カークストール・ブリッジ・インで降り、エア川と鉄道の線路を渡る。五百メートルほど進んだところで階段をおり、リーズからブラッドフォード運河までつながっている曳舟道を進んでいく。

あの生き物は完全に目を覚ましていて、あたしがどこに向かっているかに気づき、どこで道をはずれ、いつ姿を隠すべきかを歌うような小さな声で教えている。三層式の水門までやってきたあたしは、鮮やかな緑の芝生に覆われた開けた場所を通って反対側に渡る。二匹の犬を相手に、木の棒を投げている男性がいる。大きいほうの犬ばかりが取っているけれど、小さいほうの犬は気にしていないようだ。赤いトラクターに乗った農夫は畑を耕し、きれいな列を作っている。

ふたつ目の水門にたどり着く頃には、じっとりした古代の秘密のにおいがする森の奥深くまで入りこんでいた。崩れかけた農家は蔦にほぼ覆い隠されて、苔《こけ》と地衣で黒くなっているレンガだけがのぞいている。もうすぐだ。

開けた場所に出た。落ち葉の絨毯の中に、石塚が見える。花冠は乾いてぱさぱさだ。新しい花を持ってくるべきだった。コートのボタンをはずしてそれぞれの石塚の脇にしゃがみこみ、岩に指を触れて、忘れていないことを赤ちゃんひとりひとりに告げていく。クロエ、リジー、そしてエミリー。

あたしは彼女たちを失ったことを同じくらい悲しんでいる。死んだ子と、この世に生まれてくることができなかった子と、手放した子。リジーはあたしの二番目の赤ちゃんだ。

ブラッドフォードの馬券売り場の外にいたリジーを連れ去ったとき、あたしは十八歳だった。父親はドンカスターの三時半のレースの馬券を買うため、ほんの数分、リジーから目を離した。ベビー・リジーという名の馬が出走していたので、父親は縁起がいいと考えてぴったり十ポンド賭けたらしい。あたしはこういったことをあとからニュースで知ったのだが、父親はかなり非難されたようだ。いったいどこの父親が馬券売り場の外に赤ん坊を置き去りにするのかと、コラムニストは書いていた。この父親は、五歳の子供をひとりで留守番させたり、暑い車の中に赤ちゃんを閉じこめたり、給料を全部スロットマシンに注ぎこんだり、汚れたおむつもそのままに麻薬を吸ったり、射ったりする親と同類だ。『デイリー・メール』紙によれば、この手の人間は親になる資格がないらしい。

リジーは生後わずか数週間でとても小さかった。予定日より早く生まれたのか、あるいは母さんがよく言っていたように〝ちゃんとできあがっていない〟のか、目の下には黒い隈《くま》があった。やつれたような小さな顔は赤みを帯びていて、細い手足はまるでチンパンジーのようだった。

　あたしはリジーを愛したけれど、リジーに粉ミルクは合わなかった。しっかり吸うことができなかった。乳首の穴を大きくしてみたけれど、今度はたくさん飲みすぎて吐き出した。とりあえず、リジーは静かだった。泣き声がとても小さかった。

　あたしのベッドで一緒に眠った。頭蓋骨がまだできあがっていない柔らかい泉門を感じながら、リジーの小さな頭に頬を載せた。三日目の夜、目を覚ますと、リジーは高熱を出していた。濡らしたタオルで体を冷やし、パラセタモールを飲ませ、聖母マリアに祈ってどうすればいいかを尋ねた。

　夜のあいだに熱はさがった。あたしは眠りに落ちた。疲れ切っていた。隣に目を覚ましたときには、窓から日差しが差しこんで敷物に模様を作っていた。隣にいるリジーの様子を確かめた。リジーは青白かった。穏やかだった。冷たかった。あたしは泣きながらリジーを抱いて揺すり、ごめんねと謝った。あたしのせいだ。

　リジーの遺体をスーパーマーケットの厚手の綿の袋に入れて、バスでブラッドフォードからリーズに向かった。道具を持ってくるのを忘れたので、素手で穴を掘った。石を集めて、小さな塚を作った。そしていま、持ってきた懐中電灯でその石塚を照らし、水が流れ、草が育ち、季節が過ぎゆき、あたしの子供たちが眠るこの神聖な場所の静けさに耳を澄ましている。

「あと二日で新しい赤ちゃんが来るの」あたしは囁く。「今度はもっとしっかりやるつもり」

メガン

受信箱にメールが届く。件名を見る。

〝男の子〟

二枚の写真とマルチメディアファイルが添付されている。一枚は、赤ちゃんを抱いてベッドに座っているアガサだ。疲れた様子だけれど幸せそうだ。二枚目の写真には、助産師がまだ目もほとんど開いていない生まれたばかりの赤ちゃんをきれいにして、体重を測っているところが写っていた。

メディアファイルをクリックすると、画面にアガサが現われた。ベッドの上で授乳している。

「みなさん、こんにちは。この子はローリー。ぜひ顔を見せたいんだけれど、いますごくお腹が空いているみたいなの。あたしは疲れているけれど、でもすごくすごく幸せ」

わたしは返信した。

おめでとう。きれいな赤ちゃんね。くわしい話を教えてね。陣痛はどうだった？　ヘイデンは戻ってきたの？　時間のあるときに電話してね。

アガサ

すぐにメグに電話をしようかと考えたけれど、コーヒーマシンのたてる下痢のような音の中では、なにも聞こえそうもない。カフェのテーブルはどれも、ラップトップ・コンピューターに覆いかぶさっているか、携帯電話でメッセージを打っている学生たちに占領されている。あたしがここを選んだのは、フリーＷｉ‐Ｆｉがあることと人に紛れこむことができるからだ。

中にはもう何年も会っていない人もいたけれど、メールと写真を学校時代の友人と以前の同僚に送り、素晴らしい知らせを伝えた。ロンドンに住んでいる人には、北で出産したと言い、北で暮らしている人にはロンドンで赤ちゃんを産んだと言った。互いを知っていたり、付き合いが重なっていたりする人間はほとんどいない。だからこそ、この計画は可能になる。唯一の例外はジュールズで、彼女だけは助産師に抱かれているバイオレットに気づくかもしれない。

返信が次々と受信箱に入ってくる。お祝いの言葉。賛辞の言葉。スーパーマーケットで一緒だったアビゲイルからも来たし、人材派遣会社の上司だったクレアも送ってきた。ニッキーに送ろうかとも考えたけれど、あれだけやってもだめだったのにどうやって妊娠できたのかと不思議に思われるかもしれないと思ってやめた。

カフェを出て、アルビオン・ストリート・モールを歩く。ヘッドロウで左に曲がり、そのままリーズ中央図書館まで歩いた。ヨークシャー・ストーンを使った古いけれど立派な建物で、アーチ形の窓と大理石のロビーがある。あたしは中に入り、携帯電話のメッセージを見る。この四十八時間ほど、気を散らされたくなくて音を消していた。

着信履歴を見る。ヘイデンは昨日の朝ロンドンに到着していた。ダッフルバッグを肩にかけた彼が、空港から急ぎ足で出てくるところを想像する。彼の両親が出迎えただろう。彼はまっすぐあたしのアパートに行ってほしいと言い、呼び鈴を鳴らし、あたしはどこにいるのかといぶかっただろう。

彼のメッセージを聞く。「どこにいるんだ?」彼が尋ねる。「アパートに来てみたが、だれも出ない。きみはもうリーズに行ったって、上の階の友だちに言われたよ。おれも電車で行く。連絡が欲しい」

ふたつ目のメッセージは、もっと執拗《しつよう》だ。「無事なのか?　みんな心配しているんだぞ。母さんと父さんはリーズの病院に片っ端から電話しているけれど、きみは家で出産するんだと言っておいた。このメッセージを聞いたら、頼むからすぐに電話してほしい」

次のメッセージはさらに切羽詰まっている。「どうすればいいのかわからないよ、アギー。母さんは取り乱して、警察に電話すると言っている。これ以上連絡がなければ、きみの近くにいられるようにおれもリーズに行く」

ひどくいらだち、取り乱しているとはいえ、彼の声を聞くのはいいものだ。赤ちゃんが彼を変えてくれることはわかっていた。彼はいまあたしを愛している。きっとあたしを許してくれるだろう。だって、父親になりたがっているのだから。

あたしは、警察に電話する必要もないし、心配もいらないといった内容のショートメッセージを彼に送る。

赤ちゃんは生まれたから——ローリーという名前の男の子よ——もうすぐ家に帰る。会ったときになにもかも説明するわね。いまは休息が必要なの。お願いだから眠らせて。

　正午になると、現金でチケットを買い、運転席の上の防犯カメラに向かって微笑みながら、リーズからロンドンのビクトリア・コーチ・ステーションに向かうナショナル・エクスプレスバスに乗りこむ。

　もう妊娠していないあたしは、ペタンと折りたためるプラスチックの持ち手がついたベビーシートを持ち、格子柄のカートを引いている。毛布をかけたベビーシートを隣の座席に置き、時々毛布を持ちあげてはあやすような言葉をかける。

「男の子です？　女の子？」あたしの反対側に座る女性が尋ねる。

「顔を見せてもらえる？」

「寝ているんです」

「起こさないって約束するわ」

「お断りします」あたしは言う。

　女性は顔をしかめて肩をすくめる。

　ビクトリア・コーチ・ステーションからディストリクト線に乗り、アクトン・タウンに向かう。窓に〝空室〟のサインが点滅している、安いホテルにチェックインする。

　受付係は膝に落ちた煙草の灰を払って立ちあがり、背伸びをして傷だらけの木のカウンターのこちら側を見る。

「その中にはだれかいるの？」彼女は毛布で覆ったベビーシートを示しながら尋ねる。

「ええ」あたしは笑顔で応じる。「割り増し料金がいるの？」

「その子にもベッドが必要なら、もらうことになるけれど」

「いいえ、いらない」

彼女は、運転免許証を見せろと言う。あたしは持っていないと答える。

「パスポートは？」

「ないわ」

「身分を証明するものが必要なの」

「現金で払うから」

彼女はためらい、再びベビーシートに目を向ける。「ひょっとしてだれかから逃げているの？」

「恋人から」

「殴られたとか？」

「何度も」

あたしの部屋は二階だった。廊下に置かれた玩具や自転車、〝料理禁止〟の看板の脇を通り過ぎる。それでも、カルダモンやシナモンやパプリカやクローブのにおいはしていたけれど。

ドアの鍵を開け、窓の外の非常階段を確かめる。案内書きによれば、フロントは夜七時から翌朝六時までだれもいなくなるらしい。部屋の鍵で表のドアは開けられるそうだ。つまり、だれにも気づかれずに出入りできるということだ。

二晩ロンドンを離れていたから、あたしのストーリーの半分はお膳立てできている。ヘイデンと友人たちは、あたしが赤ちゃんを産んだと思っている。写真と動画を見ている。これまで赤ちゃんを盗んだときは、いつもその場の思いつきだった。うまくいかなかったのはそのせいだ。だから今回は妊娠と出産を偽装した。赤ちゃんなしで姿を現わすわけにはいかない。成功するか、恥ずかしさのあまり死んでしまうかのどちらかだ。

夜七時、あたしは正面玄関からホテルを出て、ガナーズベリー・パークに向かい、ノース・サーキュラー・ロードでタクシーに乗る。チジックの遊歩道で降ろしてもらう。テムズ川の北側だ。川面をきらめかせている半月の下で冷たい空気を吸いながら、歩行者用通路でバーンズ・ブリッジを渡る。クリーヴランド・ガーデンズまでやってくると、家の前にメグの車が見えてくるまで、通りの反対側を進んでいく。

時間はかけない。歩き慣れた道をたどって線路に出ると、耳を澄まして列車が来ていないことを確かめながら、破れた鉄条網を乗り越え、砕いた花崗岩《かこうがん》と石英の上を慎重に進んでいく。メグとジャックの家の裏手に、いつもの小さな空き地と倒木があった。木の幹に座り、庭の向こうを眺める。

コンロの上と二階のルーシーの寝室の明かり以外、家は暗い。胸の中で恐怖が膨らんでいく。メグの陣痛がすでに始まっていたら？　もう赤ちゃんを産んでいたら？　カーテンの向こうで動く影がある。だれかがルーシーをベッドに入れて本を読んでいるのか、あるいは水を持ってきたのだろう。メグかもしれないし、ジャックかもしれない。

レンガの塀によじのぼり、両脚を向こう側にまわしてゆっくりと体をおろしていく。手を離して庭におり、姿を見られないように即座にかがみこむ。キッチンのほうに目を向けると、コンロの上で湯気をたてている鍋が見える。シンクにはお皿が溜まっている。冷蔵庫には指で絵を描いた跡がある。

あたしは蟹《かに》のような動きでフェンスに沿って家の角まで移動し、塀に寄りかかる。犬が吠える。別の犬が返事をする。ここにいては、隣の家の窓からあたしの姿が見えてしまう。いまだれかが外を見たら、あたしに気づくだろう。二度とこんなリスクは冒さないとあたしは心に誓った。必ず計画どおりに進め、その場で判断するのはなにか手違いが起きたときだけにする。

　家の横手に目を向けると、だれもいない居間が目に入った。コーヒーテーブルの上でスリープ状態のラップトップ・コンピューターがチラチラしている。メグのだ。メグはあれを病院に持っていくつもりだろうか？

　背後で声がする。隣の家からだ。だれかが明かりをつけたので、塀にあたしの影が映し出される。頭をかがめ、あわててフェンスに近づこうとした拍子になにか重たいものを倒してしまう。それはスローモーションのようにゆっくりと倒れていき、あたしはつかもうとして手を伸ばしたが間に合わない。鳥の水浴び用水盤《バードバス》は花壇の縁の石に当たって砕け、鋭い音が銃声のように反響した。

　スライドドアが開く。隣人が様子を見に庭に出てくる。

「発雷信号《レイルウエイ・トルピード》かもしれない」男の声がする。「線路上で作業しているんだろう」

「夜のこんな時間に？」女性が応じる。

　あたしは湿ったレンガに背中を押し当てながら塀の下でうずくまり、暗がりに身を隠そうとする。頭の上で窓が開く。メグの顔が現われる。

「なんだったの、ブライアン？」メグが声をあげる。

「わからない」

メグはさらに身を乗り出し、まっすぐこちらを見る。「わかったわ。バードバスが倒れている」

ブライアンは二軒の境の塀に目を凝らす。彼の指があたしの髪に当たる。「野良猫だろう……でかいやつだ。片付けるのを手伝おうか？」彼は塀をまたごうとする。あたしはさらに小さくなる。もう少しで彼の靴が頭に当たるところだった。

「明日ジャックが片付けるから」メグが言う。

「たいしたことじゃないさ」

「本当にいいの、ブライアン。心配しないで。ありがとう」

ブライアンの動きがしばし止まる。ズボンに包まれた彼の脚があたしの頭の両側でぶらぶらしている。片方の靴が耳に当たった。

彼の体重が移動する。脚がふわりと浮く。自分の側の庭におり立つ。

「いつ入院するの？」女性が尋ねる。

「明日早くに」メグが答える。

「幸運を祈っているわ」

ふたりは家に戻る。メグは窓を閉め、カーテンを引く。あたしの心臓は止まっていたみたいだ。再び動き出すと、肺に勢いよく空気が流れこんでいき、あたしは自分の愚かさを罵りながら吐くものもないのにえずく。

呼吸を整えて庭を戻り、肩をすぼめて玩具の家の小さなドアをくぐると、膝を胸に押し当てるようにして子供用のスツールに座る。携帯電話を取り出し、メグの番号にかける。

メグが自分の電話を探してキッチンにやってくる。電話に出る。

「もしもし」

「息を切らしているの？」

「アガサ？」

「ええ」

「二階で子供たちを寝かしつけていたの」

「走らなかったでしょうね？」

「大丈夫。あなたはどこなの？　どうして小声？」

「赤ちゃんが寝ているから」

あたしはメグがガラスのスライドドアを通っていくのを眺める。アイランドベンチにもたれ、背中をのけぞらせてお腹の重みを感じている。

「おめでとう」メグが言う。

「ありがとう」

「赤ちゃんはどう？」

「元気よ」

「よく飲む？」

「ええ」

メグはこちらに顔を向けてケトルのスイッチを入れ、ティーバッグの新しい箱を開いている。彼女はあたしの陣痛と自宅出産のくわしい話を聞きたがった。あたしはジュールズがバイオレットを産んだときのことを話し、それ以外はでっちあげた。

「ローリーっていい名前ね」メグが言う。「ヘイデンは間に合うように戻ってきたの？」

「だめだったの。今朝ヒースローに着いたのよ」

「残念だったわね。彼はリーズに来るの？」

「いいえ。母さんの家には彼が泊まれる部屋がないし、一日か二日のうちにはあたしもロンドンに帰るから」

ケトルの注ぎ口から湯気があがる。メグはマグカップにお湯を入れ、ティーバッグを揺すり、牛乳を注ぐ。それを持ってガラスドアまでやってくると、庭を眺める。つかの間、あたしに気づいたのかと思ったけれど、メグはガラスに映る自分の姿を見ていただけだった。

「わたしより二日早かったのね。わたしは明日入院なの」

「不安？」あたしは尋ねる。

「少しね」

列車が庭の端を揺らしながら通り過ぎる。あわてて送話口を覆ったけれど、手遅れだった。

「線路が近くにあるの？」メグが訊く。

「ええ」

「なんだか、うちのすぐ外にいるみたいな音ね」

「あら、ここはリーズよ」

メグがあくびをする。

「疲れているみたいね」

メグが笑う。「のぞき見でもしているの？」

「疲れた声だっていうこと」

「くたくたよ」

「ベッドに入ってゆっくりするといいわ。幸運を祈っているわね」

メガン

わたしの坊やへ
今日は朝の四時半から起きているの。あなたが生まれてくるまで、まだあと数時間あるけれど、いまのうちに手紙を書いて、あなたを待ち受けている世界について話しておくことにするわね。
この四十週間というもの、わたしはずっとあなたのことを心配していたけれど、あなたが健康でたくましいことは検査でわかっている。そのあいだにはたくさんのことがあったし、いいときも悪いときもあったけれど、あなたを待っているのは素晴らしい家族だということを知っておいてもらいたい。
あなたのパパは、わたしが愛していて、尊敬していて、称賛していて、必要としている人よ。わたしの支えであり、あなたの支えにもなるでしょうね。あなたには、いつか世界を救う素晴らしいお姉ちゃんと、痛みや苦労を見るのが大嫌いなお兄ちゃんがいる。おじいちゃんとおばあちゃんはひとりずつしかいないけれど、ふたりともとても元気で、人がこれほどだれかを愛せるとは思えないくらい、あなたのことを愛してくれるわ。それだけじゃなくて、あなたにはものすごくいかしたグレースというおばさんがいる。彼女はきっとあなたを堕落させようとするだろうけれど、人生には冒険がつきものだからそれもいいかもしれない。

わたしのことも話しておくべきでしょうね——この九カ月、あなたをお腹で育てた女性。まず言っておかなきゃならないのは、わたしはあまり器用じゃないっていうこと。だからもしあなたがケーキの飾りつけをしたり、ハロウィーンの衣装を作ったり、サンドイッチをわくわくするような形に切ったりするような母親を求めているなら、残念ながらはずれだわ。

わたしは歌も歌えないし、ダンスもできない。そのうえ運動音痴。反射神経はゼロ。それはあなたのパパの領域ね。それからわたしはあまりいけてない。それどころか、その反対。オーボエを習っていたことがあって、ラクロスのチームではゴールキーパーだった。

大勢のお母さんたちが、子供たちに望むことや期待することのリストを作っているようだけれど、わたしはリストを作るのはあまり得意じゃないの。じきにあなたにもわかるだろうけれど、わたしは勘に頼ることが多いの。でもありがたいことに、わたしの勘はよく当たるのよ。

あなたにいくつか約束しておくわね。

思ってもいないことを言ったり、そうするべきではないときに声を荒らげたり、イエスと言うべきときにノーと言ったりすることがきっとあると思う。でも過ちを犯したときには謝ることを約束する。

あなたがそうしてほしいとき、わたしを必要としているときにそばにいることを約束する。ときには、そばにいてほしくないときにもそばにいるだろうけれど、でもそれがわたしの仕事だから。なによりも、永遠に無条件であなたを愛することを約束するわ。たとえあなたが保守党に投票しようと、マンチェスター・ユナイテッドを応援しようと、わたしの誕生日に電話をかけてくるのを忘れたとしてもね。

気をつけてね、坊や。もうすぐ会いましょうね。

愛をこめて
ママ

追伸　少しだけ体をずらして、わたしの腎臓を蹴飛ばすのをやめてくれたら、子犬を買ってあげるわ。

六時にはわたしはシャワーを浴び、これが最後と思いながら大きなお腹を洗っていた。服を着ているわたしに、ベッドに座ったパジャマ姿のルーシーが、赤ちゃんのことや産むのは痛いのかと訊いてくる。

七時には両親が到着し、ジャックとわたしは子供たちと別れの挨拶を交わし、オーストラリアに移住するわけじゃなくて、赤ちゃんを産みに行くだけなのよとわたしが言うまで、キスをし、ハグをし、さらにキスとハグを繰り返す。

ジャックが運転する車で病院に向かう。リストを作っておけばよかったと思いながら、わたしは頭の中であれこれと考え続けていた。子供たちは？　大丈夫。家は？　大丈夫。食事は？　大丈夫。

「遺言書を書き換えておくべきだった」わたしは不意に思い出して言う。

「ずいぶん心配性だね」

「もしなにかあったら――」

「心配しなくていいよ――ぼくは再婚するから」

「そういうことじゃないわよ」

ジャックが笑う。

いまの感情をうまく説明できない。形だけの冷静さとでもいうのだろうか。病院に着き、様々な書類に記入し、弾性ストッキングと背中がぱっくり開いた病衣に着替える——この世に存在するもっとも見栄えの悪い服であることは間違いない。ストレッチャーで廊下を運ばれていくわたしの手をジャックが握っている。彼は青いスクラブにサージカルマスクと帽子という格好で、目だけが見えていた。

「もうひとり子供ができるんだ」彼はわたしの指を握って言う。

「そうね」

ドクター・フィリップスが楽しげに口笛を吹きながら、わたしたちの前を歩いていく。彼は陽気な朝型人間で、不機嫌だったりカフェインが切れていらだっていたりするよりはましだと、わたしは思った。

手術室は明るくて、白くて、最新技術がいっぱいだ。ホワイトボードに手術チームのメンバーの名前が書かれている。麻酔医がなにか音楽をかけてほしいかとわたしに尋ねる。ジャックが、〝ホーキー・ポーキー〟（体を動かしながら歌う子供向けの遊び歌）はどうだと言って、歌い始める。「右手を前に、右手をうしろに、右手を前に、よく振って……」

「冗談を言っているだけなんです」わたしは言う。

麻酔医はためらいがちに笑い、麻酔薬を注入し始める。

「ここにいなくてもいいのよ」わたしはジャックに言う。

「どこにも行くつもりはないよ」

「でも血を見るのはいやがるじゃない」

「上のふたりが生まれるときは見たんだ。今度も見逃すつもりはないよ」

アガサ

暗い色のウィッグをつけ、型崩れしたコートを着たあたしは、格子縞のカートを引きずりながら病院のロビーを歩いていく。前方では、ヘリウムを入れた風船と花束を抱えた大人数の家族がエレベーターを待っている。ドアが開く。あたしも乗りこむ。ピンクの風船があたしの顔に当たる。〝女の子！〟と書かれていた。

産科は四階だ。あたしは管理部のある五階のボタンを押す。家族が降りていき、あたしはもう一階上に行く。事務のスタッフのほとんどがもう仕事を終えていることはわかっていた。

ドアが開き、あたしは防犯カメラを見ないようにしながら降りる。センサーが感知して、頭上の明かりがまたたきながら灯る。だれもいないオフィスで電話が鳴っている。廊下を左に進んでいくと、女子トイレがある。カートのポケットのファスナーを開き、〝故障中〟と書かれた黄色い看板を取り出して、絨毯が敷かれた床に立てる。

個室にだれもいないことを確かめてから、鍵をかけて着替えを始める。産科の補助スタッフは濃い青色のズボンに袖と襟に白のパイピングが入った紺色のシャツを着ている。あたしのズボンは、五センチのプラットフォームヒールが隠れるように特に丈が長いものを選んだ。これで、すらりと背が高く見えるはずだ。鏡に顔を寄せ、上まぶたをぐいっとひっぱってコンタクトレンズをつけ、瞳の色を青から茶色に変える。ウィッグを調節して、長い前髪が右目にかかるようにした。顔を左右非対称にしておくと、顔認証のソフトがあたしの顔だと判断しにくくなる。

小さな化粧ポーチから取り出した黒のアイライナーで眉を濃く書き、リップライナーを使って唇を小さく見せるように縁取る。左の頬の下のほうにほくろを描く。仕上げに、太い黒ぶち眼鏡をかける。いくらか目を細める必要があった。体を起こして鏡を見つめ、自分がまったく違って見えることに驚く。いつものアガサはいない。

あの生き物は少しも感心しなかった。

うまくいくはずがないさ。

いいえ、うまくいく。

IDカードを盗んでおくべきだった。

どうやって？

看護師を家までつけていって、ハンドバッグを盗めばよかった。

あたしは掏《す》りじゃない。

カートの前ポケットには、革の鞘《さや》に入った刃渡り十五センチのナイフがある。置いていこうかどうしようか迷ったが、どうしようもなくなったときになにが起きるかわからない。ナイフを足首に縛りつけ、外から見えないようにズボンの裾をおろす。

準備はできた。できることはすべてやってきたけれど、このあとは幸運が必要だ。運命の女神は勇者に味方するという。切羽詰まった人間にはどうだろう?

女子トイレを出て廊下を進み、音が響くコンクリートの階段をおりていく。産科エリアの反対側の廊下にやってきたところで、腕時計を見る。面会時間は六時から八時だ。面会に来た人たちは帰ろうとしてエレベーターに並んでいる。そのおかげで、あたしの存在が気づかれにくくなる。

ガラスの壁があたしと産科エリアを隔てている。ドアの鍵は内側の受付で開けるようになっているのだろう。エレベーターが到着した。妊婦が現われる。夫が押す車椅子に乗っている。

「大丈夫ですか?」あたしは声をかける。

「電話したんです」女性が痛みに背中を丸めながら言う。「すぐ来てくださいって言われて」

「わかりました。お名前は？」

「ソフィ・ブルーエンです」

夫が口を開く。「車を二重駐車しているんですよ」

「そちらに行ってください。ソフィはわたしが面倒を見ますから」

夫はエレベーターに乗りこむ。ソフィはわたしは受付を呼び出す。担当の看護師は電話中だ。顔をあげてあたしの制服を見ると、なにも考えることなくドアを開ける。あたしは車椅子のソフィを待合室へと連れていく。

「ここでご主人を待っていてください。あなたが来たことを伝えてきますね」

あたしは前にここに来たときのことを思い出しながら、その場を離れ、廊下を進んでいく。左手には分娩室が十室、右手には産後用のエリアが二か所ある。二時間前に病院に電話をかけて、メガン・ショーネシーに面会できるかどうかを尋ねた。スタッフは彼女が今朝出産したことを認め、どこにいるかを教えてくれた。

角を曲がり、清掃員のカートをよけて歩きながら産後用エリアをのぞきこむ。いくつかのベッドはカーテンで囲まれて小部屋のようになっていた。そのうちのひとつのカーテンが開いている。女性が夫と話をしていて、ベッド脇の小さなベビーベッドで赤ちゃんが眠っている。あたしは彼女たちに微笑みかけ、仕切られたベッドのあいだを進んだ。

すぐにジャックの声が聞こえた。ごく近くだ。隣のカーテンの向こうで、電話でだれかと話をしている。

「見たことがないくらいきれいな男の子だよ……いまは寝ている……明日には会えるよ……いや、まだ話はしないさ。赤ん坊なんだから」

隣の小部屋は空いていた。中に入ってカーテンを閉め、あたしの姿が見えないようにする。

ジャックはキスで電話を締めくくる。

「どうだった？」メグが尋ねる。

「興奮していたよ」

「会いたいわ」

「まだ一日もたっていないじゃないか。せっかくだからのんびりしないと——ゆっくりして、眠って、本を読んで」

「あなたはなにをするの？」

「お祝いさ」

「わたしは大きな手術をして、あなたの息子を産んだのに、あなたはパーティーに行くのね」

「そういうこと」

メグはジャックを叱ろうとしたようだけれど、本気ではなさそうだ。電話が鳴る。メグの妹のグレースからだ。

だれかがカーテンを開けた。あたしはぎょっとして飛びあがる。心臓が激しく打つ。妻を探している男性だ。彼は謝り、あたしはベッドのシーツのしわを伸ばすふりをする。再びカーテンを閉めて、呼吸を整える。

メグは起きてシャワーを浴びたいと言う。「手を貸してちょうだい」ジャックに言う。

ベッドのスプリングがきしむ。メグが小さくうめく。彼女があたしのすぐ脇を通り過ぎていき、カーテンが揺れる。あたしはしばらく待ってから、カーテンの向こうをのぞく。靴下をはいた足を引きずるようにしてバスルームに向かっているメグの腰を、ジャックが手をまわして支えている。

「本当にシャワーなんて入れるの？」ジャックが尋ねる。

「大丈夫よ。シャワーの中に椅子もあるし」

「一緒に入ってほしい?」

「それは許されていないと思うけれど」

「きみがいいなら、ぼくはかまわないよ」

メグは疲れた様子で笑みを浮かべ、ジャックの頰にキスをする。あたしは思い切ってカーテンの向こうに足を踏み入れる。毛布とシーツが同じ色だったので、一瞬、ベビーベッドは空なのかと思った。赤ちゃんは毛布にくるまれている。小さな丸い顔をして、顎の下で両手を握りしめている。

あたしは赤ちゃんを抱きあげて小部屋の外に出ると、カーテンを閉め、廊下へと歩きだす。あたしが加速しているのか、まわりのすべてが遅くなったように思える。緊張感のないほかのだれよりも、あたしは速くて、賢くて、有能だ。

「すみません、なにをしているんですか?」声がした。

ジャックがなにかを取りに戻ってきたらしい。

「なにって?」顔の皮膚がひきつるのを感じる。

「うちの子ですよね」

「ええ、もちろん」あたしはなんとか笑顔を作る。「ジャックですよね」

「ええ」

「この子は今朝、生まれたんですよね。きれいな子だわ。奥さんはどこに？」

「シャワーを浴びています」

「そうですか。このきれいな小さな坊やは血液検査を受けることになっているんです。それほど長くはかかりません」

ジャックはバスルームのほうを見る。

「一緒に来てくださってもいいですよ」あたしは言う。

「メグはぼくの手助けが必要なんですよ」

「わかりました。長くはかかりませんよ」

あたしはジャックに背を向けて歩きだす。胃が締めつけられていたし、腸の中身が流れ出してしまいそうだ。これは一度きりの作戦だ。もう引き返せない。ガラスのドアに行く手をはばまれ、受付エリアで足を止める。ドアを開けるボタンは受付デスクの下にある。さっきあたしが押してきた車椅子は空になっていた。あたしは赤ちゃんの姿が見えないようにして車椅子に寝かせ、ドアのほうへと押していく。受付にいる看護師がロックをはずす。ドアが開く。あたしはお礼を言う代わりに手を振り、空のエレベーターへと車椅子を押していく。ボタンを押す。ドアが閉まる。息をすることを思い出す。空の車椅子が各階で止まるようにすべてのボタンを押してから、五階で降りる。

服の包みのようにローリーを脇の下に抱え、女子トイレまで廊下を進み、〝故障中〟の看板をまたぐ。トイレの洗面台にそっと赤ちゃんを寝かせてから、看護師の制服とプラットフォームシューズを脱いで、配管業者のロゴが刺繡《ししゅう》されているだぼっとした男性用のつなぎと作業靴に着替える。化粧を落とし、今度は茶色のパウダーで目の下に濃い隈を作り、額と口のまわりにしわを描いていく。ウィッグをはずして、白髪混じりのポニーテールを縫いつけた野球帽をかぶる。本当の髪は帽子にたくしこみ、目深にかぶり直してから、左耳に銀のスタッドピアスをつける。仕上げに、両手の甲と首に油汚れをなすりつける。鏡をのぞくと、そこには七〇年代を引きずっている老いた職人がいた。

ローリーはまだ眠っている。お腹が空けば目を覚ますだろうけれど、それがもう少しあとであることを祈るだけだ。たいていの新生児は一日に十六時間眠るというから、きっと大丈夫だろう。

カートを空にして、毛布にしっかりくるまれたままの赤ちゃんをその中にそっと寝かせる。息ができるだけの空間を残し、ちょうどいい大きさに切っておいたプラスチックの板で、カートを上下二段に仕切る。その上に看護師の制服、ウィッグ、プラットフォームシューズ、眼鏡を載せる。

頭の中で時計が時を刻んでいる。長くかかりすぎだ。じきに警報が鳴って、病院が封鎖されるだろう。

あたしの中の生き物が大声で叫んでいる。

急げ！

パニックを起こさないで。

あいつらが来るぞ。

まだ来ない。黒いビニールのレインカバーを広げ、格子縞のカートにかぶせて色を変える。

さあ、準備はできた。あたしはドアを開けて、廊下を見まわす。

「修理は終わった？」声がした。

落ち着けと自分に言い聞かせる。ゴミ箱を両手に抱えた女性の掃除人が、近くのドアロに立っている。ポーランド人。ずんぐりしている。

「詰まりは直ったよ」あたしは目を合わせることなく、できるかぎりのしわがれ声で言う。

「看板を忘れないで」彼女が言う。

あたしは〝故障中〟の三角立て看板を手に取ると、あえて歩幅を大きくし、カートを引っ張りながらうつむき加減でエレベーターのほうへと歩きだす。男っぽい歩き方を練習したとき、足を引きずろうかと考えたけれど、体の不自由な人間は人の注意を引きやすいと思ってやめた。

ロビーを通るリスクは冒せないし、内階段には防火扉とおそらくはカメラがある。前に来たときに、建物の東の端に〝スタッフ専用〟と書かれた貨物用エレベーターがあることを確かめてあった。一階の荷物積みおろし場におりることができる。ボタンを押して、地下からあがってくるエレベーターを待つ。一……二……三……四……。

早く！　早く！

エレベーターに乗りこもうとしたちょうどそのとき、警報が鳴り響いて、心臓が胸の中ででんぐり返しをした。けたたましいベルの音が廊下からエレベーターシャフトを駆けあがる。進むほかはなかった。さっきと同じゆっくりしたリズムでエレベーターはおりていく。四……三……二……一……。

なにが待っているのか、見当もつかなかった。武装した警官？　警備員？　怒り狂った父親？　軽い揺れと共にエレベーターが止まる。ドアが開く。天井にパイプが走るコンクリートの床の暗い廊下に出る。警報は鳴り続けているけれど、ここではそれほど大きくは聞こえない。センサー式の照明が頭上で灯り、あたしはカートを引っ張りながら進んでいく。足音が大きすぎる。キャスターの音が大きすぎる。

次の角を曲がると、水平にドアハンドルが取りつけられた頑丈な防火扉の上に出口のサインが見えた。ドアに体重をかけて、肩で押し開ける。顔を伏せ、身構えて次の展開を待つ。こちら側は警報音が大きい。

「ちょっと待て」声がする。荷物積みおろし場に蛍光素材のジャケットを着た警備員がいて、肩に止めた無線で話をしている。無精ひげをはやした、三十代半ばの中東の男性だ。

彼は手をあげて、待てとあたしに指示をする。あたしは暗がりに感謝しながら、なにがあったのかを尋ねる。彼は答えない。無線で話を続けている。いくつか単語が聞こえた。赤ちゃん。看護師。あたしは胸ポケットから煙草の箱を取り出し、歯を使って一本引っ張り出す。手の甲にトントンと打ちつける。口の端に煙草をくわえ、ズボンのポケットを叩いてライターのありかを確かめてから取り出す。親指で火をつけ、煙がしみないように目を閉じる。しゃがみこんで作業靴の紐を結び直すふりをしながら鞘からナイフを出し、前腕の内側に隠すようにして持つ。

生き物が囁く。

奴の喉を切って、逃げろ！

だめ。

そうすれば悲鳴をあげられない。

まだだめ。

あたしは体を起こし、右腕を背中に隠してコンクリートの柱にさりげなくもたれる。手の中で、刃を下向きにしたナイフを握る。警備員はあたしに向き直る。

「ここでなにをしている？」

「五階でトイレが詰まったんで」

「病院のメンテナンス係じゃないな」

「契約してる業者です。時間外に作業するんで」

警備員はカートを見る。「面白い工具入れだな」

「背中を痛めてるんですよ」あたしは応じる。

警備員はカートのハンドルをつかんで傾け、重さを確かめるかのように前後に動かす。

「赤ん坊を抱いた看護師を見なかったか？」

「いいえ。どうしてです？」

警備員はカートから手を離す。無線が音を立てる。彼が応じる。あたしは待つ。額から汗が流れて目に入る。しみる。まばたきで払おうとする。警備員はあたしに顔を向け、行っていいと手と振った。

ナイフをお腹に押しつけながら、カートを引いて荷物積みおろし場を抜け、車用の傾斜路をあがっていく。外の道路は通行人や食事をする人たちや酒を飲んでいる人たちや家路に就く人たちであふれていた。あたしはそんな人たちのあいだを縫うようにして、病院から遠ざかる。

走れ!

普通に振る舞わないと。

すぐうしろにいるぞ。

振り向いちゃだめ。

教会の鐘が鳴る。だれかがタクシーを止めている。あたしは舗道に描かれたにじんだチョークの絵をまたぎ、エッチングガラスの窓があるパブの前を通り過ぎる。次の角で足を止め、思い切って病院を振り返った。なにも変化はない。ナイフをポケットにしまって歩き続ける。パトカーが通り過ぎる……もう一台……そしてもう一台。

グロスター・ロード駅が見えてくる。改札口を抜け、カートを抱えて階段をおりる。

プラットホームにはほとんど人気《ひとけ》がない。列車は出たところだ。次の列車は四分後。長い四分だ。

　頭を動かしたり、まばたきしたり、話をしたりしているまわりの人々の動きをスローモーションのように感じながら、あたしは電光掲示板を眺める。脳の時間の感じ方が変わってしまって、まわりの出来事がゆっくりに思えたり、もしくは一瞬のうちに過ぎ去ったりして感じられる状態について特集していたテレビ番組を思い出す。いまがそんな感じだった。まるで神さまがブレーキをかけて、地球が減速しているみたいだ。

　レインカバーの下に手を入れてカートのファスナーを開き、毛布に触れるまで指を潜りこませていく。手首を曲げてさらに奥へと進ませると、ローリーの頭に触れた。温かい。柔らかい。眠っている。その顔がなににも覆われていないことを確認する。空気は充分だ。

　吹きつける熱い風が、列車の接近を教える。まず音が、それから列車本体が到着する。ブレーキをかける。きしむ音。止まる。あたしは座席に座り、膝でカートをはさむ。ドアが閉まり、列車が動き出す。トンネルに入ったところで、不意に止まる。明かりがまたたいてついたり消えたりする。あたしの心臓も同じだった。

車内放送が入る。マナーハウス駅において信号故障がありましたため、ピカデリー線東まわりは十一分ほど遅れて運行しております。ご迷惑をおかけして申し訳ありません。

また明かりがまたたき、列車はがくんと動き出した。電気が流れる線路からではなく、音から力を得ているかのように少しずつ速度を増していく。あたしは、駅で止まるたびに様々な顔や人種でいっぱいになり、そしてまた空になる客車を眺める——ポーランド人、ドイツ人、パキスタン人、セネガル人、バングラデシュ人、ロシア人、中国人、ウェールズ人、スコットランド人、アイルランド人、イギリス人。ロンドンについて感傷的になることはあまりないけれど、自分が民族のモザイクのタイルの一枚であるという感覚は嫌いじゃない。

ピカデリー・サーカス駅に着き、けたたましい声で笑うティーンエイジャーの騒々しい一団が、ばかげた靴でよろめきながら乗りこんでくる。そのうちのひとりが、あたしのカートにぶつかる。

「気をつけて」あたしは言う。

彼女の上唇がめくれあがる。友人たちに向かって顔をしかめて笑わせる。あたしは身をかがめてカートの上部に耳を押し当てる。くぐもった泣き声。ローリーが目を覚ましているけれど、列車がその声をかき消している。

キングズ・クロス駅では、何百人という客がエスカレーターに乗り、コンコースを移動していく。あたしはベビーコーナーに入り、ドアに鍵をかけて、ちゃんとかかっていることを二度確認する。カートを開けてローリーを抱きあげ、優しく揺すりながら彼の額に頰を押し当てて愛していると囁く。

おむつ交換台にローリーを寝かせ、あたしはつなぎと野球帽を脱いで自分の服に着替える。変装用の服は、ゴミ箱の汚れたおむつの下に捨てる。

スカーフを取り出して右肩にかけ、左の脇の下からまわしてきたもう一方の端と結ぶ。必要に応じてきつくしたり、緩めたりできるような結び方にした。結び目を背中に移動させてローリーをスリングに入れ、彼の体があたしに沿うように長さを調節する。心臓と心臓がぴったり合うように。

ウィッグも変装ももういらない。あたしたちは母親と子供になった。あたしはアガサで、この子はあたしの息子のローリー。〝赤の王〟を意味するアイルランドの名前。

明日はローリーを連れて家に帰り、ヘイデンに会わせよう。あたしが完璧な母親で完璧な妻になれることが彼にもわかるだろう。あたしは家族を手に入れたのだ。

第二部

メガン

意識を取り戻すのは、暗い井戸の深みから浮きあがるときによく似ている。空っぽの肺で必死に空気を求め、光に向かって泳いでいく。不意に体が痛みを感じ、ぱっと目が開き、逆まわしに悲鳴をあげているみたいに息を吸いこむ。

見知らぬ人がわたしの胸に手を当てて、顔をのぞきこんでいる。看護師ではない。警官の制服を着ている——黒っぽいズボンに手首のボタンをきちんと留めた長袖の青いシャツ。彼女はわたしの名を呼んだ。

大胆に編集されたミュージックビデオのように、記憶の断片が頭の中で次々に炸裂する。プラスチックの椅子に座り、熱いお湯を浴びていた自分の姿を思い出した。ジャックの手を借りて服を着た。一緒にベッドに戻った。ベビーベッドが空だ。

「赤ちゃんは?」

「看護師が血液検査に連れていった」

「血液検査って?」

「決まった検査だって言っていたよ」

別の看護師が通りかかった。

「息子が血液検査に連れていかれたんですけれど、いつ戻ってきますか?」わたしは尋ねる。

看護師は怪訝《けげん》そうにわたしを見た。

「だれが連れていったんですか?」わたしはさらに尋ねた。

看護師の顔の両側でナース服に包まれた両肩が上下した。

「どうして血液検査が必要だったんですか? 調べてもらえます?」

数分が過ぎた。看護師長がやってきた。どんな看護師だったかとジャックに尋ねた。

わたしは不安になった。動揺した。

「あなたたちの息子さんに血液検査の予定はありませんでした」看護師長が言った。

「でもその看護師は……」

「息子はどこ?」パニックにかられたわたしの声が高くなった。

「なにか理由があるはずです」看護師長の上唇にあるほくろがぴくぴく動いた。

「どんな理由です?」

なにかがおかしい。警報音が聞こえた。人々が叫んでいた。走っていた。もっと思い出せればと思うけれど、漠然とした映像と会話のかけらを記憶にとどめておくことができなかった。くずおれたのだと思う。叫んだはずだ。医者がやってきた。赤い髪で、額に染みがあって、わたしの腕に注射針を突き刺した。世界がだんだん暗くなって、小さな白い点になって、やがてその星も消えた。

婦人警官はまだベッドの脇にいる。若い女性で、チューインガムを隠しているのではないかと思わせるほど頬がぽっちゃりしている。

「ジャックはどこ?」

「ご主人はここにはいません」

「ジャックに会いたいの」

「すぐに戻ってきますよ」

わたしは起きあがろうとする。痛みに息が詰まる。

「動いてはいけません」彼女が言う。

「家に帰りたい」

「手術したばかりなんですよ」

婦人警官はドア口に行き、廊下にいるだれか——看護師——と話をしている。どちらも小声だ。婦人警官が戻ってくる。

「なにを言ったの？」

「先生を呼んできてほしいと頼みました」

「あなたは？」

「ヒプウェル巡査です。アニーと呼んでください。お腹は空いていますか？」

「いいえ」

「飲み物は？」

「トイレに行きたいの」

「お手伝いします」

アニーがシーツをはぎ、わたしはベッド脇に脚をおろして床が揺れていないことを確かめる。彼女はわたしの腰に手をまわし、病室内にあるバスルームまで連れていってくれた。いつ個室に移ったんだろう？　ここに来た記憶はない。ジャックはどこ？

便器に腰をおろし、お腹の絆創膏《ばんそうこう》を眺めて出産したときのことを思い出す。意識はあったけれど、ドクター・フィリップスがメスを入れてもなにも感じなかった。サージカルマスクをつけたジャックがドクターの隣にいて、競馬の障害競走のグランドナショナルの実況をするふりをしていた。

「最終コーナーをまわったところで、メグ・ショーネシーが三馬身のリード。このまま逃げ切りそうです。最後の直線に入った。さらに勢いに乗る。帰ってくる。差が五馬身に広がった――いや六馬身だ。観衆が立ちあがった。この歓声をお聞きください！」

わたしを笑わせようとしているジャックを殺したくなった。

「男の子だ」彼が言った。「ショーネシーの息子――若きチャンピオンだぞ」

わたしはトイレの水を流し、アニーの手を借りてベッドに戻る。またまたれかがドアをノックする――さっきの看護師だ。彼女とアニーはまた何事かを話している――わたしのことだ。いったいなにを隠しているの？

アニーがベッド脇に戻ってくる。「本当にお腹は空いていませんか？」

「ジャックに会いたいの」

「いま探しているところです」

わたしの声が甲高くなる。「ジャックはどこに行ったの？　あなたたち、いったい彼になにをしたの？」

「落ち着いてください、ミセス・ショーネシー。でないと、鎮静剤を使うことになりますよ。それはいやですよね」

あなたはお友だちをがっかりさせているのよと、幼稚園の先生が子供に向かって言っているような、甘ったるくて鼻につく声だった。

「紅茶を飲めばきっと気分がよくなりますよ」

「紅茶なんていらない。ジャックに会いたいの」

アニーは両手をあげて、訊いてみると言った。わたしひとりを残して病室を出ていく。わたしは痛みをこらえてベッドから出て、戸棚や引き出しを開けて自分の服を探す。ガウンとスリッパを見つける。携帯電話はどこ？

少しだけ開けたドアから左右を眺め、自分の居場所をつかもうとする。電話機を見つけなければ。ジャックならきっとどうすればいいかを知っている。わたしは左に進み、両開きドアを目指す。看護師が現われる。わたしは向きを変えて、産科エリアを通り過ぎる。ここは見たことがあった。

近くで赤ちゃんの泣き声がする。心臓が跳びはねる。見つかったんだ！　わたしはその声をたどり、カーテンを開く。女性が生まれたばかりの赤ちゃんを抱いている。

「わたしの赤ちゃん！」わたしは叫ぶ。

女性の目が大きく見開かれる。わたしを見て怯えている。

「その子を返して！　わたしの子よ！」

女性はさらに強く赤ちゃんを抱きしめる。わたしはその手から息子を奪おうとする。看護師たちが駆けつける。婦人警官が一緒だ。怒りからか、それとも恥ずかしさなのか、その顔が赤い。

「手を離しましょうね、ミセス・ショーネシー」看護師が言う。「その子はあなたの子じゃありませんよ」

わたしは彼女の肩にすがりついてすすり泣く。「わたしの子じゃない」繰り返すうちに記憶の断片がひとつになって、なにがあったのかを思い出す。

わたしの赤ちゃんがいなくなった。盗まれた。さらわれた。どうして？　だれがそんなことをするの？　どこかに捨てられていたらどうする？　どこかの家の戸口やゴミ箱に置き去りにされていたら？　落ち葉の下に埋められているかもしれないし、車のトランクに閉じこめられているかもしれない。その脇をだれかが通り過ぎても気づかないかもしれない。泣き声が聞こえないかもしれない。

子供はしょっちゅういなくなる。ふらふらとどこかに行ってしまう。プールに落ちる。知らない人の車に乗りこむ。森の中に入っていく。けれど赤ちゃんが姿を消すことはない。赤ちゃんは子猫のあとを追っていったりしないし、庭の物置の中で眠ることもないし、ショッピングモールで迷子になることもない。赤ちゃんは行きかう車に合図を送って止めることもできなければ、標識をたどることも、ドアをノックすることも、家に電話をすることも、見知らぬ人に助けを求めることもできない。赤ちゃんは、自分がどこにいるかわからなくなったと人に言うことはできないし、迷子の犬のように家に帰る道を見つけることもできない。

ジャックはどこ？　ここにいるべきなのに。彼の名を叫ぶ自分の声が聞こえる。たくましい手がわたしを押さえつける。皮下注射針が皮膚に刺さり、わたしの意識が滑り、転がり、化学の虚空へと落ちていく。

わたしは抗《あらが》う。眠る。夢を見る。

アガサ

ローリーはよく眠った。あたしと一緒にダブルベッドで眠った。あたしは三十分ごとに目を覚まし、彼の胸に手を当てて生きていることを確かめた。罪悪感も恥ずかしさもない。悔恨は愛に取って代わられている。あたしの自意識は消えた。いまはローリーがすべてだ。これから死ぬまでこの子の隣に横たわって、彼の美しい顔を眺め、小さな手に自分の人差し指を握らせ、額にそっと唇を押し当て、トクトクと打つ心臓の音を聞いていたい。

あたしはローリーに囁いた。「あなたはあたしの五番目の赤ちゃんよ。五倍も運がいいの。五はあたしの好きな数字なのよ」

太陽がのぼる。あたしはローリーを抱きあげて鏡の前に立ち、ほかの人の目に映る自分の姿を眺める。ローリーの頭の形は少し妙だ――とてもキュートな宇宙人のように片側に少しつぶれている。でもこれも何日かすれば直るはずだ。

片手で携帯電話を持ち、幸せのあまり顔が笑みで弾けそうな自分の写真を撮る。ジュールズとヘイデンとミスター・パテルとアパートの大家と友人たち全員にそれを送る。出産からどう過ごしていたかの話を作りあげ、彼らの心と記憶に刻みこむ。

ゆうべ帰ってきたとき、フロントデスクに人はいなかった。階段で話をしていたふたりのティーンエイジャーの少女たちは、スリングで赤ちゃんを抱っこしている女性にほとんど注意を払わなかった。あたしはふたりの脇を通り過ぎ、自分の部屋のドアの鍵をかけた。シャワーを浴びて着替えてからローリーにミルクをあげ、ＢＢＣニュースを見た。さらわれた赤ちゃんのニュースはなかった。まだ早すぎたようだ。

今朝は事情が違った。画面には病院の外に立つレポーターが映っていて、なにか話している。あたしはボリュームをあげる。

「現在、まだくわしいことはわかっていませんが、ゆうべ、看護師に扮《ふん》した女性がセントラル・ロンドンにあるチャーチル病院から新生児を誘拐したことを警察は認めています。さらわれたのは生後わずか十時間の男の子で、血液検査が必要だと看護師の服装をした女性が嘘をついて産科エリアから連れ出したということです。赤ちゃんの父親が気づいて、病院は封鎖されましたが、その女性はすでに逃げたあとでした」

映像は通りに止められているパトカーと病院に入っていく刑事たちに代わった。

「その一家の名前はまだ公表されていませんが、赤ちゃんを警察かもしくは医療機関に返すよう警察は誘拐犯に要請しています。また、赤ちゃんは医学的治療を必要としているかもしれないという情報もあります」

「ばかばかしい」あたしはローリーに言う。「あなたはぴんぴんしているわよね？まったくみんな心配性なんだから」

あたしはテレビから流れる音をBGMに、お湯を溜めたシンクでミルクを温める。ローリーはミルクがあまり好きではないようだ。それとも吸う力が充分ではないのかもしれない。あたしの小指をぎゅっと握ったときには、どうすればいいのかわかったみたいに思えたけれど、一、二回乳首を吸うと顔を背ける。三十分ほど試したけれど、ローリーは眠ってしまった。そのうちお腹が空くだろうとあたしは自分に言い聞かせる。

携帯電話のメッセージを確認する。ほとんどがヘイデンからだ。あたしはゆうべ彼に電話をかけて、今日家に帰ると告げた。連絡しなかったことを謝り、携帯電話のバッテリーが切れて、充電器を持っていなかったのだと言い訳した。いま列車の中なので、昼頃には着くと新たなメッセージを送る。ヘイデンはすぐに電話をかけてきたけれど、それには出ず、留守番電話に応対させる。

「駅まで迎えに行くよ」彼が言う。「きみのアパートにいるんだ。友だちのジュールズが入れてくれた。かまわないよね？　早く会いたくて待ちきれないよ」

あたしはにんまりする。父親になったことで、彼はすでに変化を見せている。息子に会いたがっている。あたしに会いたがっている。

今朝は寒い。あたしはローリーに暖かい格好をさせ、毛糸の帽子を頭にかぶせる。おむつを替えているあいだ、その目はしっかりと開いている。裸にされたことに怯えているみたいに、手足を宙でばたばたさせる。

受付係はフロントデスクに戻っている。今度はカウンターにベビーシートを乗せて、彼女にローリーが見えるようにする。けれどあまり興味がないようだ。あたしは天気の話をし、外に出ると彼は驚くかもしれないと言う。

「だれが？」

「ローリーよ」

「あら」

「まだ生後三日なの」あたしは言う。

「外に連れ出すには早いんじゃない？」

「家に帰るのよ」

「恋人は大丈夫なの？」

「許すことにしたの」

タクシーを呼んでもらい、やってくるまで暖かいところで待つ。後部座席にベビーシートを取りつけるのを、運転手に手伝ってもらわなくてはならなかった。練習しておくべきだった。不器用なせいで、なにも知らないように見える。

「どこまでです、お客さん？」運転手は、そこで生まれ育ったというよりは、そういうふりをしているだけのようなイーストエンドのアクセントで尋ねる。彼はおしゃべり好きで陽気だった。話題は天気からクリスマスの人込みに、そして彼の子供――六歳、八歳、十一歳の三人――へと移っていく。「赤ん坊の頃のほうがよかったですよ。口答えしませんからね」彼はバックミラーであたしを見ながら言う。「お客さんの子は生まれたてのほやほやみたいに見えますね」

「そんなところ」

「病院にいなくていいんですか？」

「大丈夫」

どうしてホテルにいたのかと彼は尋ねる。

「持ち主があたしの両親なの」

「そいつはすごい」

あたしが金持ちだと思われたらしい。「正確に言うと、あそこを管理しているのよ――所有しているのはどこかのロシア人」

「ロシア人はなんでも買いますからね」彼が言う。「オリガーク（ロシアの新興財閥）ってやつだ」ツチブタの話をしているような口調だ。

車はハマースミスのラウンドアバウトを通り過ぎ、フラム・パレス・ロードに入る。あたしの携帯電話が鳴る。ヘイデンだ。

「どこにいる？」

「もうすぐ着くわ。タクシーなの」

「下で待っているよ」

運転手はまたバックミラーであたしを見る。「病院から赤ん坊がさらわれた話を聞きましたか？」

「いいえ」

「ゆうべですよ――だれかが小さな男の子を親の目の前からさらったらしいですよ」

「犯人はわかっているの？」

「看護師の格好をしただれかだそうです」

「ひどい話。かわいそうなお母さん――ほかに子供はいるのかしら？」

「それは言ってませんでしたね」バックミラー越しにあたしたちの目が合う。「お客さんを動揺させるつもりじゃなかったんですよ」

あたしは自分が泣いていることに気づく。謝りながら頰を拭う。「ごめんなさい。きっとホルモンのせいね。妊娠中は泣いてばかりだったわ」

「おれもでかいなりして、あまっちょろくてね」運転手が言う。「家族ができてからってもの、子供がさらわれたり虐待されたりっていう記事を読めなくなっちまいましたよ。そのたびに胸が詰まるんですよ。だれかがおれの子供を傷つけたりしたら、そいつを殺してやりますよ。警察だの裁判だのなんてどうでもいい。そいつの死体は決して見つからないでしょうね――おれの言いたいことわかります？」

あたしはわかるともわからないとも答えない。彼の口調がさらに熱を帯びる。「だからこの国には死刑が必要なんですよ。みんなにってわけじゃない――小児性愛者とテロリストにはね」

車は目的の通りに入る。階段の上で待っているヘイデンが見える。まだ完全に車から降りてもいないあたしを、彼は抱きしめた。

「そっとね」あたしはたじろいだように言う。「赤ちゃんを産んだばかりなんだから」

「ごめん。忘れていたよ。おれはばかだな」

ヘイデンは自分の手をどうすればいいのかわからないようだ。ポケットに突っ込もうとしている。前ポケット。うしろポケット。それから車の中をのぞく。ローリーに気づいて、驚嘆したようにその口が開く。

「あなたの息子に挨拶してちょうだい」あたしは言う。

ヘイデンは手を伸ばし、ローリーの頬に触れる。その手はローリーの頭より大きい。

「壊れないわよ」

「でもこんなに小さいのに」

「赤ちゃんはみんな小さいものよ」あたしは笑う。「ローリーを中に連れていって」

ヘイデンが車からローリーをおろし、あたしは運転手に料金を払ってメリークリスマスと声をかける。肩に鞄をかけ、ヘイデンのあとについて階段をあがる。ヘイデンはまるで明朝《みんちょう》の花瓶を運ぶように、両手でベビーシートを抱えている。部屋に入り、コートを脱いだあたしは、花に気づく――炉棚の両側にふたつの大きな花束が飾られている。

「一時間前に届いたんだ」ヘイデンはじっと座っていられないようだ。「ひとつは母さんと父さんから、もうひとつはジュールズからだ」

「ジュールズはどこ?」あたしは尋ねる。「てっきりここにいると思ったのに」

「家族に会うためにケヴィンとグラスゴーに行ったよ」

「いつ戻ってくるの?」

「数週間後かな。きみに電話していたんだよ」

「知っているわ。悪いことをしちゃったわね。携帯電話がバッテリー切れだったの。充電器を持っていなかったのよ」

「ほかの電話は使えなかったの?」

「あなたの番号もジュールズの番号もわからなかったんだもの。ほら、携帯電話が使えなかったから」

ローリーのベビーシートはコーヒーテーブルに置かれている。ヘイデンが彼を見つめながら尋ねる。「どうしてあんなふうに逃げたんだ?」

「逃げたわけじゃない。早めに生まれる予兆があったの。だから北に向かった。ひとりのときに産気づいたら困るもの」

「でもおれは出産に立ち会いたかったんだ」傷ついているようなヘイデンの口調だった。「わざわざ戻ってきたんだぞ」

「わかってる。でも、怖かったの」

「怖かった？」

「赤ちゃんを産むことだけじゃない――あなたにその場にいられることが。あたしが子供を産むところを見たら、あなたがもうあたしに触れたがらないんじゃないかって思った。だって、かなりぞっとするような光景だから。あたしは小さなプールの中に座って、すさまじい悲鳴をあげたのよ」

ヘイデンはあたしに腕をまわし、あたしはその胸に頭をもたせかけて彼のたくましさを感じ、彼のにおいを嗅ぐ。

「ばかみたいに聞こえるのはわかっているけれど、でも三月末からあなたには会っていなかったでしょう？　衛星電話でほんの数回話をしただけだった。あんな姿のあたしを見たら、気が変わるかもしれないって思ったの。四つん這いになって、赤ちゃんを産んでいるところを」

「ありえないよ」ヘイデンがあたしの唇にキスをする。素敵だ。

自分もそうしてほしいと言いたげに、ローリーが弱々しい泣き声をあげる。

「お腹が空いているのかな？」ヘイデンが訊く。

「ううん、ただ起きただけよ。抱っこしてみたい？」

「落とすかもしれない」

「大丈夫よ」

あたしはローリーを留めているバックルをはずし、ベビーシートから抱きあげる。ヘイデンはソファの端に腰かけ、両足をしっかり床につけ、背筋をぴんと伸ばしている。「赤ちゃんを抱っこするときは、頭を支えなきゃいけないの」あたしは教える。「いまはまだ頭を支えられるほど首が強くないけれど、じきに強くなるわ。ほら、曲げた腕にローリーを載せて、反対の手でお尻を支えてあげるのよ。ね？ たいして難しくないでしょう？」

ヘイデンは体をこわばらせ、いかにも落ち着かない様子で、曲がったバナナみたいな顔で笑っている。

「息をしていいのよ」あたしは言う。

「ごめん。ちょっと緊張して。やっぱり返すよ」

「いま抱いたばかりじゃない」

「あとで抱っこするから」ヘイデンはローリーをあたしに返し、ジーンズに手のひらをこすりつけた。

「名前は気に入った？」

ヘイデンはうなずく。「どうして知っていたんだ？」

「あなたのお父さんが教えてくれたの。ローリーはあなたのおじいさんとお父さんと
あなたのミドルネームだって」

「そしてもうひとりローリーが誕生したわけだ」

「この子のこと、気に入った？」

「素晴らしいよ」

メガン

「メガン……メガン……気がついた？」

声が少しずつ近づいてきて、頭の中いっぱいに広がる。わたしは目を開けようとするけれど、まるでまぶたが糊付《のりづ》けされているみたいだ。薬の霧の中を苦労して進みながら、現実にしがみつき、確かなものにしようとする。イメージが合体する。声。光。目が濡れている。眠りながら泣いていたらしい。

さっきとは違う巡査がベッドの脇に座っている。わたしの言葉が聞き取れなかったみたいに、こちらに身を乗り出している。わたしは口を開けたけれど、唇がからからだった。もう一度言ってみる。「赤ちゃんは？」

その婦人警官はストローが刺さった蓋つきのカップを差し出す。水だ。一滴残らず飲む。

声が出るようになる。「なにか知らせは？」

「まだなにも」婦人警官が答える。

「あなたは?」

「ソウサ巡査です。リサ・ジェインと呼んでください」

緑色の目と金色の髪をした女性で、額に何度も落ちてくる前髪を左耳にかけた。

「どうしてここにいるの?」

「わたしは家族連絡担当なんです」

「なんですって?」

「あなたのお世話をすることになっています」

「あなたの上司と話をさせて」

「マカティア警視正はまだ病院に来ていません」

わたしは体を起こそうとする。リサ・ジェインがわたしの背中に枕を当てる。わたしはまだ病衣のままで、絆創膏を貼った上からコットンのガーゼで押さえた傷口に重苦しい痛みがある。

「携帯電話――どこにあるの?」

「お預かりしていました」リサ・ジェインが答える。「あなた宛てのメッセージをモニターしているんです」

「どうして？」

「誘拐犯から連絡があったときに備えてです」

「そういうことなの？　だれかがあの子を誘拐したの？　身代金目当て？　わたしたちは金持ちじゃないのに」

「わたしたちはあらゆる可能性を考える必要があるんです」

彼女はポケットからわたしの携帯電話を取り出す。両手で包むようにして持つと、そこに残る彼女の体のぬくもりが感じられる。応答できなかった何十件もの電話の履歴が残っていた。ほとんどが両親やグレースや友人たちからで、ジャックからは一回もかかってきていない。彼の番号にかけて、呼び出し音が鳴るのを聞く。留守番電話につながった。

「どこにいるの？」声が裏返る。「あなたにいてほしいのに」

ほかに言うべき言葉が見つからない。接続を切り、電話機を見つめる。いったいどこにいるの？　どうしてここにいないの？　彼に抱きしめてほしいのに。大丈夫だよという声を聞きたいのに。

「だれが息子を連れていったの？」わたしは小声で尋ねる。

「わかりません」リサ・ジェインがベッド脇の椅子に腰をおろす。

「看護師の格好をしていたって」

「ここで働いている人間ではないと思います」

「でもあの格好は――」

「盗んだんでしょう」

だれかが小さくノックをする。リサ・ジェインがドアに近づき、少しだけ開ける。彼女が振り返る。「ご両親がいらっしゃいましたよ。会いますか?」

「少しだけ待ってもらえる? ブラシと鏡が欲しいわ」

リサ・ジェインが病室内のバスルームからブラシと鏡を取ってくる。わたしは鏡を傾け、顔を全体ではなく一部ずつ眺めていく。酷使しすぎたり寝不足だったりしたときのように、両目が殴られたみたいに落ちくぼんでいる。形だけでもきちんとして見えるように髪を梳かし、少しでも血色をよくするために頬をつねる。

両親が病室に入ってくる。その目がすべてを語っている。母が絞り出すようにわたしの名を呼び、ベッド脇に駆け寄ってきて、耳痛を起こしている子供にするようにわたしを抱きしめる。わたしは、その背後で無言のまま困惑したように立つ父をそっと見る。六十代半ばの父は、これまで家族を養い、守ってきたことを誇りにしていた。今回のことは父をひどく動揺させている。予見などできないことだったからだ。

わたしは母の体を離し、同じように父を抱きしめる。父の腕にすっぽりと包まれ、その胸に顔を押し当てると、デオドラントのオールドスパイスと石鹸のインペリアルレザーのにおいがする。子供の頃のような涙がこみあげる。わたしは体を震わせ、すすり泣く。父はわたしの髪を撫でながら、小さな声で名前を呼ぶ。今度は母が仲間はずれにされた気分を味わっている。

「子供たちはどこ?」わたしは涙を拭いながら尋ねる。

「グレースが面倒を見ている」母が答える。

「あの子たちになんて言ったの?」

「なにも。ルーシーは知りたがっているけれど」

「ジャックを見かけた?」

「いいえ」

「電話に出ないの」

「捜索を手伝っているんじゃないか」父が言う。

それが合図だったかのように、外の廊下から物音が聞こえた。ジャックが現われる。昨日か、もしくは一昨日と同じ格好だ。よれよれだ。ひげも剃っていない。疲れ切っている。彼はベッドの脇に膝をつき、わたしの腿に頭を載せる。

「すまない！　すまない！」情けない声で言う。その目は血走り、全身が汗と泥と恐怖のにおいを放っている。

「どこにいたの？」わたしは尋ねる。

「車を走らせていた。歩いていた。ぼくは……見つけたくて……見つけられたら……」何度も口を開くが、最後まで言うことができない。「ありとあらゆるところを探したんだ。でもロンドンにどれだけたくさんの道路が……どれだけたくさんの家があるかを思い知らされただけだった」

わたしは洗っていない彼の髪を撫でる。「少し寝ないと」

「あの子を見つけなきゃならないんだ」

「警察に任せましょう」

「ぼくのせいだ。あの看護師のＩＤを見るべきだった。一緒に行くべきだった」ジャックは体を震わせる。「本当にすまない。知らなかったんだ。てっきり彼女は……彼女は言ったんだ……ぼくが一緒に行ってもいいって……そうするべきだった」

「あなたのせいじゃない」わたしは抑揚のない口調で言ったものの、心の中では叫んでいた。あなたは知らない人にわたしたちの息子を渡したのよ！　子供相手に性的虐待をする女かもしれないし、怪物かもしれないのに。あなたはもう子供を欲しくなかったから、わたしたちの赤ちゃんを渡したんだわ。

わたしは、彼を慰めたい思いと罰を与えたい思いのあいだで揺れていた——許すのか、それとも責めるのか。被害者ぶりたかったけれど、その役割はすでにジャックに奪われているようだ。だれもが彼に同情している——母も、父も、婦人警官も……。わたしは頭の中で彼を怒鳴りつける。いい加減にしてよ、ジャック、これはあなたのことじゃないんだから。怒りを呑み込み、彼の髪を撫でながら家に帰って眠るように告げる。

「警察がぼくたちに話を聞きたいそうだ」彼が言う。

リサ・ジェインが訂正する。「あなたからはもう聞きましたよ、ミスター・ショーネシー。次は奥さんひとりと話したいそうです」

「どうして？」

「それが通常の手順なんです」

「通常？　こんなことに通常なんてないだろう。ぼくは警察がなにをしているかを知りたいんだ」

わたしは両親に向き直り、ジャックを連れて帰ってくれるように頼む。あとで話しましょうと声をかけたけれど、病室から連れ出されるときも彼はまだ文句を口にしていた。

ふたりの刑事がわたしを待っている。椅子が運ばれてきて、ベッドをはさむように して置かれる。責任者の男性が名刺を差し出す。わたしは考えをまとめる時間を稼ぐ ため、じっくりとそれを眺める。

ブレンダン・マカティア警視正は青い目と淡い色のまつげの持ち主で、皮膚が骨の 上で引き伸ばされたように見えるくらい彫りが深い。いまは薄くなっているものの、 毎年夏には鼻と頬がそばかすだらけになるに違いない。若い頃はどれほどからかわれ ただろうと考えた——どんなあだ名をつけられたことか。

もうひとりの刑事は太りすぎで、頭蓋骨の大きさの割に小さすぎる目をした、いか にも頭の悪そうな男性だ。名前は聞き取れなかったけれど、ほとんど口を開くことも なく、マカティアと時折視線を交わしながらメモを取っている。ふたりは体を前のめ りにして座っている。聞こえるのは椅子のきしむ音と、服がこすれる音だけだ。

ふたりはまず、息子を見つけるためにできることはすべてやっているとわたしを安 心させるように断言する。マカティア警視正の唇は話をしているときにもほとんど動 かないが、その目はまるでわたしがジグソーパズルであるかのように、奇妙な熱心さ をたたえて顔の上であちらこちらへと移動する。

　彼は病院の地図を広げ、産科エリア、いくつもの廊下、階段、エレベーターを示していく。

「偽の看護師は車椅子を押しながらこのドアを通って、回復期患者エリアを出ていきました。エレベーターを五階でおりています。病院の掃除人が八時十五分頃に、誘拐犯とおぼしき看護師を目撃しています。右脇になにかを抱えていたそうです。女の顔はよく見えなかったと掃除人は言っていますが、今後、その階で作業していた配管工から話を聞く予定でいます」

　警視正は、防犯カメラの映像を切り取った粒子の粗いカラー写真を取り出す。少し高いところから撮った、やや斜めうしろからの女性の写真だ。

「拡大したんですが、顔がはっきりわかるものはありませんでした。もう少し鮮明にできないかと、技術者たちが作業を続けています。見覚えはありますか?」

「いいえ。顔認証のソフトはどうなんですか?」

「はっきりした映像がないと使えませんし、この女性に逮捕歴がなければ、我々のデータベースには残りません。そこで、ご主人と掃除人に協力していただいて、似顔絵を作ることにしました。それらしいものができるといいんですが。当面、三十歳から三十五歳の白人女性、身長は百七十センチから百七十五センチ、色白で中肉中背、黒っぽい髪ということで捜索しています。現段階では、この外見に一致する女性が病院を出たという報告はありません。つまり、彼女が変装をしていた可能性があります」

「まだここにいるということはありませんか？」わたしは尋ねる。

「考えにくいですね。十分もしないうちに警報が鳴って、病院は封鎖されました。警備員が全員を足止めし、スタッフがすべての部屋を確認しました。警察が交通を遮断し、歩行者に話を聞いたんです」

マカティアは膝に手を載せ、身を乗り出す。

「共犯者がいた可能性もあります。警備の目をくぐり抜けることができたのはそのせいかもしれない。とにかくいまは、誘拐前とその直後に病院を出入りしたすべての人間の身元を突き止めることに集中しています」

「犯人は看護師の扮装をしていたんですよね」

「つまり、行き当たりばったりの犯行ではなく周到に用意をしていたということです」

「それっていいことなんですか？」

「彼女は本当に赤ん坊が欲しかったということですから、ちゃんと世話をするはずです。ですがそれは同時に、彼女を見つけるのが難しいということでもあります。痕跡を残さないようにしているでしょうから」

それから二十分間、わたしはそのときのことを改めて語った——出産、その後、シャワーを浴びたこと、戻ってきて空のベビーベッドに気づいたこと。

「あの夜のことについてご主人と話をしましたか？」警視正が尋ねる。

「はい。どうしてですか？」

「病院を出たあと、どこに行ったのか、ご主人から聞きましたか？」

わたしはつかの間ためらう。「その看護師を探していたと言っていました」

マカティアはちらりと仲間の刑事に目をやり、ふたりは無言の会話を交わしたようだ。

「息子さんの名前は考えていますか？」彼が尋ねる。

「まだ決めていないんです」

「この件はもう大きなニュースになっています。名前があるほうが世間の注目が集まりやすいですし、解決に役立ちます。メディアがストーリーを具体的なものにできるんです——名前のないただの赤ちゃんではなく、実在する子供に焦点を当てることで」

「いま名前を決めろというんですか？」

「あとで変えてくださってかまいません――新しい名前が決まったら」

彼の言うことは理解できるけれど、抱くこともできない子供に名前を付けるのは正しいこととは思えなかった。

「ベンジャミンと呼ぼうかと考えていたんです。ベンと」

「いい名前ですね」隅に座っていたリサ・ジェインが言う。

「ベビー・ベンか」マカティアが言う。「メディアが気に入りそうだ。写真はありますか？」

「ジャックが何枚か撮りました」

「許可していただけるなら、そのうちの一枚だけいますぐ公開して、残りはあとにしたいと思います」

わたしは携帯電話の写真をスクロールして、コットンの毛布にくるまれているベンの写真を選ぶ。顔はしわくちゃで、突然の明るさに戸惑っているみたいに目は半分だけ開いている。わたしも一緒に写っている。帝王切開のおかげで陣痛の辛さを味わわずにすんだので、笑顔を作るだけのエネルギーが残っていた。

「あなたのコメントも欲しいんですが」

「だれとも話したくありません」わたしは言う。

「ごもっともです。広報官に考えさせましょう」

マカティアが立ちあがる。

「これだけですか？」わたしは尋ねる。

彼は笑みを浮かべ、わたしを安心させようとする。「普通、こういった事件は比較的早く解決するものですよ。新生児は気づかれやすいですからね。だれかが連絡してくるでしょう――友人、家族、あるいは隣人。大丈夫ですよ」

「病院にいたくないんです」

「その必要があると医者は言っていますが」

「鎮静剤を使いたくありません」

「休めますよ」

「母乳に影響があるんです。ベンが見つかったら、あげられるようにしておきたいんです」

「医師と話してください。それは医学的判断です」

アガサ

朝五時、ぼんやりした光の中でローリーは喉を鳴らし、鼻をふんふん言わせながら目を覚ます。雨が窓を伝い、その影が彼の顔と白いシーツに模様を描く。あたしはヘイデンを起こさないようにしながら哺乳瓶《ほにゅう》を温め、ローリーを抱いてソファに座ると、頬を撫で、その目をのぞきこむ。ローリーをひとり占めできる一日のこの時間が好きだった。

ずっと欲しかったものすべてを手に入れたというのに、あたしは苦悶《くもん》と幸福感のあいだを行ったり来たりしている。あたかも、すぐ近くにあるふたつの人生を同時に生きているみたいに。

いまのところへイデンは、あたしが彼の前でローリーに母乳をあげない理由を訊いてこない。ひび割れた乳首や乳腺炎について説明し、ローリーに充分な母乳をあげられないから、粉ミルクで補うように助産師に助言されたと言ってある。「まだ搾乳しているの」搾乳器を見せながらヘイデンに言った。「トラブルがあること、お母さんには言わないでね」

「どうして？」

「申し訳なくて」

「母さんは気にしないよ」

「そういうことに関しては、おかしくなる人がいっぱいいるのよ。厳しくなるの」

ヘイデンはきまり悪そうにあたしを見る。「実はもう言っちゃったんだ。どんな具合だって訊かれて」

「だから話したの？」

「粉ミルクをあげているって言った」

「それじゃあ、あたしをひどい母親だと思っているでしょうね」

「そんなことはないよ」

ヘイデンはローリーに夢中だった。赤ちゃんを前にした男性が嬉々として道化師のように振る舞う様には驚かされる。お腹に口を当ててブーッと息を吐いたり、顔をしかめてみたり、新しい言葉を作ったりして、どうにかして注意を引こうとするのだ。自信をつけたヘイデンはローリーをきちんと抱っこできるようになった。あたしは彼に粉ミルクの作り方や、手首の内側に一滴垂らして温度を測ることを教えた。なにより彼はあたしをすごく気遣ってくれて、紅茶をいれてくれたり、細かい用事をしてくれたりした。

「まだおむつを替えていないわね」昨日、あたしは言った。

「次はやるよ」彼は答えた。

しばらくして、あたしは彼を呼んだ。「ほら、あなたの番よ、水兵さん」

「おれが言ったのは、次の子っていう意味さ」ヘイデンはそう言って笑い、あたしは胸がいっぱいになった。

あたしたちは山ほど写真を撮っている。ローリーとヘイデン、ローリーとあたし、ローリーとコール夫妻、ヘイデンとあたしとローリー。一番いい写真を選んで、炉棚に飾るつもりだ。

ローリーは哺乳瓶をほとんど空にし、あたしは彼を縦抱きにしてげっぷをさせる。ヘイデンがおへそをかきながら寝室からやってくる。ひげを剃ったヘイデンがあたしは気に入っている。キスをする感触がいいし、彼のしっかりした顎のラインがよく見えるから。

ローリーを見た彼の目が輝く。「よく見ていて」彼はローリーに顔を近づけ、舌を突き出す。一拍の間のあと、ローリーがそれを真似て舌を出す。

「おれが教えたんだ」ヘイデンが言う。「こいつは天才だぞ」

ヘイデンはテレビをつける。どの番組でも、行方不明の〝ベビー・ベン〟がトップニュースだ。チャーチル病院の外にいるテレビレポーターが、患者や通りすがりの人やコメントすることを禁じられている関係者にインタビューする様子が流れている。

「気の毒に。心配でたまらないだろうな」あたしのうしろに立って肩を揉んでいるヘイデンが言う。

あたしはそうねとつぶやく。画面では、刑事が協力を求めている。「十二月七日木曜日、午後七時十五分ごろ、セントラル・ロンドンにあるチャーチル病院のシングルトン病棟にひとりの女性が侵入しました。看護師に扮したその女性は、その日生まれたばかりのベン・ショーネシーを誘拐しました。その女性は年齢三十歳から三十五歳、身長百七十センチから百七十五センチ、標準的な体つき、色白で目は茶色、髪は黒っぽい色でしたがかつらの可能性があります」

画面が切り替わり、顔を伏せて廊下を歩くあたしのぼやけた映像が映し出される。次はエレベーターを待っている映像だ。拡大されていたけれど、画像はとても粗くて、あたしの顔はモザイクのようだった。

「見覚えはありませんか?」刑事が尋ねる。「あなたの友人や隣人ではありませんか? 突然、赤ん坊を連れて帰ってきた人を知らないでしょうか? 心当たりのある方は、犯罪防止課までご連絡ください。秘密は厳守します」

刑事は言葉を切り、一枚の紙を手に取る。「ショーネシー夫妻は、多くの方々からの支援の言葉に大変感謝しています。次のようなコメントを出されています。〝連れ去られたとき、ベンは生まれてわずか十時間でした。わたしたちがあの子を抱いたのはほんの短い時間でしたが、いまは胸を切り裂かれるようです。お願いだからあの子を返してください。教会でも学校でも警察署でもかまいませんから、連れてきてください。当局のだれかに渡してください。お願いです、お願いですから、わたしたちにあの子を返してください〟」

枕にもたれて胸に赤ちゃんを抱いているメグの写真が画面に現われる。出産直後に写したものだろう。

「この人、知っている」あたしはつぶやく。

ヘイデンがためらいがちに訊く。「なんだって?」

「このお母さん——あたしと同じヨガのクラスに通っていたの。数週間前、彼女の家に行ったわ。余っているベビー服をもらった」

ヘイデンはソファのこちら側にやってきて、腰をおろす。「どんな人?」

「上にふたり子供がいるの——ルーシーとラクラン。スーパーマーケットで働いていたとき、よく見かけた」

「どうしていままで言わなかったんだ?」

「彼女の名前が公表されていなかったもの」あたしは携帯電話を手に取り、メールをスクロールしてメグからのものを探し出す。「ほら。ローリーの写真を送ったら、返事をくれた」

「それはいつ?」

「彼女が入院する前よ」

「きみからメールをしないと」

「なんて書くの?」

「わからないよ。祈っているとか?」

「それって残酷じゃない? あたしの赤ちゃんは元気でここにいるのに、彼女の赤ちゃんはいなくなったっていうことを思い知らせるだけじゃないかしら」

ヘイデンは考えこむ。「そうかもしれない」

「ほかに子供がふたりいるから、気が紛れるかもしれないわね。それに病院に多額の賠償金を請求するでしょうね」

「でも、問題はそこじゃないだろう？」

あたしは彼の肩に頭をもたせかけ、指と指をからめて彼の手の甲の毛を親指で撫でる。「あなたの言うとおりね。彼女が退院するのを待って、電話する」

メガン

四十八時間が過ぎた。重要とされる時間枠だ。二日以内に行方不明の人間が見つからなければ、事件が解決しなければ、あるいは容疑者が告訴されなければ、事態がいい方向に運ぶ可能性は減っていく。そうどこかで読んだか、テレビで見た記憶があった。

ベンがいなくなってそれ以上の時間が過ぎた。アニーとリサ・ジェイン——家族連絡担当——は交互にわたしのそばにいる。ふたりはわたしの〝ディフェンス〟として、記者たちを食い止め、わたしの代わりに電話に応答し、メッセージを読み、来訪者を選別してくれている。

出産を控えたほかの女性たちを不安にしないように、わたしは産科エリアから離れた別の病室に移された。まるで事故現場から素早く運び出される死体や、もみ消される過ちのようだ。

わたしは眠っているふりをしながら、看護師の靴が床にこすれる音や、外の廊下を進んでいくカートや、電話の呼び出し音や、インターコムのブーンという音を聞いている。閉じたまぶたの裏に映像が映し出される。だれかのお乳を飲んでいるベンがしきりに浮かんでくる。あるいは、エディプスのように山腹に捨てられていたり、赤ん坊のモーゼのように水に浮かんでいたりするベンを思い浮かべた。それ以外のときは、テレパシーでベンとつながっているのだと想像した。同じDNAを共有しているからではなくて、九カ月間、あの子はわたしのお腹の中にいたから。わたしたちは血と栄養を分け合っていた。互いの心臓の音を聞いていた。あの子はわたしの声を聞いていた。へその緒を切ったからといって、母親から赤ん坊を盗んだからといって、そんな絆《きずな》を絶つことはできない。

ふたりが交代するたび、わたしは同じことを尋ねる。「なにか知らせはあった？」

「知らせがないのはいい知らせです」アニーが応じる。

「知らせがないのがどうしていい知らせなの？」

「あなたの赤ちゃんを連れていった人間がパニックを起こして、どこかに捨てたりしていないということだからです。家に連れて帰って、安全なところで面倒を見ているんですよ」

ポルトガルで姿を消した幼い少女、マデリン・マクカーンのことを考える。同じことがわたしたちにも起きたらどうする？　ベンが見つからなかったら？　わたしたちはこれから死ぬまであの子のことを考え、あの子が生きているとか死んでいるとかを告げるためにだれかがドアをノックするのを、あるいは電話がかかってくるのを待ち続けるの？

赤ちゃんは回復力があるとアニーは繰り返し言う。医師たちも同じことを言う。そのうちのひとりから昨日、地震で崩れた建物のがれきの中で十日も生き延びた赤ちゃんの話を聞かされた。どうして地震の話をするんですか？　そう訊きたかった。それがなんの関係があるんです？

アニーとリサ・ジェインはわたしからできるかぎりの情報を得ようとしているらしい。わたしがうんざりするまで、同じことを何度も繰り返し訊いてくる。わたしには敵がいるのか。病院の廊下でうろついている人間に気づかなかったか。

そういった壁の外で、ベンはただの名前ではなくなっていた。もはやブランドだ――新聞を売り、視聴率をあげるための商品。韻を踏んでいるおかげで、見出しにはうってつけだった。

ベビー・ベン――すべての母親の悪夢
ベビー・ベン――さらに三人の目撃者
ベビー・ベンの捜索中、白いバンが捕まる。
ベビー・ベン――どうやって消えたのか？

ジャックもわたしと同じような不安を抱いているけれど、どちらもそんなことは考えていないふりをする。彼はわたしのベッドの脇に座っているか、そうでないときはわたしと一緒に階下のカフェに行く。進展がないことにいらだち、どうして警察はドアを蹴破って名前を書き留めないのかとしきりに尋ねる。すべての店のウィンドウにポスターを貼り、屋上からベンの名前を叫んでほしいと思っているらしかった。

わたしは必死になって彼を責めまいとしている。間違っていることも、理不尽であることもわかっていたから、そんなふうには考えまいとしているけれど、どうすることもできない。彼はわたしたちの子供を見知らぬ人間に渡した。だれかがベンを連れ去るのを眺めていた。

アニーはわたしたちのプライバシーを尊重して、近くのテーブルに座っている。だれかに話を聞こうとして、もしくは写真を撮ろうとして病院に忍びこんでくる記者に目を光らせている。何十人もの記者たちが病院の外に泊まりこんでいて、看護師や雑用係を通じてわたしに手紙やメモを渡してきたり、独占インタビューがしたいとお金を提示してきたりしている。ポケットに使い捨てのカメラを忍ばせた掃除人のひとりが、わたしの部屋に入ろうとしたところを捕まっていた。

ジャックとわたしは無言でブースに座っている。彼は砂糖の小袋を破いて中身をプラスチックのテーブルの上に空け、人差し指で砂糖の小さな山を作っている。彼を慰めることができればと思った。彼がわたしを慰めることができればと思った。

ダークグレイのスーツに白いシャツ、シルクのネクタイを締めたふたりの男性が近づいてくる。

「パトリック・カーモディです」若いほうの男が言う。「病院業務の責任者です」

「トーマス・グレネルグといいます」もうひとりがジャックに名刺を渡しながら言う。

「今回の件でわたしがどれほど心を痛めているか、とても言葉にはできません」ミスター・カーモディが言う。「最先端の保安システムを備えているにもかかわらず、この病院から新生児が連れ去られたことに、わたしは大きなショックを受けていますし、悲しんでもいます。本当に申し訳ありません」

わたしたちはどちらも答えない。

ミスター・カーモディはもうひとりの男をちらりと見て、さらに言葉を継ぐ。「当院は警察に全面的に協力しています。カメラ、スタッフ、記録――すべてに対するアクセスを許可しています。ほかになにか必要なものがあるようでしたら、なんでもおっしゃってください」

「あんたが辞めてくれ」ジャックが感情のない口調で言う。

ミスター・カーモディはひきつった笑い声をあげたが、すぐに落ち着きを取り戻す。「わたしたちは警察に協力すると同時に、病院の警備も見直しています。理事会は迅速に行動を起こして、このようなことが二度と起こらないように、ＩＤを判別する腕輪や人感センサーの導入を決定しました」

「このようなことね」ジャックはカーモディのアクセントを真似て言う。「もう馬は逃げ出したんだと思うけれどね。そうじゃないか？　騎手を振り落とし、厩《うまや》のドアを蹴り飛ばして、どこかに姿を消した」

カーモディはもう一度試みる。「動揺なさっていることはよくわかります、ミスター・ショーネシー。当然です。ですがわたしたちチャーチル病院には、輝かしい歴史があります。これまで何千もの出産を行ってきましたが、このようなことは一度もありませんでした。堅固な警備体制を敷いているのは確かですが、どんなシステムも絶対確実というわけにはいきません」

「それは違う」ジャックが彼を遮って言う。「産科病院は絶対確実にしておかなければいけないんだ。だれもほかの人間の赤ん坊を連れていったりできないように」

もうひとりの男性がようやく口を開く。「チャーチル病院はあなたの敵ではありませんよ、ミスター・ショーネシー」

ジャックはもらった名刺に目を向ける。「弁護士か」

「わたしの事務所がこの病院の代理を務めます」

「ぼくたちが訴えるのが怖いんだな」

「それは違います――」

「いったいいくら払うことになるのか、心配でたまらないわけだ」

「わたしたちも心を痛めていることをお伝えしたいだけです」ミスター・カーモディが言う。

ジャックは弁護士を指さす。「あらかじめ、こいつから教えられていたのか？　なんて言えばいいのかを？」

「そんな話をしても――」

ジャックは座っている椅子を引く。「失《う》せろ！」

「どうか声を荒らげないでください」弁護士が言う。
「静かにしてほしいのか？」言葉とは裏腹にジャックの声が大きくなる。「あんたたちの看護師の格好をした何者かが、あんたたちの警備員の前を通り過ぎ、あんたたちの防犯カメラをすり抜けて、ぼくたちの子供をあんたたちの病院から連れ去ったんだ。それなのにぼくに黙っていろというのか。くそくらえ！」

つかの間、ジャックが彼を殴るのではないかと思った。だがそうする代わりにジャックは、名刺を床に弾き飛ばして言った。「二度とぼくたちに近づくな。今後はぼくたちの弁護士と話をするんだな」

マカティア警視正がまたわたしに会いに来た。わたしはベッドを出て、痛みなく動けるようになったので、明日には退院できるらしい。テレビ、複数のソファ、スナックやソフトドリンクの自動販売機が並ぶ患者用のラウンジで話をすることにした。

マカティアは小銭を数え、缶入りのレモネードをわたしのために買う。カラカラと音を立てて、缶が金属のトレイに落ちる。
「グラスがなくて申し訳ない」
「大丈夫です」

わたしたちは座る。わたしはレモネードを飲む。彼が口を開く。

「防犯カメラの映像を解析した結果、誘拐犯がどうやって病院を出入りしたのかが解明できました」彼は封筒を開き、格子縞のカートを引いて玄関ロビーを歩いていくたっぷりしたコートを着た女性の写真を取り出す。

「この女性が格子縞のカートを引きながら病院に入ったことはわかっています。彼女が看護師に扮してあなたの息子を誘拐したのだと我々は考えていますが、どうやって病院からベンを連れ出したのかは不明のままです」

マカティアは二枚目の写真を見せる。濃い色のカートを引いている男性で、つなぎを着て野球帽をかぶり、長く伸びた白髪をポニーテールにしている。

「ベンがさらわれた頃に五階で作業しているところを目撃された配管工の話をしましたよね？」

わたしはうなずく。

「その男をまだ見つけられていませんし、その夜、彼が病院にいた理由もわかりません」

「犯人に共犯者がいたということですか？」

「違います」マカティアは二枚の写真を並べて置く。「防犯カメラの映像によれば、病院を出ていない女性誘拐犯と、病院に来ていない身元不明の配管工がいることになります。つまり、異なる扮装をしたひとりの人間の仕業である可能性が高いということです」

わたしは改めて写真を眺める。ひと目見るかぎり――何度見ても――ふたりはまったくの別人だ。

「才能は細部に宿る」マカティアが言う。「五階の洗面台に化粧を落とした痕跡が残っていましたし、コンタクトレンズの片方が床に落ちているのが見つかりました」

「でも、ベンはどこなんです？」

「カートの中だと思います」

思わず手で口を覆う。「窒息するわ」

「いえ、空気は充分にあります」

マカティアは、病院の荷物積みおろし場の防犯カメラの映像から切り取った写真を見せる。黒っぽい色のカートを引きながら、カメラから遠ざかるようにして道路へと歩いていく配管工が写っている。

「拡大したんですが、これがせいいっぱいでした」

「これじゃあ、顔がわからない」

「ですが、こういう変装をしていたことが判明したので、この付近のカメラからもっとはっきりした映像を探せますし、目撃者にもう一度話を聞くこともできます。それまで、あなたにお願いしたいことがあります。ご主人と一緒に記者会見をしていただきたいんです。もっと人々の協力が必要です」

「ジャックはなんて?」

「同意されました」

わたしはうなずく。「その前に、以前にも警察に協力してもらった心理学者と話をしてもらえませんか? どういった人間を相手にしているのか、心理学的なプロファイルが欲しいと彼にお願いしてあります」マカティアが言う。

「プロファイル?」

「メディアで流されることによってこの女性がなにを考えるのか、あるいはどう反応するのかを理解する手助けになります。彼の名はサイラス・ヘイヴン。この分野では最高の人材です」

アガサ

「外に行こう」ヘイデンが言う。

「どこに？」

「ローリーを散歩に連れていくんだ」

「でも外は寒いわ」

「新鮮な空気はあの子にもいいからね。ほら、行こうよ。ずっと部屋の中にいると、ストレスが溜まる」

「あなたは船乗りなのに」

「おれの言いたいことはわかるだろう？」

あたしはローリーをベビーカーに乗せて毛布でしっかりとくるみ、ヘイデンと一緒にニュー・キングズ・ロードからパーソンズ・グリーンへと歩く。ヘイデンはザ・ホワイト・ホースでビールを頼み、あたしたちは外のテーブルに座って冬の弱い日差しを楽しむ。

ヘイデンは知り合いを見かけ、あたしを婚約者として紹介する。まるでダブルのウォッカクランベリーを一気飲みしたときのように、体の中がかっと熱くなってちりちりする。一滴だって飲んでいないのに。

テーブルの上にだれかが置いていった『メトロ』紙がある。ヘイデンがビールグラスの下にそれを広げる。ベビー・ベンのニュースが最初の四ページを占めていて、新聞各社はどこが一番読者の興味をかきたてられるかを競い合っている。『デイリー・エクスプレス』紙は、有力な情報に対して五万ポンドの謝礼金を出すと言い、『デイリー・ミラー』紙はそれを超える十万ポンドを提示し、『サン』紙はその双方を二十五万ポンドで打ち負かした。

「金をドブに捨てているな」ヘイデンが言う。

「どうしてそんなことを言うの？」

「ベビー・ベンはとっくにいなくなっているよ」

「死んでいると思うの？」

「そうは言っていない」

「それじゃあ、どういうこと？」

「注文に応じて盗まれたんだと思う。どこかの金持ち夫婦かアラブのシャイフが男の赤ん坊を欲しがっていて、だからあの子は盗まれたんだ」

「その人たちはどうして赤ちゃんを買わないの？」

「そのへんの店で赤ん坊を買うわけにはいかないだろう？」ヘイデンはどこかの専門家みたいに、小ばかにした口調で言う。「ベンをさらった人間は、もうこっそり国外に連れ出したと思うな。入国管理の人間に賄賂を贈ったか、それともプライベートジェットを使ったのかもしれない」ヘイデンは再び『メトロ』紙に目をやり、その金額を見て口笛を吹く。「これだけの金があったら、助かるよな」

「必要ないわよ」

「家が買えるぞ」

「あたしのアパートは充分に広いわ」

「いまはね」ヘイデンはあたしのお尻をつねる。「次の子ができたらどうする？」

あたしは声をあげて笑う。「一度にひとりずつよ、水兵さん」

パーソンズ・グリーンの反対側では、母親だか子守だかが公園のベンチに座り、幼児がよちよち歩いたり、赤ちゃんがはいはいしたり、子供がアスファルトの小道でキックスケーターに乗ったりしているのを見守っている。女性の多くは、上下セットのスウェット姿だ。あたしは目を凝らした。トップスには赤ちゃんの写真がプリントされ、その下に〝ベンはどこ？〟と記されている。背中にはスポンサー――『ザ・デイリー・メール』――の名前があった。

「あたしたちを見ている人たちの目つきに気づいた？」あたしは尋ねる。

ヘイデンはビールグラスを置く。「どういうことだ？」

「みんなローリーを見て、ほら……あたしたちがこの子を盗んだんじゃないかって考えているのがわかる」

「でも盗んでなんかいない」

「もちろんよ。でもあそこにいる母親を見て――木の下にいる人よ。あれが彼女の赤ちゃんだってだれに断言できる？ ひょっとしたらベビー・ベンかもしれない」

「言っただろう？ ベビー・ベンはとっくにいなくなったんだ――今頃、どこか外国にいるよ」

「そうじゃなかったら？」

「考えてごらん」彼が言う。「さらわれて、何日になる？ 三日？ あの子がまだ国内にいるなら、だれかが気づいているはずだ。よその赤ん坊をこっそり家に連れてくることはできないよ。近所の人に泣き声が聞こえるだろうし、おむつを買っていることに気づかれるかもしれない。赤ん坊を隠しておくのは簡単じゃない」ヘイデンはベビーカーの中に手を入れ、ローリーの胸に手を載せる。「でも、万が一にもだれかに盗まれたりしないように、この子から目を離さないようにしなくちゃな」

「だれもそんなことはしないって思っているんじゃなかったの？」

「冗談さ」ヘイデンはグラスを空にし、げっぷをする。「帰る前にもう一杯飲んでいこう」

彼はカウンターへと歩いていく。あたしはベビーカーに手を伸ばし、ローリーの頬を撫でる。一日ごとに、この子の居場所はここだという思いが確かになっていく。あたしの心の中に根を広げ、あたしとしっかりつながれていく。あたしはもうこの子の母親だ。ローリーがあたしに向かって手を伸ばす。あたしに触れてほしがっている。ヘイデンも同じように感じているとあたしは確信している。赤ちゃんが関わると、おかしくなる男性がいる。女性が与えることのできる愛の量は限られていると考えているからだ。けれど、愛は分け合ったり、差し引いたり、残りをやりくりしたりするようなものではない。あたしたちの心は広がって、愛は倍に、あるいはそれ以上になる。

ヘイデンが二杯目のビールを飲みながら戻ってくる。話題を見つけようとして、あたしがどこで生まれ育ったのかを尋ね、母親のことを訊いてくる。あたしを知りたいと思ってくれたことを喜ぶべきなのだろうけれど、岩をひっくり返してその下をのぞいてほしくはない。けれど、あたしがはぐらかしているとか、隠そうとしていると思われたくもなかった。なにか話さなくてはいけなかったから、エリヤが学校に行く途中の交通事故で死んだ話をする。ヘイデンはくわしいことを知りたがる。きみはそれを見ていたの？

「どうしてあたしが自分を責めた？　自分を責めなくちゃいけないの？」あたしは冷ややかに言い返す。「あたしのせいじゃないのに」

「わかった、わかった」ヘイデンは両手をあげる。「なんだよ、ただ話をしているだけじゃないか」

あたしは謝る。彼は黙りこむ。昔から海軍に入りたかったのかとあたしは尋ねる。

「まさか！　約束を守っただけさ」

「どういうこと？」

「マイケル・マレーっていう友だちがいたんだ。あるとき、ふたりで自分の右の親指を切って、血を混ぜて、大人になったら海軍に入ろうって約束した」

「血盟の友というやつね」

「そうだ」

「その人も約束を守ったの？」

「もちろん守らなかった。父親のあとを継いで、掃除機を売っているよ」

「でもあなたは守った」

「守らざるを得なかったってところかな」

「どうして？」

「十六歳のとき、警察の厄介になって、裁判にかけられたことがあるんだ。そのとき、おれはいずれ海軍に入りたがっているって、弁護士は治安判事に訴えた。前科があるとそれが難しくなるんだ。判事は警告しただけで、おれを放免してくれた。それ以来、そうする義務があるって感じていたんだ」

「なにをして捕まったの？」

「器物損壊」

「なにを壊したの？」

「教師の車に火をつけた。いけ好かない奴だった」

「驚いたわ」

ヘイデンはきまり悪そうにあたしを見る。「きみだって、若いときにはなにかとんでもないことをしているはずさ」

「していないわよ」

「いいや、しているね。隠しているに決まっている。いずれきみのお母さんに話を聞いて、きみがどんなふうだったか探り出してみせるよ」

その言葉はあたしの中のなにかを揺すぶり、身じろぎしたあの生き物にあたしの内臓は脇へ押しやられる。

「気を悪くした？　なにか変なことを言ったかな？」

「気にしないで」

「おれがあれこれ訊いたから？　興味があったんだ」

「ローリーにミルクをあげなくちゃ」

「おっぱいをあげればいいよ」

「まだ痛むのよ」

あたしはコートのボタンを留め、ベビーカーのブレーキをはずすと、テーブルのあいだを縫って歩道へと出ていく。ヘイデンはあわててビールを飲み干し、小走りに駆け寄ってくる。あたしたちは黙って歩く。

「きみもあのトレーナーを買わないとね」彼が言う。

「え？」

「ベビー・ベンのトレーナーだよ。そうしたら、だれもきみのことをじろじろ見ないよ」

メガン

心理学者は思っていたよりも若かった。三十代半ばくらいで、長袖のコットンシャツのボタンを襟元まで留め、ゆったりしたジーンズをはいている。すらりとした長身で、頬が高く、たいていの女性がうらやむほどのまつげの持ち主で、散髪代を節約しようとしている大学生のように見えた。

サイラス・ヘイヴンと握手を交わす。彼は適当だと思える時間より一秒ほど長く手を握っていて、そのあいだ、わたしを観察している。目は、顔の中で唯一年を取らないパーツだと聞いたことがある。この世に生まれた最初の日から最後の日までその輝きは変わらないという。サイラスの目は淡い青色で、瞳は炭よりも黒い。

「ここに座ってもいいですか？」彼が尋ねる。

「椅子はそれだけですから」わたしは言う。

彼は笑い、わたしはどうぞと言う。彼も緊張しているのだろうかとわたしは考える。

そこはわたしの病室で、カーテンを開いた窓の外は灰色のロンドンだ。半分荷物を詰めた開いたままのスーツケースが、ベッドの上に置かれている。数時間後にはジャックが迎えに来て、家に帰ることになっている。

サイラスは肩にかけていた鞄から黄色いリーガルパッドを取り出す。いくつもあるポケットを調べ、ようやくペンを見つけると勝ち誇ったように掲げる。紙になにかを書こうとしたが、インクが出ていない。ペンを何度か振ってからもう一度書いてみる。同じだ。

「看護師に頼みますか？」

「いや、大丈夫です」サイラスはそう言って、パッドを脇に押しやる。畳んだ白いハンカチを取り出し、パッと広げ、メタルフレームの眼鏡を拭き始める。この一連の動作は、演技の一部なのだろうかとわたしは考える。わたしの警戒心を解くために、忘れっぽくて、ほかのことに気を取られているふりをしているのかもしれない。

沈黙が続く。

「紅茶はいかがですか？」わたしは尋ねる。

「いえ、けっこうです」

サイラスは鼻に眼鏡を載せ、位置を調節する。彼はいかにもイギリス人らしい、少しだらしない感じのハンサムで、わたしは大学時代の指導教員を思い出した。彼はいまのサイラスと同じくらいの年で、わたしはずっと若かった。彼に熱をあげていた。どういうわけか、彼はほかの学生よりもわたしに呼びかけることが多い気がしていた。わたしは舞いあがった。彼は頭がよくて、洗練されていて、収まりのつかない黒髪をしていて、わたしはあれこれと空想にふけった。顎の真ん中にある小さなくぼみに舌を這わせ、どれくらい深いのかを確かめてみたかった。

ある日、彼の部屋に呼ばれた。わたしは応じた。口説かれるのかと思い、怖かったけれどわくわくもした。けれど彼は、まだ綴《と》じられていない一番新しい小説の校正刷りを手渡しながら、わたしはいい目をしているからこれを読んでほしいと言った。

「いい目？」わたしは訊き返した。

「きみは文法に強いし、綴りも確かだからね」

思い出すと、恥ずかしさに身がすくんだ。

サイラスはわたしを観察している。「眠れていますか？」

「薬をもらっています」

「食事は？」

「看護師と話したんですね」

「心配していましたよ」

彼は開いたままのスーツケースの中にある、額に入ったルーシーとラクランの写真に目を留め、名前を尋ねる。三十分後、わたしは自分がまだ話し続けていることに気づく。いつの間にか彼はわたしひとりをしゃべらせていて、わたしがどこで生まれ、どこの学校に通ったのか、さらには両親や妹やジャックのことを聞き取っていた。やがてバーンズに家を買ったこと、再び妊娠したことに話が及ぶ。言い争いや疑念やサイモンとの一夜の過ちには触れないでおく。

彼の声は穏やかで、話をごく自然に別の方向へと促したり、新たな側面を探ったりする。ここまで自分のことをだれかに打ち明けたのは初めてだったかもしれない――それも見知らぬ人に。

ようやく話が現在にたどり着く。サイラスは、誘拐について大体のところは知っていたし、防犯カメラの映像も見ていたけれど、もう一度わたしの口から話を聞きたいと言う。彼は認知面接について説明する。経験したことをよりくわしく思い出せるらしい。

「プレッシャーを感じる必要はありません。リラックスして。仰向けになってください。目を閉じて。出産のことを話してください。自分が映画監督で、そのときのことを再現しようとしていると思って。どこに立ち、なにを言うのかをあなたが指示しているんだと想像してください」

わたしは言われたとおりに、帝王切開の様子を説明していく。ジャックがどうやってわたしを笑わせたのか。「彼は三人目の子供を欲しくなかったんです。でもベンをひと目見て、めろめろになりました」

十一時には病室に戻ったとわたしはサイラスに語る。わたしは何時間か眠り、目を覚まし、昼食をとり、また眠った。ジャックがわたしの両親とグレースに電話をかけ、うれしい知らせを伝えた。面会時間に両親が会いに来た。グレースがルーシーとラクランの面倒を見ていた。

「シャワーを浴びに行ったとき、だれかに気づきましたか？」

「いいえ」

「そのときのことを思い浮かべてください」

「ジャックに手を貸してもらってバスルームに行きました。彼がわたしの腰に手をまわして支えてくれて、ベッドのあいだを歩いたんです」

「だれかの声を聞きましたか？」

「隣のベッドの女性がご主人と話をしていました」

「ほかには？」

「看護師」

「どこに？」

「隣のベッドのひとつです。顔は見えなかった。シーツを直していました」

「彼女の髪は？」

「黒っぽい色です。長かった」

「どんなスタイルでしたか？」

「うしろで結んでいました」

「彼女の向こう側を見てください。なにが見えますか？」

「カーテンです」

「開いていますか？　それとも閉じている？」

「一部開いています」

「ほかには？」

「女性。出産を終えたばかりだと思います。家族が花と風船を持ってきていました。イタリア人かもしれません。にぎやかでした」

「その中のだれかが、空のベッドの脇にいたというその看護師のほうを向いていませんでしたか？」

わたしは集中して記憶を探る。

「おばあさん！　彼女がこっちを見ていたわ。うるさくてすみませんって謝ったんです」

ぱっと目が開く。「看護師を見ているはずです」

「かもしれませんね」サイラスが言う。「話を聞く価値はあるでしょう」

「催眠術をかけてもらったら、もっと思い出せますか？」わたしは尋ねる。

「思い出すようなことはないかもしれませんよ」

言ったとたんにわたしはサイモンのことを思い出し、気が変わる。サイラスは気づいたようだがなにも言わない。彼が沈黙をレバーやてこのように使って、わたしの口を開かせようとするのがいやだった。

「結婚しているんですか？」話題を変えたくて、わたしは尋ねる。

「いいえ」彼は悲しそうに微笑む。

「どうしてそんな顔をするんです？」

「わたしは結婚に向かない人間だと思うんですよ」

「それって……」

「ゲイではないですよ。そういう意味でしたら。恋人と一緒に暮らしています。彼女は弁護士なんです」

「どうしてその人との結婚を考えないんですか？」

「両親が結婚のいい見本ではなかったので」

「離婚なさったんですか？」

「亡くなりました」

「すみません」

「昔のことですよ」

なにかが彼の記憶の隅をつついたのか、サイラスは立ちあがって窓に近づき、空を見つめる。

「彼女はどうしてベンをさらったんでしょう？」わたしは尋ねる。

サイラスは指でガラスをなぞる。「いくつか理由が考えられます。小児性愛者は、決まった年齢層の子供をターゲットにしますし、通常、赤ん坊を対象にはしません。より可能性が高いのは、妊娠できないか、流産したか、子供を亡くした女性でしょう。結婚生活を続けるためか、もしくはパートナーとの関係を修復しようとしているのかもしれません。赤ん坊が彼女の答えだった――裂け目を取り繕い、彼女の元を去っていこうとしている男をつなぎとめておくために」

「流産する女性は大勢います」

「そうですね。ですが、そのほとんどは悲しみと折り合いをつけることを学びます。こういった女性は、親からのネグレクトを受けていたのかもしれません。虐待を受けていたかもしれないし、家庭が機能していなかったのかもしれない。愛に飢えていて、無条件で自分を愛してくれる赤ん坊を求めていたのかもしれない」

「なんだか彼女に同情しているみたいに聞こえます」

「理解しようとしているんですよ。彼女は傷つきやすくて、実際に傷ついている」

「ベンに害を及ぼしたりしますか？」

「追いつめられないかぎり、そんなことはしないでしょう」

「それで、どうするんですか？」

「彼女の人物像を描いて、メディア戦略を考えます」

「〝戦略〟というのは？」

「ベンをさらった人物はニュースを見て、新聞を読んでいるはずです。耳を傾けている。つまり、連絡を取れるということです。彼女にメッセージを送ることができる。彼女を落ち着かせることができるんです」

「どうやって？」

「彼女を犯罪者扱いしたり、おとしめたり、怖がらせたりしないことで」

「それがベンを取り戻すことにつながるんですか？」

「彼女にあなたの痛みを伝えます。もし彼女が子供を失っているのなら、あなたがどんな思いをしているのかがわかるはずだ。それを利用します」

サイラスは鞄を手に取り、肩にかける。なにか落としていないかを確かめるように椅子のまわりを眺め、そのあとでわたしと握手すべきかどうか迷っている素振りを見せる。

「悲観的にならないようにしてください」偉そうな口調ではなかった。

わたしも同じことを彼に言いたくなったけれど、その理由はわからない。やがてはたと気づく。サイラスは『オズの魔法使い』のブリキ男を連想させるのだ。オイルが必要なほど壊れているわけではない。けれど過去に起きたなにかが彼の足取りを重くし、その動きをきしませている。それが、他人の心の奥底を探ることに人生を費やしている人間の運命なのかもしれない。人々の最悪の恐怖に耳を傾け、欠陥を暴き、動機を嗅ぎつける。彼のような人間はあまりに多くの幽霊に内側から取りつかれて、やがて錆びて動かなくなるのかもしれない。

アガサ

あたしは料理を練習している。これまでは卵を茹でたり、ベイクドビーンズを温めたりするくらいが、キッチンでたどり着ける限界だったけれど、いい妻になってちゃんと彼の世話ができることをヘイデンに見せつけたかった。今夜のメニューはチキンキエフにサヤマメと甘く煮たニンジンだ。

「フライドポテトは？」ヘイデンが訊く。

「レシピには載っていなかったもの」

「おれはフライドポテトが好きなんだ」

「いつもポテトがついてくるわけじゃないのよ」

ヘイデンはチキンキエフをフォークでつついていたが、ひと口頬張ると、その後はがつがつ食べ始め、お代わりまで欲しがった。

後片付けを終えたあたしは、ヘイデンと一緒にソファの上で丸くなり、テレビのチャンネルを次々と変えていく。ローリーは眠っているけれど、真夜中になる前に起きるだろう。

「搾乳しなくていいの？」ヘイデンがあたしの髪を撫でながら言う。

「あなたったら、いつからおっぱい警察になったの？」あたしは彼のあばらのあたりをつつく。

「搾乳するところを見てもいい？」

「どうして？」

「恥ずかしいからいや」

「搾乳機につながれた乳牛になった気分になるもの」

「見たいよ」

「また今度ね」

あたしはリモコンを手に取ると音を消し、ヘイデンにまたがる。キスをしながら、彼の股間が硬くなるまで小さく円を描くように腰をこすりつける。静かにねと囁きつつ、彼を寝室へと連れていく。ローリーがベビーベッドで眠っているのだ。

「見られたらどうする？」ヘイデンが訊く。

「まだ赤ちゃんよ」あたしはまたキスをし、彼のジーンズの中に手を滑りこませる。

「あなたがこうなっているときが好き」

彼が海に出てから、これが初めてのセックスだ。彼はあたしに体重をかけないように、両手で自分の体を支えている。

「本当にこんなことをして大丈夫なのか？」

「平気よ」

「きみを傷つけたくないんだ」

「大丈夫だから」

彼は最初に会ったときよりずっと優しい。あの頃の彼は発情期の牡牛のようで、なにか間違ったことをした女性——彼と寝ようとしなかったり、彼を捨てたり、彼には手の届かなかったりする女性——に罰を与えようとしているみたいに、マットレスにあたしを押さえつけたものだ。

「コンドームをつけなくていいのかい？」

「シーッ」

ヘイデンが動き始める。欲望にかられながらも懸命に自分を抑えているが、あたしは彼が耐えきれなくなるまでその動きに合わせて腰を突きあげる。彼は体を震わせてため息をつき、あたしの耳たぶにキスをして囁く。「愛している」あたしの心臓が膨らんで体の隅々まで広がり、あの生き物や疑念の入る隙間を埋める。
あたしはヘイデンの腕に抱かれて眠りに落ちる。幸せだ。

母親業が大変なことはわかっていたけれど、あたしはそのすべてを楽しんでいる。ローリーにミルクをあげるために朝の四時に起きることも、おむつを替えているときにおしっこをかけられることも気にならない。彼がしょっちゅう泣いても、服に吐かれてもかまわない。なにひとつ、大変だとは思わなかった。昨日は三回洗濯機をまわした。洗濯物を畳み、アイロンをかけ、掃除機をかけ、哺乳瓶を消毒し、ミルクを作った。その合間にはバスルームに閉じこもって、搾乳しているふりをした。

父親になったことでヘイデンは変わった。優しくなり、気遣ってくれるようになった。家事をしてくれるし、進んで買い物に行ってくれる。たいていはスリングを使ってローリーを抱いていく。赤ちゃんを抱いた男の人ほどセクシーな存在はない。女っぽく見えたり、弱々しく見えたりはしない。それどころか、一家の大黒柱となる模範的な人間のように見える。いつもそこにいてくれる人のように。

海軍はヘイデンに、二週間の有給の育児休暇をくれていた。そのあとは休みを取るので、ポーツマスで再び船に戻る一月半ばまで一緒にいることができる。

もっと長くいられればいいのにと思っていた。この感情――新鮮さとわくわく感――を永遠に感じていたいと思っているあたしがいて、一方で自分自身を露わにすることや、信じすぎることを恐れているあたしがいる。だれかがそばにいることにあたしは慣れていない。いつものあたしは失望する準備をし、拒否される覚悟を決め、最悪に備えている。

ヘイデンの両親のことは、いまもまだ警戒している。ミスター・コールがあたしに好感を抱いていることは知っているし、ミセス・コールはローリーにべったりで、言い訳をしつつ彼を抱きあげては見せびらかす、孫に夢中なおばあちゃんだ。すでに、次にヘイデンが休暇で帰ってくる春に行う洗礼式の計画を立てている。おばやおじ、いとこを呼ぶつもりでいるらしい。あたしには、クリスマスや記念日に集まる大家族はいないし、これまでいたこともなかったから、ディズニー映画かホームコメディに迷いこんだような気分だった。そこでは、七面鳥を焦がしたり、パンチにおかしなものを入れたりといったこと以上の悪いことは起きないのだ。

日曜日のランチにコール夫妻から招待された。ちゃんとしたローストビーフに付け合わせがたっぷり。ヨークシャー・プディング。ホースラディッシュ。ベイクドポテト。グレービー。夫を置いてノーフォークからやってきたヘイデンの姉のナイジェラは、どういうわけかあたしに敵意をむき出しにする。あたしが妊娠や出産についてなにか言うたびに、反論するみたいに鼻を鳴らし、そのくせそれ以上なにも言おうとしない。

赤ちゃんの話をしようと水を向けると、親になったばかりの人間は子供のことしか話題がないから退屈だと嫌味が返ってきた。あたしはヘイデンをキッチンに引っ張っていき、尋ねる。「いったいどういうこと?」

「きみのせいじゃないんだ」彼が答える。「姉さんは子供を欲しがっているんだけれど、二度流産しているんだよ」

「どうして教えてくれなかったの?」

「だれにも教えていなかったのさ。ぼくもついさっき、母さんから聞いたところだ」

「お父さんは?」

「まったく知らないよ。だからなにも言わないでほしい」

ランチをとりながら、ミセス・コールはヘイデンにいつあたしと結婚するのかと尋ねる。

「赤ちゃんにはちゃんとした名前が必要でしょう?」

「名前はあるさ」ヘイデンが応じる。

「神さまにはそう見えませんよ」ミセス・コールが言う。「でないと、世間の人たちから……」

彼女はその先の言葉を呑み込む。

「いまはもうそんなことは気にしないんだよ」ヘイデンはそう言いながらも、気まずそうだ。

あたしが口をはさむ。「あわてて結婚したら、ローリーのせいだって思われます。時機を見ることで、あたしたちは本当に愛し合っているんだっていうことをわかってもらえます」ヘイデンの手を強く握る。

ナイジェラは吐くような音を立て、あたしはいらだちを覚える。

片付けを終え、応接室に移動する。ヘイデンはサッカーを見るためにテレビをつける。ニュースをやっていた——またベビー・ベンの話だ。

「そうだ、言ってなかったな」ヘイデンが言う。「アガサはミセス・ショーネシーと知り合いなんだ」

ミセス・コールは紅茶をいれている。「だれですって?」

「ベビー・ベンの母親だよ」

家族全員の視線があたしに向けられる。

「妊娠中にヨガを一緒にやっていたんです」あたしは説明する。

「彼女の家にも行ったんだよな？」ヘイデンが言い添える。

「どんな人だ？」ミスター・コールが尋ねる。

「とてもいい人です」

「旦那さんって、ハンサムよね」ナイジェラがマニキュアをつまみながら言う。

「子供がふたりいるんです――ルーシーとラクラン。確か六歳と四歳だったと思います」

「お気の毒に」ミセス・コールが言う。「おうちは素敵なの？」

「だからどうだというんだ？」ミスター・コールが鼻を鳴らす。

その言葉にミセス・コールが声を荒らげる。「テレビに出ているんだから、きっとすごく素敵な家なんだろうと思っただけよ」

「とても素敵ですよ。寝室が四つあるんです。バーンズにあって、川からそれほど遠くないところです」あたしは説明する。「あたしが以前働いていたところの近くです」

「どこで働いていたの？」ナイジェラが訊く。

「スーパーマーケットです」

「スーパーマーケット！」ハンセン病患者の居留地だとでも言いたげな口調だ。

テレビは病院の防犯カメラの映像を流している。看護師の格好をした人物がカメラから遠ざかるように移動し、方向を変えてエレベーターに乗りこんでいる。動画が停止し、画像がクローズアップに変わる。

「この人、あなたに似ているわね、アガサ」ナイジェラが言う。

「あたし？」

「そうよ」

「全然似ていないさ」ヘイデンが身構える。

ミスター・コールは肘掛け椅子から身を乗り出す。「少し似ているね」

あたしは胸をなにかにつかまれる気がしたけれど、かろうじて笑う。「そうですね」

「きみのほうが髪が短い」ヘイデンが言う。

「ウィッグをつけてたのかもしれない」あたしは応じる。

「顔の輪郭が同じよね」ナイジェラが言う。

「いつもはこんなに丸くないんです。妊娠したせいで膨らんじゃって」

「きみは膨らんでなんかいないさ」

「そうね。でも二、三キロは痩せてもいいかも」

もうひとつのソファの上でナイジェラが薄ら笑いを浮かべている。

テレビは、病院を出ていくメグとジャックの写真を流している。

「それで、いったいだれがベビー・ベンをさらったんだと思う?」ミスター・コールが訊く。

「自分の子供を持てない人じゃないでしょうか」あたしの言葉に、ナイジェラが体を固くする。「流産したり、妊娠できなかったりしたせいで、道を踏みはずしてしまう女性がいますから」

「話題を変えましょうか」ミセス・コールが言う。

「みんながそうだって言っているわけじゃないんです――中にはそういう人もいるっていうことです。冷酷になって、嫉妬深くなるんです。お気の毒ですよね」

ナイジェラは失礼と言って立ちあがり、手で口を押さえながら部屋を出ていく。

「大丈夫かしら?」あたしは言う。「あたし、なにか気を悪くするようなこと言いましたか?」

メガン

何十人という記者たちが家のまわりをうろついている。歩道はふさがれ、放送用のバンや衛星中継用トラックが駐車スペースを占領している。我が家のゴミ箱は、彼らが捨てたコーヒーカップやファーストフードの包みであふれている。

ジャックは角を曲がった先に車を止めざるを得ず、わたしたちはテレビカメラとフラッシュとブームマイクの中に突入する。さがってとリサ・ジェインが記者たちに叫び、彼らを押しのけて進もうとする。

「ショーネシー夫妻はなにも話しません。道を空けなければ、逮捕することになりますよ……二度は言いません」

録音機器を顔の前に突き出される。大声で質問が飛んでくる。だれかがわたしの腕に触れる。わたしは火傷したみたいに、あわてて腕を引く。女性記者がわたしの手に無理やり手紙を握らせる。わたしはなにも考えず、それを受け取る。

「もっと出せます」だれかが叫ぶ。

「そいつを信用するな」ほかのだれかが怒鳴る。

リサ・ジェインが肩につけた無線で応援を呼んでいる。門まであと少しだ。ジャックはわたしの体に腕をまわしている。彼が怒鳴ったり、罵ったりしたくなっているのがわかる。人でなしとかカス野郎とか言いたいのだろうけれど、彼はテレビ業界で働いているから、マスコミがどんなものかは知っている。

玄関にたどり着き、聖域である廊下に入る。郵便受けに最後の手紙が押しこまれ、ようやく喧噪《けんそう》が弱まる。二度とこんなことはさせないとリサ・ジェインが約束する。ジャックは不機嫌そうにうなり、裏庭へと姿を消す。

わたしは二階にあがり、病院に持っていったスーツケースから荷物を出していく。ネグリジェとパジャマの中に、ベンに着せて帰ってくるはずだったベビー服があった。その小さな服をベッドに並べ、ベンがここにいて、荷物を片付けているわたしを見ているのだと想像してみる。ほんの四日間の出来事なのに、何年にも感じられる。ルーシーとラクランは両親に預かってもらっている。ふたりに会いたかった……ふたりの声、ふたりが散らかした部屋、ふたりの喧嘩、ふたりのハグが恋しい。部屋から部屋へと歩いていく。どれも見慣れたものなのに、どういうわけか同じには思えない。暗くて、冷たくて、色を失ったように見える。

新しくペンキを塗った子供部屋で、わたしは童謡の歌詞のステンシルを指でなぞり、ベビーベッドの上に吊るしたモビールをまわし、天井に描かれた手書きの動物たちの絵を眺める。

部屋の隅にある揺り椅子は、ルーシーが生まれたときに両親が贈ってくれたものだ。磨いた木の座席には、洗ってアイロンをかけたラクランのお気に入りの毛布が置かれている。もう大きくなったのだからこういうものはおかしいよと言い聞かせると、赤ちゃんにあげると言ってくれたのだ。わたしはラクランがどこに行くにもこれを手放さなかったことを思い出しながら、すり切れたその毛布を頬に押し当てる。自分でも気づかないうちに床に膝をつき、毛布に顔をうずめて子供のように泣いていた。

リサ・ジェインが階下から呼びかける。「紅茶がはいりましたよ」

「すぐに行くわ」わたしは涙を拭う。

バスルームで顔を洗う。洗面台の上の鏡の中には、目の縁を赤くした細い髪の見知らぬ女がいる。わたしは肉体的な不幸の兆候を探す――額の新たなしわとか、肌の傷とか、なくなった手足とか。赤ちゃんを失うのはとても衝撃的で原始的なことだから、はっきりした形が残るはずだ。内側にぽっかり開いた穴を感じているのだから。

鏡に映ったバスタブの縁に、まるでノアの到着を待っているみたいに様々な動物が並べられている。牛。アヒル。羊。馬。排水口にラクランのトラックがはまっている。上の棚にはベビーシャンプーやバブルバスやバスボムや玩具が置かれている。ドアをノックする音がした。リサ・ジェインだ。「大丈夫ですか？」

「ええ」

彼女は耳を澄ましている。息遣いが聞こえる。しばらくすると彼女は離れていき、わたしはまたひとりになる。バスタブの縁に腰かけ、ベンがいなくなってからの時間を数えようとする。わたしはあの子とどれくらい一緒に過ごしたの？　いなくなってどれくらいになる？　あの子の泣き声やにおいがわかるだろうか？　あの子だということがわかるだろうか？　目の色や足の大きさやまつげの長さを思い出すことができなかった。

階下におりたときには、ジャックはいなくなっていた。

「なにかすることがあるって言っていました」リサ・ジェインは体操選手のように、金色の髪を後頭部でまとめている。「ご主人となにか問題でも？」

「いえ、大丈夫よ」

実を言えば、ジャックがそばにいないときのほうが不安は小さくなる。この数日、わたしたちはろくに口をきいていなかったし、自分自身の恐怖を彼の目の中に見るのが怖くて、わたしは彼と顔を合わせることができずにいた。

記者やドアをノックする見知らぬ人たちにわたしたちが煩わされることのないように、リサ・ジェインが泊まっていくことになっている。ラクランの部屋を使ってもらう予定だ。マスコミの目を逃れるためにホテルに泊まってはどうかとマカティア警視正に勧められたが、わたしは自分の家にいたかった。眠れなくても自分のベッドで横になりたかった。ばかみたいに聞こえるのはわかっていたけれど、ベンがわたしを呼ぶのではないか、自分で帰る方法を見つけるのではないかと思っていたからだ。だから万一に備えて、ここにいなくてはいけない。

わたしはラップトップ・コンピューターを開き、受信箱にある何十通ものメールを読み始める。支援や同情や祈りのメッセージだ。その多くが知っている名前だった。ルーシーの学校やラクランの保育所の先生、ママ友グループの母親たち、学生時代や雑誌社で働いていた頃の友人たち。

その中のいくつかを読む。なにを書けばいいのか、だれもわかっていないようだ。アガサの名前もあった。

ハイ、メグ。

ニュースを聞いたわ。ショックだったし、ぞっとした。こんなことが起きるなんて信じられない。あなたがどれほど辛い思いをしているかがわかるから、自分の幸せが申し訳ない気持ちよ。わたしにできることがあったら、言ってね。肩を貸してほしいとか……見慣れた顔に会いたいとか……。

アガサ　ｘｘ

彼女は直後にもう一通メッセージを送っていた。

メグ、またわたし。きっとベンは元気だって言いたかったの。ベンを連れていった人はきっとちゃんと世話をしているわ。きっとなにもかもうまくいく。

ｘｘ

支援や祈りや心からの同情のメッセージに感謝したかったけれど、どれもが利己的なものに思えたし、いらだちを覚えた。わたしにメールを送ることでいい気分になっているような気がする。公正じゃないことはわかっている。立場が逆だったらわたしはどうする？　同じことをするだろう。

自分のブログを見た。新聞のひとつがわたしがブロガーであることを紹介し、書き込みのいくつかを引用していた。これでわたしのフォロワーたちは、〝クレオパトラ〟がメガン・ショーネシーで、〝ヘイル・シーザー〟がジャックであることを知った。事件を受けて、同情とショックを受けたことを伝える何百というコメントがついている。

この人たちはいったい何者？　わたしのことを知りもしない。家族のちょっとした欠点や日々の試練について書いたブログの記事をいくつか読んだだけで、わたしを理解した気になっている。わたしは少しも慰められなかったし、勇気づけられることもなかった。ただ怒りを覚えただけだ。彼らに、わたしの感情や試練の所有権を主張する権利はない。

ノーフォークで暮らすある女性は、ベンがロマ族の家族とドーセットで暮らしている夢を見たという。カーラという千里眼の女性は、ベンの胎盤血を送れば、居所を見つけるための交霊会を開くと言ってきた。ブライトンのピーターという男性は幻覚について書いてきた。ベンはどこか水のある場所の近くで、古い納屋の横にいるらしい。その光景には豚とシトロエンと牛乳タンカーも出てきたということだった。

わたしはそれらのメッセージを削除しようとして、手を止める。超能力やタロットカードやそのほかの心霊現象を信じてはいないけれど、どんな可能性であれ閉ざしてしまうことはできない。

呼び鈴が鳴る。リサ・ジェインが応じる。だれかと話をしていて、帰るように告げている。記者ではなさそうだ。ほどなくして、彼女が寝室にやってくる。

「サイモンという人が、どうしてもあなたと話したいと言うんです。友だちだと言っていますけれど」

胃がひっくり返りそうになる。「会いたくないわ」

「わかりました」

彼女が階段を途中までおりたところで、わたしの気が変わる。どうして彼が訪ねてきたのか、なにを考えているのかを知りたくなった。リサ・ジェインを呼び止める。

「通してあげて。すぐにおりていくから」

髪を梳かし、充血した目の赤みを取るために目薬を差す。どうしてそんなことにこだわるのかはわからないけれど、サイモンの前で泣き崩れたり、弱みを見せたりしたくはない。

彼は居間の窓のそばに立ち、外にいる記者たちをカーテン越しに眺めている。しわだらけのリネンのジャケットにぴったりしたジーンズという格好で、二日剃っていないひげにはところどころ白いものが混じっているけれど、まだ気にかけてはいないようだ。

「なんの用?」わたしは冷ややかな声を取り繕おうともせずに訊く。

「きみが心配だった」サイモンは窓に視線を戻す。「外は動物園だな」

「あなたも動物のひとり?」

「少しはおれを信用してほしいな、メグ」

「それじゃあ、仕事じゃないのね」

「違う」彼は炉棚を指でなぞる。「ジャックは?」

「出かけている」

「彼をこんな目に遭わせる必要はなかったんだ」

「え?」

「ジャック——こんな辛い思いをさせなくてもよかった。おれたちだってそうだ」

怪訝そうなわたしの顔を見て、彼は確信したらしい。

「きみは素晴らしいね、メグ。たいした役者だ」

「いったいなんの話?」

「きみが赤ん坊になにをしたかを警察に言うだけで、この道化芝居をいますぐ終わりにできるんだよ」

わたしは信じられずに彼を見つめる。口が開いているのは、舌がからからだからだ。

「最後に話したとき、きみが言ったことを覚えている」サイモンは額に入ったルーシーとラクランの写真を手に取る。「おれを絶対子供に会わせないと言ったね。絶対に抱かせないと」

「わたしがしたことだと思っているの？」

「そうじゃないなら証明してくれ」

怒りのあまり、めまいがする。「わたしが、自分の子の誘拐をたくらんだと思っているのね」

「きみは警察の時間を無駄にさせたんだ。逮捕されるかもしれない」サイモンが言う。「ルーシーとラクランは児童相談所に連れていかれるだろう。きみはすべてを失うんだぞ」

「サイモン、サイモン、サイモン」わたしはため息をつきながら首を振る。「手術したばかりのわたしが、いったいどうやって自分の赤ちゃんを病院から連れ出せるっていうの？」

「妹と共謀したのかもしれない。ところで、グレースがおれに会いに来たよ。麻薬の売人だったことをばらすと言って脅された」

「それは悪かったわ――ごめんなさい。でも、わたしがやったことだって考えているのなら、あなたはどうかしている」

「そうか？　だれかを雇ったのかもしれない――金を払って赤ん坊をさらわせて、預かってもらっているのかも」

「あらそう！　いったいだれに？」

サイモンはどうでもいいことだと言わんばかりに肩をすくめる。

「わたしがだれかを雇って、看護師のふりをしてベンをさらわせたとあなたは考えているのね。その人はいったいどれくらいのあいだ、あの子の世話をすることになるのかしらね？　一週間、一カ月、一年？　ばかなこと言わないでよ」

サイモンの確信が揺らいだようだ
「おれを追い払うことはできないよ、メグ。赤ん坊を永遠に隠しておくこともね」

「出ていって！」

「ほかに方法はないってことだな。おれは警察に話をしに行くよ」

「笑われるだけよ」

「ジャックは笑わないだろうな」

わたしは彼の顔を引っぱたく。これで二度目だ。サイモンは引っぱたかれて当然の男だ。もう一度叩きたかった。目を引っかいてやりたかった。独善的な表情をその顔から引きはがしてやりたかった。

「出ていって！　出ていって！」

荒らげたわたしたちの声を聞きつけて、リサ・ジェインがドア口に戻ってきた。

「この人を追い出して！」わたしは叫ぶ。

「なにか問題でも？」

「帰るところです」サイモンはリサ・ジェインを押しのける。彼が廊下を進み、玄関を出ていくと、わたしはドアの鍵を閉め、しっかりとチェーンをかける。それからキッチンのベンチに座りこむ。リサ・ジェインが水を持ってきてくれる。わたしの手は震えていた。水がこぼれる。彼女はわたしが説明するのを待っている。

「あの男をわたしに近づけないで……わたしの家族に近づけないで」

「どうしてです？」

「彼は……彼は……わたしを脅迫しようとしたの」

「なんですって？　どうして？」

「理由はどうでもいいの」

「彼はどうしてあなたを脅迫しようとしているんです？」

「忘れて。とにかく、彼を近づけないでほしいの」

アガサ

その夜ローリーは、泣いたりぐずったりしてあまり寝なかった。お腹を空かしていたわけでも、おむつが濡れていたわけでも、熱があったわけでもないけれど、もっとミルクを飲ませなければいけないのだろうとあたしは考えている。今朝、バスルームの体重計で測ってみた。正確でないことは知っているけれど、体重が増えていることを確かめられるまで明日も明後日も測るつもりだ。

わたしはひどい有様だった。目の下には隈ができているし、なぜか顔がむくんでいる。こうなったときの自分が大嫌いだ。昨日はほとんどなにも食べなかった。ケーキやチョコレートビスケットをたらふく食べたりもしていない。こういうときに鏡をのぞくと、本当のあたしが見える。見世物小屋にいるような醜い生き物。そこにあるのは滑らかな肌ではなく、筋や傷が残ってえぐれたり盛りあがったりしている皮膚だ。ヘイデンも眠っていないせいで、機嫌が悪い。卵は茹ですぎで、トーストは焦げていると文句を言う。そのあとは、あたしのアイロンのかけ方を批判した。ハネムーン期が永遠に続かないことはわかっていた。彼はすでにあたしにうんざりしている。物珍しさが薄れれば、もっといい相手がいることに気づくだろう。ささいなことで言い争うようになり、あたしは彼の愛を確かめようとするだろう。その強さを信じていないから。あたしはさらに求めるようになり——ひっきりなしに愛を証明させようとする——そのせいで彼は逃げ出そうとする。

どうしてあたしはそんなことをするの？　あたしの最大の敵はあたしだ。自分の幸せを危険にさらし、すべてを台無しにする手段を見つけようとする。なぜなら、心の奥深くであの生き物がうごめき、身をよじり、あたし自身への信頼を蝕《むしば》んでいるから。あたしの過去の失敗を、空き地で眠るほかの赤ちゃんたちを思い出させようとするから。心の奥底では、自分が愛されるに値しないことがわかっているから。

電話が鳴る。見覚えのない番号だ。

「もしもし？」

「アガサ？」

「ええ」

「ニッキーだ」

すぐには、その名前と声が結びつかなかった。元夫とはもう三年も話をしていない。毎年クリスマスには近況を記した手紙が届くので、彼がニューカッスル出身の離婚歴のある女性と結婚して、ふたりの男の子の継父になったことは知っている。

「ニッキー――驚いたわ――元気？」

「ああ、元気だ。きみは？」

「あたしも」頭の中で警報が鳴り響いている。どうしていま電話をかけてくるの？ あたしたちはふたりして黙りこみ、そして同時になにかを言いかける。

「お先にどうぞ」あたしは言う。

「会議があってロンドンに来たら、昨日、サラ・デリーとばったり会ったんだ。覚えているだろう？　きみが登録していた人材派遣会社で働いていた」

「もちろん」

この話はどう展開するの？

「世間話をしていたら、彼女が突然爆弾を落としたんだ。きみが赤ちゃんを産んだってね。おめでとう」

「ありがとう」

「男の子だそうだね。驚いたよ。なにかの間違いじゃないかと思ったくらいだ」

「間違い？」

ニッキーは口ごもり、方向を変える。「素晴らしいじゃないか。さぞうれしいだろうね」

「ええ」

再びの長い沈黙。今度はさらに気づまりだ。

「ランチでもどうだい？」彼が誘う。

「いまは忙しいのよ」

「そりゃあそうだ。それじゃあ、コーヒーは？　きみのところまで行くよ。ぜひ赤ちゃんを見たいね」

彼に来てほしくなかった。ヘイデンはニッキーのことを知らない。あたしが結婚して離婚したことも、子供を作るために何年も努力したことも知らない。

背後で物音がした。ヘイデンがキッチンのドア口に立っている。〝だれだ？〟と声を出さずに尋ねる。

「だれでもない」あたしは小声で答える。

ニッキーは話し続けている。「あれだけやってだめだったのに、どうやってきみが妊娠できたのかを聞かせてほしいな。最後に会った不妊専門医を覚えているだろう？

きみは妊娠できないって彼は言っていた」

「間違いだったってことね」

「そうだな」

彼は信じていない。

「いまは時間があるんだ。そっちに行けるよ。住所はわかっているから」

「引っ越したの」

「本当に？　同じところに住んでいるってお母さんが言っていたけれど」

心臓が跳ねた。「いつ母さんと話したの？」

「八月――彼女の誕生日だよ。きみはいまもまだフラムにいるの？」

「いいえ。ええ」

ヘイデンがあたしを見つめている。

「気が変わったわ」あたしは言う。「どこかで会いましょうか」

「いいね。サウス・ケンジントンで約束があるんだ。そのあとできみと会えるよ。どうだい？」ニッキーが場所と時間を指定する。「必ずローリーを連れてくるんだよ。その奇跡の赤ちゃんにぜひ会いたいんだ」

「どうして名前を知っているの？」

「もちろんサラに聞いたのさ」彼が笑う。

あたしは急いで電話を終わらせる。ヘイデンがあたしを見おろすように立つ。

「だれだ？」

「昔の友だちよ」

「恋人？」

「ううん、そういうわけじゃない」

「どういう意味だ？」

「家族ぐるみの知り合いなの——おじさんみたいなもの。もう何年も会っていないわ」

「そいつに会うのか」

「コーヒーを飲むだけよ」

「おれも行っていいか？」

「退屈するわよ。それよりもローリーをお母さんのところに連れていってあげたら？喜ぶわ」

そこはサウス・ケンジントンにあるちっぽけなレストランで、外観よりも中のほうが広いという、物理学を否定するような店だった。一方の壁に沿ってカウンターがあり、もう一方の壁にはブースが並んでいる。奥に進むとそこは中二階のある広々とした食事スペースだった。昼間はコーヒーやスコーンや紅茶を出し、夜になるとタパス・バーになるらしい。

ニッキーはあまり変わっていなかった。こめかみのあたりがいくらか白くなり、何キロか太ったくらいだ。増えた体重が腰まわりについているので、女性っぽさが増して見えた。

「子供を連れてこなかったんだね」ニッキーはがっかりしたようだ。

「ゆうべ、あまり寝なかったのよ」

「残念だ」

ニッキーはあたしのコートを受け取ると、それを吊るしてからウェイトレスを呼ぶ。これだけの時間がたったあとで、元夫と向かい合って座り、彼の声を聞くのは妙な感じだ。とても聞き慣れた声なのに、まったく無縁なもののようでもある。過去に属する声だからだろう。口数が少なくて気まぐれなヘイデンとは違い、ニッキーは快活で心の内を率直に話してくれる。

そこはビクトリア駅とアルバート博物館からさほど遠くないところだったので、外の道路沿いには観光バスがずらりと止まっている。街灯と木々のあいだに渡されたワイヤーに、作業員たちがクリスマスの照明を取りつけていた。日が落ちればワイヤーは暗闇に溶けこんで、照明があらゆるものを明るく、華やかに照らすだろう。

「それで、いったいどうやったんだ？」ニッキーが視線を落とすことなく尋ねる。

「どうやるって？」

「妊娠だよ」

「普通に妊娠したの」

「本当に？」

彼の目力はとても強くて、まるで化粧をしているみたいだ。

「どうしても知りたいのなら言うけれど、ドナーを使ったの」あたしは怒ったように言い、それから謝る。「ごめんなさい。人に知られたくなくて」

「どうして知られたくないの？」

あたしは肩をすくめる。「そのほうが簡単だもの」

「きみが妊娠しているなんてお母さんは言っていなかった」

「後期に入るまで言わなかったの。期待を持たせたくなくて——あんなことがあったあとだから」

ニッキーの目が悲しみに曇り、彼が冷静さを取り戻すまでしばらくかかった。コーヒーが運ばれてくる。

「だれかと付き合っているの？」彼が尋ねる。

「婚約している」

「それはよかった」

あたしはフリゲート艦の艦長か、艦隊の海軍中将になることが約束されているかのような口ぶりでヘイデンのことを話す。

「夏には結婚して、タヒチに新婚旅行に行くのよ」

「タヒチ？　ワオ！　それじゃあ、彼が子供の父親なんだね？」

「ええ」あたしは答える。

ニッキーはナプキンを畳んだり、広げたりしている。「あの盗まれた赤ん坊――本当にひどい話だ」

「あまりくわしいことは知らないのよ」

ニッキーの眉が吊りあがる。「知らないでいるほうが難しいだろう？」

「ここのところ、忙しいんだもの」あたしは彼と目を合わせずに笑う。

「もちろんそうだ」

ニッキーは、あたしたちがかつて住んでいたハイゲートの家の前を車で通ったのだと話し始める。「屋根裏を改装したんだと思うよ。そうしようってよく話していたよね……子供ができたら」いまの言葉を取り消したいと言わんばかりに、ニッキーは申し訳なさそうな顔をあたしに向ける。「ぼくらのクロエが生きていたらどうなっていただろうって、考えることはないかい？　生きていたら、今年で四歳だ」

あたしは答えない。

「ぼくはいつも考えている。通りや公園で小さな女の子を見かけると、クロエだって想像するんだ——元気で生きていて、だれかほかの人に育てられているんだって」

「そんなことを考えたら、あたしは気が狂うわ」

「そうだな。ぼくたちはどちらも少しおかしくなっていたよね。きみが、赤ん坊を盗む話をしていたのを覚えているよ。もちろん冗談だってわかっていたが、上に子供がいる夫婦を見つけて、彼らから赤ん坊を盗めばいいって、きみは言っていたよね」

「悲しすぎてどうかしていたのよ」

「もちろんさ」

顔を背けたくなるのを必死でこらえ、ニッキーの視線を受け止める。あの生き物があたしの中で目を覚ます。

奴は知っている！　知っている！

「それで、どこで産んだんだい？」ニッキーが尋ねる。

「ロンドンよ」

「サラはリーズだって言っていたけれど」

「産んだのはリーズだけれど、すぐにロンドンに戻ってきたっていうこと。ヘイデンがケープタウンから着いたばかりだったの。彼、インド洋で海賊と戦っていたのよ」

ニッキーが首をかしげる。「数週間前、リーズに行ったんだ。きみのお母さんの家を訪ねたけれど、しばらく留守のようだった。冬のあいだスペインに行っていると、近所の人が教えてくれたよ」

「出産に合わせて帰ってきてくれたのよ」

「そしてまたスペインに戻ったの？」

「そう」

奴は知っている！　知っている！

あたしは腕時計を見る。つけていなかったので、携帯電話を見る。「もう行かなくちゃ。ローリーがお腹を空かしているわ」

「ああ、そうだね、もちろんだ」ニッキーは立ちあがり、あたしが袖に手を通すあいだ、コートを持っていてくれる。

「きみにまた会えてうれしかったよ、アギー。その子をしっかり世話してあげて」

「ええ」

あたしたちは店の外の歩道で別れる。二十歩ほど進んで振り返ると、ニッキーはまだこちらを見ていた。

奴は知っている！　知っている！

ニッキーはあたしに手を振り返してから道路を渡り、一番近い地下鉄の駅へと歩いていく。距離が充分に開いたところであたしは向きを変え、顔を伏せて、通行人のあいだを縫うようにしながら彼のあとを追っていく。長身の彼は人込みの中でもすぐにわかる。

奴は知っている！　知っている！

彼はなにも言わない。

警察に話すさ。

証拠はない。

そんなことはどうでもいい。

サウス・ケンジントン駅はいつも混んでいる。何本もの通路が複数のプラットホームに通じている。あたしはコートのフードをかぶって防犯カメラに顔が映らないようにしながら、ニッキーを見失わないようについていく。あるところで彼は、バイオリンを弾いている大道芸人にお金を渡すために足を止めた。あたしはその場で立ち止まって向きを変え、人の流れに逆らって歩きだす。数秒後、再び向きを変えて彼のあとを追った。

ニッキーは、博物館から出てきた観光客で混み合っているディストリクト線とサークル線の東まわりのプラットホームにたどり着く。あたしは小声で謝りながら肩をこするようにして人々のあいだをすり抜け、プラットホームの端までニッキーを追っていく。

発車案内板を見る。次の列車は一分後だ。ニッキーは携帯電話を眺めている。

警察に電話をしているぞ。

メールを読んでいるだけかもしれない。

それとも、メールを送っているのかも。

なんでもない。

おまえが奴の子供を作れなかったから、奴は嫉妬しているんだ。

彼はあたしを愛している。

奴は知っている！　知っている！

線路にリズムを刻みながら、列車が近づいてくる。閉じたまぶたの裏に映像が広がる。アパートに警察が到着するのが見えた。あたしの赤ちゃんを連れ去るのが見えた。あたしは抗い、彼を返してほしい、抱かせてほしいと懇願している。

ニッキーはホームの端に近いところまでじりじりと前進していた。あたしはその背後で、彼のうなじの産毛や肩に落ちたふけが見えるくらい近くに立っている。人々が密集してくる。

奴は知っている！　知っている！

彼になにができる？

警察に話せる。

だめ。

列車が近づいてくるのが見え、風がニッキーの額の毛を持ちあげる。先頭車両まで十二メートル、九メートル、六メートル……フロントガラスの向こうに運転手が見える。男性。退屈そうだ。

奴は知っている！　知っている！

あたしになにができる？

奴を止めろ！

どうやって？

あたしの両手がニッキーの背中の真ん中に触れる。彼は振り返ろうとするけれど、あたしはそのままぐいっと押す。彼の重みを感じる。一瞬頭がくらりとして、ニッキーが前にのめり、小さく円を描くように両手を振ってバランスを取ろうとしているのを見て、あたしは笑いをこらえる。重力に逆らったように見えたのもつかの間、ニッキーはホームから落ち、小さなドンという音と共に列車の下に見えなくなる――車輪が通過するたびに、同じ音が繰り返される。

女性が悲鳴をあげる。そして別の女性。あたしも続く。人々の怒声の中、列車は次第に速度を落としながらあたしたちの前を通り過ぎていく。列車の中で立っている乗客たちは、自分たちの足の下でなにが起きたかも気づかずに、降りる準備をしている。

五歳か六歳のぽっちゃりした少女があたしを見つめている。片手に人形を抱え、もう一方の手で母親の袖をつかんでいる。

母親は娘の目を覆い、見てはいけないと言う。

「あの人どうしたの？」少女が尋ねる。

「シーッ」

「あの人、どこに行ったの？」

少女は顔に当てられた母親の手をはずし、とがめるようにあたしを見つめる。あたしはその視線を受け止めることができない。向きを変え、人込みのあいだを進んでいく。人々はもっとよく見ようとして、こちらに押し寄せてくる。逃げたがっている人もいる。あたしは彼らを押しのけ、顔を伏せたまま、耳をそばだたせながら林立する肩のあいだを進んでいく。

「だれかが飛び込んだの？」

「倒れたんだ」

「くそ！　遅れるじゃないか」

出口に、階段にたどり着くまで永遠にも思える時間がかかった。両手が震えている。頭が麻痺《まひ》している。よく考えなくてはいけない。駅を出れば、怪しく見えるだろう。列車に乗ったほうがいい。違うホームを使うのだ。ここから離れなければ。あたしの足跡を隠さなくては。

あたしの中の生き物は静かになっていたけれど、彼がなにを考えているのかはわかっている。

奴は知っていた！　知っていた！　知っていた！

メガン

ルーシーとラクランが競うようにしながら門を抜け、通路を駆けてきて、わたしの広げた両腕に飛び込む。フラッシュがたかれ、テレビカメラがその瞬間を捉える。プライベートなものであるべきわたしたち家族の再会が、あらゆるチャンネルで繰り返し放送される題材になってしまっていた。わたしたちは、自分たちを主人公とするリアリティショー〝ジョーネシー家の人々〟のスターだ。

ジャックがお揃いのふたつのスーツケースを手に、ふたりのあとをついてくる。もっと写真を撮りたいカメラマンたちは、口々に叫んでポーズを取らせようとするけれど、わたしは子供たちを家の中に入らせてドアを閉める。

もう一度、今度は子供たちと本物のハグをする。ルーシーはなにもかもを伝えようとして、ラクランにひとことも口をはさむ間を与えず、猛烈なスピードで話し始める。

「あたし、シラミがいると思うんだ。頭がすごくかゆいんだもの。おばあちゃんが特別なシャンプーで洗ってくれたんだけど、目にしみるし、ずっとリンスをつけたままにしてなくちゃいけなかったんだよ。おばあちゃんが櫛《くし》で梳いてくれたときには泣いちゃったけど、でもシラミは見つからなかったの。それなのに、どうしてあたしの頭はこんなにかゆいの？」

「お腹が減ったよ」ラクランが言う。

「なにか作るわね」わたしは応じる。

ルーシーがジャックの膝によじのぼり、ラクランはわたしのところにやってくる。

「赤ちゃんを産んだの？」ルーシーが尋ねる。

「そうよ。男の子」

ルーシーは顔をしかめる。「女の子だといいなって思っていたのに」

「でも男の子だってわかっていたじゃないの」

「そうだけど、もしかしたらママが間違えてたかもしれないし、気が変わったかもしれないって思ったんだもん。ＩＫＥＡでランプを注文したときみたいに。あのときは間違えたのを選んじゃったけど、そっちのほうがいいねってことになって、交換しなかったんだよね」

「赤ちゃんはＩＫＥＡのランプとは違うのよ」

「赤ちゃんはどこにいるの？」ラクランが尋ねる。「会える？」

「いまは会えないの」

「どうして？」

わたしはジャックを見る。子供たちにどう説明するかは、話し合ってあった。

「ベンは行方がわからなくなったの」わたしは言う。

「知ってたよ」ルーシーは得意げに言う。「おじいちゃんとおばあちゃんが話してるのを聞いたもん。だれかが弟を盗んだんだって」

「そうなんだ」ジャックが言う。「でもきっと取り戻すから」

ラクランが顔をしかめる。「どうして弟を盗んだの？」

「赤ちゃんが欲しかったんじゃない？」ルーシーがもっともらしく言う。

「でも、赤ちゃんを盗んじゃいけないんだよ」ラクランはうしろ盾を求めるようにわたしを見る。

「警察が探してくれているのよ」わたしは言う。「だから家の外にあんなにたくさんの人がいるの。あの人たちはレポーターよ」

ラクランの目が大きくなる。手を口に当てる。「〝子供さらい〟が連れていったんだったら、どうする？」

「〝子供さらい〟じゃないよ」ジャックが説明する。『チキ・チキ・バン・バン』を見てからというもの、ラクランは〝子供さらい〟――キャンディーをあげると言って子供たちを檻《おり》に誘いこむ悪党――を怖がっている。

ふたりは、警察や外にいるレポーターについてあれこれと尋ねてくる。

ラクランのほうが葛藤が大きいようだ。「それって、もう帰ってこないっていうこと？」

「そうじゃないわ」

「じゃあ、弟はどこにいるの？」

「ほかの家族と一緒にいるのよ」

「お泊まりしてるんだね」

「それともちょっと違うの」心が痛む。ルーシーが言う。「ベンには新しいおうちがあって、ほかのだれかにお世話をしてもらっているのよ」

「どうして？」ラクランが尋ねる。

わたしはどう答えればいいのかわからない。

「あたしたちに会いたくないのかな？」ルーシーが尋ねる。

ジャックが助け船を出す。「ベンの世話をしている人は悲しいんだ。すごく悲しくて、赤ちゃんがいたら幸せになれるかもしれないって思ったんだよ。たとえそれが人の赤ちゃんでもね」

「どうして自分の赤ちゃんを産まないの？」ラクランが訊く。

「わからない」ジャックが答える。「でもベンは取り戻すからね」

「いつ？」

「すぐだよ」

「明日？」

「明日じゃないかもしれないな」

「おやつにしましょう！」わたしは手を叩いて、声をあげる。「フライドポテトが食べたい人は？」

「はーい」三人が声を揃える。

ジャックはルーシーを抱いてキッチンへと向かう。ずいぶん大きくなってしまったから、最近では珍しい。わたしはラクランを抱きあげてその髪のにおいを肺の奥深くまで吸いこみ、このふたりはわたしのもので、安全だと、改めて自分に言い聞かせる。

昼間、ジャックが家にいるのは妙な感じがする。彼の上司が無期限の休みをくれたのだが、ジャックはどうやって過ごせばいいのかわからないようだ。わたしはその時間を家事――料理や掃除やボタンつけ――で埋めることができるけれど、ジャックは家の中をうろうろし、窓の外を眺め、メールをチェックし、また窓の外を眺めているだけだ。

いつもなら彼はテニスをしたりランニングに出かけたりするけれど、いまはわたしたちのすることすべてが監視され、記録され、放送される。外にいるレポーターたちは近隣の家をノックしては、トイレを貸してくれと頼んだり、コメントを求めたりしているし、カメラマンたちは脚立を使って、生垣の上から我が家の出窓や玄関を撮影しようとしている。ジャーナリストたちはわたしたちの家を背景に、息を弾ませて新たな情報を伝える。正面の窓のカーテン越しに投げかけられるまばゆい光は、家の壁に影を作る。

わたしたちはこの家に囚《とら》われている。檻の中のネズミであり、金魚鉢の金魚だ。ゆうべジャックとわたしは見知らぬ他人のようにベッドに横たわり、天井を見つめていた。ふとした拍子に彼の膝がわたしの太腿に触れ、わたしはさらに数センチ、彼から遠ざかった。やがて彼は小さくいびきをかき始め、わたしのいらだちは募った。

ようやくわたしは眠りに落ちた。ベンが夢に出てきた。ベンの泣き声が聞こえ、乳房が張り、これほどずたずたになっているのにどうしてわたしの心臓は拍動を続けることができるのだろうと不思議になった。わたしは四時間ごとに搾乳をし、いつか必要になることを願いながら絞った母乳を冷凍して、在庫を増やしていた。

外にいるレポーターたちの笑い声で目を覚ました。冗談を言っている。ジャーナリストたちがどれほど暗い話にもユーモアを見出すことは、ジャックを通じて知っている。そうすることで悲劇に対する免疫を作ったり、退屈をしのいだりするのだ。彼らはジュリアン・アサンジ（ウィキリークスの編集長）や、チェルシー・マニング（スパイ活動で有罪となった元米軍兵士）や、ボリス・ジョンソンや、ドナルド・トランプを冗談の種にする。彼らにとって、触れてはならないものや〝早すぎる〟ものは存在しない。

わたしはテレビをつけっぱなしにしてあらゆるニュースを追い、児童保護の専門家や、医者や、人質解放交渉の担当者や、子供を亡くした親たちが延々と語り続ける、捜査についてのコメントやジャックとわたしの気持ちをおもんぱかる声に耳を傾ける。わたしの友人たちも、車を降りたところや玄関前で不意打ちを受け、コメントを求められていた。カメラに驚きながらも、彼女たちは中身のないお決まりの同情の言葉を述べ、放送時間を埋めている。

国内のあちらこちらで未確認の目撃情報が何十件とあった。町中で見知らぬ人たちから呼び止められ、ベビーカーをのぞきこまれ、うさんくさそうに問い詰められたと赤ちゃん連れの母親たちが文句を言っている。

時折、新しい情報がもたらされる。キングズ・クロス駅のトイレの個室で、病院の毛布が発見された。格子縞の買い物カートがエジンバラに到着した列車の中で見つかった。捨ててあるのだと思った掃除人が自宅に持って帰り、ニュースを見て警察に届けたらしい。

「それじゃあ、ベンはスコットランドにいるのね」わたしはアニーに言った。

「それはわかりません」

「でもカートが見つかったんでしょう？」

「列車に置いていったのかもしれません。キングズ・クロスとエジンバラのあいだには駅が七つありますし」

「ベンはどこにいるのかわからないっていうことね？」

「防犯カメラと途中の駅で購入された切符を調べているところです」

わたしは悲観的になるまいとしている。警察と話をするときには落ち着いた低い声を出そうとしているけれど、心の中では、いいから、あの子を見つけてよ。お願いだから！　と叫んでいる。

そのあいだにも、カードや手紙は続々と届いている。郵便配達人は一日に二度やってきて、そのたびに束を三つ届けてくれる。誘拐犯からのものがあるかもしれないからと言ってアニーが先に目を通しているが、誹謗《ひぼう》中傷からわたしたちを守ろうとしているのだと思う。インターネット上ではすでに陰謀論が囁かれている。誘拐はジャックの知名度をあげるためのでっちあげだという説があるかと思うと、中東で奴隷商人に白人の子供を売っている犯罪組織が背後に存在していると主張する者もいる。ばかげた話に耳を傾けるべきではない。それでなくても、想像の材料にはことかかないのだから。

両親のところに身を寄せたらどうかとアニーが提案する。

「誘拐犯が接触してくるかもしれないんでしょう？」

「電話なら転送できます」

「犯人がベンを家に連れてこようとしたらどうするの？」

アニーは答えなかったけれど、わたしがはかない希望にすがりつこうとしていると考えているのはわかっていた。それでもかまわない。筋が通っていなくても、ありえないほど楽観的であってもいいはずだ。ただ、希望だけは失わない。

今日ルーシーは学校に行ったけれど、気を逸らすなにかが必要だったのでラクランには家にいてもらっている。あれからふたりともベビー・ベンのことは口にしない。ふたりが冷たいとか、思いやりがないということではないと思う。それが子供と大人の違いだ――子供は悲しみにあまりエネルギーを注がない。

わたしはキッチンのベンチにラップトップ・コンピューターを置き、行方不明になったほかの子供たちの記事をインターネットで検索した。マデリン・マクカーンがいなくなったときには騒ぎは数カ月、さらには何年も続いた。わたしがその事実に触れると、ジャックは怒って言った。「それとは違う。ぼくたちはベンを見つける」

いま彼は二階の風通しの悪い書斎にいて、サッカーを見ているか、あるいはコンピューターでソリティアをしているはずだ。それとも彼もインターネットで、慰めや安心や手がかりを探しているのかもしれない。

「ドクター・ヘイヴンが会いたいそうです」携帯電話を手にしたアニーが言う。「心理学的プロファイルを終えたんだそうです」

「いつ?」

「十五分で来られると言っていますけれど」

「いいわ」どんなニュースでもいいから聞きたかった。退屈なのではなく、自分がひどく無能に感じられるからだ。事態を改善させられるようなことや前向きなことがしたかった。

アニーは廊下の鏡を見ながら髪を梳かし、リップグロスを塗っている。サイラス・ヘイヴンが来ることと関係あるのだろうかと考えた。

「彼のことはよく知っているの?」わたしは尋ねる。

「だれのことですか?」

「ドクター・ヘイヴン」

「それほどでもありません」

「そう。あなたたちは友だちなのかと思ったの」

アニーの顔がほんのりと赤らみ、わたしの勘が当たっていたことがわかる。彼女がサイラスに熱をあげているか、あるいは以前に付き合っていたことがあるのだろう。

「どこで知り合ったの?」

「彼は、銃撃戦に巻き込まれたり、仕事で怪我をしたりした警官と話をするんです」

「あなたもそんな目に遭ったの?」

彼女はうなずく。「この話はしないほうがいいと思います」

彼女の口が重いことが、よけいに好奇心をかきたてる。「とても興味深い人よね、ドクター・ヘイヴンって。話を聞くのが上手だわ。仕事柄、そうならざるを得ないんでしょうね。でもそれだけじゃなくて、なんだかすごく悲しそうに見えたの」

「もっともだと思います」アニーが言う。

「どうして？」

「あんな経験をしていますから」

「なにがあったの？」

「わたしの口から話すことじゃありません」

わたしはラップトップ・コンピューターを開き、グーグルでサイラス・ヘイヴンを検索した。

「なにも出てきませんよ」アニーが言う。

「どうして？」

彼女は頬の内側を噛む。「わたしから聞いたって言わないでくださいね？」

わたしはうなずく。

「イライアス・ヘイヴン゠サイクスの名前で検索してみてください」

派手な見出しと共に、何十というリンクが画面に現われる。

一家が惨殺される

末息子が殺された家族を発見
ヘイヴン＝サイクスは精神病院に収容

いくつかのリンクを開き、わたしは黙って読んでいく。

一九九五年、マンチェスターに住む十八歳のイライアス・ヘイヴン＝サイクスは、マチェーテで両親とふたりの妹を殺した。一家でただひとり助かったのが十三歳になるサイラス・ヘイヴン＝サイクスで、サッカーの練習から帰宅したところ、父親の遺体に片足を載せてテレビを見ている兄を発見した。母親はキッチンの床で死亡していた。妹たちは寝室にたてこもろうとしたが、隠れていたベッドの下から引きずり出され、切りつけられて死亡した。

アニーは、記事を読むわたしを眺めていた。

「どうして？」わたしは尋ねる。

「イライアスは、統合失調症と診断されていました。十六歳の頃から、精神科病院に入退院を繰り返していたんです」

「彼はいまどこに？」

「ランプトンとわたしは聞いています。厳重警備下で」

「サイラスから彼の話を聞いたことはある？」

「ありません」

それ以上読む気になれず、わたしはコンピューターを閉じる。その事件の記憶はあるけれど、名前までは覚えていない。ひとつの光景が脳裏をよぎる――黒いスーツ姿の十代の少年が、家族の棺のあいだにぽつんとひとりで立っている。見出しは彼を〝世界でもっとも孤独な少年〟と呼んでいた。

サイラスは正午にやってきた。まったく魅力的ではなく、目立つこともなかったので、彼が玄関に近づくまでレポーターは気づかない。ひとりが彼の名前を呼ぶと、ほかのレポーターたちはあわてて車を降りたけれど、そのときにはすでにドアは閉まり、サイラスは革のジャケットを脱いでいた。アニーがそのジャケットをハンガーにかける。ふたりの手が触れ、ちらりと目を見交わす。

わたしは紅茶をいれたけれど、サイラスは飲まない。彼は紅茶をいれる一連の手順が好きなだけで、味は好みではないらしい。

「ジャックはどこですか？」彼が尋ねる。

「二階にいます」

「元気にしていますか？」

わたしにはなんと答えてほしいのだろう？　ジャックは苦しんでいて、わたしには助けることができなくて、助けたいのかどうかも実のところわからない。ジャックを責めるのは公正でも理にかなったことでもないと知っているけれど、人生が公正なことなんてあっただろうか？　口に出して言ったわけではなかったが、サイラスにはわたしの声が聞こえている気がした。

呼ばれたかのように、ジャックがキッチンにやってくる。腰をおろし、紅茶を受け取り、その名前を思い出そうとしているみたいに、白く濁った茶色い液体を見つめている。

サイラスが鞄から一枚の紙を取り出す。テーブルにそれを置き、両脇に肘をつく。人差し指で鼻に載せたリーディンググラスを押しあげる。

「これが、警察への報告です」彼が言う。「警察は、病院にいても違和感がなく、注意を引いたり、呼び止められたりすることなくほかの患者や見舞客に紛れこむことのできる、三十代から四十代前半の女性を探しています。また彼女はチャーチル病院の配置――階段、エレベーター、カメラ――をよく知っていた。そこで働いていたことがあるか、あるいは以前に訪れているということです。警察は雇用記録と以前の防犯カメラの映像を調べています」

サイラスは紙を指でなぞっていく。

「彼女は嘘をつく名人です。わかりきったことのように聞こえるかもしれませんが、これほど危険が大きい状況で嘘をつくのは容易ではありません。たいていの人間は、ストレスの兆候が出ます――顔を赤らめたり、言葉がつっかえたり、汗をかいたり、そわそわしたりする。けれどこの女性は、プレッシャーがかかる場面でも非常に冷静でした。

彼女はとても高い知性の持ち主だと思いますが、教育レベルには反映されていないかもしれません」

「どういう意味です？」ジャックはひたすら小さくペーパータオルを折りたたみながら尋ねる。

「高い知性は必ずしも優秀な学業成績を意味しません。彼女には中等学校より上に進む機会がなかったかもしれない。ですが、間違いなくとても聡明《そうめい》です。彼女の計画を見ればよくわかる――異なる変装、事前の準備、言語および非言語行動、あなたたちのような人間との交流」

「つまりぼくたちが相手にしているのは、犯罪の天才というわけですか？」ジャックサイラスは取り合わない。「天才ではありませんが、まごついたり、怯えたり、緊張したりすることのない、頭のいい女性ですね。何カ月もかけて計画を立てていた」

「あなたは病院に言い訳を与えている——逃げ道を作っているんだ」

わたしは口をはさむ。「サイラスはそんなことを言っているわけじゃない」

「彼女を天才だと言っているじゃないか」

「わたしは心理学的なプロファイルをお伝えしているだけです」サイラスが言う。「だれかに言い訳を与えているわけじゃない。彼らを理解しようとしているんです。普通、犯罪現場を見れば、犯人の限界がわかります。たいていの場合、前もって計画を立てる能力に欠けるせいで、彼らは失敗する。犯罪そのものには集中しますが、撤退戦略は不充分なんです。いらだって、次になにが起きるのかを考えるのをやめてしまう。今回の場合、この女性はあらゆることを細部まで想定している——赤ちゃんの安全をどうやって確保して、どうやって逃げるのか。行き当たりばったりに行動したり、〝あら、そこまで行き着いたら、あとは出たとこ勝負よ〟などと言ったりはしません。次の変装を用意していた。カートを持っていた。警報が鳴るのを聞いたはずです。自分を探していることはわかっていた。病院はほぼ迷路だ。出口は封鎖された。

でも彼女はパニックを起こすことも、走り出すことも、注意を引くようなこともしなかった。彼女がどうやってベビー・ベンを病院から連れ出したのかを警察が突き止めるまで、何日もかかったんです」

サイラスは言葉を切り、ジャックがなにか言うのを待つ。なんの反応もなかったので、話を続ける。

「犯人はおそらく結婚しているか、もしくは交際している相手がいますが、安定した関係ではありません。赤ん坊を欲しがった理由のひとつがそれです――関係を確かなものにするため。その男性がいなくなることを恐れていて、彼を引き留めようとしているのです。

彼女は危険を冒すことを恐れません。誘拐のステップが進むにつれて見つかる可能性は大きくなりますが、それでも彼女がやめることはなかった――服を着替え、廊下を進み、病院の中心部を通り抜けた。いつスタッフのだれかから詰問されたり、警報を鳴らされたりしてもおかしくなかったにもかかわらず、です。

犯行は単独で行ったと考えますが、赤ん坊のための場所は用意してあって、もっともらしい話を作りあげているでしょう」

「どんな話ですか？」わたしは尋ねる。

「おそらく彼女は妊娠を装っていたはずです――すぐにでも生まれると、友人や家族に信じさせていたでしょう」

「服の中に枕を詰めていたんだな」ジャックが言う。

「もう少し巧妙な方法を取っていたと思いますよ」サイラスが言う。「いまはオンラインで、人工のお腹を買うことができます。偽の妊娠検査薬や超音波写真も売っています」

「どうして彼女は自分の子供を産まなかったんだ？」ジャックが尋ねる。

「おそらく産めないんでしょう。体外受精《IVF》は高額ですし、成功する可能性は四分の一しかない。彼女の年齢や状況によっては、養子を迎えるのも難しかったかもしれない。わたしはこれまで仕事で、赤ん坊を盗もうと考える、子供のいない多くの女性を見てきました。パートナーとうまくいっていない人もいましたし、妄想に取りつかれていた人や、不妊の人、愛にひどく飢えていて子供がその解決になると考えている人がいました」

「彼女はベンを傷つけますか？」わたしは尋ねる。

「通常の状況であれば、それはありません」

「通常じゃない状況というのは？」

「恐怖にかられたり、追いつめられたり、捜査の手から必死に逃げようとしたりすれば、彼女はパニックを起こすかもしれません。ですが我々が正しいメッセージを送り、彼女の冷静さを保つようにすれば、ベンを愛して守ってくれるでしょう」

「彼女が聞いていると本当に考えているのか？」ジャックが尋ねる。「証拠はどこにある？　警察は彼女を犯罪者ではなく、被害者のように扱っている。だれもが彼女を気の毒に思うように。だがぼくたちはどうなる？」

「彼の言うとおりよ」わたしは言う。「彼女を被害者のように扱っても、効果はなかった」

「彼女は犯罪者でも被害者でもありません。彼女の心の中では。彼女はベンを自分の、子供だと信じていて、わたしたちは彼女からベンを奪う存在なんです。わたしたちのほうが犯罪者なんですよ」

「そんなのばかげている」わたしの声は震えている。「ベンはわたしたちの子なのに」

「もちろんそうです。必ずベンを取り戻しますよ」サイラスは眼鏡をはずし、鼻梁《びりよう》を揉む。「この三十年ほどのあいだに、英国では六十人を超える赤ん坊がさらわれていますが、四人を除いて全員が無事に戻ってきました。根拠のない数字ではありますが、これがいくらかでも慰めになればいいと思います」

答えはノーだ。その逆だった。統計の例外になる可能性はいつもある。珍しい病気にかかったり、とんでもない不運に見舞われたりするようなものだ――そして自分に問いかける。どうして自分が？　どうしてほかの人じゃなくて？

サイラスは再び、テーブルの上の紙に視線を落とす。「今回の事件――とりわけ、入念な計画と自信に満ちた行動――を検証した結果、この女性は以前にも同じことをしているのではないかとわたしは考えています」

「赤ん坊を盗んだってことか？」ジャックが尋ねる。

「試験的に行ったか、もしくは試みて失敗したか」

「いつ？　どこで？」

「行方不明の子供と病院と学校における警備の不備についてだけでなく、誘拐の記録も調べてほしいとマカティア警視正に依頼してあります」

わたしは、同じメッセージを受け取っただろうかと思いながらジャックを見る。

「ほかにも気になることがあります」サイラスは慎重に言葉を選んでいる。「ベンが選ばれた可能性を考えるべきだと思います」

「どういう意味ですか、〝選ばれた〟というのは？」わたしは尋ねる。

「あの夜、産科エリアには十八人の赤ん坊がいました。この女性は少なくとも、六組の母親と新生児の横を通り過ぎています。どうしてそのうちのひとりを選ばなかったんでしょう？」

それは簡単には受け入れられない指摘だった。「それってつまり……」

「わたしは矛盾を説明しようとしているだけです」

「どうして彼女はベンを選んだんだ？」ジャックが尋ねる。

「メグが病院に来たところを見たのかもしれないし、テレビでジャックを見たことがあったのかもしれない。以前から見かけていた可能性もあります。メグ、出産の数週間前にだれかにあとをつけられたりしませんでしたか？　見慣れない車があったとか、電話がかかってきたとかは？」

わたしは首を振ったが、いままでほどの確信はない。

「あなたがいつ、どこで出産するのかを知っていた人間はどれくらいいますか？」

考えてみた。ママ友グループ、担当の美容師、ヨガの先生、同じクラスの人たち、ルーシーの教師、ラクランの保育所のスタッフ……もちろん、医者は知っている。わたしの母……。

「きみのブログはどうだ？」ジャックが言う。

サイラスが視線をあげる。「ブログ？」

「子育てブログを書いているんです」わたしは説明する。「趣味みたいなものです」

「なにを書いているんですか？」

気恥ずかしさを覚えて、わたしは肩をすくめる。「日々のこととか、子供たち、ジャック……でも本当の名前は使っていません」

「フォロワーが六千人いるんです」助け船を出すつもりでジャックが口をはさむ。

「赤ん坊がいつ生まれるかを書きましたか？」

気持ちが沈む。「書いたかもしれません……」

「日付を？」

うなずく。

「病院のことは？」

「多分」

「そのフォロワーたちとやりとりしているんですか？」

「コメントをつけてくれたり、メッセージをくれたりします」

「それに返事をする？」

「いつもではありません」

彼がなにを考えているかはわかっている。フォロワーの中には妊娠している人もいるだろうし、幼い子供がいる人も、赤ちゃんを失った人もいるかもしれない。

「いやがらせや荒らしは？」

「あったかも。たまに。滅多になかった。ほとんどなかった。わたしの住んでいるところや、通りや学校の名前を書いたことは一度もありません」言い訳めいて聞こえるのはわかっている。

「そういった情報はどうやったら手に入るんだ？」ジャックが尋ねる。

「運営会社は、だれがブログを書いているかを知っているのよ」わたしは言う。「わたしの友人も知っているし」

わたしは墓穴を掘っているも同然だったけれど、問題は自分を守ることではない。考えようとした。わたしをストーキングしていた人がいたんだろうか？　脳みそを絞る。数週間前ハマースミスで、わたしを追って変わりかけの信号を駆け抜けたBMWがあった。ラクランとアヒルに餌をやっていたとき、池のまわりをうろついていたあの薄気味悪い女性はどうだろう？　彼女はいつも腕をぼりぼり掻きながら、ひとりごとをつぶやいている。一度考えだすと、やめられなくなった。教会のドア口で眠るホームレスの男。彼は半端仕事を求めて、時々家のドアをノックする。そういえば、図書館でビーンバッグに座って子供に本を読んでやっている女性たちのスカートの中をのぞく男もいた。

「あなたが妊娠していることに特別な興味を示した人はいましたか？」サイラスが訊く。

「いないと思います。妊婦の知り合いは大勢いるんです。フィットネスセンターでマタニティヨガのクラスに参加していましたし、わたしのブログには母親になったばかりの人たちからのコメントもたくさんあります」

「特に目立った人は？　ひときわ熱心だったとか、個人的なことをあれこれ尋ねてきたとか」

「いません」

ジャックが口をはさむ。「夫が海軍にいるという女性はどうだ？」

「アガサね。そんなに熱心じゃなかったわよ」

「アガサとはだれです？」

「ヨガのクラスで一緒だったんです」

「知り合いになってどれくらいですか？」

「ひと月かそこらです。地元で働いているんです」

「彼女も妊婦ですか？」

「わたしより先に出産しました」

サイラスがメモを取る。「アガサの住所はわかりますか？」

「電話番号とメールのアドレスなら」

外が騒がしくなった。叫び声。小競り合い。アニーが玄関のドアを開ける。レポーターたちが、パトカーを降りるマカティア警視正を取り囲む。運転手ともうひとりの警官に付き添われながら、彼は浴びせられる質問を無視し、殺到するレポーターたちをかき分けて進んでくる。

わたしは突如として人でいっぱいになった廊下で彼らを出迎える。マカティアはサイラスを見るとうなずいただけで、握手をしようとはしなかった。

彼はわたしに向かって告げる。「シュロップシャーのリトル・ドレイトンにある教会の外に、新生児が置き去りにされました。男の子ですが、ベンかどうかはわかっていません」

わたしはよろめきながらあとずさり、壁に手を当てて体を支える。

「赤ん坊は近くの病院に運ばれました。もう一度言っておきますが、これが今回の件と関係あるのかどうかはわかっていません。ただ、外にいる輩《やから》からではなく、わたしからお伝えしたほうがいいと思ったんです」

訊きたいことがあるのに、喉に詰まって声にならない。

ジャックが尋ねる。「わかっていることはあるんですか?」

「第一報によれば、赤ん坊は生後わずか数時間らしいということです。いま医者が診察しています」

「ベンよ!」わたしは口走る。「あの子だわ」

「それはわかりません」マカティアが言う。「DNA型鑑定が必要になるかもしれません」

「その子に会わせて。おっぱいをあげられる。まだ搾乳しているのよ」

マカティアがサイラスと目を見交わす。わたしが理性を失っていると考えているのだ。わたしは再び口を開きかける。サイラスがそれを止める。「お願いです、ミセス・ショーネシー。メガン、これ以上事態を難しくしないでください」

マカティアがプラスチックの小さな試験管を取り出す。「DNAのサンプルが必要です——口内を拭うだけです」

「もちろんです」ジャックが試験管に手を伸ばす。

「だめよ、わたしじゃないと」DNA型鑑定が罪を暴きだす恐れがあることはわかっていた。

「母親でも父親でも、どちらでもかまいません」マカティアが言う。

わたしはジャックから試験管を受け取り、頬の内側を拭った綿棒をその中に入れる。マカティアが試験管に封をして、内ポケットにしまいこむ。「なにかわかったらすぐに連絡します」彼が言う。「それまでヒプウェル巡査がここに残って、メディアに対応します。くわしいことがわかるまでは、マスコミにはなにも言わないほうがいいでしょう」

家を出た彼らは、またもや質問の集中砲火を浴びせられている。アニーとサイラスはここに残った。ジャックかわたしがリトル・ドレイトンに行ったことがあるのか、もしくはそこに住む知り合いがいるのかと、サイラスが尋ねてくる。わたしたちは首を振る。

ジャックがテレビをつける。ストークにある病院の外で、風になびく髪を懸命に押さえようとしている女性レポーターが映し出される。

「体重三キロの男の赤ちゃんは、ホールの入口の横に置かれた段ボール箱の中で発見されました。救急隊員が赤ちゃんをロイヤル・ストーク大学病院に運び、脱水症状を起こしてはいるものの健康状態は良好であると、三十分ほど前に広報担当官が簡単な発表を行いました。

見つかった赤ん坊が、七日前にロンドンの病院から連れ去られたベン・ショーネシーかもしれないという憶測が高まっています。警察はコメントを出していませんが、つい先ほど、誘拐事件を担当している刑事が、ベビー・ベンの両親であるショーネシー夫妻のロンドンの自宅を訪れています」

映像は、わたしたちの家に入っていくマカティア警視正とほかの警察官たちに変わった。ほんの二十分前の出来事がすでにニュースになっている。

「ベンだわ」わたしはつぶやく。

「まだわからない」ジャックが言う。

「ほかのだれだっていうの？」

「赤ん坊はしょっちゅう捨てられているよ」

わたしは首を振る。「しょっちゅうじゃないわ……」

アガサ

インターコムのブザーが鳴る。あたしはローリーの一歳の誕生パーティーの夢を見ているところだった。招待客がプレゼントと風船を持ってやってくる。あたしはティベアのケーキを焼いて、小さなソーセージロールとフィンガー・サンドイッチのお皿を並べる。ブザーが再び鳴って、頭の中の映像が消えていく。

声が聞こえる。ヘイデンがインターコムでだれかと話をしている。階段の上で彼ら――警察官ふたり――を出迎える。わたしは寝室のドアの隙間からそれを眺める。

「お邪魔して申し訳ありません」警官が言う。「アガサ・ファイフルと話がしたいのですが」

「彼女は眠っています」ヘイデンが言う。

「起きているわ」わたしは寝室から声をあげる。「少しだけ待って」

ドアの向こうに耳を澄ましながら、あたしは服のしわを伸ばし、髪を整え、落ち着

いて普通に息をしろと自分に言い聞かせる。ニッキーのことで来たんだろうか？ そ
れとも赤ちゃんのこと？ いまはそれを気にするとき？
おまえはやりすぎた。
あれは事故だった。
彼を殺した。
違う！
彼を押した。
あたしはニッキーを愛していた。
警察官たちはソファの両側に座っている。ひとりは制服で、もうひとりは肘のとこ
ろがすりきれて光っている汚らしい青のスーツを着ている。ふたりは礼儀正しく、立
ちあがる。制服の警官は髪を短く刈った二十代後半の男性で、将来は二重顎になりそ
うな丸い顔の持ち主だ。刑事のほうはそれより二十歳くらい年上で、酒好きらしい鼻
と薄くなりかかった髪をしている。あたしは紅茶かコーヒーはどうかと勧める。ふた
りは断る。あたしは肘掛け椅子に腰をおろす。ヘイデンは肘掛けに座る。
「アガサと呼んでもいいでしょうか？」年配の刑事が尋ねる。
あたしはうなずく。

「ご存知かどうかわからないんですが、先日、サウス・ケンジントン駅で事故がありました。男性が列車に轢《ひ》かれたんです」

「なんて恐ろしい！」

「被害者とお知り合いだと思います。ニコラス・デイヴィッド・ファイフル」

わたしは手を口に当て、きしむような声をあげる。「なにかの間違いでしょう？」

「どうしてそう思うんです？」

「昨日、ニッキーに会ったんです——一昨日だったかしら？　いえ、昨日だわ。一緒にコーヒーを飲んだんです」

「どこで会ったんですか？」

「ビクトリア・アンド・アルバート博物館近くのレストランです」

警察官たちが視線を交わす。刑事が口を開く。「ミスター・ファイフルと結婚なさっていたと考えてよろしいですね？」

「それは違います」ヘイデンが言う。「彼女のおじさんですよ」

あたしは彼の手を握り、刑事に向かって言う。「三年前に離婚しました」

ヘイデンが手を引く。「結婚してたことがあるなんて、言ってなかったじゃないか」

非難するような口調だ。

「長く一緒にいたわけじゃなかったの」

「は？　だがきみはおじさんだって言ったんだぞ」

ヘイデンは大げさに騒ぎすぎだ――他人の前であたしに恥をかかせている。彼が嫉妬深いタイプだということはわかっていた。だから、最初から話さなかったのだ。

家庭内の争いごとには関わりたくないようで、警察官ふたりは気まずそうに顔を見合わせる。年かさのほうが咳払いをする。「ミスター・ファイフルとコーヒーを飲んだのはいつですか？　彼はどんなふうでしたか？」

「元気そうでした。会議のためにロンドンに来ていたんです」あたしはティッシュペーパーで洟をかみ、すする。

「彼の心理状態はどういう感じでしたか？」

「質問の意味がわかりません」

「落ち込んでいたり、なにかに悩んでいる様子はありましたか？」

「落ち込む？　いいえ。奥さんと義理の息子さんたちの話をしていました。少し、ホームシック気味なのかなとは思いましたけれど」

「彼がそう言ったんですか？」

「いいえ、それらしいことをほのめかしただけです」

「結婚生活になにか問題でも？」

「そういうわけじゃありません」

「それでは、どういうことなんでしょう？」

「〝期待〟に沿えていないと言っていました」あたしは両手の指で、引用符を描きながら言う。

「だれの期待ですか？」

「奥さんだろうと思いました」

「金銭問題ですか？」

「彼は作家です」そのひとことですべてが説明できるかのように、あたしは答える。

制服警官が口を開く。「あなた方の離婚は円満だったんですか？」

「もちろんです」

「いまも彼の苗字《みょうじ》を名乗っているんですよね？」

「はい」

「どうしてですか？」

「どうしてかしら。名義の変更に時間を割いていられなくて。運転免許証やパスポートやクレジットカード……」

ヘイデンは外を見るふりをしながら窓の脇を行ったり来たりしているけれど、その視線はちらちらとこちらに向けられている。

「彼とはどこで別れたんですか?」

あのときの記憶を呼び戻す。

「通りです——レストランの外で」

「ミスター・ファイフルを見たのはそれが最後なんですね?」

逃げ道を断たれたくなかったから、あたしは口ごもる。頭の中であの場面を再現する。顔は隠していた。カメラにあたしが映っていたなら、彼らはこんなことは尋ねてこない。

「駅でもう一度ニッキーを見かけた気がしますが、かなり離れていましたから」

「あなたは駅でなにを?」

「アールスコート行きの列車に乗るつもりでした。ニッキーはビクトリアに行くと言っていました」

「ホームにいる彼を見たんですか?」

「いいえ。あたしはピカデリー線に乗りましたから」

「どうして駅まで一緒に行かなかったんですか?」

「ニッキーと別れてから、気づいたんです」

ヘイデンが口をはさむ。「その男は飛び降りたんですか？　それとも突き落とされた？」

「どうして突き落とされたと思うんです？」年かさの刑事が体全体をヘイデンに向けて尋ね、じっと見つめられたヘイデンは神経をとがらせる。

「理由はありませんよ。でもあなた方はずいぶんたくさんのことを尋ねている。その男が自殺したのなら、どうしてそんなことを訊く必要があるんです？」

あたしはぎくりとし、申し訳なさそうに警察官たちに視線を向ける。

刑事はわたしに向かって言う。「ミスター・ファイフルは押されたか、だれかがうしろからぶつかったのかもしれないと証言している目撃者が数人います。防犯カメラにもそれらしい映像が残っていますが、たまたまぶつかっただけかもしれません」

「何者なんです？」ヘイデンが訊く。

「その人物の身元は判明していません。彼または彼女は丈の長い、フードのついたコートを着ていたと思われます」刑事は首をかしげる。「あなたはそんなコートを持っていますか、ミセス・ファイフル？」

「ミスです」

「ミス・ファイフル」

「あたしはニッキーを押してなんかいません！」

「フードつきのコートを持っているかとお尋ねしたんです」

「どんなコートです？」

「黒か紺──フードにもなるたっぷりした襟がついたものです」

ヘイデンは、あたしがなにか言うのを待っている。

「そういうコートは持っていましたけれど、寄付しました」

「それはいつのことですか？」制服警官が尋ねる。

あたしは記憶を探っているみたいに間を置く。「数週間前です──古着を寄付する箱に入れたんです」

ヘイデンの顔がガラスに映っている。あたしを見つめている。

「なるほど」刑事が両手でズボンの前を撫でおろす。「これ以上お訊きすることはなさそうです。もしなにか思い出したことがあれば……」

「ご連絡します」あたしは言う。

ドアの前まで来たところで、刑事が振り向く。「参考までにお尋ねするのですが、ミスター・ファイフルが連絡してきたんですか？　それともあなたのほうから？」

「彼が電話してきたんです」

「おふたりが最後に話をしてからどれくらいになりますか？」

「何年もたちます」

「それなのに、どうして彼はあなたに電話を？」

「子供のことを聞いたからです」

「子供？」

「十日前に出産したんです」あたしは炉棚の上のカードを指さす。一部は友人たちから、一部は自分で送ったものだ。

「おめでとうございます」

「ありがとうございます。ニッキーとあたしは子供を持つことができませんでした。欲しかったんですが。別れることになったのは、それが原因だったと思います――ストレスと落胆のせいで」

「そうですか」刑事はそう応じたが、あたしはその口調が気に入らなかった。彼が理解したのか、理解したとしたらどれくらいか、そもそも信じたのかどうかもわからない。

「失礼します、ミスター・コール」彼はヘイデンに声をかけたが、ヘイデンは無言のままだ。あたしは踊り場に立ち、階段をおりていくふたりを眺めながら、これから起こるであろうことに身構える。

ヘイデンはソファのうしろで行ったり来たりしている。耳を引っ張っているのは、考えごとをするときの彼の癖だ。あたしは彼と視線を合わせたまま、首をねじるような体勢でソファに腰をおろす。

「どうして嘘をついた？　古い友人――おじさんだってきみは言った」

「あなたが嫉妬するかもしれないって思ったの」

「おれが？　どうして？」

「そういうことを気にする男の人もいるみたいだから」

「そうなのか？　だれに言われた――昔の旦那たちか？」

「ひとりだけよ。お願いだから、そんな言い方しないで」

「どうして別れた？」

「赤ちゃんができなかったの。ニッキーは精子が少なかったのよ。あらゆることをしたけれど、うまくいかなかった。コーヒーを飲みながらしたのは、そんな話」

「きみが結婚していたことをジュールズは知っているのか？」

「いいえ！　あ、ひょっとしたら話したかも」

「おれ以外はみんな知っているってことか?」

「みんなじゃないわ」

「ほかにおれになにを隠している?」

「なにも」

「コートはどうなんだ? 寄付したとおまわりには言ったが、いまもきみのタンスに吊るされているようだがな」

「あのコートのことじゃないわ」

「なんだって?」

「寄付したのは違うコート」

「同じに見えるぞ」

「あのデザインが好きなのよ。古いほうは肘のところがすりきれて、ボタンがふたつなくなったの」

「いつ新しいコートを買ったんだ? きみはほとんど外に出ていないじゃないか」

「オンラインで買ったのよ」

ヘイデンはあたしを信じたがっているけれど、葛藤しているのがわかる。彼は秘密が大嫌いで、驚かされるのもいやがる。けれど同時に、父親になったことや幸せな家族を演じることを楽しんでもいる。彼がローリーに話しかけているときの目の色や声音でわかる。

あたしは背後から彼を抱きしめ、背中に頭を押し当てる。彼は向きを変え、あたしたちはキスをする。目を開けると、彼があたしを見つめていた。あの生き物は内臓のあいだをするすると移動して心臓に巻きつき、ゆっくりと締めつけていく。

間抜け！　間抜け！　間抜け！

メガン

あの赤ちゃんはベンではなかった。病院によれば、その子は捨てられたとき、生まれてまだ六時間しかたっていなかったらしい。母親はわずか十六歳で、自分の家の寝室で産んだ赤ちゃんをスクールバッグに押しこんで持ち出し、ホールの階段に置き去りにしたそうだ。母親と望まれていない子供は、その後再会したという。まったく感動的な話だ。

わたしの最初の反応は否定だった。母親は嘘をついていると言って、DNA型鑑定を要求した。なんて皮肉な話。自分が筋の通らないことを言っているのはわかっていたから、肩が震えた。その子はだれかほかの人の子供だけれど、そんなの不公平だ。彼女は子供が欲しくないのだから。子供を持つにはふさわしくないのだから。

その知らせを届けてくれたのはアニーだった。体から力が抜けて、わたしはティッシュペーパーの箱を持ってベッドに向かった。やがてジャックがやってきて隣に座った。話をしたがっているのはわかっていたけれど、眠っているふりをした。臆病者と呼ばれてもかまわない。どんな話をしようとどういう結末になるかはわかっていた。そもそもあなたはベンを欲しがっていなかった、中絶を提案した、いまみたいな事態になることを願っていたと言って、わたしはジャックを責めるだろう。ジャックは、こん棒で殴られる寸前のオットセイみたいな目でわたしを見つめ、許しを請うだろう。彼のせいでないことはわかっているからわたしは彼を許すけれど、それは偽りでしかない。心からの言葉ではないからだ。

時間がたつほどに、事態は悪化していく。最初のうちこそ、まわりの人たちの支えや善意に勇気づけられたけれど、いまはもうそれだけでは足りない。わたしの時間は止まってしまった。地球は回転を止めた。知らせがないのはいい知らせだというアニーの言葉を幾度となく思い出そうとしたけれど、それは本当だろうか？　確信が持てなくなっている。奇跡が起こることを祈る一方で、ジャックを裏切ったことや神さまを信じなかったせいで、罰を与えられているのかもしれないと怯えてもいる。宗教に関して言えば、わたしは証拠を求めてやまない疑り深い人間のひとりで、神の御業《みわざ》だと信じる人たちの美しさと残酷さに畏れかしこまると同時におののいている。

わたしは祈ろうとしたけれど、日曜学校に通っていた頃の讃美歌《さんびか》や聖書の言葉がなかなか思い出せない。覚えているのは、学校で毎週行われていた会合で互いを愛することを約束したときの言葉だ。〝多くの手によって校舎は建てられ、多くの心によって学校は作られる〞わたしは目を閉じ、自分自身の祈りの言葉を呼び集める。耳を澄ます。答えを待つ。

なにも聞こえない。

神さまは別の電話に出ているようだ。

今日の午後、わたしたちは記者会見をする。その内容の打ち合わせのために、早めに来てほしいとマカティア警視正に言われていた。二時過ぎに家を出る。久しぶりに化粧をして、妊娠前にはいていたスカートをはき、留まらない一番上のボタンはセーターで隠した。

警察署は思っていたよりもみすぼらしい。コンピューターとプリンター以外、ハイテクにも最先端にもドラマのCSIのようにも見えない。九〇年代に流行していたに違いない実用的な家具がごちゃごちゃと置かれた捜査本部は騒がしい。私服刑事たちが電話に応答したり、キーボードを叩いたりしている。これでどうやってベンを見つけるというの？　そう訊きたかった。あちこちの家のドアをノックしたり、木々を揺すったりしているべきなのに。

ゆったりしたジーンズに襟元までボタンを留めたシャツというもの装いのサイラス・ヘイヴンは、すでに会議室のテーブルについている。わたしの肩からたちまち力が抜ける。どういうわけか、彼がいるとなんとか切り抜けられるような気がしてくる。

マカティアはポケットからガムの束を取り出す。包み紙をはがして一枚を舌に載せると、音を立てて嚙み始める。

「ドクター・ヘイヴンに新たな戦略を説明してもらいます」

「どうして新しい戦略が必要なんだ？」ジャックは言い争いがしたくてうずうずしているようだ。

マカティアは乗ってこない。「現在の戦略がうまくいっていないからです」

「状況が変わりました」サイラスが穏やかさのにじみ出る口調で言い添える。「ベンが連れ去られた直後は、犯人の女性に直接訴える戦略を取りました。彼女が引き起こした苦痛の大きさを教えたかった――そして自らベンを返すように仕向けようとしたんです。ですが、その段階は過ぎました。ベンを長く手元に置くほど、ふたりのあいだの絆は強くなります。いまだに彼女からの反応がないということは、次のふたつのうちのどちらかだということです。彼女が耳を傾けるのをやめたのか、もしくは反応しないと決めたのか」

「つまり、彼女は気にかけていないということですね」わたしは言う。

「彼女の視界にあなたは入っていないと言っているんです。彼女にはベンしか見えていないんですよ」

気分が悪くなる。

「そこで、メッセージの対象を変更したいと思います。誘拐犯に直接訴えるのではなく、彼女のまわりの人たち——友人や家族や隣人——に向かって語りかけます。疑問を抱くべき理由を与えます。ベンをさらった人間は間違った方向に導かれ、ことの善悪がわからなくなっているんだということに気づいてもらいます。本当にその人間のことを助けたいのなら、わたしたちに連絡すべきだと訴えます」

「だれかが彼女のことを通報するだろうか？」ジャックが尋ねる。

「もっともな理由があれば」

「どうしてまだ通報していないんでしょう？」わたしが訊く。

「怖がっているのか、混乱しているのか、あるいは関わりたくないのかもしれません。ごく穏やかな口調で語りかけ、敵対しないようにすれば、それを変えることができます。捕まって罰を与えられるべき犯罪者に向けるまなざしでベンをさらった人間を見ないように、世間の人々に理解してもらわなくてはいけません。彼女は被害者なんです。彼女の身に起きた恐ろしいなにかが、こんな行動を取らせた。子供を亡くしたのかもしれないし、産めないのかもしれない。とても苦しんできたからこそ、わたしたちは思いやりと理解を彼女に示さなくてはいけない。わたしたちとそして彼女のために、世間の人たちにも同じようにしてもらう必要があるんです」

ジャックがうめく。「ぼくたちが子供を失っただけじゃ充分じゃないというのか──同情されてしかるべきなのは彼女だと？」

「彼女を見つければ、ベンも見つかります」不機嫌なジャックにうんざりしているように、マカティアが言う。

サイラスが言葉を継ぐ。「いまはメディアがメッセージをコントロールしている──毎日、新しく見つけてきた人に話を聞き、レポーターは事実ではなく噂を流している。彼らが日程を組んでいるんです──わたしたちではなく。それを変えなければいけません。今後、わたしたちはひとつにまとまって、明確なゴールを目指すことになります。まずは、メッセージに関わる人間をひとりに定めます」

「よろしい、わたしが引き受けよう」マカティアが言う。

「いえ、あなたではありません」サイラスが言う。「あなたは警察官だ。この方程式では、罰を与える側の人間です」

「それならだれが？」

サイラスはわたしを見る。

「だめ、だめ、無理です」気弱だからではなく、恐ろしくてわたしは首を振る。「間違えたらどうするんです？ 彼女を追いつめてしまうかもしれない」

「わたしが原稿を書きます。あなたはただ読むだけでいいんです」

「どうしてジャックじゃだめなんですか？ 彼ならカメラに慣れているのに」

「あなたのほうが効果的なんです」

ジャックがわたしの手に触れる。「きみならできるよ。ぼくが助けるから」

フラッシュがたかれ、シャッター音が響き、うつむくわたしの顔をテレビ用照明が白く照らす。記者会見というよりは、見せしめ裁判のようだ。長いテーブルと椅子が置かれたステージの前に、テレビカメラが三日月状に配置されている。両側にはカメラマンたちがいて、自分のほうを向かせようとしてわたしの名前を呼ぶ。わたしは光を浴びながらうるんだ目をしばたたかせ、階段を踏みはずさないようにうつむく。ジャックが隣にいるというのに、ひとりぼっちのような奇妙な空しさを感じている。あたかも、すぐ横にいる人が恋しくてたまらないみたいな。彼の手を握りたかったけれど、なにかがそれを押しとどめていた。

マカティアが椅子を引く。わたしは太腿の下でスカートを整えて座り、膝を揃えて背筋を伸ばすと、まっすぐ前を見つめる。フラッシュの光がまぶたの裏にいくつもの白い点を作る。

ざわめきが収まると、次はわたしの番だ。ジャックに言われたことを思い出そうとした——まっすぐカメラを見つめて、どれほどの人が見ているのかは考えない。初めのうちこそ震えていた声は、やがてしっかりしたものになっていく。

「とても心を乱される九日間でしたが、多くの人からいただいた支援のメッセージや温かい手紙や祈りの言葉にはとても勇気づけられました」わたしは言葉を切り、原稿から顔をあげる。「それはまるでベンがこの国すべての人の子供になったかのようで、とてもありがたいことだと思っています。

ですが今日は、わたし自身の言葉を話させてください。ベンがわたしたちにとってどういう存在なのか、だれも想像できないだろうと思うからです。わたしたちは強く結ばれた家族ですが、いまは完全な状態ではありません。家にいる幼い娘と息子は、まだ弟に会ってもいません。ふたりは心を痛めていて、なにが起きたのかをわたしたちは説明することができずにいます。わたし自身にも説明できません。

ベンがどこにいるのか、知っている人がいることはわかっています。あなたは理解していないのかもしれないし、確信がないのかもしれないし、恐れているのかもしれない。疑っているのが愛している人で、だから名乗り出ることが難しいのかもしれない。愛と信頼はわたしにも理解できます。家族の強さがどういうものなのかは知っています」

泣かないと心に決めていたけれど、まぶたの縁に涙が溜まってきているのが感じられる。ドクター・ヘイヴンの言葉を思い出し、歯を食いしばって耐える。〝誘拐犯は見るのをやめたかもしれませんが、彼女の友人や家族は聞いています〟彼らのことを想像する。

「なにか疑念を抱いているのであれば、黙っていてもだれかを助けることにはなりません。名乗り出てください。電話してください。メッセージを残してください。せめて、ベンが無事であることだけでも教えてください。わたしの望みはそれだけです――あの子が無事だという証が欲しいだけです」

最後の言葉は喉にからまり、囁くような声になる。ジャックがわたしに腕をまわす。

わたしは彼の首に頭をもたせかけ、その腕に体を預ける。

　レポーターたちが質問を浴びせ始める。ひときわ大きな声があがる。

「どうしてその頃に生まれた赤ん坊すべてにＤＮＡ型鑑定をしないんですか？」

　マカティアがマイクを取った。

「英国では一日に二千人以上の子供が生まれています。ＤＮＡのサンプルを提出するようにすべての両親に命じることはできません。たとえできたとしても、何百万ポンドというコストがかかります」

　ほかのだれかが叫ぶ。「目撃情報の中に確認できたものはあるんですか？」

「現在、いろいろな手がかりを追っているところです」

　さらに手があがる。「どうして病院の防犯カメラの映像をもっと公表しないんですか？」

「映像が非常に不鮮明なので、公表することで我々の仕事がさらに難しくなり、捜査の妨げになると思われるからです」

「どういうことでしょう？」

「あの映像から犯人を特定できるのは、犯人自身だけでしょう。公開してもだれかが犯人に気づくことはなく、ただ犯人を怖がらせ、いらだたせるにすぎません。わたしたちはだれかを罰するためにここにいるのではありません。ベン・ショーネシーをさらった人間は助けと支えを必要としているのです。わたしたちにはそれを提供することができます。彼女に治療やカウンセリングを受けさせることができます」

アガサ

「テレビを消して」あたしは言う。

ヘイデンは驚いてあたしを見る。「興味がないの？」

「ないわ」

「どうして？」

「悲しくなるんだもの」

それは本当だったけれど、ヘイデンには説明できない。子供を失うのがどういうものか、あたしは知っている。メグがいま味わっている思いをあたしは味わったことがある。けれど彼女にはラクランとルーシーがいる。ふたりのことを考えていればいい。

ヘイデンは音を消し、TVガイドを手にしてページをめくっていく。「きみは、だれがあの子をさらったんだと思う？」

「だれのこと？」

「ベビー・ベンだよ」

あたしは話題を変えたくて、肩をすくめる。

「おれは考えを変えた」

「どういうこと？」

「赤ん坊を欲しがっているどこかの金持ちの仕業だと思っていたが、いまはいかれた女が犯人だと思うね」

「どうして彼女はいかれていると思うの？」

「理にかなっているだろう？　きみが言ったんだ——自分の子供を産めないか子供を亡くしたかで、少しおかしくなったのさ」

「子供を失った女性は大勢いる」

「おれの言いたいことはわかるだろう？」ヘイデンはコーヒーテーブルに片足を載せる。あたしはそうされるのが大嫌いだった。「警察は、彼女が助けを必要としていると世間に思わせようとしているが、もしだれかがローリーをさらったりしたら、おれは彼女を殺してやりたいと思うだろうな。彼女を見つけ出し、ローリーを取り戻して、この手で殺してやる」

「絞め殺すの？」

「そうさ。おれは訓練を受けている――素手での戦い方のね」手のひらをこちらに向ける。「これは凶器なんだ」

「無抵抗の女性を殺すの？」

「おれの子供をさらったのなら、そうだ」

彼は股間を掻き、肘にできたかさぶたを見る。「彼女は捕まるだろう」

「どうして？」

「だれかが通報する。当然さ。赤ん坊を連れて帰ってきても母乳は出ないし、泣き声で近所の人間が起きるだろう。赤ん坊が病気になったり、予防接種をしなきゃならなくなったらどうするんだ？　学校に行くようになったら？」

「何年も先の話じゃない」

ヘイデンはいなすように手を振る。「社会保障番号や、出生証明書や、運転免許証はどうする？　パスポートを申請するときは？」

「その頃には、みんな忘れているわよ」

「彼女に捕まってほしくないような口ぶりだな」

「違うわ。そうなるかもしれないって言っているだけ」

ヘイデンは嘲笑うような音を立てる。こんな話をするのはあたしをいらつかせようとしているのか、それとも疑っているのだろうかとあたしは考える。あの生き物がゆっくりとうごめき始め、腸のあいだをのたくり、はらわたを押しつぶそうとする。

奴は知っている！　知っている！

「シーッ！」

「だれに言っているんだ？」ヘイデンが訊く。

「だれでもない」

あたしはローリーのミルクを作り始める。ヘイデンは、あたしが粉ミルクをスプーンですくい、お湯の入った哺乳瓶に入れるのを眺める。

「搾乳しているんだと思っていた」

「母乳で足りない分よ」

「どうして直接吸わせないんだ？」

「まだ乳首が痛いんだもの」

「いつ治るんだ？」

「そんなのわからない」

「赤ん坊を盗んだ女だが――彼女はどうしているんだろう？」

「なんのこと？」

「どうやってベビー・ベンに栄養を与えているんだ?」

「粉ミルクを使っているんでしょう」

奴は知っている! 知っている!

「彼女はどうやって逃げたんだと思う?」

「知らないわよ」

「妊娠しているふりをしていたんだとおれは思うね——赤ん坊を産むってまわりの人間に思いこませていたんだ」ヘイデンが言う。

「それって考えにくくない? だって……九カ月もそんなふりをするのよ?」

ヘイデンは爪の中のゴミを取っている。「警察が来たのはそれが理由だと思う」

「どういうこと?」

「あのふたりの警官——この二週間のうちに赤ん坊を産んだ人間全員を調べているんだと思う」

「あたしはベンがさらわれる前にローリーを産んだのよ」

「ああ、そうだな」ヘイデンは曖昧に答える。

彼は煙草に火をつけると、居間の窓を少し開け、床に膝をついて煙を外に吐き出す。

それでも煙草のにおいがした。下で吸ってと言いたいけれど、なにも言わない。警察はあたしを調べているのだろうかと考える。ローリーが生まれたことを届けていないけれど、法律上はひと月の猶予がある。出生証明書が必要なわけではないから、もっと遅らせてもだれにも気づかれないだろう。

「その女性に電話したほうがいい」ヘイデンは窓枠で煙草の火をもみ消す。

「だれのこと？」

「ベビー・ベンの母親さ——どうしているのか確かめたらどうだ？」

「彼女を煩わせたくない」

「でもきみの友だちじゃないか」彼の顔がぱっと輝く。「なんてこった！」

「どうしたの？」

ヘイデンが立ちあがる。「新聞社に電話しないと！」

「どうして？」

「きみの話を売れるじゃないか」

「話なんてないわよ」

「あるさ。きみの親友が赤ん坊を盗まれたんだ。きっと気に入るぞ——新しく母親になった女性が、別の母親の話をする。彼女の親友だ。胸が張り裂けそうな思いをしている。ひと財産できるかもしれない——少なくとも一万ポンドにはなる。もっとかも」

「彼女は親友じゃない」

「あいつらにはわからないさ」

「いやよ！」

ヘイデンは耳を貸さない。「テレビのインタビューでもいいな。あの番組は――」

「あたしはテレビになんて出ないから。メグとはそれほど親しいわけでもないし」

「だがきみは――」

「ヨガを一緒にしただけよ」

「彼女の家に行ったんだろう？」

「一度ね」

「事件のあと話はしていないのか？」

「してない。赤ちゃんのために祈っているっていうメッセージを送っただけ。カードを送ろうかと思ったけど、それがふさわしいかどうかわからなかったし」

ヘイデンはあたしがうなずかなかったことに腹を立て、どさりとソファに座りこむ。

「金があると助かるのに」

「大丈夫よ」

ヘイデンはそれから十五分、機嫌が悪かった。やがて、口を開く。「彼らはこの一件で稼ぐんだろうな。病院を訴えて、一番高い値段をつけたところに話を売るんだ。想像できるか？　テレビスターといかした妻という完璧な夫婦と盗まれた子供。その価値を存分に利用して搾り取るんだろう」

「あの人たちはそれほど完璧じゃない」あたしは言う。

「どういう意味だ？」

「なんでもない。忘れて」

メガン

数時間前、ジャックは黙って出かけていった。浴びせられる質問を無視しながらレポーターたちの横を通り過ぎ、車に乗りこむ彼をわたしは二階の窓から見ていた。昨日も同じように出かけていき、わたしがベッドに入るまで戻ってこなかった。

「なにをしていたの？」今朝、わたしは尋ねた。

「歩いていた」ばかな質問をするなと言わんばかりの口ぶりだった。

彼が追いつめられているのはわかっている。長いあいだ檻に閉じこめられたホッキョクグマが体を左右に揺すっているみたいに、日がたつにつれ、茫然とした様子がひどくなる。どうして警察はまだベンを見つけられないんだと何度も尋ねる。わたしが答えられないことを知っていながら、沈黙を埋めるために尋ねる。

この家に警察官はもういないけれど、リサ・ジェインかアニーが毎日やってきて、情報を伝えてくれる。記者会見から二日がたっていて、そのあいだ、警察のホットラインには数千本の電話が殺到した。目撃情報も数十件あったけれど、どれも確認できていない。新たな情報の津波の中には、冷やかしや荒らしや霊能者や予言者や陰謀論者が混じっていた。あまりにひどいメッセージがいくつかあったので、わたしは今日ブログを閉鎖した。

そんな中でも、母親業はきちんとこなしている。食事を作り、ベッドを整え、額にキスをし、子守歌を歌う。だれかがベンのために同じことをしてくれていることを願った。

ベンをさらった女性は子供がいないか、亡くしているか、あるいはパートナーをつなぎとめようとしているのだろうとサイラスは言う。そんな結婚をした人なら、何人か知っている。親しい友人のうちのふたりは、恋人——ぐずぐずと煮え切らない男——に踏ん切りをつけさせるために子供を作ったのだと、わたしは考えている。それって、間違ったことかしら？　彼女たちの結婚生活は続いている。さらに子供を作り、住宅ローンを抱え、あれこれと自分たちを縛りつけている。わたしに尋ねる勇気があったなら、〝取引をまとめる〟ためにしたことは後悔していないという答えが、全員から返ってきたことだろう。

九時に警察から電話がかかってくる。ジャックが暴行と女性から赤ん坊を奪おうとした容疑で逮捕されたと、フラム警察の警察部長から聞かされる。

「なんてこと！　その人は無事なんですか？」

「はい、無事です」警察部長が言う。「ですが、どうしてもご主人を訴えるとおっしゃっていまして。状況を説明したんですが、説得できませんでした」

「ジャックはどこに？」

「留置場の中です」

「保釈金を払わなくてはいけませんか？」

「その必要はありませんが、だれかに迎えに来てもらう必要があります」

「タクシーに乗せてもらうわけにはいかないんですか？」

「どなたかに迎えに来ていただきたいですね」

わたしは電話を切り、両親に連絡しようかと考えたが、こんなことを知られたくない。ラクランとルーシーを起こし、ふたりにガウンを着せ、スリッパを履かせる。

「どこに行くの？」ルーシーが尋ねる。

「パパを迎えに行くのよ」

「パパはどこなの？」

「警察で話をしているの」

気温はぐっとさがっていて、レポーターやカメラマンが外で立っていられないくらいに寒い。ほとんどは車の中にいて、時々暖を取るためにエンジンをかけている。わたしは素早く動いて、彼らが近づいてくる前に子供たちをチャイルドシートに座らせる。

「なにかニュースがあったんですか？」運転席のドアに手を伸ばしたところで、ひとりが大声で尋ねる。

「なにも」

「ベビー・ベンはまだ生きていると思いますか？」

わたしはぎくりとして振り返る。「よくもそんなひどいことが言えるわね」

彼は答えを待っている。わたしは運転席に座り、ドアを閉めてキーを探す。ほかのレポーターたちも質問を投げかけてくる。わたしはそれを無視して車を発進させ、目の前に飛び出してきたテレビのカメラマンを轢きそうになる。

「どうしてあの人は、ベンが生きているかって訊いたの？」ルーシーが尋ねる。

「あの人はそんなこと言わなかったわよ」

「ベンは死んでるかもしれないの？」

「いいえ」

「だれが死んだの？」今度はラクラン。

「だれも」

わたしは童話のオーディオブックをかけ、冷たい風で頭をはっきりさせたくて、窓を少しだけ開ける。帝王切開のあと、こんなにすぐに車を運転するべきではないのに。ジャックのばか！

警察部長はたわしのような髪をした、痩せたなで肩の男性だ。ジャックを留置場から連れてくるあいだ、詮索好きな目にさらされることのないように彼のオフィスでわたしたちを待たせてくれた。

警察は、彼の行動を突き止めていた。彼はまずフラム・ロードのキングズ・アームズでビールとウィスキーを数杯ずつ飲み、それからデューク・オン・ザ・グリーンとホワイト・ホースに立ち寄った。その後・キングズ・ロードのザ・トラファルガーにたどり着き、バーテンダーに暴言を吐いて店の主人から追い出されている。そして、そこから一ブロックも行かないうちに、ベビーカーを押しながら犬を散歩させている女性に行きあった。彼女が助けを求め、男性ふたりが駆けつけた。ジャックは殴りかかったが、地面に押し倒された。男性たちは警察に連絡したあと、なにがあったかを証言するまで帰れないと女性に告げ、そのせいで彼女はさらに動揺したらしい。

「その女性はいまどこに?」わたしは尋ねる。

「帰ってもらいました」

「謝りたいんです」

「そっとしておいたほうがいいと思います」

巡査ふたりに付き添われたジャックが、オフィスに入ってくる。シャツのボタンは取れ、額の擦り傷からは血が出ている。ズボンの染みがなにかはわからない。尿でないことを願った。彼はわたしたちに目を向けることなく、財布と携帯電話を受け取るためのサインをする。

車へと歩いていくあいだ、ルーシーとラクランはなにも言わない。まるで父親が傷ついていることを感じているかのように、どちらもジャックの手を取ろうとしない。わたしはなにか言いたかった。自分のことしか考えられず、自分を憐《あわ》れんで惨めになっている彼を叱りつけたい。けれど同時に、自らの狂気に我を失い、通りをさまよう彼の姿が脳裏に浮かんだ。

わたしたちは無言で家に向かう。ジャックはシャツの裾をズボンに押しこみ、髪を撫でつけてから、家の外で待ち受けているカメラの隊列の前に立つ。家の中に入ると、ジャックは二階にあがり、やがてシャワーの音が聞こえてくる。わたしは子供たちをベッドに入れ、自分のためにホットチョコレートを作る。それを持って居間に行き、膝を畳んでソファに座り、飲み始める。

階段がきしむ音が聞こえる。ジャックはわたしを探してキッチンに行き、洗濯室に行き、そしてようやく暗闇に座っているわたしを見つける。

「なにをしているんだ？」

「考えている」

ジャックは床に座り、わたしの腿に頭をもたせかける。わたしの手は彼の頭上をさまよったが、髪を撫でることはできない。

「許してほしい、メグ」ジャックが囁く。

「許すことなんてなにもない」

ジャックが体を起こす。「やめてくれ、頼むよ。きみのせいでぼくの心は砕けそうだ。ぼくを見てくれ」

できない。

「きみがぼくを責めているのはわかっている」

「責めてなんかいない」

「いや、責めている」ジャックは押し殺した泣き声を漏らす。「ぼくはもうひとり子供が欲しくなかったときみは思っている。今回のことはぼくのせいだと思っている。それは不公平だろう?」

「そうね」

「ぼくだって、ベンを愛しているんだ」

「わかっている」

わたしは手を伸ばし、彼の前髪を撫でつけ、濡れた髪に指を這わせる。彼が身を震わせる。

「あなたのせいじゃないってわかっているけれど、でもだれを責めればいいのかわからないのよ」

「こんな毎日には耐えられないよ、メグ。ぼくを避けないでくれ」

「ごめんなさい」

「昔のぼくたちに戻りたいんだ」

「わたしもよ」

彼の目が光る。「ぼくたちは、こんな目に遭うようないったいなにをしたんだろうってずっと考えている」

「だれもこんな目に遭っていいはずがない」

「ぼくだ。ぼくが避けられているんだ。サイモンまでぼくと話そうとしない」

全身の筋肉が硬直する。「いつサイモンと会ったの？」

「今日、彼の家に行った。自己憐憫にふけっていると責められたよ。父親がどういうものか、子供が行方不明になるのがどんなものか、おまえにはわからないと言ってやった」

「彼はなんて？」

「ぼくの言っていることはばかげている、それがどういうものかはよくわかっていると言われたよ。ぼくが家でもっとしっかりしていれば、こんなことにはならなかったとも。どういう意味だと訊いたら、〝メグに訊け〟と言われた」

「わたし？」

「そうだ」

「なんの話かさっぱりわからないわ」

「なにかあったのか？　以前、きみとサイモンはうまくやっていたのに、いまは家にも呼びたがらない。彼がなにか言ったのか？　なにかしたのか？　きみに触った？」

「この話はもうしたはずよ」

「もし彼が――」

「彼はわたしに触れていない」ジャックはため息をつき、額の傷に指で触れる。

「今日はすまなかった」

「もう寝たほうがいいわ」

「眠れないよ」

「わたしの薬を飲んで」

ジャックはわたしの頬にキスをし、やがて階段をあがる音が聞こえてくる。二十分後、二階にあがってみると彼はベッドで穏やかな寝息を立てていた。ルーシーとラクランも眠っていることを確かめてから、わたしは暖かなセーターを着てスニーカーの紐を結んだ。

寒さに備えて服を着こみ、フレンチドアから外に出て、懐中電灯の明かりを頼りに裏庭を進む。芝生に夜露が光っている。物置までやってくると、トレリスを使って塀をよじのぼり、乗り越え、枯れ葉と刈った芝の山の上におりる。

本当は、縫ったところが治るまでは、なにかによじのぼったり重いものを持ったりしてはいけないのに。懐中電灯の光が倒木に影を作り、だれかがいた形跡のある小さな空き地に気づく。ソフトドリンクの空き缶とチョコレートの包み紙が落ちている。

若い恋人たちの密会場所なのかもしれない。居心地はよくなさそうだけれど、人目にはつかないだろう。

明かりのついていない家を振り返る。倒木に座れば、庭越しに我が家のキッチンと食堂が見えるし、二階のカーテンに映る影もわかる。

再び向きを変え、ブラックベリーの茂みのあいだの雑草の生い茂った小道を鉄道の線路まで歩き、そこで東に向きを変えてバーンズ駅を目指す。一番近い踏切から先は、列車の音を遠くに聞きながら歩道をたどる。

南環状線でタクシーを拾い、サイモンの家の住所を運転手に告げる。途中で二度、引き返してほしいと言いそうになる。わたしは怒っていて、話をするのにいい状態とは言えない。

車が到着する。明かりがついている。呼び鈴を鳴らし、足音に耳を澄ます。ジーナ――サイモンの恋人――が現われる。予想外だ……。

「メグ！　いったいどうしたの？」

「サイモンに話があるの」

「わかったわ。入ってちょうだい。手が冷たくなっているじゃないの」

彼女はわたしのコートを受け取り、二階に向かってサイモンを呼ぶ。家の中は暑いくらいで、カレーのにおいがする。

「ワインはどう？」ジーナが尋ねる。「開いているのがあるの。それとも紅茶？」

「いらない」

「食事はしたの？」

「大丈夫だから」

「本当になんて言っていいか……。連絡したかったんだけれど、電話やメッセージの対応で大変だろうと思ったの」

「サイモンと話がしたいのよ」

「ああ、そうだったわね」彼女はもう一度サイモンを呼ぶ。

バギージーンズとスウェットという格好のサイモンが階段の上に現われる。

「だれだと思う？」ジーナが言う。

「彼とふたりきりで話したいの」

ジーナの顔から笑みが消える。「わかったわ。わたしは……上に行っているわね」

ふたりはすれ違うときに視線を交わす。

廊下に残されたわたしは階段を見あげ、彼女がいないことを確かめる。サイモンはわたしのあとについてキッチンにやってくる。

「ジャックになにを言ったの？」

「なにも」

「わたしたちのあいだになにかあったって、彼は気づいている」

「あいつはなにも知らないさ」

「わたしたちにかまわないでって言ったじゃないの」

サイモンも怒りを露わにする「だからきみは警察をここによこしたのか？」

「なんのこと？」

「刑事がふたり来たよ。ベンがさらわれたとき、おれがどこにいたかを訊かれた。きみとの関係も訊かれた。〝脅迫〟っていう言葉を使っていた」

「なにか話したの？」

「いいや。きみはあいつらになにを言ったんだ？」

「なにも」

「嘘つけ！」

「頭に来ていて、口が滑ったの。忘れてって言ったのに」

「言われたとおりにはしなかったようだな」サイモンは皮肉っぽく言う。「きみのおかげで、おれは容疑者だ。おれの過去を知られた――麻薬の所持と売買。ジーナにいろいろと訊かれたよ。なにか少しでも放送局に知られたら、おれはくびだ」

「うっかりしていたわ。ごめんなさい」

「それを聞いて、ぐっと気分がよくなったよ」

「ジャックには言わないって約束したはずよ」

「きみがこんなことにおれを巻き込むまでの話だ。約束はすべて白紙だ」

「そんなのおかしい」

「どうしてだ？　きみはおれのことなんてどうでもいいと思っている。ジャックは結婚相手のことをもっとよく知るべきだと思うね」

「やめて。お願い。ベンを見つけたら、すぐに父子鑑定をするから」そう言っている最中から言わなかったことにしたいと思ったけれど、手遅れだった。

サイモンは首をかしげ、疑わしげにわたしを見る。「もしおれの子だったら？」

「ジャックに話す。でも検査の結果、あなたが父親じゃないってわかったら、もうわたしたちにはかまわないでほしいの。それで終わりにして。いい？」

サイモンはうなずく。張りつめていたものが消えて、口調が柔らかくなる。「きみが誘拐を企てたなんて言って、悪かった」

彼を許したくなかった。家のベッドでジャックと寝ていたかった。

サイモンが近づいてくる。「なにか知らせは?」

「ないわ」

「おれになにかできることはある?」

「ない」

体が震えている。サイモンがわたしに腕をまわし、わたしはほんのつかの間、彼にもたれて抱擁を受け入れ、体が触れる感触を楽しんでいた。彼を押しのける。自分を憎んだ。彼を憎んだ。

「わたしの言ったことを忘れないで」

アガサ

その夜、ローリーはひどくぐずった。何時間も泣き続け、ミルクを飲もうとしなかった。あたしはあらゆることをした。彼を揺すり、なだめ、背中を叩いた。スリングに入れ、心臓に押しつけるようにして抱き、階段を何度ものぼりおりした。赤ちゃんがよく眠るというホワイトノイズも試した——食器洗浄機、洗濯機、流水音、ミュージックビデオにラジオ。ようやく夜中の三時に、ローリーはソファに座ったあたしの胸の上で眠りに落ちた。

今朝、ローリーの体重を測った——バスルームの体重計に乗ったり降りたりして、彼を抱いているときと抱いていないときの差を計算した。その結果からわかるかぎり、ローリーは体重が増えていない。インターネットによれば、〝発育不良〟ということになる。

これまで三種類の粉ミルクを試したけれど、ローリーは一度にせいぜい三十ミリリットルしか飲まず、それも時々吐いた。早く体重を増やさなくてはいけない。ほかの子たちと同じ結末にさせるわけにはいかない。あたしのかわいい赤ちゃんたちは、みんな幼くして死んだ。どこまでも無垢なのはごく幼い赤ちゃんだけだから、あの子たちは純粋なままだとあたしは考えている。あたしの赤ちゃんたちには成長して、大人になる時間がなかった。ほかの人たちに失望されたり、失望したりすることはなかった。あの子たちはずっと晴れやかに輝いていて、永遠に善の存在だ。

最後がエミリーだった。あの子を亡くしたのは三年前だ。ニッキーとは別れていたものの、まだ離婚はしていなかった。夏のにぎわいを求めてやってきた人たちのだれかと親しくなりたくて、あたしは一週間ほどブライトンに滞在したけれど、なんの慰めにもならなかった。吐き出した孤独は、雨雲やにおいのようにあたしにまとわりついてきた。

最後の夜――土曜日だった――は、騒々しい音楽をかけて浮かれ騒ぐ酔っ払いや、歩道に広がって煙草を吸う人たちでどこのパブもあふれていた。あたしはソフトドリンクの缶を買って埠頭《ふとう》のベンチに座り、恋人たちが暗がりで抱き合ったり、波打ち際で水とたわむれたりしているのを眺めていた。暑い日で、だれもが気温がさがるのを待っているようだった。

安いホテルにもう一泊するのではなく、遅い時間の列車でロンドンに帰ろうかとあたしは考えていた。若い母親がベビーカーを押しながら通り過ぎた。どうしてそのあとをつけようと思ったのかはわからない。赤ちゃんを盗むつもりはなかった。ただ見たかっただけだ。

その女性はひっそりした通りに立つ庭つきのアパートに住んでいた。裏には路地があって、家のうしろ側のガレージには〝入口をふさがないでください〟と書かれた看板があった。小さならせん階段が裏口のドアに通じていた。あたしは明かりが消えるまで待った。

風が入るように少しだけ開けられていた窓から、レースのカーテンがはみ出ていた。あたしは中に手を入れて掛け金をはずし、窓を持ちあげて体が入るくらい大きく開けた。女の赤ちゃんは、かご型のベッドで眠っていた。生後三カ月くらいに見えた。その頭の上でベビーモニターが点滅していた。あたしはスイッチを切った。赤いライトが消えた。

あたしは赤ちゃんを抱きあげて枕カバーに入れ、田舎の邸宅から銀器を盗んだ泥棒みたいに、大事に抱えて窓から出た。エミリーがいなくなっていることにだれかが気づいたときには、ロンドンに戻っていた。ニッキーはすでに家を出ていて、いずれそこを売る予定でいたけれど、当面あたしはひとりでそこで暮らしていた。

エミリーはそれから十二日後に死んだ。あたしのせいだ。ミルクを飲ませているあいだに眠ってしまった彼女を、あたしはそのままベビーベッドに仰向けに寝かせた。しばらく肩の上で縦抱きにしていなければいけなかったのに。きちんとげっぷをさせていれば、エミリーは吐くことも肺にミルクを吸いこんでしまうこともなかったはずだ。

あたしは五時に目を覚まして、彼女に気づいた。息をしていなかった。肌は青かった。吐いたものが乾いて、頬と後頭部にへばりついていた。あたしは小さな体を洗い、シーツにくるんで、あたしの特別な場所へと連れていった。クロエとリジー――決して大きくならず、永遠に無垢で汚れのないままの子供たち――の横に埋葬した。自由にしてやった。

新鮮な空気を吸えばローリーもお腹が空くかもしれないと思い、ベビーカーに乗せて外に出たのは、まだ早い時間だった。ハマースミス行きのバスに乗り、そこで乗り換えてケンジントン・ハイ・ストリートを地下鉄の駅近くまで行く。若い司書がケンジントン中央図書館のドアを開ける九時半まで待たなくてはいけなかった。その頃には列ができていて、そのほとんどが、数時間を過ごせる暖かい場所を求めるホームレスの人たちだ。

「寝たりしたら、追い出すからね」司書が言う。「ここは図書館なのよ。シェルターじゃない」

あたしはコンピューターの前に座り、ユーザー名とパスワードを作成して検索を始める。ローリーはベビーカーの中からあたしを見つめている。定期的にあたしは手を止めて彼の額を撫で、なにをしているかを説明する。

〝母乳〟で検索をかけると、何十もの広告が現われる。

健康な母親の潤沢な母乳をいますぐに

母乳売ります、たっぷり出ます（ドラッグやアルコールはやっていません）

高品質の母乳　ロンドンSWI――オーガニックな食事のみ！

同じ画面に、インターネットで母乳を検索することについての政府の警告も表示される。汚染されているかもしれないし、病気を持っているかもしれない。それに、身分証明を求められたらどうする？　求めてくるだろうか？

メールを送ろうかと思ったけれど、警察がわたしを探すためにこういったサイトをモニターしているかもしれない。危険を冒すわけにはいかない。

検索した文字を削除し、ブラウザの履歴を消してから、ローリーを連れて通りの反対側にある薬局に向かい、疝痛《せんつう》の薬とまだ試していないブランドの粉ミルクを買う。

家に帰ると、ヘイデンが待っていた。ローリーは眠っている。「ベビーカーは下に置いてきたの」ベビーベッドにローリーを寝かせながらあたしは言う。「夕食の買い物をしてきたのよ。食料品をキッチンに運んでもらえる？」

ヘイデンは動かない。煙草のにおいがする。吸わないと約束したのに。

あたしは買ってきたものを仕分けして、生ものを冷蔵庫に入れていく。戸棚を開ける。ヘイデンはドア口からあたしをにらんでいる。なにかおかしい。

「きみのお母さんから電話があった」彼が言う。

あたしは黙っている。

「お母さんはいつスペインに戻ったんだ？」

「よく知らない」あたしは仕分けを続ける。ヘイデンはトマトの缶詰を手に取り、手の上で重さを測っているような格好をする。

「ローリーのことを話したら、ぶったまげてたよ。彼女がなんて言ったと思う？」

わたしは答えない。

「〝ローリーってだれ？〟って言ったんだ。おれが〝あなたの孫ですよ〟って答えたら、まるで冗談を言われたみたいに笑いだした。〝でも出産に立ち会ったんですよね〟って言ったら、また笑われたよ」

あたしはやっぱりなにも言わない。ヘイデンはカウンターにトマト缶を叩きつけ、小さなキッチンに銃声のような音が響く。彼はまたトマト缶を手に取る。ローリーが泣きだしたのが聞こえる。

「説明するから」

「してくれ」

「その前に、母さんになにを言ったのか教えて」

「ローリーのことを話した。きみがリーズで産んだって言ったよ——自宅出産したってね。ここまでは本当だろうな？」

「ええ」

「立ち会ったのはだれだ？」

「助産師よ」あたしは電気ケトルに水を入れる。「紅茶を飲む？」

「紅茶なんてくそくらえだ！　どうしておれに嘘をついた？」

「母さんとあたしはうまくいっていないの。母さんはあたしを支配しようとする。あたしをばかにする。偉そうに命令する。あたしの人生のいいものすべてを醜くするのよ」

「どうしてリーズに行った？　ロンドンに残って産むことだってできた。おれが立ち会うことだってできた」

「怖かったの」

「なにが？」

「いままで話さなかったけれど――ニッキーとあたしは子供を亡くしているの。妊娠五カ月だった。お腹の中で死んでしまった。また同じことが起きたらどうしようって怖かった。だからあなたにいてほしくなかった。だれにもそばにいてほしくなかった――友だちにも家族にも」

ヘイデンはどう反応すればいいのかわからないようだ。あたしを信じたがっているけれど――それはわかった――信頼が揺らいでいる。彼は流産について尋ねる。くわしいことを知りたがる――だれが、どこで、なにが、どうして？　あたしは本当のことを話していた。

「そのときニッキーがどうなったか、あたしは見たの――子供を亡くしたせいでどうなったのかを。だからあたしたちは離婚した。あたしたちの結婚は、悲嘆に耐えられなかった」ローリーは泣き続けていて、その泣き声は次第に切羽詰まったものになっていく。「ニッキーがあたしに連絡してきたのはそれが理由よ。彼はあたしが子供を産んだことを聞いた。あたしのために喜んでくれたけれど、同時に悲しかったんだと思う」

「だから自殺したのか？」ヘイデンが訊く。

「わからない。そうかもしれない」

あたしはローリーをなだめようと、寝室に向かう。ヘイデンがあたしの手首をつかみ、痛いくらいにねじあげる。

「どうしてお母さんに嘘をついた？」

「嘘はついていない。話さなかっただけ。あの人には関係ないことだから」

「なんでそんなに憎むんだ？」

「あなたにはわからない」

「話してみなきゃわからないだろう」

「母さんはおかしいのよ。人を操ろうとする。ずる賢い。頭の中には千もの決まり文句が詰まっていて、口を開けば、その言葉がここぞとばかりにこぼれ出して……あたしを愛しているって母さんは言ったでしょう？」

ヘイデンがうなずく。

「あたしのせいで辛い思いをしているって言った？」

「ああ」

「酔っていた？」

「そうは聞こえなかった」

「取り繕うのがうまいから」

あたしは手首をつかんでいるヘイデンの指をはがす。彼はまだ言いたいことがあるらしい。「ほかにどんな嘘をついている？」

「なにも」

「きみはジュールズに、おれに、おれの家族に嘘をついた……おかしいだろう？　おれは自分がばかみたいに思えるよ」

「ごめんなさい」あたしは彼の胸に手を当てる。

ヘイデンはあたしを押しやり、自分に近づけないようにする。「お母さんはおれのことを知りもしなかった」

「だって話していないもの」

ヘイデンは答えない。あたしは彼を迂回《うかい》するようにして寝室に入り、ローリーを抱きあげて、泣き止むまで揺する。

ヘイデンはあきらめない。「助産師の名前が知りたい——ローリーを取りあげた助産師だ」

「どうして？」

「話がしたい」

「彼女からなにを聞くの？」

「本当のことだ」

「本当のことを話しているじゃない。どうしてあたしが嘘をつくの？」

「電話しろ」

奴は知っている！　知っている！

あたしはハンドバッグから携帯電話を取り出し、連絡先リストをスクロールする。

ヘイデンは待っている。

「見つからない」

「電話番号を知らないのか？」

「知っているわよ。ちょっと待って……電話が使えなくなったことがあったでしょう？　そのときに消えたのかもしれない」

「書類は？　なにかあるはずだ」

「もちろんよ。山ほどあるわ」あたしはうろたえながら言う。「どこに置いたのか、思い出せない」

奴は知っている！　知っている！

「つまりきみは電話番号も知らなければ、書類もないっていうわけか――どうかしてるよ！」ヘイデンはジャケットをつかむ。

「どこに行くの？」

「ローリーを散歩に連れていく」

「だめ！」焦ったような声になる。「どこに行くの？」

「動物園にでも行くよ。まだ連れていっていないからな」

「あたしも行っていい？」

「だめだ！」

「どうして？」

「しばらくきみの顔は見たくない」

あたしはローリーのミルクを用意し、出かける準備をするヘイデンを手伝う。ふたりに出かけてほしくなくて、まだ言い訳を探している。ヘイデンを心から愛していること、彼ほど素晴らしい父親は見たことがないこと、彼なしではやっていけないことを伝える。明日フラム登記所で結婚しよう、一緒にいられるなら世界中どこにでもついていくと告げる。

ヘイデンはなにも言わない。約束にも中身のない言葉にも耳を傾けない。彼はもうあたしを愛していない。

「だれにも言わないで」あたしは彼に懇願する。

「だれになにを言うっていうんだ?」

「母さんのことをあなたのご両親には話さないでほしいの。きっとわかってもらえない」

「そうだろうな。おれもわからないよ。きみはおれに嘘をついたし、おれたちのためになにもしようとしないんだからな」

「どういうこと?」

「きみは新聞社に情報を売れたっていうことさ――ベビー・ベンの母親を知っているっていう話だ。おれたちは金儲《かねもう》けができたんだ」

「レポーターと話すのはいやよ」

「ミセス・ショーネシーは散々話しているぞ。山ほどニュースに出て、カメラの前で泣いている。彼女の声を聞くのはもううんざりだよ」

「そんな言い方しないで」

「どうしてだ？」

「あなたは彼女のことを知らないじゃないの」

「ああいうタイプなら知っているさ——完璧な髪、完璧な歯、完璧な結婚——そして完璧な悲劇だ。いらつくよ」

ヘイデンはメグを気の毒がっていたはずなのに、いまは彼女を罵っている。あたしに怒っているせいだ。それともあたしを試しているのかもしれない。あたしは信頼できることを証明しなくてはいけない。彼の信用を取り戻さなくてはいけない。

「あの人たちは完璧じゃない」小声で言う。

「前にもそう言ったな。どういう意味だ？」

「ジャック・ショーネシーは浮気していたの」

「なんで知っているんだ？」

「ほかの女性と一緒にいるところを見たのよ。彼、スーパーマーケットでコンドームを買ったの。彼女は外に車を止めていた。彼はその車に乗って、ふたりはキスをしていた」

「その女はだれだ？」

「不動産業者よ。あの人たちに家を売った人」

ヘイデンは歯のあいだから音を立てて息を吐いた。「薄汚い奴め！」

言うべきじゃなかった。黙っているべきだった。

「だれにも言わないでね。もう終わったことだから……」

ヘイデンは答えない。ローリーを抱いて階段をおり、ベビーカーに乗せてベルトを締める。ベビーカーをうしろに傾けて、外の階段を一段ずつおりていく。

あたしは道路に面した窓のガラスに額を押しつけ、ふたりが角を曲がって見えなくなるまでそのうしろ姿を眺めている。追いかけたい。ローリーを取り戻したい。

ヘイデンはあたしたちの小さな息子を愛しているから、あたしを信じたがっていることはわかっている。けれどあたしは疑う理由をあまりにもたくさん与えてしまった。妊娠しているふりをして赤ん坊を盗んだと言って、彼があたしを責めることはなかったけれど、脳裏をよぎったりしただろうか？　いいえ、それはない。そんなことができるほど、あたしの頭がいいとはヘイデンは思っていない。

けれど今後はあたしをもっと入念に観察するだろうし、あたしが言ったりしたりすることを確かめようとするだろう。たとえ出生証明書を偽造したとしても、助産師を魔法のように作り出すことはできない。

どうして母さんはあたしを放っておいてくれなかったの?

メガン

警察は朝の六時前にやってきて、外の道路をふさぐようにずらりと車を止める。そのドアが一斉に開き、警察官たちはレポーターやカメラマンの前を早足で通り過ぎる。ジャックはパジャマ姿のまま呼び鈴の音に応じる。マカティア警視正が捜索令状を突きつける。

「だれなの？」わたしは階段の上から尋ねる。

警察官たちがジャックの脇をすり抜ける。全員がつなぎを着て、ラテックスの手袋をはめている。

「わたしたちにはこの家を捜索する権限があります」そう告げるマカティアの口調には、慈愛も同情もない。「邪魔をしないのであれば、ここにいてもかまいません。着替えのあいだ、警察官が立ち会います。着替え終わったら、キッチンに来てください」

「子供たちは？」

「お子さんもです」

ジャックはなにがあったのかと尋ね続けている。なにかわかったのか？　警察がここに来た理由はあるのか？　彼が説明を求めてわたしの顔を見る。わたしは首を振る。リサ・ジェインが寝室までついてきて、着替えるわたしを眺めている。わたしはバスルームに向かう。彼女がついてくる。

「ひとりで行かせてもらえないの？」

彼女は首を振る。

「どうして警察がここに？」

彼女は答えない。

それから二時間、警察が屋根裏から階段の下の戸棚まであらゆるところを調べているあいだ、わたしたちはキッチンに座っていた。コンピューターとｉＰａｄが押収される。ハードドライブをコピーしたら返却すると説明がある。なにもかもが開けられ、調べられる。本のページはめくられ、家具は動かされ、絨毯はめくられて床がむき出しにされる。いったいなにが見つかると考えているのだろう？　隠し部屋？　秘密のなにか？　ばかげている。

わたしたちがなにを訊いても無視される。警察官たちは礼儀正しいけれど、頑としてわたしたちが口をはさむことを許さない。ファースト・ネームで呼ばれることもなくなった。

ジャックが激怒する。「ぼくたちがなにをしたっていうんだ？　理由があるのか？　あいつらは非難の矛先を変えようとしている。ベンを見つけられないから、代わりにぼくたちを責めるつもりなんだ」

「それは変よ。どうして警察がそんなことを考えるの？」

「知らないよ――だが、あいつらがしていることを見てみろよ」

ジャックは無視できないほどの勢いで、説明しろとマカティアに迫る。マカティアはスーツのジャケットのボタンをはずし、片手をポケットに入れる。

「情報が入ったんです」

「どんな情報だ？」

「ホットラインに電話がありました」

「だれからだ？　なにを言っていた？」

「ベンが行方不明になった夜、あなたは警察が到着する前に病院から出ていきましたね」

「ベンを探していたんだ」

「あなたは二時間ほど姿が見えなかった」

「ぼくは問題の看護師を見ている。近くにいるかもしれないと思った……そのことはもう話したはずだ」

「そのあいだにここに戻ってきましたか？」

「なんだって？　いいや！」

「あなたがあの夜、この家からなにかを持ち出しているところを目撃されています」

「ばかばかしい。だれが言ったか知らないが、それは嘘だ」

「現場を離れたことで、結果としてあなたは捜査を妨害した。容疑者の詳細な情報をわたしたちに与えることができなかったし、あなたの服には繊維が残っていたかもしれない。ＤＮＡ検査の材料になったはずなんです」

「そこまで考えなかった」

「どこに行っていたんです？」

「言ったじゃないか」

わたしも唐突に答えが知りたくなって、取り調べに参加しているかのようにジャックを見つめる。ジャックが懇願するようなまなざしをわたしに向ける。もう怒ってはいない。そこには別の感情が浮かんでいる――恐怖。

「弁護士が必要か？」彼が尋ねる。

「それはあなた次第です、ミスター・ショーネシー」

マカティア警視正はわたしに向き直る。「あなたとふたりきりで話したいことがあります」

ジャックとわたしのあいだに秘密はないと言いたかったけれど、それは本当ではない……サイモンと寝てからは。あのあとは。

ジャックを子供たちと残し、わたしはマカティアについて居間に向かう。彼がドアを閉める。調べられた痕跡があった。警察官たちはすべてを元の場所に戻していたけれど、まったく同じではない。炉棚の上の写真の順番が違っていたし、DVDもばらばらだ。それはまるで、わたしの心の平穏だけを奪っていった強盗のようだ。

マカティアはソファを示す。わたしは立ったままでいることを選ぶ。この部屋はふたりには狭すぎるように感じられる。

「いくつかお訊きしたいことがあります」彼が言う。「正直に答えていただけるとありがたいですね」

「わたしが正直じゃなかったことがありましたか？」いらだっているような口調で

言ったつもりだ。

「ご主人はベンを望んでいましたか？」

口ごもった時間が長すぎた。

「ばかなことは考えないでいただきたいですね、ミセス・ショーネシー。この件では部下たちを二十四時間休みなしで働かせているんです。何千時間もの時間外労働。資金。専門知識。答えてください」

「最初は戸惑っていましたが、やがて喜ぶようになりました」

「ご主人は、あなたやお子さんを傷つけたことはありますか？」

「一度もありません」

「娘さんが二歳のとき、目の上を切って病院に行ったことがありますね」

「ジャックの脚につまずいて、窓の下のベンチに頭をぶつけたんです」

「ご主人はオンラインのポルノを見ていますか？」

「いいえ。一度も。その、見ていないと思います」

「ご主人のコンピューターを調べるつもりです。あなたのものも」

「わたしはなにも隠すようなことはありません」

そう言いながらも、その言葉がいかに陳腐なものかはよくわかっていた。くだらない映画の台詞《せりふ》のようだ。優れた女優ならこの手の台詞を口にしても様になるのだろうが、わたしは優れた女優ではないし、それ以上に嘘が下手だ。

マカティアは核心をついてくる。「二日前の夜十時、あなたは家を抜け出しましたね」

「散歩に行ったんです」

「なぜです？」

「ひとりになりたくて」

「どこに行ったんですか？」

「とりたててどこにも」

「どうやって家を出たんですか？」

彼はどこまで知っているのだろうと考え、わたしは迷う。「裏のフェンスをよじのぼって、線路沿いに歩きました」

「下生えの中を這ったんですか？」

「這ったりはしていません」

「あなたは出産したばかりだ。体を休めなくてはいけないのに、こっそり家を抜け出して、塀をよじのぼり、線路内に不法侵入したんですね」

「こっそり抜け出したわけじゃありません。玄関から出ていきたかったのは山々ですけれど、あなたがお気づきでないのならお教えしてしておきますが、外にはレポーターたちが大勢いましたから」

マカティアは乗ってこない。「退院した日に来客がありましたね。サイモン・キッド。何者ですか？」

「わたしたちの古い友人です。結婚式のときの花婿介添え人《ベストマン》で、ルーシーの名付け親でもあります。ジャックと一緒に働いているんです」

「あなたはそのあと、ずいぶんと動揺していた」

「なんでもなかったんです」

「リサ・ジェイン巡査に、サイモン・キッドがあなたを脅迫しようとしていると言いましたね」

「誤解でした」

マカティアは口を結んだまま、冷ややかな笑みを浮かべる。

「ミセス・ショーネシー、あなたかもしくはあなたと親しい人に、ベンを預かっているという連絡が第三者からありませんでしたか？」

「いいえ」

「もしそういう連絡があったとして、脅迫者に身代金を払うことを考えているのなら、それは法律に反することなんですよ」

「わかっています。はっきり言っておきますが、だれからも連絡はありません」安堵の波が広がっていく。切り抜けられそうだ。

マカティアは帽子を手に取り、ドアへと向かう。ノブに片手を乗せる。

「あとひとつだけ――ベンはご主人の子供ですか？」

「なんですって？」

「ベンはジャックの子供ですか？」

一瞬の間――時間の空白。心臓がほんの一回打つくらいの間だったかもしれないが、もっと長く感じられる。

「よくもそんなことを……わたしは主人を愛しています」わたしの怒りはいかにも無理に作ったもののようだったし、ばかばかしいほど堅苦しい。「ずいぶんと失礼じゃありませんか」

マカティアはうなずいたが、謝ろうとはしない。頭に帽子を載せ、別れの挨拶代わりにつばをわずかに傾ける。

「どうぞお大事に、ミセス・ショーネシー。秘密は、だれから守ろうとするかによってその価値が決まります。あなたはそれだけの価値があると考えているのかもしれない。まったく価値がないとわたしは考えるかもしれない。ですが、だれかが必ずその代償を払わなければならないんです」

アガサ

母さんがローリーの存在に気づく恐れがあることはわかっていた。ただそれが、だれもがローリーの出産についてのくわしい話は忘れ、彼があたしの人生にしっかりと根をおろした数カ月先であることを願っていた。

母さんはひっきりなしに電話をよこしては、いつ孫息子に会えるのかと尋ねるメッセージを残していく。あたしはそれをすべて無視して、留守番電話に応答させていたけれど、いつまでもそうしているわけにはいかない。

母さんの電話番号にかけて、呼び出し音に耳を澄ます。

母さんが応答する。「アガサ？　ずっとここに座って、あなたの電話を待っていたのよ」

弱々しく震えるその声はわたしの記憶にはないものだ。同情を買うためにそんな声を装っているのかもしれない。

「赤ちゃん」興奮した口調だ。「ジェイデンに言われても信じられなかったわよ」

「ヘイデン」あたしは言う。

「あら、ごめんなさい。ヘイデン、そうよね」

「婚約しているの」

「素敵じゃないの。よかったわね。ローリーは元気?」

「元気よ」

「いい子?」

「ええ」

「母乳なの? それが一番いいって言うわよね。あなたは母乳で育てたわけじゃなかったけれど、あの頃は母乳のことがあまりよくわかっていなかったのよ」

「それに、体形を崩したくなかったんでしょう?」

「なにが言いたいの?」

「別に。どうして電話してきたの?」

「母親が娘に電話するのに理由なんて必要ある?」

「どうやってここの番号を知ったの?」

「あなたが以前登録していた人材派遣会社に電話したの」

「それで、なんの用？」

「あなたのところに行きたいのよ……孫に会いたいの」

「お断り」

「お願いよ、アギー。そんなつれないこと言わないで。わたしが間違ったことをしたのはわかっている。いつもあなたの味方じゃなかったことも。でも謝ったじゃない。それにどれも遠い昔のことだわ」

「どうして昨日電話してきたの？」

「え？」

「ヘイデンと話したでしょう？　電話してきた理由があったと思うけれど」

「ええ、あったわ。ニッキーのことよ。新聞で読んだの。ロンドンから取り寄せているのよ。ほんの短い記事だったけれど、列車に轢かれたって書いてあった。知っていたんでしょう？　ニッキーのこと」

「ええ」

「よくわからないの。自殺かもしれないって書いてあった」

しばしの沈黙。

「ニッキーのことは好きだった」母さんが言う。

「ろくに知りもしないくせに」

「あなたたちが結婚していた頃、彼は週に一度電話をくれていたの」

「嘘つき！」

「本当よ！　離婚したあともクリスマスには手紙をくれたし、わたしの誕生日には電話してくれた。あなたは一度もしてくれなかったけれどね」

「彼はあたしほど母さんのことを知らなかったもの」

母さんはそれを無視してさらに言う。「かわいそうなニッキー。本当にいい人だったのに。奥さんはさぞ辛い思いをしているでしょうね」

あたしは答えない。

「あなたとニッキーはとてもうまくいっていたのに。子供ができなくて、本当に残念だったわね。欲しがっていたのに」

今度は苦しいくらいに長い沈黙。

「どうやって妊娠したの？」母さんが尋ねる。

「普通に」

「ニッキーはよく……その……わたしはてっきり……」母さんは言葉に詰まる。その間のせいでさらに口ごもる。

「それじゃあね」あたしは電話を切ろうとする。

「でも言ってくれてないじゃないの」

「なにを?」

「いつローリーに会いに行けるのかを」

「そんな日は来ないから」

「お願いよ、アギー」母さんの声が裏返る。「わたしはもうほかにだれもいないの。おばあちゃんになりたいのよ。償いがしたいの」

「手遅れよ」

「そんなに冷たいことを言わないで」

母さんがしゃくりあげるのを聞きながら切ろうしたけれど、電話機はまだあたしの手の中にある。「いつリーズに帰ってくるの?」あたしは尋ねる。

「三月の終わりに」

「そのときに会えるかもしれないわね」

メガン

今日もまた警察が来ている。今回は庭のフェンスの向こう側の木々や茂みや線路脇を探している。サイモンを訪ねるためにこっそり抜け出したときに見つけた隠れ場所のことを話したからだ。

初めのうちマカティア警視正は、だれかがこの家を見張っていたという考えに耳を傾けようとしなかったが、真剣に受け止めるべきだとサイラス・ヘイヴンが忠告した。いまは白いつなぎに身を包んだ鑑識課員が、湿った地面に杭《くい》を打ちこんでそのあたりを格子状に区切っている。

ジャックの姿が見えるより先に、キッチンに近づいてくる音が聞こえてくる。警察が家を捜索してコンピューターを押収していったあと、彼は静かになった。最初のうちは警察の無能さを罵り、非難の矛先をかわそうとしているとか、〝言い訳を用意〟しているのだと言って彼らを非難した。同時に、ベンがさらわれた夜、警察に電話をして彼が家からなにかを持ち出していたと伝えたのはだれなのかを突き止めようとした。去年、道路に止めてある車に傷をつけているところをジャックに見つかり、器物損壊で逮捕された十代の息子がいる二軒隣のプリングルズ夫妻に彼は疑いの目を向けた。

わたしはフレンチドアの前に立ち、庭の向こうで作業している鑑識課員たちを眺めている。ジャックがわたしと並んで立つ。

「警察にサイモンのことを訊かれた？」

「ええ」

「どうして警察はそんなに彼のことを知りたがるんだと思う？　まさか容疑者っていうわけじゃないだろう？」

「わからない」

ジャックは言葉を切り、頬の内側を嚙む。「このあいだの夜――ぼくが逮捕されたとき――きみはサイモンに会いに行った」

質問ではない。

「ええ」

「どうして？」

「あなたのことが心配だった」

「ぼくのこと？」

「あなたは逮捕されたばかりだった。どこかの気の毒な女性に声をかけた。酔っていた。あなたがどうかしてしまったのかと思ったのよ」

「どうしてサイモンのところに？」

「その日、彼に会いに行ったらわたしのことを持ち出されたってあなたが言ったから」

ジャックは脈を取っているみたいに、親指を反対の腕の手首に押し当てる。その手を持ちあげ、白く残った親指の跡がゆっくりピンク色に戻っていくのを眺める。彼が次の質問を考えているのがわかる。

「どうして裏の塀をのぼった？」

「レポーターがいたから」

「サイモンに電話したってよかっただろう」

「直接会いたかったの」

ジャックの視線がわたしを通り過ぎて庭に向けられる。鑑識課員の一部は四つん這いになって、かき集めたり、見本を取ったり、なにかをまぶしたりしている——食べ物の包み紙やソフトドリンクの空き缶をビニールの袋に入れている。

「とりあえず、きみのおかげであいつらにもすることができたわけだ」

玄関の呼び鈴が鳴る。わたしが応じる。地元の司祭のジョージ神父が訪ねてきたのだ。ベンが誘拐されてからというもの、神父は数日おきにやってきては居間に座り、紅茶を飲み、わたしに同情してくれ、言いたいことがあれば聞きますよと言ってくれる。なにも話したりはしなかったけれど、その気持ちには感謝していた。

精神の幸福に対処することはわたしに任せ、ジャックは口実を作って逃げ出した。ジョージ神父は六十代で、自己啓発のテープや深夜のラジオから流れてくるような深い朗々とした声の持ち主だ。わたしをルーシーと同じ年頃のように扱い、失ったのが息子ではなくペットであるかのような態度なので、わたしは彼の訪問をいらだたしく思い始めている。けれど同時に、彼を見るたびに罪悪感を覚えている。

ルーシーを聖オズモンズ・カトリック小学校に入れようと決めたとき、それが簡単でないことはわかっていた。就学前学級の定員が三十人のところに、九十人は出願してくるのが普通だからだ。出願書類には、ルーシーが洗礼を受けていて、定期的に教会に通っているという主任司祭の署名が必要だった。半年間というもの、わたしたちは毎週日曜日には全員で礼拝に出席し、ジョージ神父が入口で人々に挨拶しているときには必ず声をかけた。しばらくのあいだは、宗教というものや超自然の存在やこの世のものとは思えないことを少しばかりかじったり、祈ったり、神を称えたり、感謝したりすることは魅惑的に感じられた。当然ながら、ジョージ神父が書類に署名をしてくれて、ルーシーが入学できることになると、礼拝への出席はだんだん減っていった。

司祭を利用したことをわたしはジョージ神父に謝罪した。

「利用ではありませんよ」彼は笑った。

「神父さまをごまかしたんです」

「ほかの大勢のご両親も同じですよ」

「いらだたしくはありませんか?」

司祭は苦笑いした。「彼らは、忙しい日々を送っている善良な人々です。いつかきっと戻ってくるでしょう――あなた方と同じように」

ジョージ神父と教区会は明日の夜、ろうそくを灯して行うキャンドル・ビジル(日没後にろうそくを持参して行われる集会)を計画している。特定の宗派にとらわれないようにしてほしいと、わたしは頼んであった。出席するとは言っていないが、来てほしいと思われていることはわかっている。わたしの心の内を読んだみたいに、ジョージ神父は肘掛け椅子から手を伸ばしてわたしの両手を包む。

「あなたがひとりではないということを知ってもらいたいんですよ。わたしたちみんなが祈っています。この国全部が」

「全員じゃありません」怒りがわたしの目に灯る。「ベンをさらった人間は、あの子が無事に戻ってくることを祈ってはいません」

司祭はわたしの敵意にひるむことなく穏やかに微笑んだので、わたしは怒りを爆発させたくなる。いったいどんな神さまがこんなことをするの？　どんな神さまが、これほどの悲嘆と不公正さと苦痛のある世界を作るの？

わたしはなにも言わない。ジョージ神父が聖書を開く。「わたしと一緒に祈りますか？」

「わたしはお祈りがあまりうまくなくて」

「わたしが始めましょう」

彼が十字を切り、神さまとの一方通行の会話を行い、わたしのために強さと導きと愛を与えてくださるように頼んでいるあいだ、わたしは黙って座っている。

「メガンが己やまわりにいる人たちを責めないように力をお貸しください」彼が言う。「彼女が決して希望を失わないようにお守りください。息子を失うのがどういうことか、あなたはよくご存知です。あなたはイエス・キリストをこの世に遣わせ、彼はわたしたちの罪を償うために究極の犠牲を払いました。どうぞお願いです、あなたの愛とお導きでメガンがこの試練を乗り越えられるようにお守りください。彼女の心が安らぎを得られますように」

ジョージ神父が帰ったあと、コーヒーテーブルに聖書が残されていることに気づく。赤いリボンで印がつけられているページがある。そのうちのひとつを開き、傷ついた心を癒し、その傷を治す神さまのくだりを読んだけれど、行方がわからない子供を見つけることに触れている箇所はない。

パドヴァの聖アントニオは失せ物の聖人だ。そこに子供は含まれるだろうか？　たいていのことには聖人がいる――船乗り、学者、花嫁、売春婦。麻薬の売人にすら聖人がいる――ヘスス・マルベルデ。『ブレイキング・バッド』（アメリカのテレビドラマシリーズ）で一度だけ見たことがあった。

アガサ

ゆうべローリーは二度吐いた。あたしは二度、彼のシーツを替え、着替えさせなくてはいけなかった。今朝、もう一度体重を測ったけれど、先週と同じだった。この手の体重計が正確でないことはわかっているけれど、ローリーの具合が悪くて必死にがんばっていることを知るのに機械は必要ない。

無邪気な笑みも満足そうなため息もなく、その大きな目であたしを見つめているときには、お願いだよ、ママ、ぼくをあきらめないで。ぼく、よくなるから、と言っているように思える。

いまローリーはベッドの上でヘイデンと並んで眠っている。

音を消してテレビをつけると、線路脇に立つレポーターの姿が映る。カメラが左に移動し、木々のあいだにズームして、見慣れた家が現われる。やがて映像が引いて、下生えや線路脇の茂みを探す白いつなぎ姿の男女に変わる。

あたしは音量ボタンを押す。

「鑑識チームは今日の早朝から裏庭とその周囲を捜索して、サンプルを採取したり足跡を測ったりしています。なにを探しているのかを警察は明らかにしていませんが、あの木々を抜けて塀を越えた先には、ベビー・ベンの両親であるショーネシー夫妻の家があります」

あたしの倒木……空き地……あたしの秘密の場所だ。なにを残してきただろう？ソフトドリンクの空き缶とチョコレートの包み紙。どうしても我慢できなくなって、何度か用を足したこともある。でも、警察のファイルにあたしの指紋やＤＮＡのデータはない。

おまえは見られた。

だれにも見られていない。

隣人はどうなんだ？

気をつけていた。

おまえの電話を調べられるぞ。

あそこの基地局を使う電話は毎日何百本もある。

あたしはテレビを消して、落ち着けと自分に言い聞かせる。冷静になってローリーの面倒を見なくてはいけない。あの子を元気で健康でいさせるためには、あたしのすべてを注がなくてはいけない。

そうしていれば、忙しくしていられる。ゴミ袋をふたつ、外に捨てに行かなくてはいけなかった。ヘイデンがゆうべ捨ててくれるはずだったのに。あたしはゴミ袋を持って一階におり、外の階段をおりてゴミ箱へと向かう。車からふたりが降りてくる。ひとりは女性で、ハイウエストのズボンに体を押しこみ、同じ濃紺のジャケットを着ている。男性のほうはそれより若いけれど、経験を積んで人生に疲れたふりをしている。

「アガサですか？」女性は、親しげでもなければ、敵意に満ちてもいない、ごく普通の口調で尋ねる。

あたしは背後のドアを意識しながらうなずく。

「わたしたちは刑事で、ベン・ショーネシーが行方不明になった事件を調べています」

ゴミ袋を捨てて逃げろ、ドアに鍵をかけろと、頭の中で叫ぶ声がする。

「お話をうかがいたいんですが」

捜索令状があるんだろうか？

「どういうことですか？」

「メガン・ショーネシーとお知り合いだと聞いています」

「友人です」

令状はあるかと訊け。

あたしは無理やり体を動かし、袋をゴミ箱まで運んでその中に入れる。ジーンズで両手を拭う。

「ベビー・ベンは見つかったんですか？」あたしは尋ねる。

「まだです」

「かわいそうなメグ」あたしは目にかかった髪を払う。「ショックを受けているでしょうね。メッセージを送ったんですけれど、なんて言えばいいのかわかりませんでした」

「あなたも出産なさったばかりですよね」男性が言う。

「ええ、そうです」

「ここは寒い。お宅にお邪魔させてもらえませんか？」

「子供を起こしたくないんです」

「うるさくないようにします」

あたしはドアが閉まらないようにしてあった自分の部屋の入口まで、ふたりの先に立って階段をあがる。「紅茶かコーヒーはいかがですか？　インスタントしかありませんが」

「けっこうです」女性刑事が言い、名刺を出す。あたしは時間を稼ぐためにじっとそれを眺め、声に出して名前を読む。「アリソン・マガイア巡査部長」

「そして彼はポールソン巡査です」彼女はそう言いながら、炉棚に並ぶお祝いのカードを眺める。「男の子なんですね」

「ええ」

「お名前は？」

「ローリーです」

彼女は濃い眉とオリーブ色の肌の持ち主で、髪をおろしてもっと笑うようにすれば魅力的に見えるかもしれない。彼女が腰をおろす。まさにそのとき、ヘイデンが現われる。ボクサーショーツ一枚という格好で、おへその下に伸びる黒い毛をぼりぼりと掻いている。刑事を見て目を丸くしたが、驚いた様子は見せない。そのままキッチンへと歩いていき、蛇口をひねってグラスに水を注ぎ、一気に飲み干そうとしてこぼれた水が胸に落ちる。手で口を拭う。

「ベビー・ベンが行方不明になった事件の捜査をしています」ポールソン巡査が説明する。

ヘイデンはあたしが座っている肘掛け椅子の端に腰かける。胸毛に水滴がからまっている。

「服を着てくださってけっこうですよ」巡査部長が言う。

「この前確かめたときは、ここはおれの家だった」ヘイデンが応じる。

彼が定めたルールを受け入れるとでもいうように、彼女はうなずく。「奥さまから、生まれたばかりのお子さんの話を聞いていたところです」

「おれたちは結婚していない」

「そうですか」

ヘイデンは、彼女が女性であるという事実が気に入らないようだ。

「婚約しています」あたしが言う。

「あなたがローリーの父親ですか？」

「そうだ」ヘイデンが答える。

ポールソン巡査がメモ帳を取り出す。鉛筆を構える。

「お子さんが生まれたのはいつですか？」彼が尋ねる。

「三週間ほど前です」あたしは正確な日付を告げる。

「どちらで出産なさったんです？」

「リーズです――あたしの実家があるんです。母が住んでいます」

こちらから情報を出しすぎだ。向こうから訊かれるのを待たなくては。

マガイア巡査部長は、ジャケットの袖口から出ている糸をもてあそんでいる。男性なら引きちぎるか、嚙み切るかしていただろう。女性はハサミを使う。

「わたしも北のほうにいたことがあるんですよ」彼女が言う。「どちらの病院で出産されたんですか？」

「自宅出産でした。慣れた場所で産みたかったんです」

罠《わな》にかけるための質問だったが、あっさりとかわされて彼女はどう言葉を継げばいいのかわからないようだ。

ヘイデンがわたしの味方をしようとするかのように、肩に手を載せる。

「出産には立ち会われたんですか？」彼女がヘイデンに尋ねる。

「いや、間に合わなかったんだ」ヘイデンが説明する。「おれは海軍に勤務していて、ヨハネスブルクから飛行機で戻ったんだが、一日遅かった」

「陣痛が早く始まったんです」あたしが言い添える。

「それでは、どなたが立ち会われたんですか？」

「助産師です」あたしはできるだけ落ち着いた声で答える。

「それから彼女の母親」ヘイデンが嘘をつく。

どうして嘘をつく？

「メガンに写真をメールで送りました。とても喜んでくれましたけれど、いまはなんだか申し訳なくて」

「申し訳ない？」

「こんなことになったわけですから。うれしさに舞いあがっていたら、二日後にメグの赤ちゃんが盗まれてしまったんです」

「きみにわかるはずなかったんだから」ヘイデンが言う。

「そうだけど、でも……」

「出産時の写真はありますか？」ポールソン巡査が尋ねる。

「もちろんです」あたしは携帯電話を手に取り、写真をスクロールして、上の階のレオの寝室で写したものを探す。「たくさんはないんです。母は写真を撮るのがあまりうまくなくて」

あたしは彼に電話機を渡す。彼はそれを巡査部長に渡す。

「ミセス・ショーネシーとはいつからのお知り合いですか?」マガイア巡査部長が尋ねる。

「それほど前からではありません。ヨガのクラスが同じだったんです。バーンズのスーパーマーケットで働いていた頃、彼女を見かけたことはありました。ベビー服も何枚かもらっています」

あたしはまたしゃべりすぎている。家具のみすぼらしさと安っぽさを記憶にとどめているみたいに、巡査部長はゆっくりと部屋を見まわす。

「最後に会ったのはいつですか?」

「数週間前です——リーズに行く前」

「彼女が十二月七日に出産することはご存知でしたか?」

「はい、彼女から聞きました」

「彼女の夫のジャックに会ったことはありますか?」

「いいえ。テレビで見たことはあります。スポーツ・キャスターですよね」

口を閉じなさい、アガサ!

マガイア巡査部長が携帯電話をあたしに返す。「ヨガのクラスに通っていたとき、近くをうろうろしていた人はいませんでしたか? あるいはあれこれ訊いてきた人とか？　ミセス・ショーネシーが妊娠していることに、特別な興味を抱いていたような人は？」

「特別な興味？」

「普通以上にという意味です」

あたしは考えこむ。なにかを言いかける。口をつぐむ。首を振る。

「なんです？」ポールソン巡査が訊く。

「なんでもないと思います」

「話してください」

「女性がいました……メグとあたしはバーンズでコーヒーを飲んでいました。店を出ようとしたとき、その人が近づいてきてどこで出産するのかとあたしに訊いてきたんです」

「彼女はミセス・ショーネシーとも話をしましたか？」

「わかりません」

「その女性の外見を教えてください」

「背はあたしくらい、黒っぽい髪で、しっかりした体つきでしたけれど太ってはいませんでした」一度言葉を切り、神経を集中させる。「髪を切ったばかりのように見えました——おそらくは地元の美容院で」

「どうしてわかるんです？」

「髪を切ってブロードライしていればわかります」

「何歳くらいでしたか？」

「三十代後半から四十代前半」

「彼女は妊娠していましたか？」

「明らかに妊婦という感じではありませんでした。だぼっとした服を着ていたんだと思います」

メモ帳の上をかりかりと鉛筆が走る。

「彼女が妊娠していたかどうかがどうして重要なんですか？」

「ベンを連れ去った女性は、それを隠すために妊娠を装っていたとわたしたちは考えています」

「本当に？」

「信じられないようですね」

「だってそんなことが可能なんですか？　超音波とかいろいろな検査があるじゃないですか？　だれかが気づいたはずですけれど」

マガイア巡査部長は、その女性の話題に戻そうとする。「その女性を前に見たことがありましたか？」

「いいえ」

彼女はフォルダーを開いて、モンタージュ写真を取り出す。「彼女でしたか？」

「わかりません」

次の写真は病院の防犯カメラの映像から取り出したものだ。あたしは、長いこげ茶色の髪をしたあたしの写真を見せられている。粒子の粗いその写真には、あたしの頭頂部が写っていた。二枚目は背後から撮ったものだ。あの制服のせいであたしはすごく太って見える。

「彼女かもしれません。確信はありません」

キッチンのベンチに置いてあるベビーモニターから音がする。ローリーが起きたのだ。ローリーはうなるような声をあげ、やがて大きく泣き始める。

「お腹が空いているのね」あたしは立ちあがり、胸を押さえる。「いまだに不思議なんですよ――小さな泣き声を一度聞いただけで、胸が張ってくるんです」

ヘイデンがローリーを連れに行った。毛布にくるんだローリーを抱いて、寝室から戻ってくる。ローリーはぱっちり目を開けて、それほど父親らしくも母親らしくも見えないふたりの警察官を眺めている。

「いてくださってもかまいませんけれど、胸を出しますよ」あたしが言うと、若い巡査は帰りたがった。あたしはふたりを玄関まで送っていく。

「メグに会ったら、彼女に……彼女に……彼女のことを考えているって伝えてください。なにかあたしにできることがあれば……」

あたしは踊り場に立ち、ふたりが出ていくのを眺めながら、生き物の声に耳を澄ます。ふたりがローリーの出産記録を調べたらどうする？　おまえの母親に電話をしたら？　助産師を探したら？

ヘイデンはソファに座り、ローリーを抱いて揺すっている。「あいつら、あまり感じがよくなかったな」

「そうかしら」

「おれはおまわりが嫌いだ」

「どうして？」

ヘイデンは肩をすくめる。「ちょっとしたヒトラー・コンプレックスを持っている奴らが多いんだよ。人に威張り散らすのが好きなんだ」

どうしてあたしのために嘘をついたのかと訊きたかったけれど、答えを聞くのが怖い。彼がまだ、あたしの味方でいてくれていることを願った。あたしほどうまく妊娠を装える人間はいない。警察はメガンに話を訊くべきだ。彼女が話すだろう。彼女はあたしを疑っていない。

メガン

ラクランとルーシーをお風呂に入れて一番上等の服を着せ、髪を洗って梳かし、磨いた靴を履かせる。わたしが身支度を整えているあいだ、汚さないようにと言い聞かせる。キャンドル・ビジルに行きたいのかどうか、わたしの心は揺れていたが、彼らの支援を受け入れて感謝すべきだとジャックは言う。

着るものがなにもなかった。マタニティウエアは着たくないけれど、ずんぐりして見えるタイトなデザインのニットの服が一枚あるだけで、妊娠前の服はほとんどが着られない。

ジャックは踊り場で靴を磨いている。絨毯に靴墨がつくからやめてほしいと何度も言っているのに、聞いてくれたためしがない。そこに映る自分の姿が気に入らなくて、あたしは鏡の前で行ったり来たりしている。けれど、同時にどうでもいいとも思っている。いまはただ、早く終わってほしいだけだ。

一階におり、コートを着て、ジャックと子供たちを呼ぶ。ラクランが廊下を駆けてくる。ズボンの丈が短い。ほんの数日前におろしたばかりなのに。これ以上大きくならないように頭にレンガを載せたくなった。

格子縞のワンピースに赤いタイツ、黒のエナメルの靴を履いたルーシーはかわいらしい。外は寒いから、赤い手袋もつけさせた。

「準備はいい？」ジャックが尋ねる。

「多分」

「大丈夫だよ」

わたしは笑顔を作ろうとする。

家を出て門まで進むと、保安灯が灯る。警察官ふたりが待っていて、ここから八百メートルほどのところにある聖オズモンズ教会までわたしたちに同行してくれる。車を使うという話もあったが、次第に増えていく人たちと一緒にろうそくの光の中を歩いていくことになっている。テレビカメラやカメラマンたちは、バリケードの向こう側に追いやられている。明るい光を受けて人々の顔はどれも白く浮かびあがり、息は薄い霧のようだ。

ジャックとわたしは腕を組み、それぞれが反対の手で子供たちの手を握っている。

ランプや松明《たいまつ》や紙のコーンで包んだろうそくを手にした隣人たちが姿を見せる。彼らは近づいてきたわたしたちを見てうなずくと、背後の列に加わり、一緒になって細い道路を進んでいく。バーンズ・グリーンを渡り、チャーチ・ロードを左に曲がってカステルノーに出て、ハマースミス・ブリッジを目指す。

その教会が小さすぎることはすぐにはっきりした。参加者は身廊に立ち、壁の前に並び、外の階段にまであふれている。前方の座席はわたしたちのために空けてあった。ジャックとわたしは、小さすぎて床に足が届かないルーシーとラクランをはさんで座る。わたしの隣は両親とグレースだ。ジャックの兄と義理の姉がスコットランドからやってきていた。

わたしたちは、母親や友人や隣人や仕事仲間やベビーシッターだけでなく、精肉店の店主やネイルをしてもらっている韓国人女性といった顔見知り程度の人たちに囲まれている。ルーシーの学校の校長先生が、できるだけ多くの人が座れるように信者席に人々を案内している。大学時代からの古い友人がふたり、レスターとニューカッスルから来てくれていた。

美しい声の女性が聖歌隊をリードし、人々の心を神に向けるような讃美歌を歌う。ほとんどの人は声を出さずに口を動かして、歌っているふりをしている。讃美歌のあとは、神がいないように思えるとき、わたしたちはどうすれば信仰を失わずにいられるのか、恐怖に捕まらずにすむのかといったことについてジョージ神父が見事な説教をする。

彼はなにか話すようにとジャックに呼びかける。わたしは心臓が飛び出しそうになる。そんなつもりだったとはまったく知らなかった。ジャックはいくつか段をあがって聖書朗読台に近づき、位置を調整してからマイクを指でこつこつと叩く。

「ベンがさらわれてから、わたしは幾度となく自分に問いかけてきました。なぜ？　どうしてあの子が？　どうしてわたしたちが？　答えはありませんが、それでもわたしは問うことをやめませんでした。英国では三分にひとり、子供が行方不明になっているといいます。ヨーロッパではその数字は二分にひとりとなり、アメリカではほぼ一分にひとりになります。こういった数字はとてもショッキングなものですが、わたしたちが耳にするのはそのごく一部にすぎません。ほとんどの子供は家に帰ってくるか、もしくは早い段階で見つかるからです。いまは子供たちの安全を守るための様々な手段があります。子供が行方不明になったときに発令される緊急速報のアンバー・アラート。電光掲示板。子供を助けるための組織。フェイスブック。ツイッター。見知らぬ人についていかないようにと呼びかける運動。防犯カメラ。それでも子供はいなくなります。二週間前まで、わたしは子供が行方不明になるのがどういうことなのか、理解していると思っていました。そんな親たちのことをテレビで見て、自分をその立場に置いて考えてみたりもしました。けれどわたしは間違っていました。子供がいなくなるということは、理解の範疇《はんちゅう》を超えていました。それは生物学を否定し、常識から逸脱し、自然秩序を破ることでした。

ほかの多くの人たちがきっとそうであるように、自分には素晴らしい妻と家族がいて、満足できる仕事があり、いい友人を持ち、今夜のことでもわかるようにとても結びつきの強いコミュニティに属しているという幸運を、わたしは時々軽んじてしまいます。感謝することを忘れ、当たり前のように受け止めてしまうのです。いまは違います。最前列に座っている、愛する女性に伝えたい。ぼくには、きみがいまもっとも求めていること――息子を抱くこと――を与えられない。ルーシーとラクランに対するきみの無欲の献身をぼくは見てきたし、ベンがいなくなったことでどれほど辛い思いをしているのかも知っている。子供を失った母親の痛みほど辛いものはないからだ。この二週間、どうやってこれを乗り越えればいいのかわからなくなるたびに、ぼくはきみを見てきた。きみの心の強さや不屈の精神や目的意識に、大きく心を動かされた。愛している、メガン・ショーネシー。愛している、ルーシーとラクラン。そしてベン、どこにいようと、おまえのことも愛している」

わたしはここでこらえきれなくなって、泣き崩れる。その後のキャンドル・ビジルはぼうっとしているうちに進んでいた。気がつけば立ちあがって、人込みの中を歩いていた。お礼を言い、握手を交わしている。

アガサに気づく。あれは婚約者のヘイデンだろう。スリングに入れた赤ちゃんを胸に抱いている。

「きれいな子ね」かろうじて声を絞り出す。

「連れてきていいものかどうか、わからなかったの」アガサはハグをしようか、握手をしようか決めかねている。わたしは彼女の頬にキスをする。「無神経かもしれないと思って」

「いいえ、大丈夫」

「彼がヘイデンよ」

「お会いできてうれしいわ」わたしが言う。彼はうなずいたが、悲しみが感染したみたいに落ち着かない様子だ。

わたしは距離を詰めて、ヘイデンのシャツのひだで顔の一部が隠れている赤ちゃんを眺める。

「ベンのことはお気の毒です」ヘイデンが言う。「見つかることを祈っています」

わたしは答えない。進むように促される。

アガサに向かって言う。「よく見てあげて」

彼女はわかっていない。

「あなたの赤ちゃん」わたしは説明する。「絶対に手放さないで」

どこもかしこもレポーターやカメラマンだらけだ。もっと大きなニュースがあるはずなのに。戦争やテロ攻撃や地元の聖戦士や溺れている難民たちはどうなったの？　世間の関心はもうほかのものに移っていてもいいはずだ。どうして目新しいニュースが見出しを飾っていないんだろう？

レポーターたちが参加者に向かって同じ質問を繰り返している。「なにを感じましたか？　ショックを受けていますか？　怯えていますか？」

いったいなにを期待しているんだろう？　決まりきった質問に決まりきった答え。「これまでこのあたりでは、こんなことは一度も起きていません」だれかが言う。「世界はいったいどうなっているんでしょう？」ほかのだれかが言う。「本当に考えさせられますよ」さらに別のだれかが言い添える。

なにを考えるの？　わたしは叫びたくなる。どうしていい人間に悪いことが起きる

に帰れるかどうかを？『ダンシング・ウィズ・ザ・スターズ』（英国のダンスリアリティ番組）に間に合うように家に帰れるかどうかを？

どうしてみんなは、ベンがいなくなったことを受け入れようとしないのだろう？いま大切なのはローリーだ。あの子を返すのはただ残酷なだけ。子供の利益はいつだって最優先のはず——子供の親権についての裁判では、判事は必ずそれを考える。ローリーには母親がいる。家族がある。

ベンはもう存在しない。

ジャックがスピーチをするまでメグはしっかりしていたけれど、いまはマスカラが頰を汚し、パンダのような目になっている。ルーシーとラクランは大丈夫そうだ。今回のような場合、きょうだいたちは忘れられがちだ。エリヤが死んだときのあたしがそうだった。あたしは忘れられた。愛されなかった。大切ではなくなった。メグにそう伝えたい。「ほかの子供たちを愛してあげて。あの子たちを見てあげて」

教会の外には参加者が残っていて、抱き合ったり、ティッシュペーパーを取り出したりしている。世界が続いていることを確かめるみたいに、行きずりの人が笑顔でローリーの頭に触れる。神父がローリーの額の上で小さく十字を切り、祈りの言葉を口にする。

向きを変えたあたしは、危うくメグにぶつかりそうになる。メグがローリーに目を向けるのを見て、恐怖が押し寄せてくる。

気づいたらどうする？　においや鳴き声で自分の子供だとわかる動物がいるという。そういったことがわかるくらい、メグがローリーと一緒にいたとは思えないけれど、お腹の中で九カ月は育てたのだから。

「きれいな子ね」メグが言う。

「連れてきていいものかどうか、わからなかったの」あたしは口ごもる。メグがあたしの頬にキスをする。「無神経かもしれないと思って」

「いいえ、大丈夫」

「赤ちゃんはみんないい子よ」その言葉がどう聞こえるかに気づく前に、あたしは答えていた。「ごめんなさい。そんなこと言うべきじゃなかった」

メグはあたしをハグしてから、ヘイデンに目を向ける。

「お会いできてうれしいわ」

「おれもですよ」彼が言う。

「出産には間に合ったのかしら？」

「残念ながら」

「まあ。でもいまはここにいるんですものね」

「息子さんはきっと見つかりますよ」

「ありがとう」

レポーターたちを近づけないようにしている警察官が、進むようにメグを促す。

「行こう」ヘイデンもあたしと同じような不安を感じているようだ。

カメラマンがあたしたちのあいだに割りこむ。無断でローリーとヘイデンの写真を撮り始める。

「三人一緒の写真を撮らせてもらえますか？」彼女が尋ねる。「キャンドル・ビジルの取材をしているんです。ショーネシー夫妻とは知り合いですか？」

「はい」

「赤ちゃんをスリングから出してもらえます？　そう、それでいいわ。もう少し高く抱いて。顔の横まで」

フラッシュが何度もたかれる。あたしの顎の下に録音機器が突きつけられる。

「自分の赤ちゃんが心配じゃないですか？」

「いいえ。どうしてですか？」

「ショックですよね。赤ちゃんが盗まれるなんて思いませんから」

「ええ、そうですね」

「ベビー・ベンをさらった人間になにか言いたいことはありますか？」

「いえ、ありません。言うべきことはもうだれかが言っていると思います」

メガン

朝六時十五分。ラジオつき時計の赤い数字が光る。ひんやりしたシーツの上に手を滑らせたが、そこは空だ。ジャックは先に目を覚まして、起きることにしたらしい。ゆうべのビジルのあと、わたしたちはセックスをした。挿入はしなかったけれど(わたしの傷があるので)ほかの方法で愛を交わし、カウンセリングを十回受けるよりも癒された。

けれど、わたしの手や唇を使って腰を揺すっていたジャックの動きが、時計のぜんまいのように少しずつ遅くなっていくのを感じて彼の顔を引き寄せてみると、涙が見えた。ジャックはそれを隠そうとするかのようにきつく目を閉じ、動きを速めてうめくような声でわたしの名を呼んだ。

わたしは再びまどろんだ。二度目に目を覚まし、携帯電話の電源を入れる。何十通ものメッセージが残っている――新聞記事について尋ねていた。リンクを開こうとしたちょうどそのとき、階下で呼び鈴が鳴る。アニーとマカティア警視正の声が聞こえる。ベッドから飛び出てガウンを羽織り、髪を結わえる。

三人はキッチンにいた——アニーとジャックとマカティア。ルーシーとラクランは居間で漫画を見ている。ベンチに新聞が広げられている。青い顔のジャックが、愕然《がくぜん》とした様子でそれを丹念に読んでいる。

そこに近づいて新聞を見ると、ジャックとわたしの写真が目に入る。二枚目の写真は胸元の大きく開いたブラウスを着た、乱れた髪と白い歯のあでやかな女性だった。彼女なら知っている。この家を買ったときの不動産業者だ。

見出しが躍っている：わたしはベビー・ベンをさらっていない。

その下はこうだ：でも、彼の父親を愛している。

ジャックは新聞を閉じようとする。わたしは彼を押しのけて、最初のパラグラフを読んでいく。

ロンドンの不動産業者は、ベビー・ベン・ショーネシーの誘拐への関与は否定したものの、父親である著名なスポーツ・キャスター、ジャック・ショーネシーとの関係は認めた。

リア・ボーデンは、彼女が南ロンドンで売っている数十軒もの家でセックスをしたときには、〝家が揺れるようだった〟と語っている。情事に使った家には、ふたりが関係を持つ三カ月前に彼女が売った、バーンズにあるショーネシー夫妻の自宅も含まれている。

ジャックは新聞からわたしの指をはがそうとする。「頼むよ、メグ」彼の声ににじんでいるのは……なに？……罪悪感？ 恥ずかしさ？ 後悔？

わたしは読み続ける。

「ある夜、地元のパブ〈ザ・サン・イン〉でばったり会って、ジャックがおごると言ってきたのよ。シャンパンをボトルで買ってくれたわ」リア・ボーデンは『デイリー・ミラー』紙の取材にそう答えた。「互いの気を引くようなことを言って、笑い合って、二本目のボトルを開ける頃にはふたりともかなり酔っていたわ。ドア口でキスをして、わたしのオフィスでセックスした。もちろん彼が結婚していることは知っていたけれど、奥さんが妊娠中だっていうことは知らなかった。

その後は、午後が休みのときにジャックが電話をかけてくるようになったの。わたしの家か、わたしが売っている家のどれかで会っていたわ。間違ったことだってわかっているけれど、人からなんて言われようと、なにを思われようと、ベビー・ベンをさらってはいないから。わたしはジャックを愛している。彼の家族を傷つけたりはしない」

握りしめたわたしの手からジャックが無理やりもぎ取り、新聞紙が破れる。わたしの目は泳いでいたけれど、泣くつもりはない。ほかの新聞の一面を見る。どれも同じような記事がでかでかとした見出しつきで載っている。国中の人々が、コーンフレークやミューーズリーを食べながらせせら笑っていたり、コピー機のまわりや庭のフェンス越しや店のレジの前で噂しているところを想像した。わたしたちはもう子供を失ったかわいそうな家族ではない。タブロイド紙の絶好のネタだ。昼メロの題材だ。ジャックはわたしを裏切っただけでなく、辱めた。わたしたちの結婚生活や円満な家庭だと語ってきたことすべてを愚弄した。わたしたちは同情に価しない。ベンを取り戻してもらう価値はない。

わたしは二階にあがる。ジャックがついてこようとする。マカティアが彼を止める。彼には答えなければならないことがある。

「待ってもらえませんか？」ジャックは懇願する。

「無理です」

わたしは戸棚から旅行鞄を引っ張り出し、適当に服を入れていく。着替えて、ブーツを履く。階段をおり、玄関を出て、小道を進む。手から鍵が落ちる。かがんで拾いあげる。あたりは大騒ぎで――カメラやレポーターたち――質問の嵐が飛んでくる。

「浮気のことを知っていましたか？」

「別れるんですか？」

答えられない。わたしは車に乗りこんでドアをロックし、エンジンをかけ、パトカーをこすりながら発進してサイドミラーを壊す。どうでもよかった。全員を轢いてしまいたいくらいだ。ひとりで放っておいてくれるなら、わたしをどこかに閉じこめて鍵を捨ててくれてもかまわない。

アガサ

あたしの小さな息子は死にかけている。数日前からわかっていたけれど、きっとこの子は持ち直して元気になると自分に言い聞かせていた。確かにローリーは苦しそうだけれど、どんな赤ちゃんだって具合が悪いときはある。食欲がなかったり、熱を出したり、わけもなく泣いたりする。

子供の頃はともかくとして、自分自身について心配したことは一度もないけれど、いまはローリーが心配でたまらない。本当ならそうしてもらえるはずだったように、あの子を守れなかったらどうする？　しくじったらどうする？

ゆうべあたしはローリーのバシネットの隣でうたた寝をした。寒さと体の痛さで目が覚め、手を伸ばしてローリーの額に触れた。その小さな体は熱くなっていた。あたしはローリーの体を拭き、薬を飲ませ、彼が眠りに落ちるまでひたすら揺すった。また同じことが起きようとしているとわかっていた。あたしはまた、愛する人を失おうとしている。ローリーは少しずつ、徐々に消えていこうとしている。

目が覚めた。外は明るい。ベッドにはあたしだけだ。ヘイデンは眠っているあたしをそのままにして、先に起き出したのだろう。ローリーのベッドに近づく。その顔があまりに青白くて血の気がないので、思わず息を呑む。おののきながら手を伸ばして、指先で彼の胸に触れる。肺が膨らむ。心臓が鼓動を打つ。生きている。かろうじて。

熱はさがっていない。パラセタモールを飲ませてから、体を拭く。あたしの指を握らせ、お手本を見せるように息をする。吸って、吐いて。

ローリーは死にかけている。

まだ生きている。

医者に診せなければ。

それはできない。

ネグリジェを脱いでタンスを開けたあたしは、なにかがおかしいと気づく。服が移動している——両側に押しやられ、奥の棚が見えている。中央の段には、南京錠《なんきん》のついた青いメッキの箱。中には、数少ないあたしの思い出の品が入っている——置いておく価値のあるもの。手書き文字の大会で二等になったときの証書。綴りコンテストのトロフィー。出生証明書。期限切れのパスポート。結婚式の写真が数枚。いまは名前も覚えていないけれど、当時好きだった男の子の膝に座って撮った十六歳のあたしのプリクラ写真。

箱の向きが変わっている。さらにじっくり眺めると、蝶番《ちょうつがい》を一度はずしてつけ直したらしく、メッキに引っかいた跡があった。

あたしはその箱を持って、ヘイデンがシリアルを食べているキッチンに向かう。

「あたしのものを調べたの？」

「なんのことだ？」

「あたしの箱」

「どうしておれが？」

「これは個人的なものなのよ」

「どうしてだ？」

「とにかくそうなの」

「おれは秘密は嫌いだ」

「秘密じゃない。個人的なものだって言っているの。あたしを信用していないの？」

「きみは結婚していたことを隠していた。お母さんのことやコートを寄付したと嘘をついた。年だってごまかしていたじゃないか」ヘイデンが箱を指さす。「きみの出生証明書を見た。二十九歳だって言ったよな。実は三十八歳だった」

「女が年をごまかすのは許されるのよ」あたしは軽い調子で言ってみる。

ヘイデンの顔に表情はない。彼はもうあたしがなにを言おうと面白いとは思ってくれない。

「きみがくれた助産師の電話番号にかけてみたよ。留守番電話だった。一月まで留守らしい」

「あたしのせいじゃないわ」

あたしは内心ほっとしていたけれど、顔には出さないようにする。このアイディアを考えつくまで丸一日かかった――SIMカードを買い、声を変えるアプリを使って留守番電話にメッセージを残しておくのだ。〝こちらはヨークシャー自宅出産サービスのベリンダ・ウォレスです。一月七日まで留守にします。いいクリスマスとお正月をお迎えください〟

ヘイデンはさらに言う。「だからきみのかかりつけ医に電話をした――きみの電話機に番号があったよ。だが彼はきみが妊娠していたことを知らなかった」

「あの先生のところに行くのはやめたの。ジュールズが彼女のGPを紹介してくれたのよ」

「なるほど、それでなにもかも説明がつくってわけだ」ヘイデンは皮肉っぽく応じる。

あたしは、それを冗談にしてしまおうとする。「いったいなんなの？　異端審問？」

「よくわからないよ」ヘイデンの口調がいくらか和らぐ。「きみを信じたいんだ、アギー。でもきみがしたかもしれないことを思うと……だれを傷つけたのかを思うと怖いんだ」

床板に裸足で立っているあたしは震え始めている。ごくりと飲みこんだ銅のような味のなにかは、血かもしれない。あらゆる音が増幅されて聞こえる。濡れた道路を走る車が風を切るかすかな音や、パトニー・ブリッジ駅に入っていくディストリクト線の列車の音が聞こえる。

あたしはキッチンを見まわし、マツ材のテーブルの上のティーポットやシリアルやボウルを眺める。彼に話さなくてはいけない。許してほしいと頼まなくてはいけない。あたしたちはふたりともローリーを愛している。あたしたちはどちらもあの子を手放したくないと思っている。わたしたちふたりの秘密にすればいい。

あたしは話そうとしたけれど、ほとんど寝ていないせいで頭が働かない。彼がいやだと言ったらどうする？　警察に電話をしたら？

「ローリーが心配なの」あたしは言う。「ミルクを飲まないのよ。昨日から、ほとんどど飲んでいない」

ヘイデンはためらわない。訊きたいことをあとまわしにして寝室へと入っていく。

ローリーは、あたしたちのベッドで枕と枕にはさまれて寝ている。大きなおむつのせいで脚が開いていて、ますます体重が減っているように見える。

ヘイデンがローリーの額に触れる。「燃えているみたいじゃないか」

「でも手と足を触ってみて——冷たいのよ」

「起きてごらん、坊や」ヘイデンが優しくローリーを揺する。ローリーのまぶたがぴくぴくする。

ヘイデンがローリーを抱きあげる。その体が力なく垂れ、頭が片側に倒れる。

「ぐにゃぐにゃだ」

「疲れているだけよ」

「いいや、医者に診せなきゃだめだ」

「もう少しカルポル（解熱鎮痛シロップ剤）を飲ませてみる」

「昨日はどれくらいミルクを飲んだんだ？」

「欲しがるだけ飲ませた。飲み終わる前に寝てしまうことが時々あるのよ」

「きみの新しいGPの名前は？」

「もう少し様子を見ましょうよ」

「だめだ。すぐに医者に電話をするんだ」

あたしの携帯電話は食卓の上にあった。あたしは連絡先のリストをスクロールし、ある番号にかけるふりをする。

「ドクター・キーブルの診療所ですか？」だれもいないところに語りかける。「アガサ・ファイフルです……はい、そうです。メリー・クリスマス。数週間前に出産したんですが、子供が熱を出しているんです」

ヘイデンが聞こえるように囁く。「重症だって言うんだ」

あたしは送話口を押さえる。「相手は受付係なの」

「なんでもないみたいな口調じゃないか」

あたしは嘘の電話に戻る。「食欲もなくて、あまり寝ないんです。はい、それはやりました……四時間ごとに……わかりました。それまで空いていないんですね？それでけっこうです。予約を入れてください。ローリー・ファイフル、いえ、ローリー・コールです。生後十六日です」

「いつだ？」電話を切るなり、ヘイデンが訊く。

「明日」

「なんだって！」

「それが一番早かったのよ」

「それまで待てない」

ヘイデンが自分の携帯電話を手に取る。

「なにをしているの？」

「母さんにかけている。母さんならどうすればいいか教えてくれる」

「だめ。ローリーはよくなるから」彼の腕にしがみつく。彼に振り払われる。

「アギー、きみがなにをしていようとどうでもいいが、ローリーは具合が悪い。待つわけにはいかない」

十分後、あたしたちはローリーにソックスをはかせ、ミトンをつけ、毛糸の帽子をかぶせていた。ミセス・コールが彼女のＧＰに電話をして、予約を取りつけてくれたのだ。危険を冒したくはなかったけれど、ヘイデンは譲らない。ベビーカーを階下に運び、先に立って押しながら歩いていく。

「急げ、急げ」

「急いでいるってば」

診療所はノーザン線のブレント・クロスにある。そこに行くには二回、乗り換えなくてはならない。プラットホームで列車を待っているあいだ、泣くのでも暴れるのでもなんでもいいから元気を取り戻していることを祈りつつ、あたしは何度もローリーの様子を確かめる。けれど彼はぐったりして、ほとんど意識がないようだ。白湯を入れた哺乳瓶を口元に近づけても、顎に垂れるだけだった。

心構えをしていなくてはいけない。自信を持っていなくてはいけない。医者はあれこれと訊いてくるだろう。なにもかもが当たり前のように、すらすらと答えが出るようにしておかなくてはいけない。あたしは病気の子を抱えた新米の母親。息をして。力を抜いて。あたしにはできる。

診療所では、ミセス・コールがあれこれとローリーの世話を焼こうとする。ローリーのそばにいるときの彼女は光が灯ったみたいに、まるで別人のようになる。孫ができたことで、エネルギーと力を得たみたいに見える。自分の運命を全うしているかのように。

待合室はベネトンの広告を思わせる。インド人。パキスタン人。アフリカ人。エチオピア人の女性のカラフルなワンピースに、幼い子供がしがみついている。彼女は英語が話せない。うらやましくなった。あたしも、なにを訊かれているのかわからない外国人のふりができればよかったのに。

書類を渡されて、病歴を書くようにと言われる。

「ローリーはどこで生まれたんですか？」受付係が尋ねる。

「リーズです」

「ローリーの記録を持ってきましたか？」

「家に置いてきたわ。すみません」

「産後担当の助産師の名前は？」

適当な名前を告げる。

「携帯電話に彼女の番号を入れていますか？」

「いいえ、名刺をもらって冷蔵庫に貼ってあります。ごめんなさい。あたしったら、全然役に立たないわ。いまは頭が働かなくて」あたしは涙を浮かべてみせる。受付係は心配しなくていいと言う。書類はあとで書けばいいですから。

「母乳ですか？」彼女が尋ねる。

「しばらくはあげていたんですが、あまり出なくて」

「でも、出てはいるんですね？」

「ええ、まあ」

「ローリーの出生時の体重は？」

「三千五百グラムです」

「普通分娩でしたか？」

「はい」

「なにか問題は？」

「なにも」

ひとつ新しい嘘をつくたびに、胸にまた一本綱が巻きついて、さらに強くあたしを締めつけるようだ。あの生き物が身をよじり、うごめき、あたしの名前を呼びながら、逃げろと囁く。

あたしは椅子に戻って待つ。十分後に呼ばれる。

「いてくださらなくてもいいんですよ」ミセス・コールにそう言ったあとで、感謝が足りないと思われそうだと気づく。「その――お忙しいのなら、ご迷惑をおかけしたくないので」

「忙しくなんてありませんよ。編み物を持ってきたし」彼女は編みかけの小さなカーディガンを持ちあげてみせる。

ドクター・シューアは六十代くらいで、真っ白な髪は波打って、空気の流れを表すときの図のようだ。ヘイデンと会えたことがとてもうれしそうだ。

「あれだけ何度も傷を縫ったんだからね、とてもきみがここまで生き延びるとは思わなかったよ」彼はそう言って笑う。

「おちびさんをここに寝かせて」診察台を示す。「そうしたら服を脱がせて」

それから数分、彼は無言で当たり前の診察をする――目、耳、鼻、心臓、肺。ローリーの小さな手足をつかみ、曲げたり伸ばしたりする。腰をまわす。口の中をのぞく。頭蓋骨を触る。

「脱水がひどいね。吐きましたか？」

「いいえ。白湯をあげていました」

「母乳？」

「いつもじゃありません。助産師に、しばらくは粉ミルクにしたほうがいいって言われて、この子もそれでいいようだったので」

「でも、まだ母乳は出ているんですね？」

曖昧にうなずく。

「ここには、母乳にまつわる問題に長《た》けている看護師がいますよ。だがいまはこの子の体重と熱が心配だ」

「パラセタモールをあげていたんですが」あたしは言う。

「どれくらいです？」

「昨日の朝から……四時間おきに」

医師はローリーの診察を続ける。腕や脚を曲げて、肘と膝の裏を確認している。

「あくまでも用心のためだが、ローリーを大きな病院に連れていくべきでしょうね」

「どうしてですか？」自分の声がうろたえているのがわかる。

「非常に考えにくいことですが、わたしは慎重すぎるくらいに慎重になることにしているんですよ」

「なにが考えにくいんです？」ヘイデンが尋ねる。

「髄膜炎はとても珍しい病気で、生後数週間の赤ん坊ならなおさらですが、この子は熱があるし、右太腿の内側に発疹が出ているんです。症状のひとつですよ。いますぐに広域抗生物質の投与を始めたほうがいい。あくまでも念のためですが、大きな病院ならちゃんとした検査もできますしね。わたしから電話をかけておきますよ。向こうで待つ必要がないように」

ドクター・シューアは机に近づき、ひとりごとを言いながらコンピューターになにかを打ちこむ。キャビネットの鍵を開けて薬のシートを何枚か取り出し、シリアルナンバーを控える。最初の一回分をローリーに飲ませる。

「もう服を着せていいよ」医師はヘイデンに告げてから、あたしに向き直る。

「さてと、お嬢さん、今度はきみの番ですね」

あたしはあとずさる。「いやです！」

「きみの子宮がちゃんと収縮して骨盤内に収まっていることを確認したいんですよ」

「あたしなら大丈夫です」

「産後、子宮収縮の痛みは？」

「ありません」

ヘイデンはローリーに服を着せていた手を止めて、あたしを見つめている。

「ズボンを脱いで、診察台にあがるだけだ。ほんの数分で終わりますよ」

奴は知っている！　知っている！

「あなたに下半身を見られたくありません。あなたがということじゃなくて……あたしは……男性の医者が苦手なんです。子供の頃のことが原因で……女性の医者にしか診てもらいたくないんです」

「それならヘイゼルウッド看護師を呼びましょう。彼女に診てもらって、母乳のことも相談すればいい」

奴は知っている！　知っている！

「いえ、けっこうです」あたしはコートを羽織る。「ご親切にありがとうございます。でも診察は受けたくありません」

ドクター・シューアはさっきあたしが書いた書類に目を落とす。「助産師の名前を書いていませんね」

「家に名刺を忘れてきたんです」

「GPも——彼女の名前は?」

「あとで彼女に診てもらいます」

奴は知っている! 知っている!

「出産はどこで?」

「リーズです」あたしはいらだったように言う。「受付係にそう言いました。書いてあるはずですけれど」

「リーズのどこです?」

舌が膨れあがって、喉を塞いでいる気がする。

「混乱しているようですね、アガサ。ちょっと落ち着きましょうか」医師が言う。

「あたしは落ち着いています」

「座って。話を整理しましょう」

「いやです！　帰ります」あたしはローリーを抱きあげ、ヘイデンの脇をすり抜ける。

ドクター・シューアがドアの前に立つ。「話し合う必要があります」

「話すことなんてなにもありません」

彼があたしの肩に触れる。あたしの中の生き物が解き放たれ、喉からせりあがってくる。

「その汚らしい手を離せ！」

聞いたことのない声だった。まるでまったく別の人物――替え玉――が、一瞬あたしに取って代わったみたいだ。ドクター・シューアが半歩うしろにさがり、あたしはドアに手を伸ばす。ドアは外側に開いたのでそのまま待合室に出る。ミセス・コールが立ちあがっていた。

「あたしに近づくな、くそばばあ。目玉をくり抜くぞ」

彼女はあんぐり口を開けて、よろめきながらあとずさる。

止まれとヘイデンが叫んでいる。振り返ると、ドクター・シューアが受付係になにかを告げていた。彼女が受話器を持ちあげる。

あたしは歩き続ける。走り出す。

奴らは知っている！　知っている！　知っている！

メガン

ろくでなし！　くそったれのろくでなし！

ジャックは浮気をしていた。別の女性とわたしたちのベッドで、いくつものベッドで、あるいは床やソファやキッチンのベンチで関係を持っていた。正面に〝売家〟と看板が出ている南ロンドンのあらゆる家で彼がリア・ボーデンとやっているところが、いやでも頭に浮かぶ。文字どおり、気分が悪くなった。

そのイメージは、追い出すたびに蘇ってくる。浮気できる相手は大勢いるのに、ジャックはよりによって髪を脱色した、厚化粧でだらしないクーガーみたいな女を選んだ。わたしよりも年上だ。くそったれのろくでなし！

ジャックはひっきりなしに電話をかけてきてメッセージを残していくけれど、わたしはどれも聞くことなく削除している。電話に出ないようにと両親にも言ってある。ジャックが玄関のドアをノックし、父が〝しばらくそっとしておいてほしい〟と言っているのが聞こえる。ドアを閉めようとするとジャックが靴をねじこんだので、父が声を荒らげる。

彼を憎んでいる。二度と顔も見たくないし、話もしたくないくらい、彼を憎んでいる。わたしはそう自分に言い聞かせていたし、そう信じてもいた。感情的になってはいない。完全に冷静だ。わたしたちの結婚は破綻したから離婚したいと彼にどう伝えるべきかを、頭の中で予行演習している。ジャックは茫然とするだろう。取り乱すだろう。もう一度チャンスが欲しいと言うだろう。

けれどわたしは、怒りと安堵、愛と憎しみのあいだで――危険な二分法だ――揺れてもいた。わたしも無実ではないからだ。わたしはサイモンと寝た。ひと晩だけの関係だというのは、いつだって有効な言い訳だ。酔ったあげくに我を忘れた五分。弱さが明らかになった瞬間。わたしの不貞。ジャックは何カ月もリア・ボーデンと関係を持っていた。明らかに、彼の裏切りのほうがわたしよりも大きい。よりひどい。

新聞記事によれば、ばかなことはやめるようにと書いたメモをだれかがジャックの車のワイパーにはさんだことで、ふたりの関係は終わったらしい。彼が結婚していることを知っていた人間がひとりはいたということだ。わたしの女友だちのだれかかもしれない。そう考えただけで、身がすくんだ。わたしの友人たちは恐ろしく噂好きで秘密を守ることができない。この手のスキャンダラスな話となればなおさらだ。ひとりがだれかに話し、それが別の人間に伝わり、バーンズに住むわたし以外のすべての人間に広まるまで、それは続くだろう。

彼女たちはわたしの背後でひそひそと囁き、わたしを指さして、いわくありげににやにやと笑っていたに違いない。本当の友人は自分のシャベルを持参し、なにも尋ねない。本当の友人は本当のことを話す。本当の友人は死体を埋める手助けをする。

これは当然の報いなのかもしれないけれど、わたしはサイモンと寝ようと思っていたわけではないし、妊娠するつもりもなかった。ジャックはわかっていてわたしを裏切った。あの愚かで、弱くて、情けないろくでなしは、ひとりぼっちがふさわしい。証拠を考慮し、判決を出そうとしている陪審員長になったみたいに、こういった考えがぐるぐると頭の中を駆けめぐっている。

わたしはひとりで、子供の頃に使っていた寝室にいる。改装されているけれど、あの頃は壁にどんなポスターを貼っていたのか、眠れない夜、横になったときに道路の向こう側の屋根が見えるようにどこにベッドを置いていたのか、いまも忘れてはいない。隅に置いてあった机には二番目の引き出しの奥に秘密の棚があって、そこに煙草と怖くて吸うことのできなかった初めてのマリファナを隠していた。

頭の中で時が流れる。ルーシーを身ごもったときのことが蘇る。ジャックとふたりでどれほど喜んだことか。これからどんなことをしようかと、長い時間、語り合った。生まれてくる前夜は(予定日から十日遅れていた)一緒にカレーを食べ、陣痛を誘発できるかもしれないと思ってセックスをした。

出産後、わたしは数時間眠った。目を覚ましたとき、ジャックはルーシーを抱き、わたしたちふたりが作りあげた完璧な人間の小さなモデルをじっと見つめていたことを覚えている。彼は個室の窓に近づき、そこから見えるものを数えあげていった。「あれが二階建てバスだ。いつか乗せてあげるよ。きっとロンドンが大好きになるぞ」

次に、ジャックの父親が死んだときのことを思い出す。ホスピスに行き、ベッド脇に座って、彼がひとつ息をするごとに終わりが近づいてくるのを見守った。人生は別れの連続で、毎日を無駄に過ごしたり、早く使い果たしたりしてはいけないことを知ったのがあの日だ。

二日前の夜、ジャックは教会でスピーチをし、わたしはそれを聞いて涙を流した。彼はわたしを愛していて、だからこそ強くなれると言った。それがいまも変わっていないことをわたしは信じなくてはいけない。彼に腹を立てている。彼に罰を与えたいと思っている。彼が悲鳴をあげるまで、つねってやりたいと思っている。自分がなにをしたのかを彼に思い知らせたい。けれど別れを告げたくはない。彼を失いたくはない。

呼び鈴が鳴る。父が出て、やがて階段をあがる足音が聞こえる。ひそやかなノック。

「警察が来ている」不安に満ちた声だ。

マカティア警視正がサイラス・ヘイヴンと並んで廊下に立っている。コートを脱ごうともしていない。わたしの心臓が跳ねた。マカティアが座るようにわたしに促す。

「いいえ、話してください」

「進展がありました」彼が言う。「誘拐犯の身元が判明したかもしれません」

「リア・ボーデンですか?」

彼女は逮捕されたの? 彼女がカメラの前で警察署に連行されたことを願った。ベンはどこ?

マカティアが尋ねる。「アガサ・ファイフルという名の女性を知っていますか?」

「え? ええ」

彼は説明しようとするけれど、わたしはそれを遮る。「アガサのはずがないわ。わたしより先に産んだんですから」

どちらもなにも答えない。

「彼女とはどこで知り合ったんですか？」マカティアが尋ねる。

「彼女は地元のスーパーマーケットで働いていたんです――ザ・グリーンの向かいにある店です。それと、ヨガのクラスが同じでした」

「彼女は妊娠していたんですか？」

「ええ」

「彼女がお宅を訪ねたことはありましたか？」

「一度。ベビー服を何枚かあげました」

「妊娠を装っていたとは考えられませんか？」サイラスが訊く。

「まさか。彼女はわたしより先に赤ちゃんを産んだんです。写真を見たわ」

「まだ持っていますか？」マカティアが訊く。

「携帯電話に入っています」

わたしはメールをスクロールして、アガサが赤ちゃんを抱いている写真をふたりに見せる。サイラスがしげしげとそれを眺める。

「どこで撮ったと言ってもおかしくない写真ですね」

「彼女は自宅出産したんです」わたしは言う。

「これは偽装かもしれません」マカティアが言う。

「どうやって？　赤ちゃんを抱いているじゃありませんか」

「彼女の部屋の上の階に住んでいる女性が、ひと月前に出産しているんです。女の子ですが」

わたしは頭をはっきりさせようとして首を振る。アガサがわたしの家に来たときのことを思い出す。わたしたちは雨でびしょ濡れになった。彼女はわたしの家のバスルームを使い、わたしの服を借りた。服を脱いだ彼女は見なかった。

マカティアが言葉を継ぐ。「アガサ・ファイフルは今朝、北ロンドンの医者を訪れています。子供に関する必要書類をまったく持っていなかったし、助産師について訊かれても、なにも答えられなかったそうです」

「お母さんが立ち会ったと言っていましたけれど」

「アガサの母親は十月初めからずっとスペインです」サイラスが言う。「一時間前に彼女と話しました。アガサに子供ができたことを知ったのは、彼女のフィアンセのヘイデン・コールと一週間前に話をしたときだったそうです」

母親が知らないなんてあり得るだろうか？

わたしは再び記憶を手繰る。アガサはキャンドル・ビジルに来ていた。子供と一緒だった。わたしはあの子の頭に触れた。もしあれがベンだったなら、わかったはずだ。

あの子だって気づいたはずだ。そう考えながら、わたしは気づけば口走っていた。

「彼女を逮捕してください」

「確証が必要です」マカティアが言う。

「でも彼女を逮捕すれば、子供を連れてこなければならなくなる。そうすればDNA型鑑定ができます」

「令状がなくては無理です。証拠が必要なんです」

恐怖にわたしの声が大きくなる。「子供を医者に連れていったって言いましたよね。病気なんですか？」

「熱があるようです」サイラスが言う。「GPは抗生剤を与えて、くわしい検査をしたほうがいいと勧めたそうです。彼が通報する前に、アガサは逃げ出しました」

「どんな具合なんです？　いったいどこが悪いんです？」

「わずかですが、髄膜炎の可能性があります」

わたしは血を流したくて、こぶしを口に当てて関節を強く嚙む。

「アガサのアパートを見張っています」マカティアが言う。「戻ってきたら、話を聞きます」

「戻ってこなかったら？」

「駅、空港、フェリーのターミナルに加えて、彼女が身を寄せるかもしれない友人や知り合いの家も見張っています」

「リーズにある母親の家は？」サイラスが口をはさむ。

「そこもです」マカティアが答える。

「今日みたいな夜に外にいれば、ベンは助からない」わたしは言う。

「それはわかっていますが、アガサの名前と写真を公開したら、ベンをさらに危険にさらすことになります。わたしたちの戦略を思い出してください。彼女には冷静でいてもらわなくてはいけないんです」

戦略なんてくそくらえよ！　わたしは叫びたかった。**わたしの赤ちゃんが病気なの。**

サイラスはさらに質問を重ね、アガサがどれくらい自分の話をしたのかをくわしく知ろうとする。彼がなにをしているのかはわかっている——アガサの心理状態を見定めようとしている。追いつめられたときにパニックを起こすような人間かどうかを知りたがっている。それを答えるのに、わたしはふさわしいだろうか？　アガサは友人だと思っていた。自分の家に招待した。ベビー服をあげた。キッチンで妊娠や赤ちゃんや将来について語り合った。

いったいどんな怪物がほかの女性の子供を盗んだりするのだろう？

アガサ

彼らはいまにもあたしたちを捕まえに来るだろう。アパートを包囲し、蝶番を壊し、ドアをぶち破って突入してくる。階段を駆けあがり、あたしたちを探して部屋から部屋へと移動する。

こうなることはわかっているべきだった。そうできるときに、ローリーを連れて国外に逃げるべきだった。荷物を持って、どうにかして出入国管理の目をごまかして、そして……そして……どこへ？　あたしにはお金も、助けてくれる人も、逃亡の経験もない。

あの生き物はあたしを責める――あたしの過ちを、愚かさを数えあげる。あたしは役立たずだ。情けない。またしくじった。自分になにができると思っていたんだろう？　あたしはまたすべてを失おうとしている――赤ちゃん、婚約者、自由……あたしには幸せになる権利がない。それはほかの人に与えられるものなのだ。豊かさや美しさがそうであるように。あたしのような人間ではなくて。

間抜け！ 間抜け！ ばかな娘！

腕の中で眠るローリーと、押し殺したすすり泣きに上下する自分の胸を見つめる。この数週間は、これまでの人生でもっとも幸せなひとときだった。夢がかなった。あたしの番……あたしのときが来たと思えた。あたしは愛され、満たされていた。

長くは続かないとわかっているべきだったのだ。けれど泣くつもりはない。いまは。ここでは。

ブレント・クロスで拾ったタクシーは、北環状線で渋滞に捕まる。チジックの手前までやってきたところで、財布の中に二十ポンドしかないことに気づく。メーターはすでにその金額を超えている。

「ここで降ろしてもらえますか？」あたしは運転手に言う。

「フラムじゃなくて？」

「ええ。ここでいいの」

持っている紙幣と硬貨を全部出して数えているあいだ、運転手は辛抱強く待っている。

「本当に申し訳ないんだけれど、持ち合わせが少ないの。五ポンド足りないわ」あたしはすがるように彼を見る。

「泣いていたよね？」運転手が尋ねる。

言葉が喉にからまる。

運転手がローリーに目を向ける。「二十ポンドだけもらうよ。小銭はいらない。それでチャラってことで」

タクシーが去っていく。思い切って携帯電話を見る。ヘイデンがメッセージを残している。メールも来ていた。彼にかけ直すべきかもしれない。本当のことを話して、助けを求めるべきかもしれない。彼はあたしと同じくらいローリーを愛している。彼とふたりなら、なにか思いつくかもしれない。逃げて、どこかで一からやり直すのだ。

そのとき、警察は携帯電話をたどれることを思い出した。電源を切り、SIMカードを取り出して、排水路に捨てる。そこはチジック・ラウンドアバウトの脇で、あたしは排ガスのにおいに包まれながら、行きかう車を眺めている。キュー・ブリッジ駅はこの道のすぐ先だ。列車に乗ってもいい。でも、どこへ？アパートには帰れない。クレジットカードもデビットカードも持っていない。どれも、ベビーカーのうしろに引っかけてあったローリーのおむつ入れの中だ。考えていなかった。そんな時間はなかった。

もう一度、ローリーの額に手を当てる。熱はさがり、血色もいくらかよくなっている。医者がくれた抗生剤はまだ残っている。二、三時間後にもう一度飲ませればいい。でも、どうやってミルクをあげる？　おむつを替える？

駅に電話ボックスがあったので、ヘイデンにかける。最初の呼び出し音で彼が出る。

「アガサ！　どこにいるんだ？　心配してたんだぞ」

「いま、アパート？」

「そうだ」

「警察はいる？」

「警察？　いいや」

「窓の外を見て」

「いったいどうしたっていうんだ？　どこにいるんだ？」

切羽詰まった口調で繰り返す。「窓の外を見て」

「わかった、わかった。なにを見ればいいんだ？」

「だれかいる？」

「いいや」

彼の背後でインターコムが鳴るのが聞こえる。「ちょっと待って」ヘイデンが言う。

「警察なの？」

ヘイデンは答えないけれど、インターコムでだれかと話しているのが聞こえる。

「彼女はいません。どなたですか？」

答えは聞こえない。あたしはすでに電話を切っていた。

あたりを見まわす。だれかがあたしを見ているに違いない。だれとも目を合わせないようにしながら、駅の階段をプラットホームへとおりていく。おり切ったところでは、制服姿の駅員がフリーペーパーを読みながら列車を待っている。脚のあいだにスポーツバッグが置かれている。彼はフリーペーパーから顔をあげて、あたしが抱いているローリーに気づく。

あたしはそのままプラットホームの端まで歩き、ペンキ塗りのコンクリートの柱の陰に隠れる。向かいにある西行きのプラットホームでは、作業員がトングでゴミを拾っている。ドレッドヘアの下にコードをぶらぶらさせながら、イヤホンで音楽を聴いている。彼も監視チームの一員かもしれない。プラットホームの奥へと目を向ける。アジア人女性ふたりが話をしている。どちらもあたしのほうは見ていない。もちろん見ないに決まっている。あえてあたしを避けているのだ。

ローリーが小さく泣く。お腹が空いているのだろう。けれど、白湯以外はなにもない。どうしてみんな、あたしたちを放っておいてくれないの？　どうしていつまでもベビー・ベンを探すの？　だれもがあの子のことを、狼《おおかみ》に盗まれたり、荒野に捨てられたりしたおとぎ話の中の赤ちゃんのように考えている。でもあの子はいつだって安全で、いつだって愛されていたのに。放っておいてくれさえすれば、あたしたちは無事で幸せだったのに。

あたしはこういう瞬間のことを考えないようにしていた。失敗が影を落としていても、振り返ることはなかった。前にもこんなことはあった。それは燃え盛るビルの窓から身を乗り出しているような感覚だ。迫りくる炎も地面に落ちることもどちらも恐ろしくて、どちらにしても助かることはないとわかっていて、それでもどちらかを選ばなくてはならない。

生き物があたしに囁く。あたしは負けたのだと告げる。あたしを批判し、混乱させ、決して許すことも忘れることもない残忍な生き物。あたしはなにを期待していたのだろう？　あたしは赤ちゃんを殺してしまう。触れただけなのに、みんな死んでいく。クロエ。リジー。エミリー。エリヤ。みんなあたしのせいで死んだ。そしていま、ローリーまで失おうとしている。

列車が近づいてくる。一歩踏み出すのはごく簡単なことだ。ローリーを奪われるのなら、生きている意味なんてあるだろうか？　世界からは色が失われ、甘さやぬくもりを感じることもなくなるだろう。あたしはだれでもなくなる。ますます価値がなくなる。

爪先がプラットホームの端にかかっている。線路の振動音を聞きながら、体を前後に揺らす。吹きつける風を感じる。

おまえは臆病者だ。

あたしは臆病じゃない。

それなら、やってみろ！

脳裏に光景が浮かぶ。あたしのお葬式。だれが来るだろう。スペイン人の寡婦のような装いをして、骨ばった手でつややかな蓋を叩きながら棺に取りすがって泣く母さん以外は、だれも来ない――あんなことをしたあとでは。

あたしの人生は記憶に残らないものだったけれど、死はその埋め合わせができるだろう。世間にショックを与え、怖がらせることができる。だれかが書くだろう。ニュースになるだろう。列車の運転手は死ぬまで忘れない。メガンとジャックは悪夢にうなされ、あたしの顔を思い浮かべ、あたしの名をつぶやきながら、冷たい汗をかいて目を覚ますだろう。

さらに体を揺すり、次第に大きく線路側に身を乗り出していく。ニッキーがどれほど簡単に死んだことか。後悔する暇もなかった。その目には、自分の体を轢く列車以外なにも映っていなかっただろう。あたしの命も同じくらいあっと言う間に消えていく。痛みも。疑念も。

やれ！　いまだ！

ローリーはどうする？

道連れにしろ。

この子がそんな目に遭っていいはずがない。

永遠に一緒にいられるぞ。

どうやって？　この子はもっと幸せになっていい。

自殺は究極の身勝手な行為だけれど、もうひとつの命を奪えば、もっと身勝手なものになる。〝この世界には耐えられないから死を選ぶけれど、死にも耐えられないから、だれかを道連れにする〟と言っているようなものだ。なんて卑怯《ひきょう》なんだろう。そこまで自分のことしか考えられないなんて。それは、助けを求めていた声が邪悪な行為に変わることだ。許されない。地獄に堕ちて当然の理由だ。

プラットホームが震える。列車の警笛が鳴る。その音に吹き飛ばされたかのように、あたしはローリーを胸にしっかりと抱きかかえてあとずさる。列車がブレーキをかける。速度が落ちる。停止する。ドアが開く。

駅員が隣に立つ。「大丈夫ですか？」

「ええ、大丈夫」

「倒れたんですか？」

「いいえ、ありがとう。なんでもないの」

「赤ちゃんが泣いていますよ」

彼はローリーを指さす。その小さな顔はくしゃくしゃに赤らんでいて、苦悩を絵に描いたみたいだ。

あたしは列車に乗りこむ。駅員もついてきて、あたしを見ながら座席に座る。あたしは入口近くに立ったまま、ドアが閉まる合図のブザー音を待つ。閉まる寸前でプラットホームに降り立つと、背後でドアが閉まる。駅員が立ちあがる。あたしから目を離すまいとして、動き出した列車の中でこちらに歩いてくるけれど、やがて遠くに運ばれていく。

ローリーは静かになっている。待ちわびるようにあたしを見つめている。じきに暗くなるだろう。夜を過ごせる場所が必要だ。食べ物も。スーパーマーケット！ ミスター・パテルがスペアキーを隠している場所なら知っている。警報の暗証番号もわかる――あたしが辞めたあと、彼が変えていなければ。店は九時に閉まる。そのあとで、おむつと粉ミルクを手に入れられるだろう。朝六時までに出ていけば、今夜はそこで眠ることができる。

あたしはローリーを膝に載せ、金属製のベンチに座っている。「大丈夫だから」彼の頬にキスをしながら囁く。「今日はついていなかったけれど、でも明日は必ず来る」

メガン

ココナッツのビキニとフラスカートをつけた黒い肌のハワイアン人形が、ダッシュボードの上で前後に揺れている。古臭い男女差別主義をジョークにするつもりでジャックがそこに貼りつけたものだが、みだらな様子で腰を揺するその様はリア・ボーデンを連想させる。わたしは手の甲で人形を叩いた。倒れた人形は反動で起きあがり、ますます激しく腰を揺する。

「なにか話したいことはありますか？」サイラスは、自分が運転すると言って譲らなかった。

わたしは答えない。

「新聞を読みましたよ」

「みんな読んだでしょうね。世界中がわたしを笑っているんだわ」

「あなたを気の毒だと思っているんですよ」

「そのほうがもっと悪い」

「言わせてもらえば――」

「いいえ！　この話はしたくないの」

わたしたちは黙ったままパトニー・ブリッジを渡り、ロワー・リッチモンド・ロードに出る。

「ひとつだけ聞いてください」サイラスが言う。「そうしたら黙りますから」

わたしが反論するのを待つかのように、サイラスは口をつぐむ。わたしはなにも言わなかった。

「わたしは浮気をしたことがあります――ひと晩だけの遊びで、なんの意味もないものだったんですが、そのせいで深く愛していた女性との関係が壊れました」

「彼女は許してくれなかったんですか？」

「やり直せなかったんです」

彼の目のまわりに苦悩が刻まれる。声が低くなる。「わたしに対する怒りは、どちらに対しても罰でしかないことを彼女にわかってもらおうとしました。あなたがジャックを許すのは公平じゃないかもしれないが、許すということはそもそも不公平なものだ。どちらかの犠牲のほうが大きくなる。どちらかが始めなくてはならないんです」

「それがわたしであるべきだって言っているんですか？　どうしていつも女が犠牲になるの？」

「それは違いますよ。ジャックとも話しましたが、打ちのめされていましたよ」

「よかった！」

「あなたを失ったと思っている」

「ますますよかったわ」

わたしは自分の体を抱きしめるようにして、窓の外に目を向ける。

「いまもまだ彼を愛していますか？」サイラスが尋ねる。

「その質問は公平じゃない」

「確かにそうだ。彼を許せますかと訊くべきでした」

「どうすれば許せるの？」

「彼と話すんです。彼に説明させてあげてください」

くわしいことなど聞きたくない。ジャックとリア・ボーデンが一緒にいるところを想像したくない。彼がしたこと――彼がいた場所を知ったあとでは、彼に触れることなど考えたくもなかった。彼のペニスを切り落としてしまいたかった。

サイラスは話し続けている。「簡単ではありません。まずは過去を振り返って、これまでふたりで積みあげてきたものを見つめ、それから未来に目を向けるんです。立て直すことに集中してください。責めることではなくて」

「あなたはそうやってきたんですか？」

「だいたいは」サイラスはわたしたちの家がある通りに車を進める。「努力が足りませんでしたが」


廊下でわたしを出迎えたジャックは、ハグするべきか、それとも距離を置くべきなのかわからない様子だ。わたしの鞄に手を伸ばす。その手が届く寸前でわたしは向きを変え、彼の後頭部に手を添えて、唇にキスをする。彼の体が震え、力が抜けていく。彼の唇はコーヒーの味がした。

「悪かった」ジャックが囁く。

「わかっている」

「二度としない」

「うん……」

リア・ボーデンの話はしたくなかったし、サイモン・キッドのことを考えたくもなかったから、もう一度彼にキスをする。わたしたちの結婚生活の行く末はあとで考えればいい。いまはすべてのエネルギーをベンを取り戻すことに注がなくてはいけない。まだジャックを求めているかどうかは、そのあとで決めればいいことだ。

ソウサ巡査が再びわたしたちの連絡係に任命されていた。警察署で対策本部の指揮を執っているマカティアから指示を受けている。アガサはフラムにある彼女のアパートに戻っておらず、携帯電話も午後二時少し前に西ロンドンのチジックで通信が途切れていた。その二十分後、アガサはキュー・ブリッジ駅の公衆電話で、婚約者のヘイデン・コールに電話をしている。彼はベビー・ベンのことも誘拐についてもなにも知らないと主張していて、彼自身もアガサにだまされていたのだということだった。彼が海上にいるあいだに、アガサは妊娠を装っていたらしい。

行き先の手がかりを求めて、警察はアガサの通話記録とメールのアカウントを調べている。一方でマカティア警視正は、アガサを追いつめることのないように、名前や写真を公表しないことを決めた。その論理は理解できるけれど、母であるわたしはすべての街灯に彼女の写真を貼りつけて、屋根の上から彼女の名前を叫びたくてたまらない。

電話が鳴る。ジャックが受話器を取り、マカティアの声がスピーカーモードの電話機から流れてくる。これまでが準備運動だったかのように、彼の声は活気づいている。ようやく本当の試合が始まったのだ。

「アガサ・ファイフルが十二月四日に列車でリーズに向かったことはわかっていますが、出産したたという記録は見つかっていません」スピーカーにした電話機から聞こえる彼の声は、きんきんして陰気に聞こえる。「十二月六日の昼間、彼女はセントラル・リーズからロンドンのビクトリア行きのバスに乗っています。防犯カメラの映像には抱っこひもをつけている彼女が映っていましたが、赤ん坊は映っていません。婚約者によれば、その夜彼女はフラムの自分のアパートには戻っていないということなので、どこか別の場所で夜を過ごしたことになります——友人の家か宿泊施設、おそらくホステルかホテルでしょう。あなたが入院する前に、彼女はロンドンに戻っていたということです」

「その夜、彼女から電話がありました」わたしは言う。「リーズにいると言っていましたけれど」

「午後七時五十五分ですね。技術者がアガサの携帯電話の信号を計測しました。その電話はロンドンからでした——あなたの家のごく近くです」

「どれくらいの近さですか?」サイラスが尋ねる。

「おそらく――裏庭かと」

なにかがはずれて、胃の中に落ちてくる。フレンチドアの外に目をやり、あのときのやりとりを思い出す。わたしはキッチンにいて、紅茶をいれていた。アガサは赤ちゃんと出産のことをあれこれと話した。リーズにある母親の家にいるのだと思っていたけれど、実はそのとき彼女はすぐ外にいて、ガラスのドア越しにわたしを見ていたのだ。同じ列車の音を聞いていた。

「どうしてわたしたちなんです？」ぼそりと尋ねる。

「彼女は子供が産めないんです」マカティアが答える。「アガサの母親に確認しました」

「でも、どうしてわたしたちなんです？」さっきよりも大きな声になる。「ほんの二カ月前に会ったばかりなのに」

「彼女はそのずっと前からあなたを見ていたんだと思います」サイラスが言う。「アガサは、どんな赤ちゃんが欲しいのかをじっくり考えていたんでしょう。そうすることで、自分が計画していることを正当化しようとした」

「正当なことなんて、ひとつもない」ジャックは、アガサに動機や言い訳をなにひとつ与えたくないらしい。

「彼女はあなたを偶像化していた」サイラスが言う。「あなたは成功していて、裕福で、みんなから好かれていた。すでに子供がふたりいた――男の子と女の子。アガサはあなたに理想の暮らしを重ねていたんです」

彼女が本当のことを知っていたなら。

電話の向こうでだれかがマカティアに話しかけ、通話が中断する。マカティアはわたしたちに謝り、話を聞いている。その内容を聞き取ることはできなかった。

「間違いないのか？　いくつだ？……そうか……鑑識を呼べ。その一帯を封鎖するんだ」

マカティアが電話に戻ってきたが、その声にはさっきまではなかったなにかがある。その新たな重みにわたしは怯える。

「技術者たちが、誘拐までのアガサ・ファイフルの行動をたどっていたのですが、十二月四日、彼女は列車でリーズに向かい、母親の家を訪れています。その翌日、朝早く起きて町の郊外へと出かけ、運河沿いから森の中へと入っています。携帯電話の電波を計測した結果、彼女の目的地が判明しました。二十分前、警察のチームがその地点に到着しました――堰の上にある空き地に立つ廃墟となった農家です」マカティアが口ごもる。「空き地のまわりに、三つの石塚が見つかりました」

トランプで作った家がドアを開けた拍子に壊れるみたいに、心がパラパラと内側へ崩れ落ちていき、思わず手で口を押さえる。

「お墓」

「決めつけるのは早すぎます」マカティアが言う。「いま、鑑識課員が向かっているところです」

「ほかの赤ちゃんもさらっていたんだわ」わたしはサイラスを見ながら言う。「あなたの言ったとおり」

「結論に飛びつくべきではありません」

口の中がからからだ。「彼女はベンを殺すつもりかしら？」

「ほかの子たちは流産したのかもしれない」

「三人とも？」

「ちくしょう！」ジャックが壁に頭をもたせかけながらつぶやく。

高揚感から絶望へとわたしの気持ちは大きく揺れ動いていたが、不意にまた急降下する。彼女を見つけなければいけない。ベンを取り戻さなくてはいけない。

ふたつの正反対の思いに引き裂かれそうだ。どこにも隠れる場所がないようにアガサを追いつめたいわたしがいて、もうひと晩わたしの赤ちゃんを匿《かくま》うために、どこか暖かくて安全なところを見つけてほしいと願っているわたしがいる。

わたしはそのふたつの思いの板挟みになっている——逃げてほしいと思いながら、同時に彼女がしくじることを願っている。

アガサ

十二月の寒さの中、あたしはローリーが寒くないようにしっかりと胸に抱き、最後の一時間を震えながら過ごす。ゴミ箱の陰にしゃがんで、ミスター・パテルがスーパーマーケットに鍵をかけ、裏口から出ていき、止めてあるベンツまで人差し指で鍵をくるくるまわしながら路地を歩いていくのを眺める。

黒っぽい猫が、同じくらい黒くて小さななにかを追いかけてゴミ箱のうしろから猛スピードで飛び出してくる。あたしはもう少しで悲鳴をあげて、ローリーを落としてしまうところだった。ローリーはぱっと目を開けたけれど、泣きはしない。なんていい子なんだろう。もう一回分の抗生剤は、咳《せ》きこんで吐き出さないように喉の奥に流しこんで、すでに飲ませた。お腹を空かせているのはわかっているけれど、中に入るまではなにもあげるものがない。

暗がりに身を潜めながら鍵のかかったドアに近づき、壁の基礎部分の緩んだレンガをはずす。朝、店を開ける仕事を与えられた従業員のためにプラスチックのキーホルダーにつけた鍵が隠してある。

手探りで鍵穴を探し、鍵を挿しこむ。中に入ってから二十秒のあいだに、コントロールパネルに近づき、アラームを解除するための暗証番号を打ちこまなければならないことはわかっていた。

鍵がかちりとまわる。ドアが開き、予備アラームであるブザー音が鳴り始め、パネルに近づいていくあいだにもどんどんその音は大きくなっていく。手がかじかんでいたので、番号を打ち間違う。キャンセルして、また一から打ち直す。あと何秒くらい残っている？　十秒？　五秒？　暗証番号が変わっていたらどうする？

一連の番号を半分ほど打ったところで、けたたましい音が鳴り響き、ライトが点滅を始めて店内のすべての通路が明るくなる。最後の数字を打ちこむ。エンター。静寂。バーンズの半分の人間を起こしてしまったに違いない。

通路の奥に目を向け、正面の窓から見える外の通りを眺める。赤いバスが通り過ぎる。犬を散歩させている年配の夫婦がスーパーマーケットの中をのぞきこみ、そのまま通り過ぎていく。

ローリーがあたしのコートの下からこもった泣き声をあげる。あたしは彼と一緒に中に入り、ドアに鍵をかける。暖房は切られていたけれど、店内はまだコートを脱げるくらいには暖かい。スリングから出したローリーを揺すりながら、大丈夫よとなだめるように声をかける。小指を吸わせると、落ち着いた。

店内の通路を照らすワット数の低い保安灯のせいで、なにもかもが黄色がかった緑色に染まっている。あたしの姿は、外を通りかかった人間から見えるだろう。従業員のひとりが置いていったスモックを着て、おむつ、おしりふき、ベビーパウダー、粉ミルク、そして哺乳瓶を集めていく。ポテトチップスやビスケットやチョコレートでいっぱいの棚を見て、初めて自分も空腹であることに気づく。

従業員用のケトルでお湯を沸かして二本の哺乳瓶を消毒し、ミルクを作り、冷ますために冷凍庫の豆とフライドポテトのあいだに押しこむ。数分おきに温度を確かめる。

そのあいだにローリーのおむつを替えて体を拭き、発疹が出ていないかどうかを調べる。ドクター・シューアには体重不足で栄養不良だと言われたけれど、それはあたしのせいじゃない。ミルクをあげようとしたのだから。本に書かれていたことはすべてやったのだから。

米袋の上に座ってローリーにミルクをあげると、彼は最後の一滴まで残すまいときれいに飲み干す。肩にもたせかけて縦抱きにし、吐かないように祈りながらげっぷをさせる。ローリーはすぐには眠らない。早めにここを出ていかなくてはならなくなったときのために、もう二本分のミルクを作っているあいだ、ローリーはあたしを見つめていた。

冷凍コーナーでステーキ・アンド・マッシュルームパイを見つけ、倉庫にある電子レンジでそれを解凍する。冷凍野菜も解凍して紙皿に載せ、プラスチックのナイフとフォークを準備する。一番高価な赤ワインのボトルが目に入ったのでそれも開け、ミスター・パテルと彼の気前の良さにグラスを掲げて乾杯をする。

「これこそ人生だと思わない?」ローリーは食事をするあたしを見つめている。

「ずっとここにいられたらいいのにね?」

それが不可能なことはわかっている。朝六時になれば、だれかが店を開けるためにやってきて、配送も始まる——パンや牛乳や新聞。六時半には開店し、仕事に行く途中で生活必需品を買っていく早起きの人たちがやってくる。

「なにか甘いものが欲しい気分」まぶたが重くなってきたローリーに語りかける。冷凍品の棚に近づいて蓋を開け、高級アイスクリームの容器をしげしげと眺める。

「ベン&ジェリーズにする? ハーゲンダッツ? ベサント&ドゥルーリー? 全部試してみてもいいんじゃない?」

あたしはまず三つそれぞれを味わった。四つ目を開けたところで、だれかが正面入口をノックする。十代とおぼしき若いカップルがあたしに合図をしている。どちらも酔って、互いを支え合っている。

「閉店です」あたしは大声で言う。

「煙草が欲しいんだ」若者が二十ポンド札をひらひらさせる。

「パブに行ってください」

「追い出されたんだよ」

「あたしには関係ありません」

娘が顔を歪ませる。「そんなに意地悪しないでよ。一分、開けてくれればいいからさ」

「無理なんです。レジが閉まっていますから」

若者が片方の手をドアに叩きつけ、ドアがびりびりと震える。もう一度同じことを繰り返したので、警察に通報すると脅かさなくてはならなかった。

若者は数歩うしろにさがり、あたりを見まわしてプラスチックの牛乳箱を見つける。それを持ちあげてガラスに投げつけたが、跳ね返って自分のむこうずねに当たる。ぴょんぴょん跳びまわっているから、痛かったのだろう。娘がドアを蹴りつける。

「警察に通報するわよ」あたしは携帯電話を見せつける。

「意地の悪いデブ女！」

娘は行きかう車のあいだを縫いながら彼氏を引きずるようにして道路を渡り、バス停へと向かう。車にクラクションを鳴らされて、中指を立ててみせる。

あたしはワインをもう一杯注ぎながら、体のラインをデジタル修正した美しい女性や、過去の名声にしがみついてみっともない年の取り方をしていくに違いない有名人の仮面夫婦が載っている雑誌の表紙を眺める。その中に、ビキニにパレオを巻いて白い砂浜に立つ女性がいた。海の色と同じ明るい青色の瞳をしている。足元では幼い男の子がバケツと熊手で遊んでいる。タヒチに連れていってほしいとヘイデンに頼んだことがあった。あのとき彼は笑って、あたしが船酔いをすると言った。ローリーが来る前のことだ。

家に帰りたい。自分のベッドで眠りたい。ヘイデンの腕の中で、愛していると囁く彼の言葉を聞きたい。あたしたちは幸せだった。みんなからうらやまれるような素晴らしい夫婦になれたはず。ジャックやメガンのように。ふたりが完璧じゃないことはいまではわかっているけれど、でも関係を続けていく価値はある。結婚生活には子供が必要だ。子供がいても夫婦でいることは難しいのに、子供なしでそれが可能だとは思えない。ニッキーとのことでそれがわかった——彼が容器を手に自慰をさせられ、あたしが両脚を開いた格好で固定されて他人の手につつかれ、精子を注入されているあいだに、喜びやおおらかさや笑いはあたしたちの結婚生活から消えていった。

ローリーは眠っている。あとわずかな時間しかあたしたちには残されていないことを思いながら、彼の頬や軽く開いた唇を指でなぞる。隠れるところはどこにもない。あたしにお金はないし、人に気づかれずにいるのは無理だ。エネルギーも残っていない。

ローリーと並んで床に横たわり、コートを毛布代わりにして寝ようとした。タヒチ——温かい海水と穏やかな風と砂の上で遊ぶあたしの小さな息子——の夢を見ようとした。なにもかもが恐ろしい——外を行きかう車、きしむ屋根、そして沈黙。あの生き物は勝利を収めた。彼はそれを知っている。彼はいまあたしの内臓を食らっている。最後の食事を楽しんでいる。

メガン

うとうとするたびに恐ろしい夢を見ては目を覚ますので、わたしは何度も寝返りを打ち、窓の向こうに朝が来ていることを願いながら、時折目を開ける。カーテンは暗いままで、町は眠り続けている。

あきらめてベッドを出て、静まりかえった家を歩く。ジャックは改装したばかりの子供部屋の小さなベッドで眠っている。

「起きている?」小声で尋ねる。

「ああ」ジャックが枕に向かってつぶやく。

彼の隣に腰をおろす。ベッドがかしぐ。「なにを考えていたの?」

「きみと同じことだ」

「あの子は無事だと思う?」

「そう願うよ」

カーテンは開いていて、木の枝が壁に影を作っている。

「わたしたち、これを乗り切れると思う?」わたしは尋ねる。「わたしたちは一緒にいるべきじゃないのかもしれない」

「そんなことを言わないでくれ」

「どうしてリア・ボーデンと寝たの?」

「ぼくがとんでもなくばかだったからだ」

「それじゃあ答えになっていない」

ジャックは大きく息を吸う。彼の胸が膨らみ、そして縮むのがわかる。「説明できたらと思うよ」

「選択肢をあげましょうか? 中年の危機? 退屈だった? もうわたしを愛していないから?」

「いや違う、そうじゃない」

「彼女はわたしより若いわけじゃない。きれいでもない」わたしの声は次第に耳ざわりなものになっていく。「説明してくれる?」

「彼女はそこにいたんだ」

「え?」

「リア・ボーデンだよ。彼女がそこにいた」

「エベレストはそこにあるわ。登ったっていいのよ」

「彼女を愛してはいない。愛したことなんてない」

「あら、ただのセックスだったっていうわけね」皮肉が突き刺さったのか、ジャックは落ち着きなく身じろぎする。彼のデオドラントとむっとする体臭が漂ってくる。

「説明する機会をあげているの」

ジャックは手で頭を支え、わたしに顔を向ける。「最初は刺激的だった。怖かった。違っていた。きみとは話をすることがなくなっていたからね」

「いつも話していたじゃないの」

「請求書や必要な金や子供の話はしたが、互いの話はしていなかった。心の中の思いを共有することはなくなっていた。将来について話し合ったり、過去のことで笑い合ったりしていなかった。人生はぼくたちをどこかに連れていってくれるものだと思っていたのに、そうじゃなかったんだ。違うか？　行き止まりだ。ぼくたちはただ存在しているだけだったんだ」

「リア・ボーデンがそれを変えてくれたの？」

「いいや。変えてくれるかもしれないと思ったぼくが、ばかだった」ジャックはシーツの上で手を伸ばし、わたしの手に触れる。わたしは手を引く。

「あなたがあの女と一緒にいたときのことを考えると……」

「それなら考えなければいい」

「わたしたち、どうやって乗り越えればいいの？」

「もう一度始めるんだ。ルーシーとラクランとベンのために。ぼくたちにはその義務がある」

彼が再び手を伸ばしてくる。今度はそのままにする。「教会でぼくが言ったことは全部本当だ。きみは本当に素晴らしいと思っているよ。どんなことになっても――やり直すのであれ、別れるのであれ――ぼくはずっときみを愛し続ける」

わたしはシーツをめくり、狭いベッドで彼と並んで横たわる。彼がわたしに両腕をまわしてきて、わたしたちはひとつになろうとするみたいにぴったりと体を寄せ合う。

「あなたを許したというわけじゃないのよ」

「わかっている」

床にスーツケースと彼の服が散らばっていることに気づく。

「出ていくつもりなの？」

「きみがぼくにいてほしいのかどうか、わからなかった」

「あなたはもういなくなったのかと思っていた」

「それはない」

「本当に？」

「絶対だ」

アガサ

寝すぎたかもしれないと思い、あたしはぎくりとして目を覚ます。電子レンジの上の時計は五時十四分を示している。ローリーの額に触れてみる。おとなしい。熱はさがっていた。あたしはぎくしゃくと立ちあがり、コートを着て、哺乳瓶を電子レンジで温める。

哺乳瓶の乳首が唇に触れるとローリーは即座に口を開け、ごくごくと全部飲み干す。それからおむつを替えて、予備のおむつをいくつか鞄に詰める。時計の文字は五時四十分。あと十五分ある。

ミスター・パテルの秘密の隠し場所は、レジの下の引き出しだ。彼はそこに携帯電話のＳＩＭカードとスクラッチ式のくじとレジ用の現金を入れていて、朝、店を開けた人間がレジの現金を用意できるように、スペアキーを掃除用具入れに置いてある。

引き出しの鍵を開け、ＳＩＭカードをひとつかみと紙幣の束を取り出す。硬貨には手をつけないでおく。引き出しのさらに奥に手を入れると、油っぽい布に包まれたなにか重たいものに触れる。銃だ。ミスター・パテルが新しい従業員に見せて自慢している銃。使いたがらない銃。グリップに指を巻きつける。引き出しから取り出し、布を開いて、手の上で重さを測る。安全装置と弾倉の取りはずし方を確かめるのに少し時間がかかった。胸の中の結び目がほどけていくようだ。これで選択肢ができた。これでいじめられることも、突撃されることもなくなった。どうやって終止符を打つのかは自分で決める。

銃を鞄に入れ、おむつとおしりふきと二本の哺乳瓶で隠す。時計の表示は五時五十五分――出ていく時間だ。

どこへ？

ここではないどこか。

間抜け。間抜け。

うるさい！

こんなに臆病じゃなかったら、昨日のうちに終わらせることができたのに。

あたしには計画があるの。

タヒチ！　それがおまえの計画か？　ばかな娘！

ローリーをスリングに入れて、しっかりあたしの胸に固定されるように結び目を調節し、その上からコートのボタンを留める。裏口を出て、路地を進み、ルーシーの学校を通り過ぎ、バーンズ・コモンの端を横断して駅へと向かう。移動販売車で手作りマフィンを売っている、指なし手袋をはめている男性からコーヒーを買う。一時間でもしゃべっているような気さくな男だったけれど、あたしは世間話をするような気分ではない。

駅の入口の脇に、無料の新聞が積まれている。一面を見たけれど、ベビー・ベンのこともあたしのことも載っていない。二面と三面を見る。なにもない。あらゆる新聞にあたしの写真が載っているとばかり思っていた――ベビー・ベンをさらった女として。その代わりに、リア・ボーデンとジャックの不倫がいまもまだ紙面を埋めている。かわいそうなメグ。世間に知られなくても、裏切られるだけで充分に辛いのに。ヘイデンのせいだ。この情報を新聞社に売ることを思いついた自分は、さぞ頭がいいと思ったに違いないけれど、彼がしたことといえば、ひとつの結婚を危険にさらしただけだ。

彼女を憎むべきだ。

どうして？

彼女はおまえが望んでいるものを持っているから。おまえに屈辱を与えているから。

それは彼女のせいじゃない。

彼女を痛めつけてやれ！　どう感じるかを教えてやるんだ。

なにを感じるって？

愛するものを失う痛みだ。

白い息を吐き、寒さに足踏みしながら、あたしは東行きのプラットホームでひと握りの早朝の通勤客と一緒に列車を待つ。遠くのカーブを曲がった列車は霧の中から姿を現わし、速度を落として止まる。ドアが開く。あたしは人のいない隅に腰をおろし、携帯電話を取り出して新しいＳＩＭカードを挿入する。

ヘイデンは眠っているか、あるいは逮捕されたか、もしくはその両方だろう。どちらにしろ、警察が電話を聞いているはずだ。

ヘイデンはぼーっとした口調で応じる。

「あたし」あたしは言う。

「アギー？」

「そうよ」

長い沈黙。ヘイデンは送話口を手で押さえて、だれかと話している。違う人間の声が電話から流れてくる。

「アガサ、わたしはロンドン警視庁のブレンダン・マカティアだ」

「あたしはヘイデンと話したいの」

「もちろん彼と話してもらうが、その前にベビー・ベンがきみと一緒にいるのか、そして無事なのかを確かめなくてはならない」

あたしはその言葉にいらだつ。どうして彼はベンのことを訊くの？　いつだってベンのことばかり。だれもローリーのことは気にかけない。彼に叫びたくなる。よくもあたしの子供を無視してくれたわね！

「ヘイデンに代わって」あたしは食いしばった歯の隙間から言う。

「よく聞いてくれ、アガサ。きみが怯えているのはわかっているが、わたしにはきみを助けられる。みんな、だれかが傷つくのは見たくないんだ」

「いますぐヘイデンに代わって。でないと切るから。二度とかけないから。三秒だけ待つわ」

「アガサ、頼むから聞いてほしい」

「二秒」

「きみを助けたいんだ」

「一秒」

「ほら、ヘイデンだ」電話が手渡される。

「おれだ」ヘイデンが言う。その背後で、だれかが〝列車〟と言っているのが聞こえる。警察はあたしを探している。

声が震える。「もう全部わかったでしょう？」

「少し前にね」

「ローリーがあなたの子じゃなくてごめんなさい」

「いまはそんなことどうでもいいんだ。ローリーは元気か？　まだ熱はある？」

「ううん。よくなった」

「髄膜炎かもしれないんだぞ」

「多分違うと思う。また食欲が出てきたから」

「それはよかった」

うしろにいるだれかが、逆探知をしているあいだ会話を引き伸ばせるように、ヘイデンに言うべきことを指示している。

「きみはどうだ？」

「あたしは大丈夫」涙で視界が曇り、鼻水が流れてくる。「あなたをだますつもりはなかったの。あたしとローリーと一緒にいれば、そのうちあたしたちのことを愛してくれるかもしれないって思った」

「きみは正しかったよ」ヘイデンの声が裏返る。「最初、妊娠していると聞かされたときは、おれは父親になんてなりたくなかった。準備ができていなかった。出産のために戻ってきたときですら、自分の気持ちは変わらないって思っていた。だが間違っていたよ。ローリーを見たその瞬間から、自分の人生は完全に変わったんだとわかった」

「本当に？」

「そうさ。きみに言っていなかったことがあるんだ。クリスマスプレゼントにするつもりだった。先週海軍に手紙を書いて、退職した。家の近くで仕事を探すつもりだった。きみとローリーの近くで」

「ごめんなさい」ますます惨めになって、あたしはすすり泣く。

窓の外を通り過ぎる工場や倉庫を眺めながら、警察があたしを探しているところを想像する。電話の逆探知にどれくらい時間がかかるだろう？　もう衛星であたしを追跡しているだろうか？　スパイ映画で見たことがある――車のナンバープレートや人込みの中の人間の顔を判別できる衛星カメラ。列車はクラパム・ジャンクションに入っていく。プラットホームに警察官はいない。

「ジャックとリア・ボーデンのことを新聞社に話したの？」あたしは尋ねる。

「いいや、誓うよ。彼女が自分で売りこんだんだと思う」

彼を信じたかった。

「自首するんだ、アギー。いまどこにいるのかを教えてくれ。おれが迎えに行くから」

「できない」

「ローリーはおれたちの子じゃない」

「わかっている」

「どうするつもりだ？」

「メガンに渡す」あたしは袖で洟を拭く。

ヘイデンはすぐには答えない。

「警察が聞いていることはわかっているの。赤ちゃんはメガンに返すって伝えて。ほかの人じゃだめ。わかった？」

「警察が受け入れるとは思えないよ」

「初めてのちゃんとしたデートで、あなたが連れていってくれたところを覚えている？　海軍のことをあたしに教えたがったわよね」

「ああ」

「あそこで」

「時間は？」

「朝のうちに。正確な時間はわからない。あたしの言ったことを忘れないで。メガンじゃなきゃだめ。警察はなしよ。銃を持っているって伝えて。警察官を見たら、ローリーを撃つから」

「きみはローリーを傷つけたりしないよ」

「どうしてわかるの？　あたしは前にも赤ちゃんを死なせているのよ」

「そんなことは言わなくていいよ、アギー。いいから自首するんだ」

「いまはだめ」こぶしで泣き声を押し殺す。「ヘイデン？」

「なんだい？」

「この数週間――あなたとローリーと過ごした時間はこれまでの人生で一番幸せだった」

「おれもだよ」彼は応じ、あたしはそれを信じた。

メガン

チジック警察署に到着したわたしたちは、二階にあるマカティアのオフィスに連れていかれ、そこで待つようにと言われる。ブラインドのスラットの隙間から、何十人もの警察官が電話をしたり、列車の時刻表や防犯カメラの映像を調べたりしている捜査本部が見える。これほど活気づいていることに勇気づけられてもいいはずだが、わたしは安心するどころではなかった。

マカティアの声が部屋に響く。

「この町には三百万ものカメラがあるのに、ひとつも彼女を捉えていないだと？」彼が蹴飛ばした椅子がゴミ箱にぶつかる。警察官たちは顔を伏せ、彼と目が合わないようにしている。

マカティアは指示を出す。「制御室と防犯カメラへのアクセスを全面的に認めるように、帝国戦争博物館に命じろ。フロントオフィスの従業員は覆面捜査官に代わらせて、ロビーには一般客を入れないようにするんだ」

「彼女を警戒させてしまうんじゃありませんか？」

「かまわん――とにかく、やるんだ」

マカティアは歩きながら、話している。「できるだけ早く彼女を見つける必要がある。一番近い駅とバス停に私服警官を配置しろ。距離を置いて尾行するんだ。SWATチームが位置につくまで、だれも彼女に接触してはならん。いいな」

全員がうなずく。

マカティアがオフィスにやってくる。ジャックと握手を交わし、安心させるようにわたしに微笑みかける。

「来てくださって、ありがとうございます」わたしたちに選択肢があるとでも？　「どれくらい聞いていますか？」

「アガサが婚約者に電話をしてきたとか」ジャックが答える。

「逆探知の結果、電話は今朝の六時二十四分、サウス・ウェスト・トレインのワンズワース駅とクラパム・ジャンクション駅のあいだからかけられていたことがわかりました。ウォータールー駅で列車を止めさせましたが、彼女は乗っていませんでした」

「ベンは？」わたしは尋ねる。

「彼女と一緒だと思います」

「アガサはあの子を返してくれるんですか？」

「あなたに返すと言っています。はっきりした時間は言いませんでしたが、帝国戦争博物館に向かっているはずです」

「どうしてそこなんです？」

「ヘイデン・コールが初めてのデートで彼女を連れていったところなんですよ」

マカティアは携帯電話に表示されたメッセージに目を向ける。「女性警官にあなたの服を着せます――同じような体格で同じ髪の色の人間に」

「でもアガサはわたしを知っています」

「あなたを危険な目に遭わせるわけにはいきません」

「ほかの人間が現われたら、彼女は怒るんじゃないですか？」

「それは問題ではありません」

「どうしてそんなことが言えるんです？」

援護してくれることを期待して、わたしはジャックを見る。なんとか言って！

ジャックはなにも言わない。

マカティアはさらに言う。「アガサ・ファイフルはバーンズのスーパーマーケットで夜を過ごしたようです。閉店後に店内に入り、警報装置を切ったんでしょう。今朝六時、出勤してきた従業員から不法侵入の通報がありました。何者かがおむつと粉ミルクと食料を盗んでいます。店長はレジの下の引き出しに銃を入れていました。その銃がなくなっているんです。ですから、あなたを彼女に近づけるわけにはいきません」

「アガサはわたしを撃たないわ」

「それはわかりませんよ」

わたしは反論しようとしたけれど、マカティアが遮る。「三年前、アガサはブライトンで女の赤ちゃんが誘拐された事件について尋問を受けています。重大な容疑がかけられたわけではありませんが、その週末にブライトンを訪れたすべての人間を宿泊記録から探し出したんです」

「その赤ちゃんは見つからないままだった」口の中に綿を詰められたようだ。

「どうして知っているんだ?」ジャックが尋ねる。

「母親がラジオでインタビューされていたのよ。エミリー。赤ちゃんの名前よ」

胸の中で不安が風船のように膨らんでいく。リーズ近くの運河の脇で見つかったという石塚を思い浮かべる。アガサはなにをしたの? パニックを起こして証拠を隠した？　あたしが現われなかったら、彼女はなにをするだろう？

ドアをノックする音にマカティアが応じる。帝国戦争博物館に行く車の用意ができたという。

「わたしも連れていってください。ベンにはわたしが必要だわ」

「ここにいたほうが安全ですよ」彼が言う。

「連れていくか、わたしを逮捕するか、どちらか選んで」

マカティアは困ったようにジャックを見る。

ジャックは議論には関わらないと言わんばかりに、両手をあげた。「ぼくなら、妻とは争いませんね」

アガサ

クラパム・ジャンクションでウェスト・エセックスのスリー・ブリッジズ行きの列車に乗り、そこでロンドン行きに乗り換えてビクトリア駅に向かう。窓の外を町が流れていく――鉄道の作業場、汚れたレンガの壁、くぼみだらけのアスファルトの駐車場はやがて連棟住宅とアパート群に代わる。青と白と黄色のなにかが反対方向へと猛スピードで通り過ぎていくと、窓ががたがた揺れ、気圧が変わる。

あたしは新しいSIMカードの封を切り、携帯電話に押しこむ。画面が明るくなる。別の番号にかける。カチリという実体のない音がする。女性が電話に出る。

「メガン・ショーネシーと話がしたいの」あたしは言う。

「レポーターの方ですか？」

「いいえ」

「お友だちですか？」

「彼女はあたしを知っているわ」

「ミセス・ショーネシーはいま手が離せません。伝言があればお伝えします」

「アガサだって伝えて」

電話の向こうの女性は、自分の唾液を喉に詰まらせたようだ。

「ちょっと待ってください」彼女は送話口を押さえたけれど、それでもなにを言っているかは聞き取れる。「彼女です！　逆探知してください。ボスに伝えて」

彼女は送話口から手を離す。「いま来ます」

「嘘ばっかり。彼女に代わって。でないと切るわよ」

「二階にいるんです」

「それも嘘ね」

彼女はまた電話機を押さえる。こもった声が聞こえる。指示。

「代わります」彼女が言う。

メグの息遣いが荒い。「わたしよ」

「警察は聞いているの？」

「いいえ」

「嘘をつかないで」

「ごめんなさい。聞いている。ベンは無事なの？」

「元気よ」

「具合が悪いって聞いたけれど」

「よくなった」

どちらも黙りこむ。沈黙はメグのほうにより重くのしかかる。「あの子を渡してくれるのよね？」

「あなただけに」

「ほかの人じゃだめなの？」

「だめ」

「あなたは銃を持っているって聞いた」

「あなたを撃ったりしない」

「警察にはそれがわからないのよ」

再び沈黙。あたしは大きく息を吸って、説明しようとする。メグが遮って言う。

「いま列車の中よね？　切符売り場にベンを置いていくか、車掌に渡してくれてもいいのよ」

「だめ」

「でもそうすればあなたは――」

「あたしの言うことを聞く気はないの？」あたしは険しい声で言う。

彼女が謝る。あたしはどこから始めればいいのかわからないまま、もう一度話し始める。結局のところ、どうでもいいことなのだろう。メグには、あたしのことがきっと理解できない。彼女は温かい家庭で育ち、一番いい学校に通って、大学にも進んだ。女性雑誌の記者という夢の仕事を得て、ジュード・ロウとランチをしてなまめかしいひとときを過ごした。成功を収めたハンサムな男性と結婚して、すぐさま妊娠した。そんな彼女にどうやってあたしの人生が理解できるだろう？　時間と共にますます小さく暗くなっていく狭苦しいトンネルで生きるのがどういうものなのかが。突き当たりに光はない――楽園も休息の地も。おまえには光を受ける価値はない、子供を産めないから本当の女ではないと囁く生き物をお腹に抱えたあたしは、悪臭を放つ汚らしいその穴に閉じこめられている。

こういったことを口に出して言ったのかどうかはわからない。けれど列車がテムズ川を渡り始めたとき、気づけばあたしはまだ話し続けていた。チェルシー・ブリッジの支柱のまわりで水が渦巻き、引き潮に乗って泡立っている。

歯切れのいい女性の声がインターコムから流れてくる。「まもなくロンドン、ビクトリア駅に到着します」列車が減速する——金属の車輪がきしむ。

メグに聞こえただろう。警察にも。あたしはふたつの世界のあいだに囚われたような気がしている——過去と現在。あたしには明日が見えない。ほかの人たち、あたしより運のいい人たちがあたしから未来を奪って、行き場所を残してくれなかったから。

「赤ちゃんを返してほしかったら——あなたが引き取りに来て。あなた以外の人には渡さない」

メガン

警察がビクトリア駅に到着したときには、アガサは迷路のような通路を埋める人の波に紛れこみ、ほかの路線との連絡口かもしくは外の道路へと姿を消していた。彼女を見つけ出そうと、彼らはいま数十台あるカメラの映像を調べている。ビクトリア駅には三本の地下鉄の路線が乗り入れているし、毎日数万人の人間をウェスト・エンドに運んでくる地上の鉄道も走っている。

ワイパーがパタパタと動き、サイレンが鳴り響く。パトカーの中にいると音は妙に小さく聞こえるので、人々を振り向かせ、ほかの車を脇に寄らせている音の源がわたしたちであることに気づくまで、しばらくかかった。

帝国戦争博物館へと続くウェストミンスター・ブリッジ・ロードには、八百メートル以上も車が連なっている。わたしたちの前後には数台のバイクがいて、交差点で道を空けさせたり、通れるところを探したりしている。

リサ・ジェインがハンドルを握り、助手席にはサイラスが座っている。ジャックとわたしが後部座席だ。彼が手を伸ばしてきてわたしの手を握り、指と指をからめる。わたしはアガサと交わした会話を思い出し、幾度も頭の中で繰り返しては、なにか役に立つことを見つけようとしている。悪かったと彼女は言った。いい兆候だ。

「彼女は正気だった？」ジャックがわたしの心を読んだかのように尋ねる。

「頭がおかしいとは思わないわ」

「おかしいに決まっているさ――妊娠を装って、人の赤ん坊を盗んだんだ」

「そして、みんなを欺いた」

「賢い人間だっておかしくなることはある」

サイラスはなにも言わないけれど、きっとあたしと同じ考えだろうと思う。これまでベンをさらった人間について語るとき、彼は一度も〝頭がおかしい〟とか〝錯乱している〟とか〝妄想的〟という言葉を使わなかった。サイラスの頭の中では、アガサは常に被害者だった。ジャックは決して認めないだろうけれど。彼は常々、〝被害者の時代〟を作ったと言って心理学者や精神科医を非難している。彼らのせいで、人はなにか問題を抱えたとき、自分でその責任を負うのではなくだれかのせいにするようになったと、ジャックは考えている。

「今後起きるであろうことを話しておかなければいけません」サイラスが振り返る。

「マカティア警視正があなたを危険な目に遭わせることはないでしょう――それは間違いない。だが、アガサはどうしてもあなたと話したいと言い張るかもしれない。そうなったときのために、あなたは答えを用意しておく必要があるんです」

「どんな答えですか?」

「彼女はあなたを試そうとするかもしれない。気が変わるかもしれない。あなたは彼女を説得できるようにしておかなくてはいけません」

わたしはうなずく。

「まず第一に――ベンのことを訊いてください。〝命の証明〟と呼ばれています。ベンを連れてきていることを確認する必要があります」

「わかりました」

「アガサはおそらく不安で怯えているでしょう。落ち着いて見えるかもしれませんが、内心は葛藤している。とりわけ、ベンを渡そうとするときには。だれかがベンを抱きあげるのを見て、これでもう二度と彼に会えないことを悟るでしょう。彼女の気が変わることがあるとすれば、そのときです」

「わたしはどうすればいいんですか?」

「彼女を落ち着かせるんです。話を続けてください。彼女が話しているときには、耳を傾けてください。彼女の気持ちはわかっているという態度を取ってください。アガサは条件を出そうとするかもしれませんが、あなたは彼女の心を動かすことができます」

「どうやって？」

「信頼を得るんです。赤ちゃんのことはベンではなく、ローリーと呼ぶといいかもしれません。アガサにとってはローリーですから。彼が生まれてからずっと、彼女が面倒を見てきたんです。手放すのは辛いですよ」

「銃のことを訊いたほうがいいですか？」

「だめです」

「ベンを手放そうとしなかったら？」

「優しく促してください。ベンのことを訊くんです――よく眠ったかとか、ミルクは飲んだかとか。とてもよく面倒を見てくれたと声をかけてください」

わたしはうなずく。

「警察は狙撃手にアガサを狙わせるでしょう。なにも障害物がない状態で、彼女が興奮しだすのを見たら、撃つという判断をくだすかもしれない。それに口をはさむことはできません」

「だれも撃たれたりしてほしくありません」

「だからこそあなたは彼女を落ち着かせなくてはいけないんです」

「アガサが女性警官にはベンを渡さないって言ったらどうするんです？　わたしでなくてはいけなかったら？」

「その決断はマカティア警視正がくだします。どこかの段階でベンは引き渡される。そこが最大の山場です。アガサの決意が砕けるのか、それとも抵抗するのか」

「彼女はベンを傷つけるだろうか？」ジャックが尋ねる。

サイラスは首を振る。「ですが、彼のためなら死ぬでしょうね」


パトカーがランベス・ロードに止まる。巡査がわたしのためにドアを開け、頭上に傘を差しかけてくれる。葉を落とした枝のあいだから、警察のヘリコプターがホバリングしているのが見える。博物館は閉鎖しているのでこの近辺から離れるように、と告げる声がメガホンから流れている。

わたしたちは、北にあるテムズ川に向かって狙いを定めている二門の大砲のあいだの通路を進み、短い階段をあがる。マカティア警視正が、大理石のロビーで待っている。彼の向こうにある大きな部屋には複数の古めかしい戦闘機が天井から吊るされていて、まるで空中で停止しているかのように見える。V-1ロケットとV-2ロケット、それにスピットファイアが、招かれざる客に機銃掃射しようとしているみたいに頭上で待機していた。三十メートルの高さの吹き抜けの天井はドーム型で、両側にある階段がジグザグに上の階へと続いている。

わたしはまず待合室に、それから指令室として使われている管理事務所に案内される。サイラスが、スカートとブラウスの上にコートを着た、わたしと同じような髪型の女性と話をしている。体形も肌の色もわたしとほぼ同じだけれど、だれもわたしと見間違うことはないだろう。

「あの人じゃだれもだませないわ」私服警官たちとの打ち合わせを終えたマカティアにわたしは訴える。

「彼女は訓練を受けた交渉人です」

「アガサを怒らせたらどうするんですか?」

「わたしに任せてください」

マカティアは箱の中から防弾チョッキを取り出す。

「それが必要ですか?」

「全員につけてもらっています」

防弾チョッキは思っていたよりも軽い。ブラウスの上からつけると、マカティアがストラップを留めて、しっかりと締めてくれた。

「息ができますか？」

わたしはうなずく。「アガサはパトカーやヘリコプターに気づくんじゃないですか？」

「一般市民を危険にさらすわけにはいきませんから」

「彼女が逃げたら？」

「一帯を封鎖しています」

男性が近づいてくる。黒いつなぎを着て、腕を動かせないのではないかと思うくらいがっしりしたボディアーマーをつけている。開いた戸口の隙間から、少なくとも八人の同じ格好をした男性が見えた。その一部はジグザグの階段をのぼっていき、残りは柱のうしろや壁の前に陣取る。

ＳＷＡＴのリーダーがマカティアに状況を説明する。

「一チームが控室からメインドアを見張っています。ロビーとメインホールは別のチームがカバーしています」

「外は？」

「屋根に狙撃手を配置しました。下には庭師や従業員に扮した者たちがいます。上半身――体の中心――を狙うように指示してありますが、彼女が赤ん坊を胸に抱いている場合には頭を撃つこともできます」

考える間もなくわたしは叫ぶ。「お願いだから、だれも撃たないで！」

彼らが振り返る。「ご主人のところに戻ってください、ミセス・ショーネシー」マカティアが言う。

「わたしに彼女と話させてください」わたしは懇願する。「だれも傷つく必要なんてない」

「わたしたちに任せてください」

わたしはリサ・ジェインに連れられて待合室に戻り、そこでジャックと言い争いをする。ジャックは、アガサの身になにが起きようとどうでもいいようだ。

こんなことになる前、ベンが誘拐されて、わたしたちのささやかな世界に容赦のないメディアのスポットライトが当てられる前、わたしの人生は穏やかで安寧だった。夢のように過ぎていった、けれどある意味ワンパターンでもあった中流階級の月並みな日々。よくも文句が言えたものだと思う。わたしはふさわしいときに、ふさわしい場所で、ふさわしい家に生まれた。ひとりの男性と出会い、家庭を築いた。けれど、もっとも幸せな人間でさえ、瞬きする間にそうでなくなるときがある。まつげほどの長さが違いを生むことがある。一瞬の迷い。ひとつの癌細胞。ひとつの変異遺伝子。間違った曲がり角。赤信号。酔った運転手。ひとつの残酷な不運。

目を閉じるたびに、見張られていることを承知のうえで博物館に向かって歩いてくるアガサの姿が浮かんでくる。スリングに入れたわたしの息子を抱いている。ロビーにはだれもいない。彼女は、遠くから見れば少しだけわたしに似ているけれど、すぐにわたしではないとわかる女性に気づく。ふたりは言い争う。わたしの身代わりの女性は、落ち着くようにとアガサに言う。アガサはわたしの名前を呼ぶ。きつくベンを抱きしめる。彼女の頬に赤い点が現われ、鼻から額へと移動する。

ぱっと血しぶきが飛び、彼女はまわりながら倒れる。重力に引きずられ、大理石の床に頭を打ちつける。ベンの顔が血に染まるのが見える。ベンの泣き声は聞こえない。わたしは目を開ける。時計は動いていないように見える。防弾チョッキの下でわたしは汗をかいている。リサ・ジェインが水を持ってきてくれたけれど、飲めなかった。

時間はゆっくりと過ぎていく。一一：〇四……一一：〇五……一一：〇六。彼女はどこ？　外にいる警察官からもアガサを見かけたという報告はない。

マカティアは二度、作戦はどれくらいかかるのかを知りたがっている警視総監と話をしていた。また電話がかかってくる。聞こえるのは、悪態と脅しばかりの彼の言葉だけだ。「なにがあったんです?」電話が終わり、ジャックが尋ねる。

「四十五分前、フラム・パレス・ロードで、ヘイデン・コールがパトカーから飛び降りて、逃亡しました」

アガサ

列車は、スーツ姿の男性と黒っぽいコートを着てブーツを履いた女性でいっぱいだ。昼間のシフトと夜のシフトの人たちが混ざり合っている。さっぱりした顔と疲れた顔。シャワーを浴びたばかりの人と汚れた人。あたしの向かい側の若者は、イングランド代表のシャツにペンキの染みがついたジーンズをはいている。脚を大きく広げてだらしなく座り、頭を左右に揺らして小さくいびきをかいている。

あたしは窓の外に目を向ける。世界がどれほど殺風景で、灰色で大仰でありふれているかはよくわかっている。あたしにはなんの価値も重要性もないから、あたしの苦境など洟も引っかけずに日常は続いていく。みんなどうやっているんだろう？　どうしたらやり続けられるの？　みんな、どうして努力をするの？

ローリーは膝の上で眠っている。左腕で彼を支え、右手は銃が入っているコートのポケットの中だ。列車は暖房が効きすぎていてあたしは汗ばんでいるけれど、警察があたしの要求どおりにしてくれるとは思っていないから、コートを脱ぐつもりはない。

あの生き物が目を覚ます。

間抜けな娘、間抜けな娘、間抜けな娘。

あたしは正しいことをしているの。

あきらめたのか。

あたしはこの子の母親じゃない。

こいつが知っている母親はおまえだけだ。

この子はあたしのものじゃない。

そうできるかもしれない。引き返せ。逃げろ。

どこに？

ほとんどの通勤客はカナリー・ワーフとヘロン・クエイで降りていく。列車がテムズ川を渡る頃には、残っているのは旅行客と観光客だけになっている。列車が再び速度を落とす。停止する。あたしは色鮮やかなコットンのスリングを首に通し、ローリーをしっかりと胸に抱くと、混み合うプラットホームから長いエスカレーターに乗って外に出る。

雨が降っている。傘はない。あたしは顔を仰向け、細かい針のような千もの雨粒が頬の上で溶け、髪やまぶたにからみつくのを感じる。コートの片側でローリーをくるむと、フードをかぶり、顔を伏せ、いくつもの肩のあいだを歩き続ける。

並木道を進むうち、両側から伸びる枝が中央で届きそうになっていることに気づく。砂利を敷いた前庭の先に、柵の向こうにある国立海洋博物館が見える。クリーム色とピンク色のスタッコ仕上げの正面の壁は雨のせいで黒ずんでいて、荘厳というよりは陰鬱に見える。柱列の隙間からかろうじて見える王立天文台は、灰色の空を背景にくっきりと浮かびあがっている。ヘイデンは以前、東と西が出会うグリニッジ子午線をまたぐあたしの写真を撮ってくれた。あたしは時間の中心に立っているのだと、そのとき彼は言った。

警察はどこだろうとあたしはいぶかった。待ち伏せされているだろうと思っていた。きっと隠れているのだろう。暗い窓の向こうに潜むSWATチームや屋根の上で構える狙撃手を想像した。

十一時を少しまわった頃、あたしは正面のドアから入り、インフォメーションデスクと手荷物預かり所の前を通り過ぎた。ブレザーとカンカン帽、ぴかぴかに磨きあげられた靴という装いの児童たちが並んでいる。人数を数え、名前を確かめなければならないのだろう。偉そうな態度の引率の教師は黒いフレアスカートに厚手のストッキングをはき、苦々しげな顔つきだ。まるで囚人のように生徒たちを扱っている。

あたしは足を止め、あたりを見まわす。あたしを見ている人はだれもいないようだ。

自分の親指を吸っているローリーに視線を向ける。

「どうしてあなたを返そうとしているのかしら？」あたしはつぶやく。「ここにはだれもいないのに」

あたしはぐったりしてアイランドベンチのひとつに腰をおろし、携帯電話の電源を入れて、メガンの番号にかける。

不安そうな彼女が応じる。

「どこにいるの？」あたしは尋ねる。

「待っているわ」

「あたしもよ」

沈黙。ちょっと待ってと彼女が言う。彼女が歩いてドアを開ける音が聞こえる。ドアが閉まる。囁き声。

「帝国戦争博物館にいるの？」

「ううん。グリニッジよ……国立海洋博物館」

メガンが狼狽《ろうばい》している。「わたしたち……てっきりあなたは……ずっと待って……」

どうしてヘイデンは間違った場所に警察を行かせたの？

「あたしはずっとここにいたのよ」あたしはメガンに告げる。

「お願い、お願い、すぐに行くから。ひとりで行くから」彼女が言う。「どこにも行かないで。どこにいるの？」

「好きな絵があるの。特別展示室よ」

そのとき背後から声がして、あたしは電話を切る。

「やあ、アギー」

ポケットの銃に手を伸ばしながら、あたしはゆっくり振り向く。

「ここでなにをしているの？」

ヘイデンの目をぎくりとした表情がよぎる。ジーンズに革のジャケット、値札がついたままの野球帽という格好だ。ひげは剃っておらず、目も赤く、眠っていないように見える。ヘイデンは視線を落とし、コートの隙間からわずかに見えるだけのローリーの頭頂部に目を向ける。

「具合は？」

「よくなっている」

「よかった」

「どうしてここにいるの？」

「少し歩かないか？」

「どうして？　わけがわからない」

「頼むよ、アギー。外で説明する。きみが先に歩いて」

あたしは彼の言うとおり、来た道を引き返す。階段をあがって正面のドアから外に出ると、アスファルトの通路を左へと進む。ちらりと振り返ると、両手を深々とポケットに入れ、ジャケットの襟を立てたヘイデンが二十メートルほど後方を歩いているのが見えた。

葉を落とした枝の天蓋の下で、あたしは彼を待つ。近づいてきたヘイデンが両手であたしの顔を包む。怒っているのだろうと思ってあたしはたじろいだけれど、彼はさらに顔を寄せて優しくキスをする。あたしが彼の息を吸いこむまで、じっとそのままにしている。彼の両手に抱きすくめられ、あたしはその胸に頭をもたせかける。

「ここでなにをしているの？」

「助けに来たんだ」

ヘイデンは体を離してあたしのコートのボタンをはずし、手を差し入れて親指でローリーの頬を撫でる。その指は冷たい。ローリーがほんの一瞬目を開け、またすぐに閉じる。

「寂しくなるな」感極まったような声だった。

「あなたが警察に逮捕されるんじゃない？」

ヘイデンは肩をすくめる。

「あなたのせいじゃないって言うから」

「どうでもいいさ」

「申し訳なかったってご両親に伝えて」

「きみはふたりに孫をくれた。おれに息子をくれた」

「これからこの子を返すつもりよ」

「おれはそのために来たんだ」

「よくわからない」

ヘイデンは不安そうに背後を振り返り、公園の入口と周辺の道路を眺める。「あまり時間がない。警察には違う博物館を教えたんだが、あいつらもじきに気づくはずだ」

ヘイデンはあたしの首のうしろに手をまわし、スリングの結び目をほどく。

「なにをしているの？」

「おれがローリーを預かる」

「どうして？」

「そうすればきみは逃げられる」

「どこに逃げろっていうの？」

「大丈夫だ」彼はポケットから札束を取り出す。「五千ポンドある。おれの全財産だ」

受け取れと言うように、札束をあたしに差し出す。

「無理よ。テレビや新聞にあたしの顔が載る。港も空港も見張られる」

「同じ船に乗っていた海軍の友人がいる。一月半ばまで帰ってこないんだ。ポーツマスにある奴のアパートの鍵を持っているから、数週間はそこに隠れていられる。食べ物はおれが運ぶから」

「数週間じゃ短すぎる」

「そのあいだに次のことを考えればいい」

「結局は見つかるだけよ」

ヘイデンの顔が歪む。「きみを助けたいんだ、アギー。きみがしたことが間違っているのはわかっている――でもローリーを返そうとしているじゃないか。ローリーは元気だ。きみが罰を受ける必要はないはずだ」

うめく。

「受けるべきなの」

「いいや、違うね。きみは傷ついていた。孤独だった。十代の頃の妊娠と、その子を養子に出したことを警察から聞いたよ。あれはきみのせいじゃない」

「あたしはほかのこともしたの」

ヘイデンは顔を上に向けて雨を受けながら、いらだちのあまり叫びたいかのようにうめく。

「あたしは人の赤ちゃんをさらったのよ。あなたに責任はない。あたしがあなたをだましたの。ごめんなさい。これからこの子を返すの」

「わかったよ。でもそれはおれにやらせてくれ」ヘイデンは懇願するように言う。

「あなたのせいじゃないんだって」

「愛しているんだ、アギー。愛したくはなかったけれど、どうすることもできなかった。ローリーがいて父親になったからだってきみが考えているのはわかっているけれど、それだけじゃない。きみを愛してしまったんだ」

あたしはなにか言おうとしたけれど、ヘイデンが言わせてくれない。

「出産のときにきみのお母さんがいなかったことを警察に訊かれたとき、どうしておれが黙っていたと思うんだ？　助産師と連絡が取れなかったときに、おれはきみがなにをしたかを悟った。ローリーがおれたちの子供じゃないとわかったけれど、この子を手放したくなかった。きみがもっと早くに打ち明けてくれていればと思うよ。でもローリーが病気になって、そのチャンスを逃してしまった。診療所からきみが逃げ出したとき、おれは警察に通報しようとするドクター・シューアを止めようとしたんだ。おれが保証するって言った。きみが母乳をあげているところを見たし……ちゃんとした出生証明書だってあると言った。きみのために嘘をついたんだ。おれたちのために。でも、彼を止めることはできなかった」

ヘイデンの声が裏返る。「きみは刑務所に入れられるよ、アギー。そんなのあんまりだ。金を受け取って、逃げるんだ。おれの友だちのアパートに行くんだ。数週間のうちに、おれが別の隠れ場所を見つけるから」

「逃げられないわよ」

「逃げられるさ。いつだってみんな逃げてるじゃないか。姿をくらましている。おれがきみを匿うよ。おれたちはこの子を失うことになるけれど、互いを失う必要はないんだ」

ヘイデンは口をつぐみ、ふさわしい言葉を探している。追いかけている。見つけることはできなかった。もう一度口を開く。「必ずしもこれで終わりっていうわけじゃない。子供を取り戻そう。きみは罪を認めるんだ。子供が欲しくてどうしようもなかった、それしか考えられなくなっていたって陪審員に訴えるんだ。裁判官はきっと情けをかけてくれる。最長でも二年か三年の刑になって、そうしたらきみは自由の身だ。おれたちはまだ若い。結婚して、おれたちの子供を作ろう」

あたしは手を伸ばし、ばかな子ねと言いつつ、ひげを剃っていない彼の頬を撫でる。

「あたしは子供が産めないの」

「そうか、わかった。それなら養子をもらえばいい。おれは気にしないよ。ローリーはおれの子じゃないけれど、それでもおれはあの子を愛している」

「だれもあたしに子供をくれる人なんていないわ——あんなことをしたあたしに」

ヘイデンは耳を引っ張りながら、必死になって答えを探して体を左右に揺らしている。彼に苦痛を与えているのはあたしだ。

「もう帰って。すぐに警察が来るわ」

「きみの居場所はだれも知らないさ」

「あたしが話したの」

「なんだって？」

「メグに電話をした。間違った場所にいるって言ったわ」

ヘイデンはさらに切羽詰まった様子で振り返る。

「早く！　ローリーを渡すんだ。まだ間に合う」

「だめよ」

ヘイデンはあたしの言葉を無視してジャケットから右腕を抜くと、胸に抱いたローリーをすっぽりとくるむようにボタンを留め直す。

「あなたが関わっていたって思われる」あたしは彼を止めようとする。「あなたが罪に問われる。軍にいられなくなるわ。あなたのキャリアが……それでなくてもあたしは、あなたを傷つけたのに」

「かまわないさ。どうせ海軍は辞めるんだ。もうどうでもいい」

「よくない」

ヘイデンの目が泳ぐ。「頼むよ、アギー。どうして逃げてくれないんだ？」

「これはあたしの過ちなの。あなたじゃない。あたしのために、あなたにそんな危険を冒させるわけにはいかない」

ヘイデンは耳を貸さない。彼はあたしがしたことを知らないのだ――ほかの赤ちゃんたちがどうなったのか、あたしがニッキーになにをしたのかを。あたしが壊したいくつもの命を。あたしは彼の腕をつかもうとして、中身のない革のジャケットの袖をつかむ。彼はその手を振り払う。あたしはローリーの名前を呼びながら、もう一度手を伸ばす。

「その子を返して！」

「きみを助けたいんだ」

「だれもあたしを助けられない」

あの生き物が目を覚ます。

間抜け、間抜け、間抜けな娘。奴は赤ん坊を盗もうとしている。

彼はそんなことしない。

奴はローリーを自分のものにしたいんだ。

彼はあたしを愛している。

奴は嘘をついている。

指先が銃に触れる。それを取り出す。涙で視界はかすんでいたし、胸の奥から浮かびあがってきた失望だか悲嘆だかに震える声は、自分のものとはとても思えなかった。

「その子を返して！」

ヘイデンは銃を見つめながら、ためらっている。「やめてくれ、アギー」

撃て！

彼はあたしを愛している。

だれもおまえなんて愛せない。

あんたは間違っている。

ヘイデンはそれ以上なにも言わずにローリーをあたしに渡す。背を向け、目からこぼれたなにかを拭いながら歩き去っていく。

メガン

雨はみぞれに変わり、風に運ばれた唾液のようにタクシーの窓を伝っている。タイヤが水を切る音が足の下から聞こえ、ラジオからはクラシック音楽――ビバルディの〝四季：冬〟――が流れている。わたしの中では別の嵐が吹き荒れている。わたしたちは誤った場所に誘導された。ヘイデン・コールはわざとそうしたんだろうか？　それとも間違って？

いまはひとりでタクシーに乗っているけれど、警察はじきにわたしがいなくなったことに気づくだろう。だれかにトイレまでわたしを探しに行かせるか、あるいはジャックが声をあげるはずだ。アガサからの電話のことはだれにも言わなかった。そうする代わりにトイレに行くと言ってその場を離れ、マカティアの部下に代わってついてきたリサ・ジェインをうまく振り切ったのだ。

帝国戦争博物館に向かうパトカーの後部座席に乗っていたヘイデン・コールは、途中で気分が悪いと訴えたらしい。付き添っていた警察官たちはうしろの窓を開けた。ヘイデンは彼らが反応する間もなく、車を飛び出したということだ。警察は彼のあとを追ったが、フラム・パレス・ロード墓地で見失った。ヘイデンが逃げた理由はわからないが、彼もアガサと同様、逃亡者になった。

いま、確かなことはひとつだけだ——わたしの赤ちゃんはグリニッジにいる。ひとりで行くとアガサに約束した。だれも傷ついてほしくないからその約束を守っているけれど、疑念が徐々に胸に忍びこんでくる。もし、間違っていたらどうする？　アガサとヘイデンが最初から企んでいたことだとしたら？

タクシーは南ロンドンを走っている。外には、どれほどクリスマスの飾りつけをしようと色つきの照明で照らそうと楽しげには見えない、くすんだ灰色の店やアパートが並んでいる。わたしはこの町が好きだった——プラタナスや橋や大聖堂や記念碑。細い道路や一風変わった店や堂々とした庭園が好きだった。その気持ちが変わったわけではないが、家族と一緒にいることができるなら、明日にでもロンドンを離れ、恋しいと思わないでいられるだろう。人生を完全なものにしてくれるのは、場所ではなく人だ。

わたしは窓ガラスに頭をこすりつける。

「大丈夫ですか、お客さん？」運転手が尋ねる。

「ええ、大丈夫」

「お客さんをどこかで見たことがある気がするんですけどね」

「人違いよ」


わたしはロムニー・ロードでタクシーを降り、水たまりをまたいで歩道に立つ。こんな雨にもかかわらず、観光客たちは〈カティサーク〉(十九世紀に建造された快速帆船。グリニッジで保存展示されている)を見学するために並んでいる。お揃いの傘を差した日本人の団体客がわたしの前を通り過ぎ、ガイドのあとについてグリニッジ公園へと進んでいく。

携帯電話が鳴る。

「いったいどこにいるんだ？」ジャックが訊く。

「ベンを取り戻すの」

「頭がおかしくなったのか？」

彼はだれかを怒鳴りつけている――おそらく血圧が成層圏に達しているに違いないマカティアだろう。「どこにいるんだ？　言うんだ！」

「わたしは大丈夫。アガサがベンを返したがっているの」

「彼女は銃を持っているんだぞ！」

「だれも傷つく必要なんてない」

「よく聞くんだ、メグ。こんなことはやめろ。どこにいるのかを教えてくれ」

「終わったら電話するから」

わたしは電話を切り、電源を落とす。

チケット売り場の女性は博物館の案内図を差し出したが、わたしは特別展示室への行き方を尋ねる。

「半地下にあります」彼女はその続きを言う前に、口走っていた。「あなた、テレビに出ていた人ね――赤ちゃんを盗まれた人」

「いえ、わたしじゃありません」

階段をおり、柱のあいだや海軍の制服や備品の展示ケースを眺めながら大理石の床を歩くわたしの膝は震えている。広々とした部屋の中央に置かれたアイランドベンチに、ひとり座る人影がある。磨かれた床の上でわたしの靴が鳴る。アガサは顔をあげ、まばたきして涙をこらえる。胸にスリングをかけているが、ベンの姿はまったく見えない。

「どうしてこんなに長くかかったの？」アガサは警察がいることを予期しているかの

ように、わたしの背後に目を向ける。

「誤解があったの」

「ヘイデンがあなたたちを違う場所に行かせたのよね」

「どうして？」

「もうそんなことはどうでもいいの」

沈黙の重みは伝わってきたけれど、アガサの胸の前のスリングしか目に入っていなかったから、悲しみは感じない。アガサはスリングを横にずらす。青白い小さな顔が見える。わたしの声が聞こえたのか、その大きな目を開ける。赤ちゃんはこんなふうにわたしたちをとりこにする。ほんのひと目見るだけで心を奪われてしまうのは、これほどの美しさと壊れやすさに対する備えを持っていないからだ。

ベンは弱々しい泣き声をあげ、とたんにまるで魔法のようにわたしの乳房が張り始める。距離を置くようにとサイラスに言われていたこともすっかり忘れ、わたしはふらふらと前に出てアガサの隣に膝をつく。

「お腹が空いているの」アガサが言う。「もうミルクがないのよ」

「おっぱいをあげられる」わたしは期待をこめて言う。

アガサはしばらく考えてからうなずく。

わたしは立ちあがり、コートのボタンをはずし始める。防弾チョッキを見ても、アガサはなにも言わない。

「手伝ってもらえる?」わたしは頼む。

アガサがストラップを緩めてくれたので、わたしは頭から防弾チョッキを脱いで床に落とす。その拍子に、アガサのコートのポケットの中の銃が見えた。

わたしはアガサを見つめて待つ。

アガサは首のうしろの結び目をほどき、膝の上にベンをおろす。「いいわよ」

ブラウスのボタンと授乳用ブラジャーのホックをはずしてから、わたしはアガサの腿に手を伸ばしてベンを抱きあげ、胸に近づける。ベンの口が開く。すぐにはくわえようとしない。もっと大きく口を開かせようとして、乳首で上唇をこすってみる。

「しばらくかかるかもしれないわ」そう言うアガサは膝の上で銃を握っている。

四度目でベンはしっかりと乳首をくわえる。唇が動いているようには見えないが、ごくごくと飲んでいるのはわかる。喜びと安堵で涙がこぼれる。考えないようにしていた。希望を抱かないようにしていた。祈った。願った。あきらめなかった。そしていま、こみあげてきた感情にわたしは圧倒されていた。

アガサは鞄に手を入れ、ティッシュペーパーを取り出す。

「わたしがしたことを謝りたいの」彼女が言う。「あなたが許してくれるとは思わないけれど、どんな母親にも負けないくらいあたしがこの子を愛していることを知っておいてほしい。個人的な恨みとかそんなのじゃないのよ。あなたやジャックを傷つけたいから、この子をさらったわけじゃない。あたしはあなたを崇拝していた。あなたみたいな人生が欲しかった」

「わたしたちの人生はそれほど完璧じゃない」

「あたしにはそう見えた」

「ジャックとわたしはいつだってお互いを失望させているもの」

「リア・ボーデンのことは許したの?」

「許そうとしている。彼の車のワイパーにメモをはさんだのはあなた?」

アガサはうなずき、ベンを見つめる。「子供の頃、どんな人と結婚したいかってよく女友だちと話をした。子供は何人欲しいかとか、ジャシンタとかロッコみたいないい家の子らしい名前をつけるんだとか。いずれ結婚して子供を産むんだって、みんな当たり前のように考えていた。自然な出来事だって——学校、仕事、恋人、結婚、住宅ローン、そして子供。

完璧な家族の絵を描いたり、雑誌からそれらしい写真を切り抜いてスクラップブックに貼ったりした。あたしはおしゃれな髪型をして満ち足りた顔をして、ハンサムな夫に息子と娘がいて、ロンドンか地元に素敵な家があって」

アガサはわたしの人生を語っているみたいだ。

「それはあたしのおとぎ話で、いつか現実になるんだって疑いもしなかった。でもあたしは間違っていて、それはだれのせいでもないの。あたしのせいでも、ニッキーのせいでもなかった」

アガサは手の中で銃をもてあそんでいる。「問題は子供がいないことだけじゃない。それにまつわるすべてなのよ。親になればつきまとうこと——ママ友グループ、校門前でのおしゃべり、土曜日のスポーツ練習の付き添い、クラスのディナー、学校の資金集めイベント、スピーチ大会。あなたにとってはあまりに当たり前すぎて、改めて考えることもないでしょうね。あたしには、決して手に入らないものばかりよ。あたしは枠外なの。見えない女なの。子供がいなくて、妊娠できなくて、価値がない人間なの。でも、あなたはそういったこと全部を当たり前だと思っている」

「それは違う」

「あなたが、ほかのお母さんたちに愚痴をこぼしているのを聞いた。あなたたちはみんな同じよ。日々の出来事や、寝させてもらえない夜や、怠け者の夫や、好き嫌いが多い子供たちのことや、部屋が散らかっていることや、アレルギーのことで文句を言っている。だから、あたしはあなたを憎んだ」アガサは一度言葉を切る。「ううん、ごめんなさい――〝憎む〟っていうのは言いすぎた。あなたは感謝知らずだって思っていたの」

「あれはただの世間話よ」わたしは言う。「だれだって愚痴はこぼすわ。自分が恵まれていることはわかっている。当たり前だと思うべきじゃないっていうことも」

「でも、そう思っている。子供のいないあたしくらいの年の女性を見たら、あなたは無意識のうちに、あとまわしにしすぎたんだとか、仕事を優先したんだって考えているはずよ。きっと、自分勝手だとか、えり好みしすぎだとも思っているでしょうね」

「そんなこと思っていない」わたしは言ったものの、心の中では彼女の言うとおりであることがわかっていた。

わたしはぼうっとしながら、反対側の乳房に顔が来るようにベンの向きを変える。ベンは静かにげっぷをして、わたしの肌に細い母乳の筋を残す。

「わたしはあなたを不愉快にさせるために子供を産んだわけじゃないわ、アガサ。あなたに子供ができないことも、子供を失ったこともわたしのせいじゃない。辛いことだっていうのはわかる。あなたが裏切られたような気になるのも理解できる。でも妊娠できない女性はあなただけじゃないし、不妊はこの世で最悪なことでもない。なにがもっと辛いのか、教えてあげましょうか？　子供が行方不明になることよ。生きているのか死んでいるのかもわからず、眠れない夜を過ごすの。あなたは空の子宮を抱えている。わたしの揺りかごは空になった。わたしのほうが辛いわ」

アガサの目が光る。「それなら、わたしの人生と取り替える？」

わたしは首を振る。

「だと思った」

わたしは親指でベンの額を撫でる。ベンは目を開けて、すでに彼に夢中になっているわたしを見つめている。

アガサは正しい。ほんの数週間前まで、子供ができないのがどういうものなのか、子供を失うのがどういうものなのか、わたしは理解していなかった。いまはよくわかっている。

「これからどうするの？」わたしは尋ねる。

アガサは膝の上の銃を見つめる。「まだ決めていない」

「それをわたしに渡して」

彼女は首を振る。

「お願いだから、ばかなことはしないで、アガサ」

彼女は疲れたようにため息をつく。「あたしはこれまでずっとばかなことばかりしてきたの」

メグはブラジャーをつけ直し、ブラウスのボタンを留める。ローリーはお腹がいっぱいになって、彼女の膝の上で眠りに落ちた。

「もう行って」あたしは彼女に言う。

「あなたはどうするの？」

「もうしばらくここにいる」

「わたしと一緒に行きましょう」

「いやよ」

メグは反論しようとしているのかしばらくためらっていたけれど、彼女がここに来た目的は果たされた。あたしの気持ちはわかるとメグは言うけれど、それがありえないことをわたしは知っている。同情することはできても、共感はできない。子供をあきらめるのがどういうことなのかを本当に理解できる人はそれほどいない。それを経験したときあたしは十五歳で、あたしがあきらめたのは生まれたばかりのあの子だけではなかった。一歳、二歳、三歳、あらゆる年齢のあの子をあきらめた。毎年のクリスマス、歯の妖精の訪れ、学校のコンサート、毎年の母の日、誕生日、おやすみのキス——そのすべてを手放した。

どうやってメグにそれが理解できる？　流産したことがあれば、大理石みたいに冷たくなった女の赤ちゃんの隣で目覚めたことがあれば、残酷な生き物を体の中に抱えて生きていれば、理解できるかもしれない。

おまえにはひとりもいないのに、どうしてあの女には三人もいるんだ？

彼女は幸運だから。

あの女はあいつらのひとりだ——みんなと同じだ。

メグは違う。

あの女はおまえが憎んでいるものすべてだ。広告主と政治家につけこまれている独りよがりなママブロガー。

違う！

あの女は空の揺りかごのほうが空の子宮より悪いと言った。それはつまり〝おまえは母親じゃないから、わからない〟って意味だ。傲慢なくそ女！

メグはコートに腕を通している。

自分の経験に比べれば、おまえの経験なんて価値はないと思っているぞ。自分のほうがおまえより勝ってるってな。

違う！

あの女を止めろ！

もう遅い。

「もう行くわ」ベンを抱いたメグが言う。「この子を連れてきてくれてありがとう」

あたしはうなずく。彼女は銃を見つめている。

首を振る。

「お別れを言いたい？」

涙の粒は宝石のようだ。一滴の涙が頬を伝い、銃を握っている手の甲に落ちる。小さくて透明な涙の粒は宝石のようだ。その下の肌を大きく見せ、カーブを描く小さな天井がその中に映っている。

一歩ごとにメグが遠ざかっていく。

あの女はおまえほどにはローリーを愛していないぞ。ローリーのことを知らない。

取り戻せ！

できない。

いや、できる。銃を構えろ。引き金を引け。簡単だ。

メグは柱のあるところまで行き着き、方向を変えて階段に向かって歩いていく。あたしは銃を見おろす。涙の粒は人差し指を伝って、引き金を濡らす。

あたしたちが送っている人生はなんて奇妙なことか。幸せを探しているはずなのに、結局は生き延びるだけでせいいっぱいだ。存在すること。期待を持ちすぎないようにしようとするけれど、実際は無益に過ごしたり、時間を無駄にしたり、送れたかもしれない人生のことを考えたりしている。そしてじきに、もっと金持ちだったら、もっときれいだったら、もっと若かったら、もっと運がよかったら、もう一度初めからやり直すことができたらと考える罪深くて、金に飢えていて、人を裏切り、疲れ果てて嫉妬深い人間たちの一員になっていくのだ。

あたしはといえば、忘れるということができない。以前は毎週セラピストに会って――ニッキーのアイディアだ――マイナス思考や低い自尊心はすべてひとつにまとめ、鎖や南京錠がたくさんついた海賊の宝箱のような金属の箱に入れて、鍵をかけるように言われていた。そしてその箱を、一万年掘り続けても見つからないくらい広大な砂漠のどこか深くに埋めるのだ。やってみようとしたけれど、半減期が千年も続く放射性廃棄物のように、そこまでしても記憶は漏れてきた。

どれほど必死に逃げようとしても、あの生き物はあたしから離れないだろう。あらゆる空間の端に身を隠し、火が燃え尽きるのを、明かりが消えるのを待って、あたしに忍び寄ってくる。それがあたしの思考なのか、それとも生き物のほうがあたしのことを考えているのか、それすらよくわからなくなっている。いったいどれくらいのあたしが残っているだろう？

体の脇に銃をさげ、展示室をゆっくり歩いてお気に入りの絵〝タヒチ再訪〟の前に立ち、ヤシの木やぬるい水の川やごつごつした岩山を眺める。いつか連れていってくれるかとヘイデンに訊いたことを思い出す。そんな日は決して来ない。

その絵を見つめながら、あたしもキャンバスに溶けこんで、その一部になっていると想像してみる。三人のポリネシア人女性が川で水浴びをしている。友だち同士か、それとも姉妹かもしれない。ひとりは空を見あげながら泳いでいて、ほかのふたりは岸辺で体を拭いている。石の彫刻像にタオルがかけられている。こちらに背を向けている一番手前の女性の肌には刺青があり、お尻は豊満で、胸は隠れている。ゆっくりと、少しずつ、あたしは彼女の体に入りこんでいく。肌の上で乾いていく水や肩に当たる日光のぬくもりを感じる。真ん中あたりにあるわらぶき屋根の小屋を見つめ、それから視線をあげて、明るくかがやく岩山の頂を眺める。

少し離れたところ、この絵からわずかにはずれたところで、あたしの赤ちゃんたちが遊んでいる。サンゴ砂の上で貝殻を集め、流れに木の枝を浮かべている。みんないる。リジー、エミリー、クロエ、そしてローリー。寒かったり、お腹を空かしたり、ひとりぼっちだったり、怯えたりすることは決してない楽園で暮らし、成長し、年を取っていく。光のいたずらでないのなら、愛とはいったいなんなのだろう？

背後から階段をおりる頑丈なブーツの音が聞こえてきたけれど、あたしは島を出るつもりはなかった。熱帯の花のにおいを嗅ぎ、果物を味わい、足の指のあいだに砂を感じていたい。温かな水の中へと入っていき、水が膝から太腿へと……。

「銃を捨てろ！」増幅された声が響く。

……胸の上から肩まであがってきて、肌を優しく撫で……。

「銃を捨てろ！」

「これのこと？」あたしはそう言いながら銃を持ちあげ、こめかみに当てる。「絶対に――」

メガン

クリスマスの日の朝、わたしたちはバーンズ・グリーンから聖オズモンズ教会まで歩いていき、礼拝に出席した。突如として信心深くなったとか、気持ちの変化があったわけではなく、わたしたちのために祈ってくれたジョージ神父と地域の人々に感謝したかったからだ。

それが、アガサがわたしのためにしてくれたことなのかもしれない――信じることの意味を教えてくれた。わたしは一度信仰を捨てた。理性で物事を考えたからだが、信じることと理性は無関係だ。膝をついて祈りの言葉を唱えても、神さまとつながれる保証はない。小包のように祈りを登録して、配達のサインをもらうことはできないのだ。

礼拝のあとは、チャーチ・ロードからバーンズ・グリーンというキャンドル・ビジルの夜と同じ道を通って家に帰る。ラクランとルーシーが前を走り、そのうしろからベンを乗せたベビーカーをジャックが押していく。

わたしたちの家でクリスマスを過ごすことにしたので、家の中はすでに笑い声とびりびりに破れた包装紙でいっぱいだ。両親だけでなく、グレースが新しい恋人と一緒に来ている。サイモンとジーナも子供たちへのプレゼントをいっぱい抱えてやってきた。

わたしは七面鳥を料理し、たっぷりの付け合わせを用意した。クランベリー・ソース、ローストした栗《くり》、芽キャベツ、オレンジシロップをかけたニンジン、ソーセージロール、ローストポテト。汗に濡れた髪を額から払い、調理台に置いたバシネットの中からブレッドソースを作るわたしを見つめているベンに笑いかける。

みんなは居間でジェスチャー遊びをしている。次はルーシーの番だが、あの子はいつも『アナと雪の女王』だから、今日もそうだとわかっている。最初に当てたのはラクランだ。ラクランがキッチンに駆けこんでくる。「ママ、ママ、ぼく当てたよ。ぼく、当てたよ！」

「すごいわね」わたしはエプロンで手を拭く。「ちょっとこっちに来てちょうだい。大きく口を開けてほしいの」

「どうして？」

「この綿棒で口の中をこするだけ。痛くないから」
ラクランは歯を全部見せてくれて、わたしは小さな綿棒で頬の内側を二度こすって
からプラスチックの試験管に入れ、蓋を閉める。
「いまのはなに？」ラクランが尋ねる。
「幸運のおまじない」わたしはそう答えて、ラクランの髪をくしゃくしゃにする。
「ポテトチップス、食べる？」ボウルを手渡す。「みんなで食べるのよ」
その後、サイモンがキッチンに現われる。彼が言いたいことはわかっている。彼が
バシネットをのぞきこんで指を一本突き出すと、ベンが手を伸ばしてしっかりとつか
む。
「たいした力だ」サイモンはしげしげとベンを眺め、自分と似ているところや父親で
あることの証拠を探そうとする。
わたしは別の綿棒を手に取り、ベンの薔薇のつぼみのような唇に近づける。ベンが
反射的に口を開け、わたしは頬の内側を綿棒でこする。サイモンに背を向けて綿棒を
手の中に握りこむと、さっきラクランから取ったサンプルのほうを彼に渡す。
「さあ、持っていって」わたしは言う。「約束を忘れないでね。あなたの子だったら、
本当のことをジャックに話す。そうでなければ、あなたはもうわたしたちとは関わら

ない。だから、わたしの結婚生活とあなたの友情を危険にさらす前によく考えるのね」

「考えたさ」これほど小さくてありふれたものにそれほどの力があることに驚いているみたいに、サイモンはサンプルを光にかざす。

「それで、どうすることにしたの？」

「ジーナと子供を作ろうかと思っているんだが、これは取っておくかもしれない」

「そのサンプルがいつまで使えるのかは知らないけれど、チャンスは一度きりだから」

わたしを見つめるサイモンの目がきらめいて見えるのは、シャンパンのせいかもしれない。「わかっているっていうことか？」

「最初からわかっていたわ」

「おれの子じゃないんだな？」

「ええ」

サイモンが試験管をポケットに収めたちょうどそのとき、彼の頭には小さすぎるサンタクロースの帽子をかぶったジャックがやってくる。彼が、わたしの背中のくぼみに手を当てる。以前であればわたしをハグしていたところだが、いまはわたしの気持ちを手探りするみたいに、境を越える前には必ず許可を得ようとする。「ふたりでなにをこそこそ話しているんだ?」ジャックが訊く。

「赤ちゃんのことよ」わたしは顔をのけぞらせて、彼の頬にキスをする。

「これ以上はもういらないぞ」ジャックは怯えたふりをする。

「わたしたちじゃないわよ」わたしはサイモンに向かってうなずく。

「そうなのか?　ジーナが……?」

「いや」

「だがそのつもりで……?」

「楽しんでがんばっているよ」

「それはよかった。その気になるまで、ずいぶんかかったじゃないか」

「ふさわしい女性が現われるのを待っていたんだ」サイモンは悲しみを帯びた優しい笑顔をわたしに向ける。

わたしはふたりをキッチンから追い出すと、七面鳥の焼け具合を確かめ、じゃがいもをひっくり返す。ベンが喉を鳴らすような音を出し、目をきらきらさせながらわたしに笑いかける。ベンは大切な贈り物で、うっかりできた子供で、よろめきながらこの世に出てくると国中の人々の心をとらえ、ほんのつかの間、わたしたちの単調でささやかな暮らしにスポットライトを当てた。人々がそこになにを見たのかはわからないが、完璧な結婚でないことは確かだ。そんなものは退屈でしかない。光に感謝するためには暗闇が必要だし、道路のへこみは居眠り運転を防いでくれる。

ジャックとわたしの結婚生活は続くだろうか？　わからない。いまは一緒にいるし、まだ愛し合っているし、三人の素晴らしい子供がいるから、金は無理でも銀には——銀婚式には——賭けてみようと思う。

これからなにが起きようと、わたしたちにはルーシーとラクランとベンがいる。子供というのは、彼らが受け継ぐ世界がまだ存在していることを祈りつつ、未来に向かって放つタイムカプセルのようなものだ。あの子たちが同じ木から生まれたのか、それともひとつだけ、幹から遠いところに落ちたリンゴなのかはわからないけれど、それがどうだというのだろう？

あの子たちは愛されている。望まれている。わたしたちのものだ。

アガサ

自らの命を絶った翌朝、目を開けるとブラインドの隙間から斜めに差しこむ光が見え、肌に当たるシーツと鼻から入ってくるひんやりした空気を感じた。

だれかがノックし、ドアを押し開けた。

「おはよう、アガサ。ぼくはコリンといいます」彼は朝食のトレイを手にしていて、黒い肌の上で白衣が光っているようだった。トレイには、トーストと、たっぷりのパセリと少しクリームを入れたスクランブルエッグが載っていた。

「ここはどこ？」あたしは尋ねた。

「病院ですよ」

「あたしは病気なの？」

「心の治療が必要なんです」

その後あたしはラウンジに連れていってもらった。色鮮やかなオーナメントとぴかぴか光るライト、天辺に天使を乗せたクリスマスツリーが飾られていた。鉄格子の入った窓の外に目をやると、そこには冬の景色があった。

午後には来客があった――サイラスという名の素敵な人で、あたしがこれまでのことを話すあいだ、手を握らせてくれた。だれもこんなふうにあたしの話を聞いてくれた人はいなかった――母さんも、義理の父親も、ミスター・ボーラーも、ニッキーも、ヘイデンも、不妊治療の医者も、妊娠したくて適当に家に連れて帰ってセックスした男たちも。

「タヒチに行ったことはある？」わたしは彼に訊いた。

「ありませんね。あなたは？」

「あるわ」

「いつです？」

「いつも行っているの」

「ほかの赤ちゃんのことを話してください」

「あなたにはわからない」

「試してみたいんですよ」

その夜、あたしは車椅子でテレビの前に座り、聖歌隊が歌うクリスマス・キャロルを聴いていた。死ななくてよかったと思った。

「明日はなにがしたいですか、アガサ？」コリンが尋ねた。「ヨガとピラティスがありますよ。それとも温室でなにかを植えてもいい」

「あら、それは無理よ」あたしは言った。「娘が訪ねてくるの。わざわざリーズから車を飛ばしてきてくれるのよ」

「なんていう名前ですか？」

「知らない。でもあの子はとてもきれいで、賢くて、ここに来たら名前を教えてくれるわ」

命を絶った翌朝……またその翌朝……そしてクリスマスだったその翌朝……あたしは待つことを学んだ。

十二冊の本を執筆したいまも、二〇〇二年に『容疑者』（集英社文庫）の最初の行を書いたときと同じ驚きと沸き立つような思いを持って真っ白なページに向き合えるのは、素晴らしいことだ。これまで書いた本の中で、どれが気に入っているかと読者に訊《き》かれることがしばしばあるが、それはどの子供がお気に入りかを（どの子にもそれぞれいい点がある）明かすようなものだと、わたしはそのたびに答えている。

常套《じょうとう》手段に頼ったり、同じ物語を二度書いたりするような作家には決してなるまいと懸命に努力していることを、ここに記しておきたい。とりわけ『誠実な嘘』においては、まさしくそれが当てはまる。内容においても、語り手をふたりにしたことも、これまででもっとも野心的な試みだった。もしそれが成功しているとしたなら、それは素晴らしい編集者たちのおかげだ。なかでもマーク・ルーカス、ルーシー・マラゴーニ、レベッカ・サンダース、アーシュラ・マッケンジー、コリン・ハリソン、そしてリチャード・パインに感謝したい。

Little, Brown Book Group UK、Hachette Australia、ドイツのGoldmannといった素晴らしい出版チームには大きな恩義がある。初めてわたしの本を刊行してくれるあの名高い米国のScribnersとは、これが輝かしいパートナーシップの始まりとなることを期待している。

最後になったが、アレックス、シャーロット、ベラの美しく才能にあふれた娘たちに、そして彼女たちがその多くを受け継いでいる、三人の母親であり、わたしの妻であるヴィヴィエンに感謝する。わたしのお気に入りが自分であることを、妻はよく知っている。

訳者あとがき

本書の著者マイケル・ロボサムは、二〇〇四年の処女作『*The Suspect*』がベストセラーとなって以来、十冊以上の作品を発表し、五十か国以上で出版されている人気の推理作家だが、残念ながら日本では二〇〇六年に『*The Suspect*』が『容疑者』（集英社文庫）の邦題で、二〇一六年にゴールド・ダガー賞受賞作『*Life or Death*』が『生か、死か』（早川書房）の邦題で出版されたのみとなっていた。二〇二〇年、『*Good Girl, Bad Girl*』で二度目のゴールド・ダガー賞を受賞したことがきっかけで、本書をはじめとする彼の作品を再び日本の読者に紹介できるのは喜ばしいかぎりである。

本書はふたりの主人公アガサとメガンが、交互に一人称で語る形でストーリーが進行する。恵まれた家庭に育ち、いい相手と結婚し、ふたりの子供がいるメガンと、家庭に縁が薄く、辛い子供時代を過ごした独り身のアガサ。まったく違う世界の住人のように思えるふたりだが、アガサにとってメガンは憧れであり、崇拝の対象だった。彼女の好みやスケジュールを把握するのはもちろんのこと、彼女と同じ髪型にして、彼女と同じマタニティウエアに身を包み、彼女と同じヨガのクラスに通う。ストーカーそのものだが、メガンは気づいていない。冒頭部分ではアガサの目的もわからないまま、ただメガンに対する執着だけが語られる。一方、メガンの章を読むと、彼女の人生はアガサが考えているほど完璧なものではないことがわかる。それは日々の小さな不満の積み重ねなのかもしれないし、妊娠しているせいで情緒不安定になっているのかもしれないが、夫ジャックとの関係が揺らいでいるとメガン自身は感じている。崇拝する者とされる者。ふたりの人生がどこでどう交差し、どういう結末を迎えるのかは本書をお読みいただくとして、ここでは触れないでおく。

本書の原題は『*The Secrets She Keeps*』。直訳すると〝彼女が抱える秘密〟となる。だれしも人は秘密を持っているものだ。そして隠されたものを知りたいと思うのが人情だろう。一般的に、正直は美徳とされる。秘密は持たない、なにもかも話し合おうと約束する恋人たちもいるだろう。秘密イコール罪ではないが、犯罪を扱う小説では、当然のことながら秘密を暴くことが主題となるので、秘密を持つことを悪のように感じるものだ。文中に、警察官のこんなセリフがある。「秘密は、だれから守ろうとするかによってその価値が決まります。あなたはそれだけの価値があると考えているのかもしれない。まったく価値がないとわたしは考えるかもしれない。ですが、だれかが必ずその代償を支払わなければならないんです」

秘密を守るためには、往々にして嘘がつきものだ。たとえばそれがサプライズパーティーのような、善意の秘密であったとしても。どうしても人に知られてはならない秘密であれば、それを守るために次々と嘘をつく必要が生じてくるだろう。そしてその嘘が秘密をいっそう重いものにしていく。〝あたしが人に向かってつく嘘は、自分自身に対する嘘に比べたらささいなものだ〟とアガサは語っている。それはつまり、彼女がそれだけ多くの秘密を抱えて生きてきたということなのだろう。アガサとメガン。ふたりの秘密の価値は、読んだ方それぞれで判断していただきたい。

隠されているものを知りたいと思うのは人間の性《さが》なのかもしれないが、知らなくていいことはやはりあるのだと、本書を読んで思う。真実は常に人を幸せにするものではないのだ。

二〇二一年五月

23 ザ・ミステリ・コレクション

誠実《せいじつ》な嘘《うそ》

2021年 7月 20日　初版発行

著者　マイケル・ロボサム
訳者　田辺千幸《たなべちゆき》

発行所　株式会社 二見書房
東京都千代田区神田三崎町2-18-11
電話 03(3515)2311［営業］
03(3515)2313［編集］
振替 00170-4-2639

印刷　株式会社 堀内印刷所
製本　株式会社 村上製本所

落丁・乱丁本はお取り替えいたします。
定価は、カバーに表示してあります。

ISBN978-4-576-21089-6
https://www.futami.co.jp/

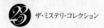

完璧すぎる結婚
グリア・ヘンドリックス&サラ・ペッカネン
風早柊佐[訳]

そして彼女は消えた ＊
リサ・ジュエル
氷川由子[訳]

冷酷なプリンス
ホリー・ブラック
久我美緒[訳]

蠱惑の堕天使
J・R・ウォード
氷川由子[訳]

過去からの口づけ ＊
トリシャ・ウルフ
林亜弥[訳]

ひびわれた心を抱いて
シェリー・コレール
藤井喜美枝[訳]

秘められた恋をもう一度
シェリー・コレール
水川玲[訳]

＊の作品は電子書籍もあります。

裕福で優しいリチャードとの結婚を前にネリーには悩みがあった。一方、リチャードの前妻ヴァネッサは元夫の婚約を知り…。騙されること請け合いの驚愕サスペンス!

15歳の娘エリーが図書館に向ったまま失踪した。10年後、エリーの骨が見つかり…。平凡で幸せな人生の裏でじわじわ起きていた恐怖を描く戦慄のサイコスリラー!

妖精国で育てられた人間の娘ジュードは、自分の居場所を見つけるため騎士になる決心をする。陰謀に満ちた世界で闘うジュードの成長とロマンスを描く壮大なファンタジー

ジムはある日事故で感電死し、天使からの命を受けて堕天使となって人間世界に戻り、罪を犯しそうになっている7人の人間を救うことに。愛と悲しみを知る新シリーズ開幕

殺人未遂事件の被害者で作家のレイキンは、事件前後の記憶も失っていた。しかし新たな事件をFBI捜査官のリースと調べるうち、自分の事件との類似に気づき…

女性リポーターを狙った連続殺人事件が発生。連邦捜査官ヘイデンは唯一の生存者ケイトに接触するが…? 若き才能が贈る衝撃のデビュー作〈使徒〉シリーズ降臨!

検事のグレイスは生き埋めにされた女性からの電話を受ける。FBI捜査官の元夫とともに真相を探ることになるが…。愛と憎しみの交差する〈使徒〉シリーズ第2弾!

危険な夜と煌めく朝 *
テス・ダイヤモンド
出雲さち［訳］

元FBIの交渉人マギーは、元上司の要請である事件を担当する。ジェイクという男性と知り合い、緊迫した状況のなか惹かれあうが、トラウマのある彼女は……

ダイヤモンドは復讐の涙 *
テス・ダイヤモンド
向宝丸緒［訳］

FBIプロファイラー、グレイスの新たな担当事件は彼女自身への挑戦と思われた。かつて夜をともにしたギャビンとともに捜査を始めるがやがて恐ろしい事実が……

失われた愛の記憶を *
クリスティーナ・ドット
出雲さち［訳］［ヴァーチュー・フォールズシリーズ］

四歳のエリザベスの目の前で父が母を殺し、彼女はショックで記憶をなくす。二十数年後、母への愛を語る父を見て疑念を持ち始め、FBI捜査官の元夫と調査を……

愛は暗闇のかなたに
クリスティーナ・ドット
水野涼子［訳］［ヴァーチュー・フォールズシリーズ］

子供の誘拐を目撃し、犯人に仕立て上げられてしまったテイラー。別名を名乗り、誘拐された子供の伯父であるケネディと真犯人探しを始めるが…。シリーズ第2弾！

あの愛は幻でも *
ブレンダ・ノヴァク
阿尾正子［訳］

サイコキラーに殺されかけた過去を持つエヴリン。同僚の女性が2人も殺害され、その手口はエヴリン自身の事件と酷似していて…愛と憎しみと情熱が交錯するサスペンス！

奪われたキスの記憶
メアリ・バートン
高橋佳奈子［訳］

連続殺人事件の最後の被害者だったララ。ショックで記憶をなくし、ただ一人生き残った彼女に再び魔の手が忍びよるとき、世にも恐ろしい事実が——

秘めた情事が終わるとき *
コリーン・フーヴァー
相山夏奏［訳］

無名作家ローウエンのもとに、ベストセラー作家ヴェリティの共著者として執筆してほしいとの依頼が舞い込むが…。愛と憎しみが交錯するジェットコースター・ロマンス！

＊の作品は電子書籍もあります。

赤と白とロイヤルブルー ＊
ケイシー・マクイストン
林 啓恵［訳］

アメリカ大統領の息子と英国の王子が恋に落ちるLGBTロマンス。誰にも知られてはならない二人の恋は切なく燃え上がるが…。全米ベストセラー！

袋小路
キャサリン・コールター
林 啓恵［訳］
〔FBIシリーズ〕

全米震撼の連続誘拐殺人を解決した直後、サビッチのもとに妹の自殺未遂の報せが入る…。『迷路』の名コンビが夫婦となって大活躍！ 絶賛FBIシリーズ第二弾!!

死角
キャサリン・コールター
林 啓恵［訳］
〔FBIシリーズ〕

あどけない少年に執拗に忍び寄る魔手！ 事件の裏に隠された驚くべき真相とは？ 謎めく誘拐事件に夫婦FBI捜査官S＆Sコンビも真相究明に乗りだすが……

追憶
キャサリン・コールター
林 啓恵［訳］
〔FBIシリーズ〕

首都ワシントンを震撼させた最高裁判所判事の殺害事件。殺人者の魔手はサビッチたちの身辺にも！ 夫婦FBI捜査官サビッチ＆シャーロックが難事件に挑む！

失踪
キャサリン・コールター
林 啓恵［訳］
〔FBIシリーズ〕

FBI女性捜査官ルースは休暇中に洞窟で突然倒れ記憶を失ってしまう。一方、サビッチ行きつけの店の芸人が何者かに誘拐され、サビッチを名指しした脅迫電話が…！

幻影
キャサリン・コールター
林 啓恵［訳］
〔FBIシリーズ〕

有名霊媒師の夫を殺されたジュリア。何者かに命を狙われFBI捜査官チェイニーに救われる。犯人捜しに協力する同僚のサビッチは驚愕の情報を入手していた…！

眩暈
キャサリン・コールター
林 啓恵［訳］
〔FBIシリーズ〕

操縦していた航空機が爆発、山中で不時着したFBI捜査官ジャック。レイチェルという女性に介抱され命を取り留めるが、彼女はある秘密を抱え、何者かに命を狙われる身で…

残響
キャサリン・コールター
林 啓恵［訳］
〔FBIシリーズ〕
ジョアンナはカルト教団を運営する亡夫の親族と距離を置き、娘と静かに暮らしていた。が、娘の〃能力〃に気づいた教団は娘の誘拐を目論む。母娘は逃げ出すが……

幻惑
キャサリン・コールター
林 啓恵［訳］
〔FBIシリーズ〕
大手製薬会社の陰謀をつかんだ女性探偵エリンはFBI捜査官のボウイと出会い、サビッチ夫妻とも協力して真相に迫る。次第にボウイと惹かれあうエリンだが……

閃光
キャサリン・コールター
林 啓恵［訳］
〔FBIシリーズ〕
若い女性を狙った連続絞殺事件が発生し、ルーシーとクープの若手捜査官が事件解決に奔走する。DNA鑑定の結果犯人は連続殺人鬼テッド・バンディの子供だと判明し⁉

代償
キャサリン・コールター
林 啓恵［訳］
〔FBIシリーズ〕
サビッチに謎のメッセージが届き、友人の連邦判事ラムジーが狙撃された。連邦保安官助手イブはFBI捜査官ハリーと組んで捜査にあたり、互いに好意を抱いていくが…

錯綜
キャサリン・コールター
林 啓恵［訳］
〔FBIシリーズ〕
捜査官の妹が何者かに襲われ、バスルームには大量の血が⁉ 一方、リンカーン記念堂で全裸の凍死体が発見された。早速サビッチとシャーロックが捜査に乗り出すが…

謀略
キャサリン・コールター
林 啓恵［訳］
〔FBIシリーズ〕
婚約者の死で一時帰国を余儀なくされた駐英大使のナタリーは何者かに命を狙われ、若きFBI捜査官デイビスに助けを求める。一方あのサイコパスが施設から脱走し…

誘発
キャサリン・コールター
林 啓恵［訳］
〔FBIシリーズ〕
空港で自爆テロをしようとした男をシャーロックが取り押さえたころ、サビッチはある殺人事件の捜査に取りかかるが、なぜか犯人には犯行時の記憶がなく…。報復の連鎖！

背信

キャサリン・コールター
守口弥生［訳］〔FBIシリーズ〕

ハリウッドで若い女優の連続殺人事件が発生、交友関係から大物プロデューサーに行き当たる。一方、ワシントンでは名だたる富豪が毒殺されそうになり…最新作！

略奪

キャサリン・コールター＆J・T・エリソン
水川玲［訳］〔新FBIシリーズ〕

元スパイのロンドン警視庁警部とFBIの女性捜査官。謎の殺人事件と〝呪われた宝石〟がふたりの運命を結びつけて――夫婦捜査官S&Sも活躍する新シリーズ第一弾！

激情

キャサリン・コールター＆J・T・エリソン
水川玲［訳］〔新FBIシリーズ〕

平凡な古書店店主が殺害され、彼がある秘密結社のメンバーだと発覚する。その陰にうごめく世にも恐ろしい企みに英国貴族の捜査官が挑む新FBIシリーズ第二弾！

迷走

キャサリン・コールター＆J・T・エリソン
水川玲［訳］〔新FBIシリーズ〕

テロ組織による爆破事件が起こり、大統領も命を狙われる。人を殺さないのがモットーの組織に何が？ 英国貴族のFBI捜査官が伝説の暗殺者に挑む！ 第三弾！

鼓動

キャサリン・コールター＆J・T・エリソン
水川玲［訳］〔新FBIシリーズ〕

「聖櫃」に執着する一族の双子と、強力な破壊装置を操るその祖父――邪悪な一族の陰謀に対抗するため、FBIと天才的泥棒がタッグを組んで立ち向かう！

いつわりは華やかに＊

J・T・エリソン
水川玲［訳］

失踪した夫そっくりの男性と出会ったオーブリー。いったい彼は何者なのか？ RITA賞ノミネート作家が描くハラハラドキドキのジェットコースター・サスペンス！

マンハッタン物語

ローレンス・ブロック［編著］
田口俊樹／高山真由美［訳］

巨大な街、マンハッタンを舞台に、日常からわずかにはずれた人間模様の織りなす光と闇を、J・ディーヴァーはじめ十五人の作家がそれぞれのスタイルで描く短篇集

過去からの弔鐘
ローレンス・ブロック
田口俊樹［訳］
【マット・スカダー シリーズ】
スカダーへの依頼は、ヴィレッジのアパートで殺された娘の過去を探ること。犯人は逮捕後、独房で自殺していた。調査を進めていくうちに意外な真相が…

冬を怖れた女
ローレンス・ブロック
田口俊樹［訳］
【マット・スカダー シリーズ】
警察内部の腐敗を暴露し同僚たちの憎悪の的となった刑事は、娼婦からも告訴される。身の潔白を主張し調査を依頼するが、娼婦は殺害され刑事に嫌疑が…

一ドル銀貨の遺言
ローレンス・ブロック
田口俊樹［訳］
【マット・スカダー シリーズ】
タレ込み屋が殺された！残された手紙には、彼がゆすった三人のうちの誰かに命を狙われていると書かれていた。自らも恐喝者を装い犯人に近づくが…

慈悲深い死
ローレンス・ブロック
田口俊樹［訳］
【マット・スカダー シリーズ】
酒を断ったスカダーは、安ホテルとアル中自主治療の集会とを往復する日々。そんななか、女優志願の娘がニューヨークで失踪し、調査を依頼されるが…

倒錯の舞踏
ローレンス・ブロック
田口俊樹［訳］
【マット・スカダー シリーズ】
レンタルビデオに猟奇殺人の一部始終が収録されていた！スカダーはビデオに映る犯人らしき男を偶然目撃するが…。MWA最優秀長篇賞に輝く傑作！

獣たちの墓
ローレンス・ブロック
田口俊樹［訳］
【マット・スカダー シリーズ】
妻を誘拐され、無惨に殺された麻薬ディーラー・キーナン。復讐を誓うキーナンの依頼を受けたスカダーは、常軌を逸した残虐な犯人を追う！映画『誘拐の掟』原作

死者との誓い
ローレンス・ブロック
田口俊樹［訳］
【マット・スカダー シリーズ】
弁護士ホルツマンがマンハッタンの路上で殺害された。その直後ホームレスの男が逮捕され、事件は解決したかに見えたが意外な真相が…PWA最優秀長編賞受賞作！

死者の長い列

ローレンス・ブロック【マット・スカダーシリーズ】

田口俊樹［訳］

年に一度、秘密の会を催す男たち。メンバーの半数が謎の死をとげていた。不審を抱いた会員の依頼を受け、スカダーは意外な事実に直面していく。（解説・法月綸太郎）

処刑宣告

ローレンス・ブロック【マット・スカダーシリーズ】

田口俊樹［訳］

法では裁けぬ『悪人』たちを処刑する、と新聞に犯行を予告する姿なき殺人鬼。次の犠牲者は誰だ？　NYを震撼させる連続予告殺人の謎にマット・スカダーが挑む！

皆殺し

ローレンス・ブロック【マット・スカダーシリーズ】

田口俊樹［訳］

友人ミックの手下が殺され、犯人探しを請け負ったスカダー。ところが抗争に巻き込まれた周囲の人間も次々に殺され、スカダーとミックはしだいに追いつめられて…

死への祈り

ローレンス・ブロック【マット・スカダーシリーズ】

田口俊樹［訳］

NYに住む弁護士夫妻が惨殺された数日後、犯人たちも他殺体で発見された。被害者の姪に気がかりな話を聞いたスカダーは、事件の背後に潜む闇に足を踏み入れていく…

すべては死にゆく【単行本】

ローレンス・ブロック【マット・スカダーシリーズ】

田口俊樹［訳］

4年前、凄惨な連続殺人を起こした〝あの男〟が戻ってきた。完璧な犯行計画を打ち崩したスカダーに復讐の鉄槌をくだすべく…『死への祈り』から連なる、おそるべき完結篇

償いの報酬

ローレンス・ブロック【マット・スカダーシリーズ】

田口俊樹［訳］

AAの集会で幼なじみのジャックに会ったスカダー。犯罪常習者のジャックは過去の罪を償う〝埋め合わせ〟を実践しているというが、その矢先、何者かに射殺されてしまう！

石を放つとき【単行本】

ローレンス・ブロック【マット・スカダーシリーズ】

田口俊樹［訳］

エレインの知り合いが名前も知らぬ男から脅迫を受けていた。老スカダーは単独で調査を始める……。待望の新作「石を放つとき」＋傑作短篇集「夜と音楽と」を収録